Bara lite till

SIMONA AHRNSTEDT

Bara lite till

FORUM

Tidigare böcker av Simona Ahrnstedt

Alla hjärtans mirakel (2018)
Allt eller inget (2017)
En enda risk (2016)
En enda hemlighet (2015)
En enda natt (2014)
De skandalösa (2013)
Betvingade (2012)
Överenskommelser (2010)

Bokförlaget Forum, Box 3159, 103 63 Stockholm
www.forum.se

Copyright © Simona Ahrnstedt 2019
Svensk utgåva enligt avtal med Nordin Agency
Omslag: Emma Graves/designstudioe.com
Omslagsfoton: Stocksy, iStock och Shutterstock
Tryckt hos ScandBook, EU 2019
ISBN 978-91-37-15337-7

— I —

Stella Wallin hade faktiskt inte trott att det kunde hända henne. Mycket skit hade hon varit med om. Men detta? Varenda kvinna trodde väl att just hon inte skulle drabbas. Att just hon inte skulle vara så dum, ointelligent och fruktansvärt godtrogen.

Fast tydligen var hon just allt det.

Stella var i chock. Nej, hon var arg. Nej. Hon var både i chock, och arg.

Hon kramade Chanelhandväskan, en väska som hon sparat till i åratal och som hon älskade nästan mer än livet självt.

Allra först hade hon varit i förnekelse, förstås. Hade inte kunnat tro att det var sant. Men det var det. Hon var en bedragen kvinna. För hennes kille hade varit otrogen. Medan Stella kämpade med sitt, medan hon fokuserade på sig själv, för en gångs skull, så hade han legat med en annan kvinna. Många gånger. Med... Med... den där...

Stella hade inte anat ett dugg.

Hon var bedragen. Och hemlös, för lägenheten var hans. Och arbetslös. För att..., ja... för att.

Bedragen, hemlös, arbetslös. Stella hade ännu inte bestämt sig för vilket som var värst.

Hon såg sig om, kände inte igen sig överhuvudtaget. Luften var onaturligt frisk. Inga avgaser, inga ljud. Det fick det att krypa i henne.

Hon rättade till solbrillorna. Hon hade haft det bra. Ett helt okej jobb där hon ändå fick jobba nära det som var viktigt för henne.

Någonstans att bo, vilket verkligen inte var en självklarhet när du var tjugoåtta år i Stockholm.

Hon hade haft ett mål och en dröm.

Åh, den där drömmen. Samma som hon haft så länge hon kunde minnas. En dröm som varit inom räckhåll för första gången på två år. En dröm om en framtid där hennes kreativitet, hennes passion äntligen skulle få blomma ut.

Och så hade hon haft en pojkvän.

Det jävla fucking aset.

Hur kunde hon vara så godtrogen? Hon som aldrig var naiv, som var van vid att ta hand om sig själv. Som visste att livet gav käftsmällar lite hur det ville.

Stella kisade genom solglasögonen. Hon begrep sig inte på landet. Luften var så ren och aromatisk att hon blev yr. Och det var sjukt tyst. Hon var uppvuxen på ett ständigt öppet skitigt Södermalm i Stockholm. Hade åkt tunnelbana själv sedan hon var tio år. Hon älskade pulsen. Mängden människor. Att man inte stack ut, oavsett kläder eller hudfärg. Parker med blommor i räta rader och klena träd omgivna av betong och sten.

Hon vinglade till i de alldeles för höga Louboutinskorna. De var så inte gjorda för att resa i – inget av det hon hade på sig var det. Hon bar kläder gjorda för en drink på stan och taxi hem till porten, fullständigt opraktiska, men hon hade velat känna sig snygg och stark, så hon hade tagit sin finaste sidentopp, ett plagg hon ägnat veckor åt att tänka ut och skära till. Ett av de bästa plagg hon sytt, faktiskt. För hon hade velat känna sig som en powerkvinna.

Nu stod hon här, på vischan med plattångat hår, i högklackat, siden och cashmere, och tryckte tillbaka ångesten så gott hon kunde. Men hon hade en plan. En solid plan. Inte galen alls.

Hon skulle sälja sitt hus till en godsherre vid namn Erik. Det var ett litet hus och värdelös, stenig mark, hade Erik sagt, men hon kunde få ett skapligt pris vid snabb affär, och hon skulle ta vad hon kunde, för det hon nu behövde var pengar. Dessutom skulle hon leta efter ledtrådar om sin hemlighetsfulla mamma, efter sin ännu mer hemliga pappa, och sedan skulle hon kvickt tillbaka till Stockholm för att fixa flytten till New York, kosta vad det kosta ville. Komma bort från allt.

Easy peasy.

Om hon fick tillräckligt med pengar för huset, förstås. Och om hon kom in på utbildningen.

Hon viftade undan en insekt.

Så många om.

Först skulle hon dock hitta Laholm.

Stella rättade till Chanelväskan, kramade sitt halsband som hon alltid, alltid bar, som en talisman och såg ut över den öde platsen: en tom stationsbyggnad, en motorväg och en massa åkrar.

Var fan Laholm nu låg.

– 2 –

Tuppen gol, högt och gällt. Oljudet letade sig in i Thor Nordströms sömn. Medan tuppen fortsatte med sitt oväsen klev Thor upp, stack ut huvudet genom det öppna fönstret och ropade: "Det räcker nu."

Galandet slutade men det riktigt hördes hur tuppen tog sats för att låta ännu högre till svar. Thor drog på sig kläderna: urtvättade arbetsbyxor, vit t-shirt och en sliten rutig skjorta, och gick ner till köket för att sätta på dagens första panna kaffe och försöka vakna till liv.

Solen sken in genom köksfönstret. Det iskalla vattnet i Lagan glittrade mellan träden och kullarna böljade i grönt utanför. Vårbruket på gården var i full gång och han hade en lång arbetsdag framför sig.

Han öppnade dörren och de två hundarna rusade ut.

"Allt bra?" frågade han när Nessie återvände efter sin inspektionsvända utomhus.

Den svartvita bordercollien viftade på svansen. Nessie var en vallhund och smartare än de flesta människor Thor mött. Han kliade henne bakom öronen samtidigt som Pumba, den tjocka gula labradorvalpen, kom travande in i köket, alltid i Nessies kölvatten och alltid redo att leta efter något ätbart. Mat var det bästa Pumba visste och han var redan mer än lovligt trind om magen.

Efter att ha utfodrat båda hundarna, druckit en kopp och hällt resten av kaffet på en termos var det dags.

"Kom, så går vi vår runda", sa han.

Nessie sprang ut och Pumba snubblade efter, så snabbt hans korta ben mäktade med.

Så här års jobbade Thor från tidig morgon till sen kväll. Han hade en stor gård med betesmark, planteringar, åkrar och skogsdungar som han tog in hjälp för att sköta men hade huvudansvaret för. Han odlade spannmål, grönsaker, frukt och bär och han hade djur.

Först släppte han ut hönsen. Den högljudda tuppen bröstade upp sig, övertygad om att det var han som bestämde på gården. Thors höns levde i ett strängt matriarkat, så tupparna fick söka sina strider där de kunde. Hönorna började picka, medan tupparna vaktade mot faror.

De sex vita fjällkorna väntade redan utanför lagården. Thor tog in dem, torkade spenarna och mjölkade dem inne i lagården. Mjölken räckte till hushållet och han gjorde även ost som han sålde vidare. Hans "eldost" var populär – en svensk halloumivariant som var fantastisk att grilla. Sedan släppte han ut korna på bete igen och tog en sväng runt ägorna för att kolla att inget hänt under natten. Det var mycket att göra på en gård av den här storleken, och ingen dag var den andra lik. Alltid var det något som måste lagas, bäras eller grävas men det passade honom som tyckte om att ta ut sig fysiskt. Kanske var arbetet ett sätt att slippa tänka, filosoferade han, medan han inspekterade ett staket som behövde lappas.

Av gammal vana gick han en sväng förbi magnoliaträdet som planterats för så många år sedan. Det var inte dött, men under alla de vårar som passerat sedan trädet planterades, hade det aldrig blommat, inte ens en knopp, bara bleka gröna blad och spretiga grenar.

Han borde ta ner det, tänkte han, precis som han tänkt tusen gånger. Men han kunde inte. Bara kunde inte.

"Kom", visslade han istället på hundarna som kom rusande. De gick tillsammans genom trädgården där fruktträden blommade i olika stadier. Äpplen, päron, körsbär och mer exotiska träd: aprikos och mandel på en skyddad, solig plats. En hök svävade över landskapet och skrämde tillfälligt bort småfåglar och andra bytesdjur. Sädesärlor och lärkor letade insekter och i dammen hade ett väsande svanpar bosatt sig, till ändernas förtret.

"Men Pumba", sa han, böjde sig ner och lyfte försiktigt upp valpen ur ett kaninhål där den fastnat med rumpan i vädret. Hunden skuttade skällande iväg efter en humla.

Thors blick landade på torpet borta vid den lilla ån som flöt längs med hans tomtgräns. Det där rucklet var ett jäkla bekymmer. Huset hade förfallit i snabb takt de senaste åren. Det ägdes av en nollåtta som struntade i det. Genom åren hade Thor tittat till det ibland, men det bästa vore förmodligen att låta det falla ihop. Taket läckte, fönstren behövde tätas, det fanns ingen isolering och bara Gud visste vilka djur som bosatt sig därinne. Trädgården bestod av sly och ogräs och en enorm ek, som någon borde ta ner innan det skedde en olycka. Han hade jobbat en del med marken, dikat ur den, dränerat, rensat, egentligen mer än han borde, men han stod inte ut med att se förfallet. Dessutom var den där plätten en viktig buffertzon mot hans värsta granne. Han såg en skymt av vattendraget som låg nära huset. En liten tjärn som var full med grodor och salamandrar som trivdes i skuggan av träden. Fjärilar, blommor och insekter frodades också där – det var som en biologisk mångfaldsoas i miniatyr. Kanske han borde försöka få kontakt med ägaren till marken och be att få köpa den, men det låg långt, långt ner på hans priolista över saker han måste ta tag i. För det mesta var han glad bara han tog sig genom dagen utan större katastrofer.

"Hallå där", ropade en röst många timmar senare.

Thor kastade en blick på armbandsuret. Det var snart lunch och det var My som kom gående upp för kullen.

"Vad gör du?" frågade hon, gav honom en puss och hälsade på hundarna.

Någonting var annorlunda med henne kände han direkt, men kunde inte sätta fingret på vad. Han höll upp hammaren som för att visa vad han skulle göra härnäst.

"En av de nya killingarna har börjat rymma. Jag måste fixa ett bättre staket."

De gick bort till getterna tillsammans. Hundarna följde med. Mys panna var rynkad och Thor kände hur det drog till i bröstet. Alltid denna beredskap för att något hemskt skulle inträffa. Hade något hänt?

När de kom till hagen studerade My den skyldiga: en vit och svartprickig killing som tittade på dem med oskyldig uppsyn. Thor gav killingen en sträng blick. Han hade fått jaga henne ända bort till vägen igår. Hon tittade tillbaka och klippte med öronen. Eftersom hon hade uppåtvinklade mungipor såg det ut som om hon skrattade.

"Hon är ny?"

Thor nickade.

"Vad heter hon?" frågade My.

"Jag kallar henne Trubbel."

"Hej Trubbel, du är så fin, lyssna inte på honom", sa My och sträckte fram fingrarna. Killingen började genast tugga på hennes tröjärm. My drog snabbt armen åt sig.

"Thor, vi behöver prata", sa hon och bet sig i läppen.

"Fan också." Hade något gott någonsin kommit av frasen "vi behöver prata"?

"Du vet att jag gillar dig", började hon.

"Jag gillar dig också", sa Thor ärligt. De hade känt varandra länge, ända sedan de gick i skolan. Det senaste halvåret hade de setts oftare och även hamnat i säng flera gånger. Han såg henne som sin tjej, det gjorde han, men samtidigt hade de aldrig pratat om framtiden. Eller om sin relation. Han var inte dummare än att han såg att detta var på väg att förändras.

"Hm", sa My, korsade armarna framför sig och tittade bort. Hon var en rättfram kvinna och han gillade det. Men nu såg hon både ledsen och arg ut.

"Vad?" frågade han.

"Du är dålig på att visa att du gillar mig, måste jag säga." My höjde hakan.

Deras relation hade varit mer bekväm än passionerad, om han skulle vara uppriktig. Men han hade antagit att hon var nöjd. Han visste inte vad han skulle säga, vad hon väntade sig.

"Tycker du att det är bra mellan oss?" frågade hon.

My var rolig, smart och sexig. Snygg med sitt ljusa hår och blå ögon, han hade alltid varit svag för den typen. Hans fru hade också varit blond och haft blå ögon. Och hans fru hade varit expert på att ställa ledande frågor hon med.

"Vad tycker du?" frågade han försiktigt.

"Ärligt talat så vet jag inte vad jag tycker. Du är jättefin."

"Men?"

"Inga men. Du är en bra kille. Fast ibland undrar jag om vi skulle ta en paus."

Paus? Han fattade inte. "Men vill du göra slut?"

"Det känns som ett stort steg. Mycket är ju bra", sa hon men lät inte helt övertygad.

Thor satte tillbaka hammaren i bältet. När han såg ut över en av åkrarna så stod hans traktor still mitt i. Den hade krånglat och nu såg den ut att ha stannat.

"Jag behöver fundera, tror jag", sa My.

Han kliade sig på kinden.

"Kanske prova att träffa andra?" sa hon.

Thor slutade klia sig. "Vilka andra?"

"Thor, jag vill inte såra dig, men du måste ju också känna att det här mellan oss inte riktigt leder någonstans."

Hon hade rätt. Och det var hans fel, Thor visste det. My förtjänade någon som älskade henne helt och fullt, det var han den första att tycka. Någon som ville satsa helhjärtat.

Som kunde ge henne det hon ville ha. Som inte var skadad, uppfuckad och allt möjligt.

"Om det är det du vill", sa han. Hon skulle inte vara den första person som lämnade honom. Tvärtom. Folk försvann ur hans liv hela tiden. Man måste stå ut med det. Eller gå under.

"Jag vet faktiskt inte vad jag vill. Men jag tycker det är bäst att vara ärlig."

"Du har rätt." Han tittade bort mot traktorn igen. Föraren, en ung kille som hjälpte honom ibland, hade hoppat ur och stod och kliade sig i huvudet.

"Jag har kort lunch, jag måste tillbaka till jobbet", sa My.
"Är du okej?"

"Jadå, jag måste jobba vidare", sa han och gjorde en gest mot traktorn och åkern.

Hon gav honom en tvekande kram, sa adjö och gick. Han såg henne gå, såg det ljusa håret fladdra kring hennes axlar, såg den lättade hållningen.

Den här dagen låg inte på hans topp fem, måste han säga.

Långt senare samma dag blev Thor sittande i bilen medan tåget mot Malmö långsamt rullade söderut och försvann i fjärran. Han hade skjutsat sina föräldrar till stationen. De skulle träffa vänner, se en föreställning på Malmöoperan, sova på hotell och äta hotellfrukost. Det hände så gott som aldrig och han var glad för deras skull.

Kroppen värkte efter ännu en lång dag.

Lång vecka.

Långt liv.

Han var trettiosex, men just nu kände han sig som det dubbla. Han andades ut. Tömde sinnet.

Det var så skönt att bara sitta här i bilen ett tag, att låtsas som om tillvaron var kravlös. Att de enda problem han hade här i världen var att åka hem, öppna en öl och fundera på om han skulle se på tv eller läsa en bok. Thor var nära att skratta till, för det var så långt ifrån hur hans liv såg ut som det var möjligt att komma.

Han gav sig själv en liten stund till, men sedan var det dags att ta nya tag. Fixa gården och ansvaret.

Samtidigt som han vred om startnyckeln, kom en kvinna gående över asfalten. Hon hade långt mörkt hår och merparten av hennes ansikte var dolt bakom enorma solglasögon, fastän majsolen var på väg ner. Så här dags var det öde nere vid stationen, bussen hade just gått och Thor såg inga andra bilar.

Han tvekade med fingrarna om nyckeln. Inte för att han kände alla i stan, så litet var Laholm inte. Trots att han bott här hela sitt liv fanns det många människor han aldrig träffat. Men han hade en hyfsad koll på folk i sitt eget åldersspann och den här kvinnan hade han inte sett förut. Dessutom såg hon så annorlunda ut mot de vanliga laholmarna att han var rätt säker på att hon var en utsocknes. En nollåtta, om han skulle gissa. Han hade svårt att sätta fingret på vad det var, kanske de ovanligt högklackade skorna eller den sofistikerade looken, men hon såg inte ut som en småstadstjej.

Hon verkade inte veta vart hon skulle heller eftersom hon såg sig om, som om hon letade efter något. Länge stod hon och stirrade på den gamla taxistolpen, läste på skylten som förkunnade att det för närvarande inte gick att beställa en taxi i Laholm med omnejd. Det var ett evigt gissel med taxi här ute.

Thor väntade, sliten mellan viljan att komma hem och nyfikenhet på hur nollåttan tänkte lösa situationen. Skulle någon komma och hämta henne? Det var svårt att ta sig härifrån annars. En tågstation mitt ute i ingenstans, ett misslyckat bygge som gjort att Laholms centralstation hamnat långt ute i obygden.

Thor kramade om ratten.

Den här kvinnan var inte hans bekymmer. Han hade en massa andra problem. Faktiskt var hans problemkonto överfullt. Han behövde en dag, en halvtimme, utan kriser.

Hon var vuxen, hon fick ta sig härifrån på egen hand.

Fast...

Motvilligt stängde han av motorn igen. Han kunde inte ens säga varför. Han väntade, hoppades in i det längsta att någon annan skulle uppenbara sig men när det fortsatte vara ekande folktomt runt stationen öppnade han bildörren, utan entusiasm, och klev ur.

Kvinnan vände sig om mot honom, tvärt.

En vindpust kom emot honom och den bar med sig en doft av jasmin och sandelträ.

Kanske var det inbillning. Precis som den lilla rysningen som ilade utefter ryggraden på honom.

"Hej. Hur går det?" ropade han.

Solglasögonen stirrade på honom, som om han skrämt henne. Thor försökte se ofarlig och snäll ut, inte stor, ovårdad och sur, vilket var vad han var.

"Är allt bra?" frågade han. Doften av sandelträ och blommor kom emot honom igen.

"Var är stan?" frågade hon med tydlig Stockholmsdialekt i den djupa rösten. Såklart hon kom från huvudstaden. Det syntes i allt, från den obrydda inställningen till de opraktiska skorna. Han lät blicken dröja vid de svarta blanka skorna med de sylvassa klackarna. De var rätt snygga, det måste han ge henne. Fick hennes ben att se ut som om de aldrig tänkte ta slut.

Han pekade bort mot Laholm.

"Ditåt", sa han.

Hon började gå, utan ett ord.

Han såg efter henne. Skojade hon?

"Du kan inte gå dit", ropade han efter henne. Hon var definitivt inte klädd för en långpromenad. Mer för en avslappnad kväll i en bar. Hon skulle passa i en lyxig skinnsoffa. Kanske i en aftonklänning och med strumpklädda ben som frasade till när hon rörde sig. Med det där mörka håret mot nakna axlar.

"Det är för långt. Det tar väl tio minuter med bil", la han till.

Kvinnan stannade. Hon bytte axel på sin stora blanka handväska. Till och med Thor kunde se att den var exklusiv. Parfymdoften nådde honom igen. Varm. Sensuell. Helt malplacerad.

"Var går bussarna då?" frågade hon och la muttrande till: "I den här hålan."

"Du missade bussen." Det hände jämt.

Hon gjorde en grimas.

"Helt otroligt. Jaha, var får jag tag på en taxi då?"

"Finns ingen taxi heller", sa han. Taxifirmorna kom och gick.

"Inte alls? Skämtar du?"

Ja, eller hur. För det var det han var känd för. Sin humor.

"Du är på landet", förklarade han, med stigande irritation. Han var trött, det fanns ingen anledning för henne att vara så snarstucken och vackra ben och hes röst kunde inte kompensera för vad som helst. "På landet är det så här. Kommer det inte någon och hämtar dig?"

Hon gav honom en blick som om det var den dummaste fråga hon hört. Det kanske det var. Det vilade något ensamt över henne.

"Nej."

Thor väntade på att hon skulle utveckla.

"Jag klarar mig själv", la hon till.

"Vad bra då."

Thor stod kvar, sliten mellan två motstridiga impulser. Han borde verkligen åka hem. Lämna henne åt sitt öde. Ta tag i någon av de cirka tusen grejer som väntade på honom. Samtidigt...

Kvinnan stod sammanbiten och stilla. Hon höll sin handväska hårt med ena handen. Knogarna hade vitnat.

"Men ska jag skjutsa dig då?" frågade han, tydligen oförmögen att bara överge henne.

"Jag sa ju att jag klarar mig", svarade hon kort och vände sig bort från honom.

Thor stirrade på hennes rygg.

Jamen då så.

Han satte sig i bilen. Startade motorn. La i backen. Kollade i backspegeln.

Hon stod där fortfarande. Fem minuter, det var allt det handlade om. Han hade gett sig själv fem minuters lugn och ro och hade hamnat i den här situationen istället för att vara på väg hem. Men han kunde inte bara lämna henne här. På landet hjälpte man varandra. Det var så han var uppfostrad. Det var så man gjorde.

Irriterad öppnade han bildörren igen.

"Ska du till hotellet?" ropade han. Det var ingen enorm omväg i så fall, han kunde väl släppa av henne där.

Hon var tyst, länge, och svarade sedan: "Nej." Fortfarande med samma stolta hållning. Men något med henne, en skälvning i rösten, de spända knogarna, vittnade om att hon inte var riktigt så karsk som hon försökte ge sken av.

"Är du här för att besöka någon?"

"Nej."

"Men har du gått av på fel station, eller?" frågade han.

"Jag är väl ingen idiot heller."

"Om du säger det så", sa han, inte helt övertygad.

Som sagt. Han borde bara lämna henne. Men det var redan kyligare i luften. Majkvällarna var inte särskilt varma ännu och det fanns kalla stråk runt dem. Förra veckan hade de haft frost och det vankades säkert en eller ett par järnnätter innan faran var helt över.

"Finns det verkligen ingen buss eller taxi?" ropade hon.

Thor skakade på huvudet.

"Hur lång tid tar det att gå?"

Han tittade på hennes opraktiska skor. "Det beror på hur snabbt du går. Det är nästan en halvmil. Ska du till centrum?"

"Jag vet inte. Nej, jag tror inte det. Jag ska till Magnoliavägen."

"Vilket nummer?"

"Tre." Hon bet sig i läppen och tog ett steg mot honom. "Vet du var det ligger?"

Plötsligt föll allt på plats. Det var ju hon. Det måste det vara. Den dryga nollåttan. "Det är på andra sidan ån", sa han, inte fullt lika medkännande längre. "Det är ännu längre bort", la han till.

"Självfallet", sa hon.

Luften verkade ha gått ur henne. Hon strök sig över håret. Tog av sig solglasögonen. Han var för långt bort för att kunna se hennes ögon, men det såg ut som om hon hade mörka ringar under dem. Han tänkte inte tycka synd om henne, intalade han sig. Trots att hon såg trött ut. Och lite låg.

"Vad ska du göra där?" frågade han.

"Var?"

"På Magnoliavägen."

"Jag ska bo där."

Han hade svårt att hålla förvåningen ur rösten. "Verkligen?"

"Jag äger huset", sa hon och sköt ut hakan, trotsigt. "Det är mitt."

"Ska jag skjutsa dig dit då?" hörde han sig själv säga. Det var ju inte som att hon kunde gå dit.

Hon såg på honom, granskade honom noga, från topp till tå, som om hon försökte bedöma om han var en galen mördare. Han kände den där rysningen i huden igen. Tydligen passerade han granskningen.

"Om det inte är till för mycket besvär", sa hon och kom gående mot honom på de orimligt höga klackarna. Marken var ojämn och hon snubblade till.

Han var nära att himla med ögonen.

"Hoppa in", sa han.

Det här kunde bli intressant.

— 3 —

Stella undrade om det inte var direkt ointelligent av henne att kliva in i en främmande mans bil. Hennes förmåga att bedöma män var bevisligen under all kritik. Peder, hennes före detta pojkvän, kulturman, överklasskille och otroget kräk, hade till exempel bedragit henne i en evighet utan att hon anat det bittersta.

Med Ann. Ann!

"Jag fattar inte att bussarna går så sällan", sa hon och la handen på dörrhandtaget, för säkerhets skull. Den mörkhåriga bilföraren kunde lika gärna vara en seriemördare som väntade på sina intet ont anande offer vid stationen.

Mannen svängde ut på vägen. Hans rörelser var lugna och det fanns något solitt över honom, som om han var byggd för att motstå väder och vind.

"Du är på landet, man får vara glad att de finns."

Han lät inte farlig. Snarare irriterad. Och med de jordiga naglarna och den urtvättade flanellskjortan var han åtminstone inte en kulturman, vilket talade till hans fördel för tillfället.

Att hon aldrig lärde sig.

Stella slöt ögonen. Hon kunde inte hjälpa det, hon blev attraherad av män som kunde citera franska klassiker, som hade koll på teaterscenen och som rent allmänt var välartikulerade. Peder med sin kändisbakgrund, sin överklassfamilj, jobbet som regissör och sin genomtänkta klädstil hade hon fallit för direkt. Och han hade fallit för henne. I alla fall tills han började knulla

Ann. Stylisten Ann Bokgren som hyste en osund kärlek till färgen beige. Och till andras pojkvänner, uppenbarligen.

Stella slog upp ögonen. Hon sneglade på mannens byxben. De var rena. Låren spände mot det slitna denimtyget.

"Hur lång tid tar det till Magnoliavägen?" frågade hon medan landskapet susade förbi utanför bilfönstret. Det var sjukt lummigt och grönt.

"En stund till", sa han, utan att se på henne.

Stella tog upp telefonen. Den var nästan urladdad och hon hade inte fått med sig laddaren. Det var som om hon inte kunde tänka ordentligt längre. Hon hade lämnat Stockholm impulsivt och ogenomtänkt, hade bara slängt ner underkläder, smink och kreditkort, typ. Hon var ändå en kvinna som kunde ta hand om sig själv. Men ingen visste att hon klivit in i den här bilen. Det var så onödigt oförsiktigt. Snabbt knappade hon iväg ett meddelande till sin bästa vän Maud Katladottír.

STELLA: *Jag sitter i en bil, får skjuts till stugan. Telefonen dör snart.*

Hon tittade ut genom fönstret igen. Hon hade varit här nere som barn men hon kände inte igen landskapet överhuvudtaget. Halland. Inte ett av landskapen hon hade koll på, direkt.

MAUD: *Bil? Är du OK?*

STELLA: *Ja.*

Hon hoppades det, i alla fall.

MAUD: *Har du träffat godsherren än? Är han snygg?*

STELLA: *Ingen godsherre. Bara sur lantis.*

Stella la ner telefonen i knäet.

"Kommer du härifrån?" frågade hon medan hon fingrade på telefonen. Hur länge skulle sjutton procent räcka?

"Japp. Född och uppvuxen", sa han och la ut blinkers för att svänga.

"Jag kan swisha pengar för bensin", erbjöd hon och ansträngde sig för att låta vänlig.

Han sa inget.

"Har du Swish?" frågade hon.

Han skakade långsamt på huvudet, som om frågan var idiotisk. Han kanske inte visste vad Swish var? Eller?

"Eller så kan jag ge dig kontanter", sa hon. Några sedlar fanns fortfarande i plånboken. Hon behövde ta sig till en bankomat. Det måste väl finnas bankomater här?

"Det är lugnt", sa han.

Hans rörelser var behärskade. Han styrde, svängde och växlade i lugn takt. Han var storväxt, låren stramade mot jeansen när han trampade ner pedalerna och han tog upp mycket plats. Han gav henne en snabb blick. Den var supersnabb, men han kom på henne att spana in honom och av någon anledning rodnade hon. Rodnade. Stella mindes inte när hon gjort det sist. Men för all del. Han var inte ful, direkt. Om man gillade den lantliga, ruffiga typen.

"Vad heter du?" frågade han.

"Varför vill du veta det?" frågade hon skarpt.

Han svängde igen.

"Men du. Slappna av. Jag bara pratar. Jag heter Thor."

"Stella", sa hon efter viss tvekan.

Och hon skulle *slappna av* när hon var ute ur den här bilen. Män fattade verkligen inte. Det stod inte direkt stämplat i pannan på en kille om han var schyst eller en tafsare eller något ännu värre.

Tystnaden bredde ut sig mellan dem igen.

Tågresan från Stockholm hade varit en mardröm med skrikande småbarn och ett gäng hysteriskt skrattande medelålders kvinnor. Vid tågbytet i Göteborg hade Stella gått till fel perrong och nästan missat sitt anslutande tåg. I höjd med Halmstad hade hon fått panik när hon insett att hon verkligen var på landet. Hon kände ingen här, visste knappt var *här* var.

De passerade hus, bondgårdar och skog. En del hus var nymålade och välskötta, medan andra stod övergivna och bortglömda. Efter ett tag färdades de på en mindre väg så hon antog att de snart var framme och hon började slappna av lite. De närmade sig ett ruckel på ena sidan. Det var rejält förfallet och Stella tänkte att någon borde riva rubbet och bygga något helt nytt. Faktiskt såg hon fram emot att få se sin egen stuga nu. Hon kollade igen att hon hade nyckeln, och den satt på nyckelknippan som den alltid gjort. Hon rörde vid den med pekfingret, undrade vad hennes mamma skulle sagt om sin dotter just nu. Hon hade inte den blekaste. Mamma hade avskytt allt som hade med Laholm att göra och hade klippt alla band med sitt ursprung. I handväskan hade Stella även en kexchokladkaka och en skrynklig tepåse som hon plockat åt sig i förstaklassvagnen. Hon skulle göra en kopp hett te och äta choklad. Hon hade ingen aning om vad som fanns i huset. Porslin och möbler, mindes hon att advokaten sagt under bouppteckningen. Hon hade varit helt förstörd då och det var några år sedan hon pratade med honom senast, så hon visste faktiskt inte. Imorgon skulle hon ta tag i allt.

Thor sänkte farten.

"Är det något problem?" Skit, han skulle väl inte börja krångla nu?

Bilen stannade.

Thor la ur växeln och Stella var nära att protestera.

"Ska du hämta något?" frågade hon istället. Hon ville inte vara oartig, men hon längtade efter att komma fram.

"Här är det", sa han och nickade utåt.

"Bakom det där rucklet?" frågade hon skeptiskt.

Eller tänkte han bara sätta av henne mitt ute i obygden?

"Du, ledsen om jag var otrevlig förut", sa hon så vänligt hon kunde. "Men jag har haft några tuffa dagar."

Thor skrattade till, kort, torrt och helt humorbefriat.

Stella tvingade sig att le. "Jag skulle verkligen uppskatta om du kunde skjutsa mig hela vägen. Jag betalar gärna för bensinen. Om du inte har Swish så kan vi lösa det på något annat sätt."

Stella använde rösten hon brukade ta till när en kund i boutiquen var extra besvärlig. När en hungrig Östermalmshemmafru tyckte hon fick dålig service eller när en honungsblond miljardärarvtagerska snäste att Stella skulle rappa på.
Med en plötslig rörelse böjde sig Thor tvärs över henne. Stella var nära att ropa till. Det var så oväntat och hon var redan på sin vakt. Hon pressade ryggen mot baksätet. Hans skjorta snuddade vid henne och hon kände en doft av natur och värme komma från honom. Men han rörde inte vid henne, bara muttrade något, sträckte ut armen, drog i handtaget och puttade upp dörren åt henne.

"Du är inte den enda som haft det tufft den senaste tiden." Han nickade mot rucklet. "Det där är din stuga."

Stella tvekade innan hon långsamt klev ur bilen. Hon vände sig om. Det måste vara ett taskigt skämt.

"Är du säker...", började hon, men avbröts av att han drog igen dörren efter henne och for iväg med dammet rykande efter bildäcken.

Utan att riktigt kunna ta in den bisarra situationen, vände hon sig mot huset och stirrade på det. Tittade hon noga så kunde hon faktiskt känna igen sin barndoms stuga. De hade haft ett kort på den, i en guldram hemma, när hon var liten. Men på bilden hade det varit ett välskött och ombonat torp, en svensk idyll med vita knutar och rosor och riddarsporrar som blommade, inte ett skabbigt, slitet kyffe nästan dolt av sly. Hon tog ett steg fram. Gruset knastrade till under skorna och hon mindes med ens exakt det ljudet. Huset hade tillhört hennes morföräldrar och hon hade varit här för länge sedan, när hon var liten, kanske nio, tio år. Hon hade minnen av nykrattat grus under fötterna, av lena såpade trägolv, färgglada trasmattor och knallröda pelargoner i fönstren. Såklart att tiden hade gått, men detta... Det var ju knappt beboeligt.

Någonting hoade till och Stella nästan flög ur skinnet. Mörkret hade fallit under den korta bilresan och hastigt rotade hon runt i handväskan. Hon hittade nyckeln och kramade den hårt. Hur hade hon tänkt egentligen? Djupt inom sig hade hon nog fantiserat om den charmiga stugan hon ärvt. Så där som folk gjorde i böcker och på film. Handen skakade när hon satte nyckeln i låset och vred om. Fast om det här hade varit en film så skulle Thor varit en charmig snygging som såg rakt genom hennes fasad och lärde henne förstå sig själv. Inte en vresig lantis som drog så snart han sparkat ut henne ur sin bil.

Naturligtvis fastnade nyckeln i låset. Stella drog i den, nästan hysterisk vid det här laget, men den rörde sig inte en millimeter. Tänk om hon inte kom in? Det blev mörkare och kallare för varje minut. Hon var frusen, hungrig och kissnödig och hon hörde konstiga ljud.

Varför hade hon kommit hit? Varför, varför, varför?

Hon ryckte ursinnigt i nyckeln och till hennes enorma lättnad vreds den äntligen om.

Långsamt öppnade hon dörren. En unken, instängd lukt mötte henne och det var becksvart. Hon famlade med handen längs väggen, hittade en ljusbrytare som hon tryckte på, men inget hände. Det gick inte att tända. Elen var väl avstängd, det hade hon inte ens tänkt på. Det betydde förstås att hon antagligen saknade både ljus och värme. Suveränt. Hon försökte hålla paniken stången medan hon tog några försiktiga steg in. Stugan bestod av en mörk hall, ett kök åt ena sidan och ett pyttelitet vardagsrum åt den andra. Allt var mycket mindre än hon mindes. Famlande letade hon upp toaletten. Toan var torr, bara lite gräs i kröken, och när hon vred på kranen i handfatet där knappt hennes händer rymdes kom det inget vatten. Så hon hade varken värme, el eller vatten.

Hon kissade i den torra toaletten ändå och torkade sig sedan med sin allra sista pappersnäsduk. Hon rättade till kläderna och gick ut i det minimala köket. Där fanns åtminstone ett fönster, som trots att det var så smutsigt att det såg grått ut, släppte in det sista aftonljuset. Snart skulle det bli kolmörkt.

Kökslådorna var i stort sett tomma. När hon drog ut dem hittade hon bara torra gummisnoddar, dammiga gem och enstaka udda bestick, som täckta med rost och smuts skramlade runt. Men halleluja, i en av lådorna hittade hon några värmeljus och en knögglig ask tändstickor. Hon ställde ljusen på ett sprucket fat, tände dem och sparkade av sig skorna. Golvet var iskallt mot fotsulorna, men hennes tår och fotvalv värkte av de höga klackarna. Det hade varit en felberäkning att resa i dem. Men hon hade behövt coola skor och välsydda kläder som en rustning. Inte för att det hade hjälpt så mycket.

Hon öppnade överskåpen i köket. Några koppar, ett fläckigt glas och två kantstötta fat var allt som fanns därinne. Den sista skåpdörr som Stella öppnade var den till skafferiet. Hyllorna var tomma, sånär som på ett par buckliga konserver vars etiketter inte gick att tyda. Hon skulle precis stänga skåpdörren när något längst in fångade hennes blick. Hon sträckte in handen och drog fram en dammig sjuttiofemma med avskavd etikett. Det luktade fränt när hon skruvade av korken, men när hon tog en munfull spred sig värmen av billig men fullt drickbar whisky genom strupen och ner i magen. Hon tog med sig fatet med ljusen, flaskan och tändstickorna ut i det hon mindes som allrummet. Hon tog en klunk och såg på eländet. En kökssoffa med avskavd färg, tunn fläckig madrass och trasigt ryggstöd samt en stor träkista var de enda möblerna som fanns kvar. Det var allt. Inga mattor, gardiner eller kuddar. Inga tavlor eller hyllor. Bara ett bart golv, två trasiga möbler och en unken lukt. Huset hade en vind, mindes hon, men hon vågade inte försöka gå upp i mörkret. Med den otur hon för närvarande hade skulle hon väl ramla och bryta något.

Stella tog en klunk whisky till. Hon började bli lite lullig. Hon satte sig på den tunna dynan på sofflocket. Tuggade på kexchokladen. Frågan var om hon kunde sjunka mycket lägre. Förmodligen skulle hon bli uppäten i natt. Av spindlar och möss. Och ingen i hela världen skulle bry sig.

Hon kramade flaskan och höll sin handväska i famnen. Detta var vad hon ägde nu. Ett ruckel. En gammal whiskyflaska, mammas halsband, sin designerväska och sina skor. Det hade varit knäppt att komma hit på det här viset. Hon hörde ett hoande ljud igen och sedan ett krafsande. Hon tog en rejäl hutt till. Landet var så inte hennes grej.

Telefonen plingade till. Ett mess från Peder.

PEDER: *Jag saknar det vi hade.*

Hon knappade ursinnigt:

STELLA: *Då kanske du inte skulle legat med Ann.*

Fortfarande kunde hon inte fatta att Peder bedragit henne med Ann. Av alla människor som hon hade kunnat tro att Peder skulle bli attraherad av, så var Ann som älskade kläder, hårsnoddar och läppstift i olika nyanser av beige och som hade en bebisröst, den allra sista. Stella hade arbetat i en posh klädboutique i flera år. Hade jobbat i kassan, skött fakturor och beställningar och fjäskat för kunder. Ann, som var frilansande stylist, kom med jämna mellanrum in och lånade kläder åt kändisar och tv-profiler. Peder hade mött Ann flera gånger och skrattande kommenterat hur blåst hon verkade. Well. Det hade tydligen inte hindrat honom från att trilla i säng med henne.

PEDER: *Saknar du mig?*

Tyvärr hann Stella inte svara något syrligt innan telefonen dog.

Hon drog upp fötterna, tog en klunk till och la sig ner i den knarrande kökssoffan. Peder hade sårat henne så fruktansvärt, hon visste inte vad hon kände för honom längre.

Hon rörde på sig. Det var märkligt, men hennes kropp mindes det här sofflocket. Hon hade både suttit och legat här som barn. Då hade soffan varit målad och len, med dynor som doftade nytvättat. Hon hade somnat i knäet på sin mamma under en middag. Slumrat och lyssnat på när mamma, mormor och morfar pratade. Huttrande kurade hon ihop sig så gott det gick, försökte hålla fast vid det minnet. Hon blundade och försökte ignorera alla de ovana ljuden, knakandet och prasslet och istället frammana minnet av den där kvällen. Det var ett fint minne, en av få gånger som mamma inte grälat med sina föräldrar. En middag med rödvin och en mysig stämning. Mamma hade blivit lite på lyset, men mamma Ingrid blev aldrig jobbig när hon drack, bara uppsluppen och fnissig och Stella hade älskat se sin intensiva, kyliga mamma bli rosa om kinderna och glad. Lite mjukare i kanterna.

Så småningom föll Stella i en orolig sömn på den medfarna kökssoffan. Hon drömde om otrogna män, pengar som rann mellan fingrarna och livsviktiga saker hon letade efter, men inte kunde hitta.

– 4 –

Nästa morgon gick Thor upp precis lika tidigt som vanligt. Det var lördag, men djuren brydde sig inte om vilken veckodag det var. Han laddade kaffebryggaren och släppte ut hundarna. Pumba började genast gnida sig mot en grästuva.

"Du kommer inte bli till någon hjälp alls", ropade han åt den smutsiga valpen medan han drog på sig kängorna. Pumba lyfte en jordig nos mot honom, nös och gläfste sedan lyckligt tillbaka. Nessie sniffade runt, ivrig att dra igång dagens verksamhet. Först släppte Thor ut hönsen. De rusade ut och började genast picka i sig av frön och insekter. Den största tuppen blängde på Thor men återgick sedan till att hålla koll på sin skock. Korna behövde mjölkas och stod som vanligt vid lagården och väntade på att få komma in. Fjällkor var en härdig liten ras, anpassad till den svenska naturen. Tre av dem hade kalvar just nu och han kliade dem och pratade med dem. De var alla individer och en älskade att bli klappad på bogen, en annan att bli killad under halsen. När de var klara med mjölkning och umgänge såg han till att de kom ut igen. Under natten var kalvarna inne i lagården, men under dagen gick de med sina mammor ute i hagen. Hans djur växelbetade, vilket innebar att han bytte hagar mellan fåren och kossorna då och då, ett naturligt och lugnt liv som var bra för både djuren och landskapet.

"Vi måste kolla fåren", sa han till Nessie när han städat klart. Han fick ett kort, bekräftande skall till svar.

De flesta tackor hade fått sina lamm, men han hade ett par som var sena och han ville se hur de mådde.

Nessie tog täten och Thor och Pumba följde efter. Han undrade hur nollåttan – Stella – hade haft det i stugan i natt. Kanske han inte borde ha lämnat henne där ändå? Och nu slog det honom att torpet förmodligen varken hade vatten eller fungerande el. Han hade inte ens tänkt på det igår. Elen måste varit avstängd i evigheter och han var osäker på om det ens fanns kommunalt vatten indraget, visste bara att torpet hade en egen brunn som han kollat till några gånger men som mycket väl kunde torkat ut. En strimma dåligt samvete genomfor honom.

I hagen såg fåren ut att må bra. Lammen diade i morgonsolen, tackorna betade och alla såg välmående ut, även om de betraktade Nessie med stor skepsis. En bit bort bräkte Trubbel glatt uppifrån en stenbumling dit hon klättrat för att tugga på en rönn. När han tagit en sväng förbi dammen och kom in för att sätta på kaffet var klockan åtta.

Medan bryggaren puttrade letade han fram veteskorpor och rågkex som han virade in i en kökshandduk. Han kokade ägg, drack en kopp kaffe och hällde resten i termosen. Han åt en macka på stående fot och fyllde en stor plastdunk med vatten. Till sist packade han ner ost och några köpeäpplen och promenerade den korta sträckan bort till stugan.

Huset såg helt övergivet ut när han närmade sig, och mot bättre vetande – trakten var helt ofarlig – blev han orolig. Han kanske inte borde ha lämnat henne.

"Vad tror du, Nessie?" frågade han.

Vallhunden la huvudet på sned och såg på honom med sina intelligenta ögon.

"Jag håller med", sa Thor. "Vi kollar."

Han knackade på den flagnande dörren. Virket var solitt, men väderbitet. Han väntade och lyssnade men när inget hördes bultade han igen, hårdare den här gången. Det kändes som om hela huset skakade.

Dörren flög upp, dörrkarmen riste och där stod Stella. Sur och skrynklig men uppenbarligen oskadd. Hon var grå under ögonen, det svarta håret, som igår legat platt och slätt, stod åt alla håll och hon såg allt annat än morgonpigg ut. Om än välbehållen. Även om hon verkade ha sovit i kläderna. Och med sminket kvar.

"God morgon", sa Thor hurtigt och med en oväntad våg av lättnad i kroppen. Lättnad, och något annat han inte kunde benämna. Trots sitt tilltufsade utseende och allt annat än glada uppsyn var hon... skitsnygg. Kort och kurvig. Brun gyllene hud och mjuka linjer överallt. Utom ögonbrynen som var raka och maffiga och kolsvarta.

"Jaha, är det du nu igen", hälsade hon utan entusiasm.

"Sovit gott?"

Hon snörvlade och torkade sig över munnen med baksidan av handen. "Kan jag inte påstå."

Hon lät täppt och ögonen var svullna.

"Är du allergisk?" Pollensäsongen var i full gång och en del klarade det uselt.

"Nej", sa hon hest. Hon hade mörk röst, han hade tänkt på det igår, varm och djup som en augustinatt.

Thor tittade närmare på de svullna ögonen och de mörka ringarna under dem. Hon hade väl inte gråtit? Det dåliga samvetet var ovälkommet men välförtjänt. Han borde ha varnat henne, inte låtit sin trötthet och irritation ta överhanden. Han sneglade ner på hennes nakna fötter. Tånaglarna var målade i en blank plommonlila färg. Hon luktade av den där sensuella parfymen och den eleganta toppen hon bar såg dyr ut, trots skrynklorna. Hon var som en helt annan art. Helt fel i den här rustika, lantliga miljön med sina sexiga tånaglar, sitt storslagna hår och doften av exotiska kryddor och liljor från andra breddgrader.

Han höll upp termosen.

"Jag har kaffe."

Hon rynkade på näsan.

"Jag gillar inte kaffe", sa hon grinigt. En fluga surrade förbi och hon viftade maniskt.

Och han som precis börjat tänka att hon kanske var normal.

"Du är på landet. Här dricker alla kaffe."

"Jaha, ja, när det gäller den saken... Jag gillar nog inte landet heller så vidare värst."

"Så illa?"

Hon drog på munnen och det var som om den rörelsen på hennes läppar, den lilla gesten var direkt kopplad till hans skrev, för han kände den. Leendet gjorde honom tänd. Han harklade sig besvärat.

"Jag skulle kunna säga att jag haft värre nätter, men då skulle jag ljuga."

Thor nästan log åt det. Stella var inte fullt så dryg som hon verkade, även om han aldrig mött en vuxen människa som inte drack kaffe. Han höll upp vattendunken och påsen med mat istället och slog an en hurtfrisk ton. Det var inte riktigt hans stil att bli påverkad av leenden och nagellack och djupa röster.

Väl?

"Hur känner du för vatten och bröd då?"

Hon blinkade några gånger. Hon hade mörka ögon och långa ögonfransar och han kom på sig med att beundra dem också.

"Jag borde äta något, antar jag", sa hon till sist, tvekande, som om hon inte var helt övertygad. Hon sträckte ut foten och gjorde en liten cirkel med tårna innan hon tittade upp igen.

"Vill du komma in?"

"Om det är okej?"

Hon gjorde en nonchalant rörelse med axlarna, höll upp dörren på vid gavel och släppte in honom. Thor passerade henne, snuddade vid hennes arm. Det var lager av tyg mellan dem, hennes tunna topp och hans grova flanellskjorta, men han kände hettan från henne som en stöt i huden. En pust av hennes doft och kroppsvärme nådde hans näsborre, ett svagt prassel när kläderna möttes och sedan var han inne i stugan och kunde andas normalt.

"Det ser inte allt för illa ut", ljög han.

Stugan var verkligen i bedrövligt skick, både utvändigt och invändigt. Hennes handväska låg på kökssoffan i vardagsrummet. Hade hon sovit på den hårda möbeln? Inte konstigt att hon såg härjad ut i så fall.

De gick ut i köket. Där var det helt tomt, inga möbler, inga textilier, ingenting annat än en ask tändstickor och något som såg ut som en halvtom spritflaska.

Thor lyfte upp dunken på köksbänken. Det dåliga samvetet han kände fick honom att släppa den med en duns. Hon hade tillbringat natten i ... i det här.

Stella tog fram ett glas. "Jag har bara ett", sa hon ursäktande.

"Ingen fara." Han hällde upp vatten åt henne och såg på medan hon drack djupa klunkar. Hon höll fram glaset för påfyllning. "Gud, jag var verkligen törstig." Hon drog med tungan över tänderna. "Och jag behöver borsta tänderna."

Hon drack mer, medan Thor packade upp matvarorna han tagit med.

"Är du från Stockholm?" frågade han och tog fram skorporna. Han tog sin arbetskniv, skar upp osten och ett av äpplena. Han la allt på ett sprucket fat hon gett honom och sköt det mot henne.

Hon lyfte på de svarta ögonbrynen, och han insåg att han gjort i ordning maten åt henne. Gammal vana att serva antog han. Hon tog en tugga av skorpan, en bit ost och en tunn äppelskiva, men inget mer. Däremot fortsatte hon att dricka av vattnet. Hon måste varit uttorkad. Han sniffade lite. Inbillade han sig eller luktade hon alkohol? Han tittade mot spritflaskan igen.

Hon tog en äppelskiva till. "Ja, jag har bott i Stockholm hela mitt liv. Men min mormor och morfar ägde det här huset. Wallins, hette de. Kände du dem?"

Det fanns ingenstans att sitta i det lilla köket, så de blev stående mittemot varandra. Hennes hand vilade runt vattenglaset. Hon hade vackra händer. Smala med långa, blanka naglar, i nästan exakt samma gyllene färg som hennes hud.

Thor mindes paret Wallin vagt. Gråhåriga och krökta. De hade gått bort med bara några månaders mellanrum. Det hade pratats om det i trakten. Att den ena inte ville leva när den andra var död. Sorgligt, men fint samtidigt.

"Jag vet vilka de var, men de dog när jag var ung, det måste vara många år sedan?"

Hon nickade. "Jag hade inte träffat dem på ett bra tag när de gick bort, min mamma bröt med dem. Med hela Laholm, faktiskt."

Det ringde en svag klocka. Han hade nog hört historien någon gång. Det fanns en handfull sådana där berättelser som det skvallrades om hos frisören och i kön på Ica. Skandaler i trakten. Hans egen uppväxt hade nog gett bränsle åt en eller två skrönor. Både hans och Klas framfart hade varit tämligen vild under några år. Fortfarande var det så att han sågs som en buse, trots att han var vuxen och helt ovild. Men man tilldelades en roll och den blev kvar. Man var den man alltid ansetts vara. Han sköt undan tankarna på Klas, de gjorde för ont.

"Mina föräldrar kände dem säkert", sa han istället. "Jag kan fråga om de vet något mer, om du vill." Särskilt hans mamma hade koll på de flesta. Många kom in till hennes bokhandel inne i Laholm, för att utbyta skvaller. Och kom ut med en roman, fackbok eller åtminstone ett tiopack med rutade kollegieblock samtidigt som de lovat att komma på nästa bokcirkelafton.

"Tack. Men jag vet inte hur länge jag kan stanna. Det var ogenomtänkt att komma hit."

"Här som är så mysigt. Utan vatten och el."
Hon skrattade till. Ett djupt skratt som fick det att hetta till i mellangärdet på honom.
"Trivs du här?" frågade hon och nöp av en bit ost och stoppade den i munnen. "I Laholm, menar jag."
"För det mesta."
"Jag antar att det hjälper om man har rinnande vatten."
Thor nickade.
"Mycket."
"Jag har aldrig tänkt på hur beroende man är. Jag menar, jag vet ju det, men ändå."
"En modern svensk gör av med hundrasextio liter vatten per dag. I dunken där har du tio." Han tystnade. Hon hade ju inte bett om en föreläsning. Men som bonde tänkte man mycket på vatten. Han skulle kolla upp hennes vattensituation, bestämde han. Om hon stannade, förstås.
"Vad jobbar du med?" frågade hon och lutade sig mot diskbänken. Solen sken in genom de smutsiga fönstren. Hon såg piggare ut nu.
"Jag driver en ekologisk gård, ett ekolantbruk."
Hon la en trasslig mörk hårslinga bakom örat. "Kan man leva på det?"
"Det är nog en definitionsfråga. Men ja, jag är självförsörjande och jag hankar mig fram genom att sälja en del av det jag odlar och det jag förädlar." Han brukade sälja grönsaker på hösten, raps och olika grödor direkt till kund, han hade självplock av blommor och tomater. Han tillverkade sin ost, olja, experimenterade med olika varianter på glögg, honung och annat han kom på. Han klarade sig. Mycket tack vare att han skötte sina maskiner väl, höll nere kostnader och ständigt funderade på att utveckla verksamheten.
"Är det samma sak som att vara bonde då?"
"Ja."

Hon log. "Inte för att jag har någon större koll på vad bönder gör. Jag är en hopplös stadsbo."

"Nähä? Skulle jag aldrig anat."

"Natur för mig är en bänk i en park. Tack för att du skjutsade mig igår. Och förlåt om jag var dryg."

"Ingen fara. Jag brukade titta till farbrorn som bodde här förut." Ett av traktens original hade bosatt sig i huset. Ingen hade sagt något om det, så han hade blivit kvar. "Han dog för flera år sedan."

"Dog han här?" frågade hon och såg besvärad ut.

Ännu en skillnad på stadsbor och bönder. För honom var liv och död tätt sammanflätade, döden var ofta sorglig, ibland helt outhärdlig, men alltid en del av tillvaron.

"Nej, han dog på sjukhus. Och han var snäll, han kommer inte spöka för dig. Men jag har undrat om någon ägare skulle dyka upp."

Thor försökte stänga ett skåp som genast gick upp. Han tittade på de bruna väggarna och det fläckiga golvet. Studerade den snustorra diskhon.

"Huset är i dåligt skick."

"Det menar du inte", sa hon torrt.

Det blev tyst mellan dem. Stella tittade ut genom det smutsiga fönstret. "Det här huset är allt jag äger."

De begrundade hennes ord.

Nessie skällde till ute.

"Jag måste gå tillbaka", sa Thor, motvilligt.

Han noterade att hon knappt ätit av maten han tagit med sig. Och att hon kramade sitt glas hårt, som om hon försökte hålla ihop sig själv genom att spänna musklerna i kroppen.

"Det kommer folk som ska hjälpa mig på gården idag. Det är mycket att göra, vårbruket är igång." Han hörde att han nästan pladdrade, vilket var skrattretande olikt honom. Men han var så osäker på den här Stella. Han ville inte ta ansvar för henne, visste att han verkligen inte behövde. Men samtidigt ...

"Jag förstår", sa hon, och såg övergiven ut.

Thor debatterade med sig själv. "Varför dricker du inte kaffe?"

"Jag är en temänniska." Hon tog upp en skrynklig tepåse från diskbänken. "Jag hade tänkt dricka te."

"Jag har te hemma", sa han. "Och varmt vatten. Du är välkommen att följa med bort till Solrosgården."

"Heter din gård så?"

"Japp." De hade döpt den till det. På den tiden som solrosorna blommade och de var unga. Och friska.

Stella såg sig om i köket. "Har min stuga ett namn?"

"Rucklet?"

Hon drog på munnen åt det. "Det är komiskt, för det är sant."

"Du kan duscha på min gård. Dricka te. Gå på toa." Äta något, tänkte han. Hon hade petat i sig halva äpplet och några ostskivor, hon behövde något mer näringsrikt om hon skulle klara av livet här ute.

Stella såg tveksam ut. Han tog ett steg mot henne. Hon blinkade. Han lyfte handen, var nära att lägga den på hennes arm. Det var som om all luft i stugan sugits ut och någon dragit igång ett element. De stirrade på varandra. Han lät handen sjunka, generad, och backade.

"Mina barn är på gården, kanske någon mer, det är alltid folk där."

"Har du barn?" Hon la huvudet på sned och han såg hur hon debatterade med sig själv inne i huvudet.

"Två."

"Hm."

"Det finns en helt avskild dusch. En massa varmt vatten, stora handdukar. Tvål."

Han förstod inte riktigt själv varför han hade satt igång en övertalningskampanj. Han både ville och inte ville att hon skulle följa med. Ville för att hon var snygg, rolig och han kände ett visst ansvar för henne. Och ville inte, av exakt samma anledningar. Han behövde inte mer ansvar. Inte ens för snygga och roliga kvinnor. Särskilt inte för sådana. Och den här märkliga laddningen mellan dem – kände hon den också?

Nessie skällde otåligt utanför.

Stella gjorde en min. "Jag gillar inte hundar."

"Jag fattar. Du gillar inte landet, kaffe eller hundar."

Eller barn, tänkte han, för hon hade inte sett superentusiastisk ut när hon hörde att han hade ungar. Och då hade hon inte ens mött dem.

Men Thor såg att hon vacklade. Och han förstod henne. Torparlivet var inte för alla. Särskilt inte för nollåttor med blanka naglar och doftande hud.

"Har du en laddare till den här?" Stella höll upp en guldfärgad Iphone.

"Japp." Thor satte in dödsstöten. "Och jag har en massa internet på gården."

"Visste du att det knappt finns täckning här?"

Han nickade.

"Jag kan väl följa med en stund då", sa hon.

"Var det internetet som avgjorde?"

Hon nös.

"Internet, toa, te", sa hon och torkade sig om näsan med pekfingret. "I den ordningen. Du har väl en riktig toalett? Om du har mulltoa börjar jag kanske lipa. Inte för att jag vet vad mulltoa är för något, men det låter hemskt."

Det ryckte i hans mungipa. Han nästan önskade att han haft kvar det gamla utedasset, men han hade rivit det för att ge plats åt växthuset.

"Nej, jag har vanliga hederliga vattenklosetter, tre stycken faktiskt, och de fungerar alldeles utmärkt."

Hon andades ut i en lång lättad suck. En bortskämd storstadstjej som hatade landet – verkligen en toppenidé att ta med henne bort till gården och det minst sagt rustika kaos som rådde där. Vad kunde gå fel?

Men av någon anledning var Thor på helt okej humör när han en stund senare promenerade med Stella med attityden och håret, tillbaka till gården.

Hundarna sprang omkring dem, solen sken och fåglarna kvittrade. Han förutspådde att hon skulle bli kortvarig härute så en eventuell och irrationell attraktion från hans sida var knappast något att oroa sig för.

— 5 —

Stella hade nog alltid utgått från att hon skulle bete sig värdigt vid en eventuell relationskris. Att hon skulle hålla huvudet kallt och vara chill. Fast mest av allt hade hon nog trott att hon inte skulle bli bedragen, tänkte hon, medan hon travade på i gräset efter Thor. Hon undvek att trampa i en komocka, sjönk ner i gräset, snavade och lyckades återvinna balansen. Hon slog efter en insekt. Naturen var blöt, smutsig och opålitlig, om hon fick ha en åsikt. Hon kollade efter Thors breda ryggtavla.

Tänk att han dykt upp. Hon hade varit sekunder från att börja storböla när han knackade på. Inte värdigt alls.

Den lilla tjocka hunden, Pumba, studsade runt i gräset, jagade fjärilar, tuggade på maskrosor och attackerade pinnar med samma entusiasm. Han hade sniffat på hennes skor, skällt på hennes handväska och sedan skuttat iväg. Då och då vände han dock på huvudet och såg på henne med längtan i hundögonen, som om han hoppades att hon skulle sluta vara tråkig och istället ansluta sig till leken.

Den smäckra svartvita hunden, Nessie, sprang runt dem alla i en vid cirkel. Då och då la hon sig ner på marken, spanade och sprang sedan upp igen, fokuserad och tyst.

"Vad gör hon?" ropade Stella till Thors rygg.

Han stannade till och följde hennes blick.

Där han stod med den prunkande naturen bakom sig och solen glimmande i det mörkbruna håret såg han inte alls oäven ut, noterade Stella med handen mot solen. Det var helt oväntat, men det var som om hon plötsligt såg honom, verkligen såg. Och han verkade så genuint reko. Liksom stabil och orubblig, som de uråldriga träd och enorma stenbumlingar de passerade i landskapet.

"Hon är en vallhund. Nessie, kom", ropade han och hunden kom till honom direkt. Stella sträckte försiktigt fram handen. Nessie sniffade och lät Stella stryka henne över huvudet. Pälsen var silkeslen.

"Hon har snälla ögon", sa Stella. Den svartvita hunden liknade inte alls de nervösa, kopplade och ständigt revirpinkande stadshundar hon var van vid.

Nessie tittade upp och gav Thor en frågande blick. När han nickade sprang hon iväg igen.

"Hon är otroligt lydig", sa Stella. Det existerade ett band mellan hunden och Thor, det kändes tydligt. Det var fint.

"Jag har tränat henne sedan hon var valp." Han tittade på Pumba som nu stod med nosen djupt ner i marken. Den trinda rumpan guppade i vädret. "Den där däremot är hopplös."

Stella skrattade. "Han är söt på sitt sätt."

Hon tittade på Thor medan han böjde sig ner och lirkade loss något ur valpens mun. Med sin urtvättade t-shirt, sina rejäla kängor och förstärkta arbetsbyxor var han så långt ifrån de symmetriskt tränade och modemedvetna citykillar hon var van vid. Det fanns en rå maskulin energi hos honom, som hon var helt obekant med. Något som hade med utomhus och kompetens och överlevnad att göra. Något som tydligen tilltalade delar i henne som…

"Här är det", sa Thor med ens och stannade till så abrupt att Stella, som varit helt inne i sina tankar nästan gick in i honom. Hon höjde blicken och blev stående, lite andfådd, men mest av allt klentrogen. Inte visste hon vad hon hade väntat sig av Thors gård, men detta….

"Wow. Bor du där?" andades hon. Det var ett stort, vitt stenhus med klargröna fönsterkarmar och med några angränsande mindre byggnader utspridda runt huvudbyggnaden. Gröna böljande kullar i bakgrunden och överallt blommande fruktträd och frodiga buskar. Vita och blekrosa pingstliljor och tulpaner i alla färger i överdådiga rabatter. Det var som ett lummigt paradis. När de kom in på gården möttes de av hönor i olika färger, bruna, grå, spräckliga och en stor som var helt svart med lurviga fötter. Hönorna kluckade och sprätte och pickade i rabatterna.

En blanksvart katt låg utsträckt och solade på trappen. Nessie jagade genast bort den.

"Huset och gården är Nessies domäner", förklarade Thor. "Inga katter får vara här för henne."

"Har du flera katter?"

"Tre stycken. Det är en ständig kamp om herraväldet."

De gick upp för en bred, stabil stentrapp och kom in i en rörig, men ljus och trivsam hall.

Det hördes röster och skratt inifrån som skvallrade om att de inte var ensamma i det stora huset.

"Vill du hälsa nu, eller efter att du duschat?" frågade Thor.

"Efter", sa Stella med eftertryck. Hon var inte van vid att vara så här smutsig och det tilltalade henne inte ett dugg, faktiskt. Umbäranden var definitivt inte hennes grej.

Thor visade henne till ett badrum längre in i huset. De passerade röriga men trivsamma rum och vrår. Hon kikade in, badrummet var enkelt men luktade rent och det var allt hon önskade just nu. Thor räckte henne två handdukar, slitna, men doftande rena, och sa: "Jag är i köket så länge. Ta all tid du behöver. Använd vilka tuber och flaskor du vill. Utom det som står på en hylla som det står *Rör och du dör* på. Det tillhör min dotter."

"Uppfattat."

Thor gick och Stella låste om sig. Hon klädde av sig och satte igång vattnet. Hon duschade och tvättade håret med ett schampo som luktade äpple, skrubbade sig med handtvål från Barnängen och sköljde sig länge. Hon, som älskade att gå på spa med Maud, och köpa dyra krämer på rea på nätet, tänkte att detta nog var den bästa duschen i hela hennes liv. Hon hade packat ner rena underkläder, så hon torkade sig och njöt av att vara nyduschad. Hon hade även tagit med sig två extra toppar när hon lämnade Stockholm, men hon visste inte hur hon tänkt när hon packade dem, för de var båda ljusa, i tunt sidentyg och så inte anpassade för landet IRL. Men de var hennes egen design och hon älskade dem. Hon satte på sig den ena, och vek ner den skrynkliga sidentoppen och den tunna cashmerekoftan, som hon både rest och sovit i och som skulle må bra av en tvätt. Hon skulle försöka vädra ur plaggen senare. Nu var hon ren åtminstone. Hon redde ut håret så gott det gick med fingrarna, tänkte med saknad på sina hårvårdsprodukter och sin plattång. Smorde in sig i ansiktet med dagkrämen hon kommit ihåg att få med sig, gned in armar och ben med sin handlotion, som inte skulle räcka särskilt länge, och borstade tänderna med resetandborsten och tandkräm ur en stor familjetub. Till slut tittade hon sig i den nötta, immiga spegeln. Håret var lockigt och helt oregerligt och utan plattång skulle det förbli så. Men det var fräscht. Hennes gyllenbruna hy var ovanligt blek och liksom lysterfri, hon hade ringar under ögonen och hon hade definitivt haft bättre dagar, både invändigt och utvändigt, men hon kände sig hyfsat presentabel. Mammas guldhalsband låg tryggt om halsen och hon hade sina guldörhängen och kände sig nästan som sig själv.

När hon städat efter sig och öppnade dörren, hörde hon dels Thors mörka röst, dels några ljusa, ungdomliga. Hon följde rösterna till ett stort, färgglatt kök, som förstärkte intrycket av Thors hus som rörigt, inbjudande och charmigt.

Thor fick syn på henne.

"Här kommer vår gäst. Stella, jag har gjort te", sa han

och höll upp en prickig tekanna. "En hel kanna bara till dig. Hoppas Earl Grey går bra, det är det enda vi har."

"Jättebra", sa hon innerligt. Te, hon skulle få te. Hennes humör ökade med ungefär hundra procent.

"Detta är min dotter Juni", sa Thor och nickade mot en ung tjej med blåsvart hår och butter uppsyn.

"Hej", sa Stella.

Flickan svarade inte utan gjorde bara en gest med hakan som kunde betyda i stort sett vad som helst. Trulig tonåring – check. Thor väjde för den lilla hunden som gläfsande rusade runt benen på dem. Han pekade på dörren,

"Pumba, ut." Valpen sloknade av den stränga rösten, men lydde. Den satte sig vid dörröppningen, med framtassarna på tröskeln och tittade in på dem med längtansfulla blickar.

"Och det här är min son Frans."

Thor visade mot en lång, smal pojke som dukade fram blåvita tallrikar på bordet.

"Hej", sa Stella.

"Tja", sa Frans. Han blåste luggen ur pannan. Den föll genast ner.

Det var så otippat att Thor hade barn. Han bar ingen ring och Stella såg inga spår efter en fru, inget feminint alls faktiskt. Och Thor var väl bara lite äldre än hon, tänk att redan ha halvstora barn.

"Jag är tretton", sa Frans. Han hade fortfarande barnets mjuka ögon och runda kinder, men även en antydan till en begynnande pubertet. Adamsäpplet var framträdande och han hade små fjun på överläppen. Han hade långa gängliga armar och en tröja med namnet på ett band som Stella aldrig hört talas om. Ett hårdrocksband, gissade hon. Om man ens sa hårdrock längre.

"Juni är sexton. Jag säger det bara för att äldre människor alltid vill veta hur gamla vi är. Jag går i sexan, Juni i nian. Och ja, jag är lång för min ålder."

"Okej", sa Stella och försökte hantera att hon tydligen var gammal i Frans ögon. Men så var det förstås. För en trettonåring var en tjugoåttaårig kvinna uråldrig. Stella ville säga något smart, men kom inte på en enda sak att prata om. Hur snackade man med tonåringar? Hon kunde inget om tv-spel, vilket var det enda hon var helt säker på att barn gillade och hon lyssnade ogärna på hårdrock, och sedan tog det stopp. Läste de böcker? Sportade? Det hon mindes från sin egen ungdom var att hon avskytt när äldre människor frågade om skolan och om framtidsplaner, så det sa hon inget om.

Pumba hade smitit in i köket igen, och tiggde mat och kel där han kom åt. Han ställde sig på bakbenen, försökte lägga huvudet i Junis knä och viftade så häftigt med svansen att hela den knubbiga kroppen gungade. Juni klappade honom på huvudet och han gnydde lycksaligt.

När Juni gosade med valpen förändrade hennes minspel. Från arg emo, till lite mindre arg emo. Eller sa man ens emo längre, tänkte Stella. Hon var verkligen usel på tonåringar.

"Vad är det som doftar?" frågade hon istället, och sniffade i luften. Det luktade bageri och trygghet.

"Scones", svarade Thor.

Han öppnade ugnen, tog fram en plåt och lyfte över nygräddade scones i en korg som han ställde fram på bordet. Han hade alltså bakat medan hon duschade.

"Slå dig ner var du vill", sa han och Stella satte sig på en av de udda stolarna som stod runt bordet, mittemot barnen. Bordet var rustikt och såg hemsnickrat ut, som om någon tagit brädor av olika slag och spikat ihop dem, stolarna var av olika sorter och porslinet var udda i färg, form och storlek.

Frans höll fram sconeskorgen. Hon bredde smör och klickade på sylt på en bit varmt bröd och tog en stor tugga. Sedan drack hon av sitt te. Det var starkt, skållhett och hon pustade av ren vällust när det kom ner i magen och ut i blodomloppet.

Juni drack kaffe ur en skir gammeldags kopp. Hon bar en

tunn, svart, stickad tröja, som Stella vant identifierade som fransk eller möjligen italiensk vintage. Den var skenbart enkel, men Stella, som levde och andades design, som älskade att sy och som alltid spanade in folks kläder, såg hantverket i detaljerna. Det syntes att kvaliteten var hög. Även om den var minst två nummer för stor på Juni.

"Vilken fin tröja", sa hon.

Juni gav henne en misstänksam blick. "Den är svart", sa hon och ryckte på axlarna.

"Den är snygg. Är den härifrån?" Hade de sådana plagg i Laholm? Hennes naturliga nyfikenhet på välsydda kläder var väckt.

"Jag köpte den second hand. I Laholm."

Juni drack av sitt kaffe, fokuserade på sitt bröd. Hela sextonåringen signalerade att den här konversationen var extremt ointressant.

"Jättefin", sa Stella. Hon borde besöka den affären, kanske hon kunde göra något fynd, tänkte hon med lite ökad puls. Hon gillade second hand, även om Peder alltid tyckt att gamla kläder var äckliga. Det hjälpte. Att minnas dåliga saker om honom. Det var inte heller särskilt svårt för tillfället. Hans goda sidor var jävligt solkade av det han gjort.

"Just det", kom hon på. "Är det någon som har en mobilladdare?" Hon höll upp sin döda telefon.

"Frans, du har väl en laddare till den där modellen?" sa Thor.

Trettonåringen nickade och en stund senare stod Stella och såg sin telefon komma till liv med hjälp av en sladd i ett svart bakelit-jack. Hon smuttade på sitt te medan hon väntade. Hon hade åtta mess från Maud, som undrade om hon var vid liv. Stella svarade snabbt att allt var bra och att hon skulle ringa senare. Inget mess från Peder, vilket ändå var skönt. Hon lät telefonen ligga och ladda och gick tillbaka till bordet.

"Hur hamnade du här egentligen?" frågade Frans när Stella

satt sig ner igen. Inte ovänligt direkt, men ändå. Barnen var inte superglada att ha henne här, hon kände det.

Thor bytte en blick med henne. Han drack sitt kaffe svart och åt sina scones med snabba effektiva rörelser.

Stella fastnade med blicken på hans händer. De var stora med mörkt hår på knogarna. Solbrända med korta naglar och små ljusa ärr här och var. En hårt arbetande mans händer.

Min pojkvän dumpade mig, jag blev hemlös, arbetslös, lite knäpp och tappade fotfästet, var väl det mest korrekta svaret på Frans fråga, men Stella nöjde sig med: "Jag ville se mitt torp. Jag har inte varit här sedan jag var liten."

Det var då hon bestämt att hon hatade landet, mindes hon plötsligt. Hon hade inte ens reflekterat över det tidigare, bara accepterat att hon var en kvinna som gillade storstäder.

Men nu mindes hon sista gången hon var i Laholm och stugan. Hon var kanske nio, tio år, det var den där sommaren med knastrande grus under fötterna och röda pelargoner. En kväll hade mamma bråkat med mormor och morfar när de trodde att Stella sov. Det hade varit höga, arga röster och de hade skrämt henne. Stella hade legat med täcket över huvudet och lyssnat hur de bråkade om pappa. Alltid dessa bråk om pappa. Hela sitt liv hade Stella undrat vem han var. Det enda hon visste var att han kom från Indien, inget annat. Alltså inget. När hon var liten hade hon frågat, förstås. Ofta. Varför hon inte hade en pappa. Varför hon var så mörk när mamma var så ljus. Varför hon hade ett så annorlunda mellannamn. Om han levde. Men hon lärde sig snabbt att mamma blev antingen arg eller ledsen när frågorna kom. Det var tabu att prata om honom. Stella gav upp och vande sig. Hon hade nog tänkt att de skulle prata om det när hon blev vuxnare, mer mogen. Kanske hade mamma också tänkt så, att Stella skulle få veta så småningom. Ingen planerade trots allt att dö knall och fall vid femtionio års ålder och lämna sin artonåriga dotter utan både mamma och en enda ledtråd till vem pappan var. Men det hade

Ingrid Wallin gjort och nu skulle Stella aldrig få veta. Om ingen hittills gömd information dök upp ur det blå här i Laholm.

Hon hade frågat mamma i bilen den där gången, på vägen hem.

"Sluta, Stella, det är ingen idé", hade mamma sagt med sin kallaste röst. "Glöm det där. Folk på landet är idioter. Mormor och morfar är inskränkta och förstår inte. Vi ska inte komma tillbaka hit, det blir bäst så." Och det hade de inte gjort. Mamma var sådan. Hon bröt med folk om de inte betedde sig som hon ville. Blev arg och kränkt när Stella inte gav sig.

Stella hade helt glömt den där specifika händelsen. Det var så konstigt med minnen. Hur de kunde poppa upp och ge information som man stuvat undan. Som varför man skulle hata landet. Som att mamma brutit med sina föräldrar på grund av Stellas pappa.

"Hur länge sedan är det?" frågade Frans artigt, men med munnen full av scones, sylt och smör.

Det tog ett tag, men sedan mindes hon vad de pratade om.

"Länge sedan, innan ni var födda." Men Thor måste ha funnits här då, slog det henne.

"Hur länge ska du stanna då?" frågade Juni under sin raka, svarta lugg. Pumba hade kravlat upp i hennes knä och snarkade högt. Junis tonfall var inte helt vänligt, men det var en bra fråga. Natten hade varit rent ut sagt förfärlig. Hon hade vaknat vid minsta ljud. Kökssoffan var stenhård, hon hade frusit, och allt, precis allt i huset, behövde skuras, skrubbas och desinficeras.

Men ändå.

Stella snuddade med pekfingret vid sin temugg. Den var fin med blå blommor och små fjärilar, små hack här och var och förmodligen inte värd en krona på en loppis, men den passade in i omgivningen. Så här i dagsljus kändes torparlivet inte lika hemskt. Hon var trots allt ren, fick hembakat bröd och mängder med te. Hon sneglade på Thor. Jodå, landet hade sina fördelar. Och hon var här av en anledning.

"Ett tag", svarade hon bestämt på Junis fråga. Hon hade haft en plan med att komma hit och hon var inte redo att ge upp riktigt än.

Hon rörde i tekoppen.

Det fanns inget för henne i Stockholm just nu. Och om tio dagar skulle hon få det livsavgörande beskedet.

Hon sträckte sig efter mer bröd.

"Ska du bo i stugan då?" frågade Thor.

Hon höjde på huvudet.

"Ja."

Folk hade bott i den där stugan före henne. Mormor och morfar hade levt sina liv där, såklart att hon skulle klara några dagar och nätter. Hon var en kapabel kvinna, hade klarat sig helt själv sedan hon var arton år, hade tjänat egna pengar sedan hon var tretton. Hon skulle lösa det. Tillförsikten strömmade genom henne. Hon var envis. Kreativ.

"Ja, det ska jag", upprepade hon. Kanske det till och med skulle göra henne gott. Hon kunde pröva att röja i torpet, till och med i trädgården. Det skulle vara ljust till klockan nio minst. Fysiskt arbete var precis det hon behövde. En distraktion medan hon väntade på beskedet från New York.

Hon mötte Thors blick. Något glimmade till därinne, något otämjt och spännande. Han må vara lantis och tonårspappa, men han attraherade henne. Det var bara fysiskt förstås. Kanske en kombination av feromoner, lantluft och sömnbrist. Eller så hade hon fått en knäpp på riktigt. Folk blev ju det. Galna. De hade haft en kvinna i butiken en gång som gick in bakom omklädningsdraperiet, gav upp ett illvrål, började prata om invandrare, gruppvåldtäkter, pepparsprej och sedan fick hämtas av både polis och ambulans eftersom hon vägrade lugna ner sig. Stella undrade hur det gått med henne. Hon hade aldrig kommit tillbaka till butiken i alla fall.

"Vi får se hur det går", sa hon och la huvudet på sned. Kanske, eventuellt, möjligen provade hon att flirta. Hon gillade att Thor var manlig utan att vara tröttsamt macho. Det var attraktivt med en man som verkade trygg i sig själv och i sin tillvaro.

"Mer te?" frågade han och höll upp tekannan. Han såg stadigt på henne och det sög till i Stella. Flirtade han tillbaka? Intressant.

"Gärna", sa hon och var på vippen att le, när hon såg Junis min. Stella skärpte sig. Att flirta med en man var okej, men att ta det längre, när han hade barn. Tonåringar. Nix, det var inte smart. Och det var dags att vara smart.

– 6 –

När Stella sent samma eftermiddag öppnade sin ytterdörr stod Thor där och såg ut som om han materialiserat sig på hennes trapp enkom för att göra PR för utomhusliv och hårt fysiskt arbete.

"Hej igen", sa han.

Stella torkade svetten ur pannan. Hon var varm och rätt säker på att hon hade smuts ungefär överallt. Det var inte optimalt att städa i finskräddat siden.

"Halloj." Av någon anledning var hon inte det ringaste förvånad att han dykt upp.

"Jag ville bara kolla hur det går", sa han och granskade henne med sin intensiva blick. Han log inte direkt, men under de markerade svarta ögonbrynen blänkte ögonen till. De var mörkblå, som en oändlig rymd eller ett riktigt lyxigt sidentyg. Stella hade alltid älskat att arbeta med siden och, midnattsblått var en av hennes favoritfärger. Det fanns en spänning i mörkt blått, mer dramatiskt än svart.

"Det går bra."

Det var något mellan dem. Stella kände det i huden, som en lätt underström som brusade och virvlade. Det var en behaglig känsla, som att köra bil förbjudet fort eller som att cykla nerför en riktigt brant backe. Hisnande och spännande och farligt, om man inte passade sig. Thor var tvåbarnspappa. Bonde. Hon var en kvinna som tjugofyra timmar efter att hon lämnat Stockholm saknade trängsel, hämtmat och lyx.

"Vad gör du?" frågade han.

"Jag har skrubbat", sa hon, för att förklara varför hon var täckt med smuts. Skrubbat och letat. Hon hade haft någon sorts tanke om att hon skulle hitta svar om sin bakgrund här, att det ändå skulle finnas *något* efter mamma eller pappa, som ett brev, ett foto, någon liten kvarglömd minnessak. Men nope, nix, nein. Inget.

"Utan vatten?"

"Sopat, mest", erkände hon. Hon hade hittat en kvast och en dammvippa och gått loss. "Men jag hade kvar av vattnet jag fick av dig och jag har använt det." Hon hade faktiskt fått det riktigt rent, om hon fick säga det själv. Hade öppnat skåp och fönster, vädrat och fått ut damm, döda insekter, spindelväv, olika sorters lortar och små bon av okänt ursprung. Hon hade alltid varit bra på sådant. Att ordna, strukturera och ta tag i saker.

Thors blick dröjde vid hennes panna och nästipp.

Självmedvetet gnuggade hon sig med baksidan av handen.

Som en magiker drog han fram en ren tygnäsduk ur fickan och räckte henne, nickade att hon kunde använda den till att torka sig.

"Det är därför jag är här", sa han. "Jag tänkte att jag kunde kolla pumpen åt dig."

Det drog i hennes mungipor. "Det där lät som inledningen på en dålig sexfilm." Hon räckte tillbaka näsduken.

"Behåll den", sa han och lutade axeln mot dörrposten. "Hur skulle inledningen på en bra sexfilm låta, enligt dig?"

Stella skrattade till. Thor kunde helt klart flirta, trots sitt mestadels allvarliga tillstånd. Och så fina hans ögonvrår var, med solbrända skrattrynkor kring ögonen. Det var trevligt att han inte hänvisade till Knausgård och von Trier i varannan mening, och att han ännu inte hade citerat någon kändisman som ansåg sig älska "kvinnan" men egentligen bara gillade söta tjejer som höll med om allt han sa. Hon andades ut. Släppte de negativa tankarna.

"Jag menade det bokstavligen", fortsatte Thor.

"Sexfilmen?"

Det ryckte i hans mungipa. "Pumpen."

"Det tänkte jag inte ens på att man kunde göra", sa hon. Men såklart att det gick. Och såklart att en man som Thor visste hur man gjorde.

Thor höll upp en papperskasse i vädret. "Och så tog jag med mig lite mer grejer åt dig."

Stella ögnade påsen. "Definiera grejer", sa hon, samtidigt som hon visade att han skulle komma in i stugan. Han passerade henne, nära, i den trånga, låga dörröppningen, hukade sig och drog med sig en doft av natur, vind och något annat, något otämjt, in i hennes torp och kök.

"Du har verkligen fått rent", sa han medan han ställde upp kassen på diskbänken.

"Tack."

Citytjejer kunde när de ville.

Thor lyfte upp en robust stormlykta, och en ask extralånga tändstickor ur påsen.

"Ljus för kvällen, bättre än värmeljus, som är opålitliga. Var försiktig med dem. Stugan har stått i hundrafemtio år, synd att bränna ner den."

"Ja. Jättesynd."

De studerade rucklet en stund.

"Och så tog jag med te", sa han sedan och höll upp en termos. "Och den här också." Han vecklade ut vad som visade sig vara en pläd i dova varma färger. "Det blir kallt på natten", förklarade han och såg obekväm ut, som om det gick en gräns mellan stormlyktor och filtar, som om han blivit för privat.

Hon kramade filten i famnen. Den doftade ull och blommor och var alldeles mjuk. Och nätterna i torpet var orimligt kalla. Hon tänkte längtansfullt på sina duntäcken i Stockholm, de sträva men sköna linnesängkläderna och fick tårar i ögonen när hon mindes merinopläden hon köpt till Peder men använt själv. Hon saknade hemma.

"Stella?"

"Förlåt. Tack, den är jättefin."

Han gjorde en handrörelse som om det inte var något att orda om och fortsatte att packa upp. "Jag packade med lite proviant som klarar sig utan kylskåp. Frukt, ost, bröd. Kanelbullar."

"Bullar och te. Det är ändå lycka", sa hon med eftertryck.

"Och denna." Han höll upp en powerbank. "Fulladdad."

"Nu börjar jag nästan gråta", sa hon och tog emot den med vördnad. "Mat och ett batteripack. Det är bättre än myrra och guld."

"Jag har alltid undrat, vad är myrra egentligen?"

"Du frågar fel person. Men det låter suspekt, så det är säkert något från landet."

Hon hade hittat ett större fat högst upp på en hylla. Som allt annat i stugan var det sprucket och kantstött, men fint med små rosenknoppar på och hennes konstnärssjäl uppskattade det, så hon la bullarna på det. Hon smekte det gulliga fatet med blicken. Provinsiellt skulle mamma sagt, med en fnysning. Mamma hade avskytt allt som var provinsiellt. Hon föreställde sig hur mamma organiserade där uppe i himlen, var sträng och hånfull mot dem som inte höll måttet. Tyckte att keruberna i himlen var naivistiska och ointressanta. Bestämt ställde Stella fram fatet. Hon tänkte gilla provinsiella saker om hon ville. Hon var alldeles för gammal för att bry sig om vad hennes döda mamma gillat eller avskytt. Att se ner på vad andra tyckte om och kalla det dåligt, var inte det rätt förfärligt egentligen?

"Ska vi gå ut och kolla?" föreslog Thor.

De letade upp den gröna pumpen.

"Jag har kommit hit ibland. Det är en stabil anordning men

den kräver underhåll. Jag hjälpte farbrorn som bodde här och har fortsatt." Han såg lite generad ut, som om han tyckte att han skröt och gjorde sig till.

"Väldigt omtänksamt av dig", sa hon. "Vad gör vi nu?"

Thor tog av sig den rutiga flanellskjortan och la ifrån sig den på gräset. Stella sneglade. Han hade en tajt t-shirt under och den gjorde finfina saker med hans silhuett. Hon var tvungen att titta lite mer. Solbrända armar, muskulös nacke och lite för långt mörkt hår i nacken. Hon lät blicken vandra, kunde inte ens låtsas att hon gjorde det ur någon sorts skräddarsynvinkel. Han hade slitna men rena byxor som hängde exakt på höftbenen. Det var arbetsbyxor med dragkedjor, hällor och fickor och de var helt oväntat jättesexiga. Thor undersökte pumpen.

"Vad gör du nu?" frågade hon.

"Jag bara kollar vilka verktyg jag kan behöva. Men det ser bra ut."

"Det känns som jag borde lära mig att göra det själv", sa hon fundersamt men inte helt sannfärdigt. Hon hade noll intresse av pumpar.

"Det är inte så svårt."

"Men ändå. Hur kan du detta?"

"Jag har fått lära mig en massa sedan jag blev bonde. Svetsa. Förlösa kor."

"Låter rimligt."

Han drog i pumphandtaget, det gnisslade och rasslade och han fick veva ordentligt. Stella såg på. Och sedan kom vatten. Halleluja.

"Jag föreslår att du kokar vattnet innan du dricker, för säkerhets skull. Eller så dricker du det du fick av mig, och använder detta till att tvätta dig, koka ägg och vattna och sådant. Så kan du ringa kommunen om du vill att de ska kolla kvaliteten."

"Yes box."

Efter att de gått in igen tittade Thor bort mot spisen.

"Han som bodde här använde den. Funkar den fortfarande?" frågade han.

"Vet inte." Spisen var ett svart, sotigt monster och Stella hade inte vågat sig på den. "Jag är rädd att bränna ner hela Laholm. Jag tänker att det inte skulle bidra till grannsämjan om jag gjorde det. Det är en vedspis, eller hur?" Hon hade mycket dimmiga kunskaper om hur apparater som inte anslöts till eluttag fungerade. Hon skulle förmodligen ha dött om hon levt förr i tiden, tänkte hon. Så oerhört deprimerande.

"Jag kan visa dig", erbjöd han. "Det är trixigt i början, men egentligen är det lätt."

"Gärna."

"Först öppnar du spjället helt. Och efter det den här lilla sotluckan."

Thor visade henne. "Sedan matar du in gammalt tidningspapper", sa han medan han knycklade ihop papper och lugnt matade lågorna. "Vänta tills elden tar sig. Så. Nu matar du på med smala vedträn, sedan grövre." Hans rörelser var behärskade och metodiska, helt ostressade, och instruktionerna var rätt sensuella, faktiskt.

"Spisar är olika", sa han lågt. "Precis som människor."

Som sagt. Sensuellt.

"Vilket skönt ljud", sa hon när elden tog sig och det började knastra. Det var fortfarande sol ute och hon hade blivit varm när hon jobbade men det var en sval vårdag med kyla i kanterna. Värmen från elden var mjuk och len. Hon hade nu ett torp, vatten och egen eld. I alla fall så länge veden räckte. Stella tittade i den medfarna vedkorgen. Ett ark gammalt tidningspapper och några pinnar var allt som fanns kvar.

Thor följde hennes blick. "Ska jag hugga ved när jag ändå håller på? Det finns fin, torr ved där ute."

"Vill du det?" frågade hon.

Thors blick landade på hennes mun. Den dröjde sig kvar vid hennes läppar. Stella stod blickstilla. Intressant. Hennes kropp var inte helt död tydligen, för den där blicken, den kände hon från tårna till hårbotten.

Thor torkade händerna på en trasa, nickade och Stella mindes inte ens vad hon frågat.

"Vi får gå ut i så fall", sa han.

Just det. Ved.

"Det är egentligen en fin trädgård", sa Thor när de gått ut. Han plockade upp en torr gren från marken.

Stella såg sig om. Det var mest gammalt gräs, torra löv och förvuxna grensaker såvitt hon såg. Men tittade hon närmare så kunde hon se att det ur en del tovor stack fram blommor. Ljusgröna stänglar och vita och rosa blommor som hon inte visste namnet på. Och den enorma eken.

"Jag gillar den", sa hon och pekade.

"Såklart du gör. Den är halvdöd."

"Inte då. Den är bara lite långsam." Hon klappade den skrovliga stammen. Det här trädet hade sett hennes morföräldrar, hennes mamma. Det måste vara flera hundra år gammalt.

De gick till ett skjul som hon inte ens sett eftersom högt gräs och sly nästan helt dolde det. Thor banade väg genom ogräset åt dem och öppnade en skranglig dörr. När de klev in mötte gammal lukt, spindelväv och damm dem.

"Titta", sa han och höll upp en enorm yxa. "Den behöver nog slipas, men den duger", sa han och kände på eggen med tummen.

"Precis vad jag tänkte", sa Stella, som aldrig hållit i en yxa i hela sitt liv, än mindre funderat på hur den skulle underhållas.

Thor la yxan över axeln och hon log.

"Vad?"

"Du ser ut som en skogshuggarkliché."

"Skog kan jag inte hugga, men lite ved ska vi nog få till."

Stella såg på medan han började välja ut trästycken och hugga dem i mindre bitar mot en mossbelupen huggkubbe.

Det där borde hon också lära sig, tänkte hon när han klöv ett trä. Om det fanns yxor som var mer anpassade till hennes storlek förstås. Den där var helt enkelt för stor.
Thor la upp ett trä, höjde yxan och klöv det. Och igen.
Alltså.
Det var inte den värsta syn hon sett.

– 7 –

"Så, du ska alltså stanna ett tag?" sa Thor.

Han lutade höften mot diskbänken. Han hade samlat ihop det sista av vedträna och burit in dem i stugan åt henne. Den uråldriga vedkorgen var fylld. Stella drack te, själv drack han av vattnet han tagit med.

Huggandet hade varit svettigt men tillfredsställande och nu skulle hon i alla fall ha ved för några dagar.

Hon stod vid fönstret. Eftermiddagssolen fick hennes hår att blänka. Det var helt svart, som en korpvinge.

"Ja", svarade hon och vände sig mot honom. "Fast jag vet inte om jag klarar det."

"Du har klarat det hittills."

Hon såg skeptisk ut. Han förstod henne. Om man kom från en storstad, var van vid alla bekvämligheter så kunde detta vara chockartat. Man var olika. Själv skulle han inte kunna tänka sig att bo någon annanstans. Utöver barnen så var djuren och naturen det som gav hans liv mening. För honom var en storstad ett trappsteg ovan helvetet. Han såg hur hon försvann in i sina egna tankar igen, och han väntade medan olika känslor for över hennes ansikte. Hon hade uttrycksfulla drag, ständigt i rörelse.

"Jag är nyseparerad", sa hon efter en stund.

"Är det därför du är här? I Laholm?" frågade han.

"Bland annat", sa Stella. "Jag vet inte. Jag bara hamnade mitt ute i spenaten. Bland kryp och umbäranden."

"Mina ungar gillade dig", sa han. För de hade i alla fall inte avskytt henne och hon såg ut att behöva höra det. "Och de gillar inte alla människor."

"De är fina", sa hon.

"Tack."

Tystnaden föll mellan dem.

"Barnens mamma?" frågade hon efter en stund, försiktigt. "Eller är det för privat? Säg ifrån i så fall."

Det var en personlig fråga, kanske den mest privata och personliga av alla. Men det var ingen hemlighet.

"Ida dog för sex år sedan. Det är bara de och jag nu."

"När de var så små", sa hon sorgset. "Jag beklagar verkligen. Min mamma dog när jag var arton och det var sorgligt. Men jag var ändå vuxen. Jag är så ledsen. För dem. Och för dig."

Många människor hanterade frågan så klumpigt. Fastnade i sina egna känslor. Men hon gjorde det bra.

"Tack", sa han och harklade sig. Idas död hade närapå knäckt honom och han hade ingen lust att grotta ner sig i tankar på det som varit. Inte när han för en gångs skull kände sig levande.

"Det måste vara tufft. Att sköta både gården och vara ensam förälder. Har du syskon? Lever båda dina föräldrar?"

"Mina föräldrar lever definitivt", sa han torrt. Vivi och Gunnar Nordström var ständigt på språng, ständigt sociala. "De är mycket vitala och har åsikter om allt. Mamma driver bokhandeln inne i Laholm. Pappa har gått i pension. Han var skolrektor förut. Han hjälper henne med bokföring och det administrativa. Och på gården har jag hjälp av ungdomar från lantbruksskolorna som finns här. Många är intresserade av ekologiskt lantbruk."

"Ja, det känns inne."

"Inte bara inne. Det är viktigt också", sa han med emfas, för han brann faktiskt för det. Att klara sig utan gifter, att bidra till ökad biologisk mångfald vilket ledde till återkomsten av sällsynta djur och växter.

"Jag fattar. Tror jag. Men klarar man sig? Kan du odla allt?"

"Inte allt. Jag köper kaffe. Socker. Ostbågar."

"Choklad?"

Han skrattade. "Absolut choklad."

"Har du syskon?"

"Jag har en bror", sa han, strävare nu, för det här var svårt. "Men Klas har flyttat från Laholm och vi har inte så mycket kontakt." Detta var hans stora skam. Att han och brodern glidit isär. "Klas är den lyckade", la han till, såg sin brors välrakade, bistra ansikte framför sig.

Hon la huvudet på sned och såg forskande på honom.

"Varför?"

För att han var det. På alla sätt. Klas hade pluggat hårt och flyttat långt bort. När de var små, hade de gjort allt tillsammans, slagits, brottats och lekt. De hade varit bröderna Nordström som ingen rådde på. De hade stått så nära, delat rum, vänner, klass, allt. Men något hade hänt, och Thor visste fortfarande inte riktigt vad. Efter skolan hade Klas läst vidare och Thor, nybliven pappa och bonde, hade blivit kvar. Klas hade förstås haft sina skäl till att vilja bort. Thor undrade ofta om han borde hanterat situationen bättre. Om han kunnat göra något. Men Klas hade valt att flytta.

Eller att fly, beroende på hur man såg det.

"Jag tycker nog att du är rätt lyckad. Du uppfostrar två barn själv, driver en gård, har ett fantastiskt hus. I min bok är det väldigt lyckat."

Thor viftade bort det absurda i den komplimangen. Han gjorde det han måste.

"Din pappa då, lever han?" frågade han, för det gjorde ont att tänka sig att Stella blivit moderlös så tidigt. Barn skulle inte förlora mammor. Mammor var viktiga. Viktigare än pappor, för det mesta. Han hade aldrig sagt det till någon, men han hade ofta önskat att Ida fått leva och att det varit han som dött istället. Hon skulle ha klarat allt bättre.

"Min pappa har aldrig funnits med i mitt liv. Det var bara mamma och jag från dag ett. Han är inte från Sverige." Stella gjorde som en förklarande gest mot sitt hår och ansikte. "Om du undrar. Jag är halvindiska."

Han hade inte direkt undrat, men hennes dramatiska färger skvallrade om ursprunget.

"Och vad gör du när du är i Stockholm?" frågade han och tillät sin blick dröja vid henne. Hon såg så oerhört exklusiv ut, han skulle inte blivit förvånad om hon sagt att hon var filmstjärna eller internationell superspion.

"Jag var butiksanställd. Just nu är jag mellan jobb."

"Ah. Det berömda mellan-jobb-fenomenet." Det förklarade i alla fall hennes plötsliga lust att komma till Laholm. Nyseparerad och utan jobb. Det kunde utlösa en reaktion hos den tuffaste. Han hade själv fattat ett eller två eller tjugo impulsbeslut när han befann sig i kris. Dåliga och kostsamma beslut, dömda på förhand att misslyckas.

"Exakt. Du då? Har du alltid varit bonde?"

"Ida och jag köpte gården när vi väntade Juni. Innan dess visste jag knappt skillnaden på en lök och en morot."

De hade varit så unga, Ida hade bara varit några år äldre än Juni var idag, han kunde knappt ta in det. Ida hade haft Juni i magen, de hade lånat pengar och köpt gården, tillbringat den första tiden med att bära sten, gjuta grunder, rensa och dränera. Herregud som han dränerat. Själv hade han aldrig ens tänkt tanken på att jobba och leva på en gård. Han hade drömt om att resa jorden runt, bli ishockeyproffs eller racerförare. Kanske bygga grejer, han var duktig på att hamra och snickra, på att se hur saker skulle kunna se ut. Hans färdighet att bygga hade varit välkommet inkomstbringande faktiskt, han hade byggt många altaner och uthus i trakten, drygat ut kassan på så vis. Kanske han kunde blivit snickare om livet tagit en annan väg. Men Ida och han hade varit kära och dumma, kört med säkra perioder som inte alls var säkra och plötsligt var Ida gravid och ville stadga sig. Skuldmedvetet hade han gjort allt hon begärt. Tagit lån med höga räntor för att köpa gården och marken från traktens snobbigaste godsägare och största markägare. Gift sig i kyrkan, arbetat med grödor och djur nästan dygnet runt. Det hade visat sig att han var duktig på det också. Eller i alla fall uthållig och lösningsfokuserad. Skräckslagen till en början. Nu hade han snart varit bonde längre än han varit något annat. Och änkling och ensamstående pappa i sex år. Livet var bra märkligt.

"Blir du inte väldigt låst?" frågade hon.

I början hade det varit som en snara, alla förpliktelser. Men åren hade gått och han hade mognat. Anpassat sig.

"Mina föräldrar ställer upp, men såklart att det finns saker jag inte har gjort. Jag har inte rest nästan alls till exempel." Numera saknade han det inte. Han trivdes, insåg han. Inte bara härdade ut, utan faktiskt trivdes, med djuren och med naturen. Och med barnen förstås. Att vara förälder förändrade så mycket. Ännu en av dessa klyschor som var sann. Med barnen förändrades allt. Mest på gott.

"Du då? Reser du mycket?" Hon och hennes fårskalle till ex hade säkert rest till lyxiga resmål. Han kunde se henne på en lyxyacht eller på ett femstjärnigt hotell. Kanske i en liten bikini. Han harklade sig. Skämdes lite. Han var inte sexistisk. Hoppades han.

"En del. Jag åkte till Indien efter att mamma dött. Det är min längsta resa."

"För att träffa din pappa?"

"Nej. Konstigt nog inte. Men jag ville se och uppleva landet. Och maten. Herregud, den indiska maten."

"Var den god?"

"Jag gillar ju all mat, men den i Indien var snudd på en religiös upplevelse. Jag tycker om att laga mat. Är du bra på det?"

Han skakade på huvudet. "Inte direkt. Jag saknar tålamodet. Och finliret."

"Du är mer för att hugga ved och fixa rör?"

Hon strök undan en hårslinga ur ansiktet och han fastnade med blicken på hennes mun. Igen. Han tittade snabbt bort. Hon var nyseparerad och förmodligen uppriven. Hela hon andades impulsiva beslut och panik. Själv var han inte direkt ute efter något, han var uppenbarligen inte särskilt bra på relationer – My var inte den enda som klagat – och knappast ett kap. Men Stella var rolig att prata med och trevlig att vila blicken på.

Vid något tillfälle, mellan första och andra tekoppen, flyttade de ut i kökssoffan och klämde ihop sig, hon med fötterna under sig, han med benen utsträckta. De pratade om tv-serier (han hade inte sett en enda), jordbruk och om mat, hon hade inte skojat när hon sa att hon älskade mat. Han älskade morgnar, hon var nattuggla, hon älskade storstadspuls, han tyckte fler än fem personer var en folksamling. Han var ute nästan jämt, hon kunde bli sittande inomhus och sy i dagar.

"Filmer då", sa hon när de just skrattande konstaterat att de inte hade något gemensamt.

"Jag har sett en film de senaste åren", sa han.

"Vilken?"

"Lova att du inte skrattar?"

"Jag lovar", sa hon och tillbakahållet skratt skrynklade ihop hennes ansikte.

"*Moana*", sa han, motvilligt, ångrade sig redan.

"Skojar du?"

"Nej. Och jag gillade den", sa han stridslystet. Han hade älskat filmen om den modiga flickan och till och med gråtit vid ett tillfälle. Eller två.

"Det är min älsklingsfilm", sa hon ivrigt.

Han skakade på huvudet. Han trodde henne inte.

"Jo, jag lovar. Jag har sett den hur många gånger som helst."
"Vi har visst något gemensamt i alla fall", sa han.
Hon nickade och la en hand på hans ben. Plötsligt var den fnissiga stämningen som utbytt.
Thor harklade sig. Hennes hand brände och det var som om någon satt sig på hans bröst.
"Jag måste hem", sa han kvävt, fastän han gärna skulle ha stannat. Trots att stugan var nästan omöblerad, kal och övergiven, så fyllde hon den med närvaro. Med värme, dofter och skratt.
Hon drog tillbaka handen. "Barnen?"
Han nickade. "Och hundarna."
Han hade lämnat Nessie och Pumba inomhus. Gud visste vilken massförstörelse som väntade hemma. Nessie blev kränkt när hon var inlåst och valpen trodde han blev lämnad för alltid varje gång Thor gick någonstans.
"Jag fattar", sa hon mjukt.
Hennes ögon var lätt uppåtvinklade längst ut, såg han. Mörkt gyllenbruna, som riktigt mörk hösthonung eller kåda. Det var förmodligen de vackraste ögon han sett i hela sitt liv. Hon såg bra ut överhuvudtaget, en kurvig brunett som han gärna tittade länge på, men ögonen var helt extraordinära. Ögon att drunkna i.
Och det där var signalen om att det var dags att gå, tänkte Thor torrt för sig själv. Han var inte en poetisk person. Han läste fackböcker om gödsel och texter om motorer på nätet. Han drunknade inte i folks ögon.
De reste sig från soffan samtidigt. Rummet var litet, taket lågt och de hamnade nära varandra. Utan att tänka höjde Thor handen och strök undan lite kvarvarande smuts i hennes panna. Eller så var det kanske bara en skugga, inte alls smuts.
Kanske han bara ville ha en ursäkt att röra vid henne.
Stella blinkade inte, bara andades medan hans fingrar snuddade vid henne.

"Du hade lite sot...", sa han och fick harkla sig innan han kunde fortsätta. Han tog ner handen. "Tack för fikat."

"Det är jag som ska tacka. För allt."

Hon tog ett steg mot honom. Nu stod hon så nära att han kände doften av hennes hår, förnam värmen från hennes hud. Hennes armar la sig om hans hals, slöt sig bakom hans nacke, varma och mjuka. Det var en snabb vänskapskram, en sådan två personer som just träffats kunde ge varandra utan att det behövde betyda mer än ett tack och hejdå, men beröringen var oväntad. Stelt kramade han tillbaka, la armarna om henne, tänkte inte göra mer än så. En snabb opersonlig kram. Lite valhänt. Men omfamningen ville inte riktigt ta slut. Själv kom han sig inte för att släppa taget, tvärtom, och hon stannade kvar med armarna om hans hals och hans grepp om henne hårdnade och hans näsa hamnade i hennes hår och han hade famnen full av all hennes doftande mjukhet och slutade tänka. Han kände henne överallt. Mjuka bröst pressades mot hans bröstkorg tills han blev vimmelkantig. Doften av hennes hud och det lena tyget i hennes blus, allt var en fullständig attack på hans sinnen. Han kramade henne, andades in henne, höll henne ända tills hon drog sig undan och gav honom en blick som han inte kunde tyda överhuvudtaget. Men så kunde han inte tänka en vettig tanke längre. Allt blod verkade ha lämnat hans hjärna. Hon var så... så. Han hade inga ord för vad han tyckte att Stella var. Hon var fantastisk. Snygg. Stark. Snygg. Det hade han redan tänkt. Han svalde.

"Du kanske borde sova på gården?" Hans röst var hes. Det slog honom att hans ord vore lätta att missuppfatta.

Stella stoppade händerna i byxfickorna. Hon såg inte alls lika påverkad ut som han. Med en bestämd min lyfte hon på hakan. Hon var mycket tuffare än hon såg ut vid första anblicken. En människa som var van vid att kämpa, som inte tog saker för givna. En kvinna med en mjukhet som just fyllt hans famn och sinne, visst, men med en hård kärna under allt det andra.

Hon sträckte på sig. "Jag behöver klara mig själv. Nu har jag allt det du tog med. Jag uppskattar det mer än jag kan säga."

"Det här var trevligt", sa han och det var nog den största lögn han yttrat på länge. Det hade varit härligt och han skulle gärna fortsatt krama henne en tre fyra timmar. Eller mer.

Han gick innan han gjorde sig till åtlöje. Fortfarande inte säker på om det var fantastiskt att ha henne som granne. Eller om det var raka vägen mot en katastrof.

– 8 –

Långsamt stängde Stella dörren samtidigt som hon släppte ut andan.

Wow.

Det hade varit sekunder från att hon klistrat hela sin kropp mot Thors. Men på något mirakulöst vis hade hon lyckats låta bli att visa exakt hur påverkad hon blivit. Hon kikade ut genom fönstret. Hon borde förstås ha följt med honom tillbaka till gården, där varmvatten, el och toalett lockade. En del av henne ångrade sig redan, rejält. Men hon kunde inte kasta sig rakt in i en mans armar så fort det blev lite besvärligt. Att klara sig själv var prio ett.

Stella tog telefonen, ställde sig vid köksfönstret, som var det enda ställe i hela huset där hon fick lite täckning om hon lutade sig i en viss vinkel, och ringde Maud. De hade varit kompisar sedan förskolan och Maud var den person som kände henne bättre än någon annan.

"Hur mår magen?" frågade Stella när väninnan svarade.

Hon fick en lång harang med svordomar till svar.

"Jag stör mig på min man, jag hatar mina jävla bristningar och jag hatar-hatar min barnmorska som vägrar plocka ut ungen", pustade Maud sedan. Hon var höggravid med sitt första barn, och graviditet var inte ett tillstånd som tagit henne med storm, så att säga. Hittills hade Stella hört om foglossning, sura uppstötningar, illamående och läckande bröst.

"Jag lider med dig", sa Stella, för alltid botad från att anse att graviditet var det finaste och naturligaste som fanns. Det verkade alltigenom förfärligt.

"Jag svär på att nästa person som frågar mig om inte barnet kommit än åker på en propp. De ser väl för fan att hen är kvar därinne?"

"Men det är ju flera veckor kvar", sa Stella.

Mauds bebis var beräknad till mitten av juni. Hur det nu ens var möjligt. Mauds mage var redan enorm. Förra veckan hade Maud meddelat att hon inte längre såg vare sig sin mutta eller sina fötter.

"Ja", svarade Maud dystert. "Och förstföderskor går ofta över tiden."

"Stackars, stackars dig", sa Stella med emfas.

"Hur har du det? Hört något från Peder?"

"Han messade och sa att han saknade mig."

"Jävla svin. Cyberstalkar du honom fortfarande?"

Stella var tyst ett tag, en skamsen tystnad. Det hade inte varit hennes bästa episod i livet. "Inte längre."

Det hade varit några jobbiga dagar, då hon drack alldeles för mycket lådvin, bölade okontrollerat och skrev dumheter på hans sociala medier. Hon fylldes av skam bara hon snuddade med tanken vid det. Att det dessutom var bristen på uppkoppling som hjälpt henne att vänja sig av med det beteendet kändes så ovärdigt. Aldrig mer.

"Hur ser planen ut nu då?"

Stella gillade det med Maud. Att hon litade på att Stella var kompetent, att hon hade en plan. "Jag ska prata med den lokala godsherren. Det var hans farfar som sålde marken till mina morföräldrar en gång i tiden. Han har sagt att han kan tänka sig att köpa marken. Den är inte värd så mycket, men jag ska prata med honom på måndag."

"Vill du inte ha kvar huset då? Det var ju din mammas?"

Det hade varit ursprungsplanen, men efter att Stella blev ensam så hade hennes ekonomi försämrats drastiskt.

"Jag behöver pengarna. Och nej, innan du säger något, jag vill inte låna. Men tack. Jag träffade min granne Thor igen, förresten. Han rensade mina rör."

"Alltså. Jag måste pinka. För tionde gången. Du får följa med in. Är han snygg den här grannen?"

Stella funderade med telefonen i vädret medan Maud skvalade. Hon tänkte på Thors kantiga drag och tajta tröjor. På hans nästan-leende och solbrända ögonvrår.

"Ja."

Maud spolade. "Ta en bild och skicka."

"Ja, för det känns ju helt normalt."

"Lova att du ligger med honom."

Så det var så här det kändes. När man var singel och beskäftiga parvänner tyckte man skulle ligga mer, frågade om man hade träffat någon medan man själv fortfarande sörjde det som varit. Det var faktiskt stötande. Hon tvivlade på att folk skulle sagt så om Peder dött.

"Om jag varit änka skulle du inte tyckt att jag borde ligga med Thor", sa hon surt.

"Gud, jo."

"Jaja." Det var ju inte som att Stella inte själv tänkt exakt samma tanke. Sex med Thor var bergis svettigt, häftigt, trycka upp mot väggen-sex. Hon fläktade sig med handen. Thor gillade det kanske lite rufft. På ett bord, mot fåtöljer, ihop med dirty talk. Inte henne emot. Hon hade själv ett snuskigt, lössläppt drag som hon inte skulle ha något emot att utforska med en likasinnad och icke-dömande partner. Sex med Peder hade varit – städat. Renligt och strukturerat. En gång hade hon börjat viska i hans öra medan de älskade. Inga grova saker: ge mig din kuk, ta mig hårt. Han hade stelnat till, rest sig upp, gått ut på toa och sedan lagt sig och somnat, utan ett ord.

Inte ett av deras topp-tio-ligg så att säga.

"Vi får se", sa Stella.

När de lagt på skickade Maud applåderande händer, en

aubergine, en persika, en tunga och stänkande vattendroppar i ett mess och sedan försvann täckningen.

Stella tog en vända till i huset, städade upp det lilla som behövdes innan hon gick ut och hämtade mer ved. Fåglar sjöng i den ljusa kvällen och det doftade dagg och vår. Hon tog ut sin topp och kofta, la dem över en buske och hoppades att de inte skulle förstöras.

Även om hon saknade kemtvätt, delikatessbutiker och höghastighetsbredband så skulle hon försöka stå ut några dagar till. Det kanske fanns fler saker att upptäcka ute i förrådet? Eller uppe på vinden? Hon kanske skulle hitta just det hon letade efter? Och om hon ville ligga med Thor så skulle hon göra det, tänkte hon upproriskt och gick in igen, med tyngden på tårna, så att inte klackarna skulle sjunka ner i gräset. Strunt samma att Thor var lite för lång, lite för tyst, lite för lantlig. Peder hade varit perfekt på alla vis. Lagom lång, socialt kompetent och charmerande. De hade kunnat prata om kultur, om politik och han hade varit smart. Men han hade visat sig vara en otrogen jävel. Så det kanske var dags att vidga sina vyer.

Väl inne matade hon vedspisen i det lilla köket tills det knastrade och sprakade. Hon stängde sedan luckan noga. Thor hade sagt att det var säkert och hon litade på honom. Hon blev stående en stund, ljudet var rogivande, värmen en helt egen sorts värme, mild och trygg. Sedan gick hon ut i vardagsrummet, bredde ut filten över madrassen på kökssoffans lock och beundrade de djupa färgerna i skenet av stormlyktan. Hon gick tillbaka till köket, kokade upp vatten, gjorde mer te och tvättade sedan av sig så gott det gick med en tvättlapp.

Tidigare under dagen, när hon städade, hade hon öppnat locket till kökssoffan och hittat mängder med gamla veckotidningar, från 1920-talet och framåt. Hon tog med sig te, bröd, bullar och ost och la sig till rätta under pläden och låg och läste reportage, recept och sminktips från förr medan hon mumsade i sig varenda smula. Hon tittade på uråldriga symönster och när ögonen började klippa släckte hon stormlyktan och läste i skenet av ficklampan på telefonen. Hon somnade mitt i ett råd om hur en husmor bäst höll sin make på tacknämligt humör.

— 9 —

När Stella vaknade nästa morgon, sken solen henne rakt i ansiktet. Hon gäspade och sträckte på sig, mindes inte när hon känt sig så utvilad senast. Enligt klockan på telefonen hade hon sovit tio timmar i ett sträck.

Det var ett tag sedan.

Över fågelkvittret hördes plötsligt ett konstigt ljud, som ett skrapande på ytterdörren.

Hon svepte filten om sig, klev ur soffan och tassade dit.

"Hallå?"

Inget svar, bara det där svaga skrapljudet igen.

Var det nu hon skulle bli seriemördad av en galning? När hon var liten och ensam hemma en gång, hade hon öppnat dörren fast hon inte fick, och en kille med röda ögon hade börjat skrika åt henne. Hon hade lyckats slänga igen dörren, låsa den och aldrig vågat berätta för mamma. Landet var mycket, mycket läskigare.

Men när hon långsamt öppnade dörren, med handen hårt knuten om nyckelknippan, beredd att gå till attack, möttes hon bara av ett: "Määäh."

En liten vit get med svarta fläckar och klippande öron stod utanför dörren och såg uppfordrande på henne.

"Hej där", sa hon och slappnade av i kroppen. Tydligen skulle hon inte bli mördad idag heller. Fast dagen hade i och för sig bara börjat.

Geten stampade med en liten klöv i marken.

"Määäääh."

Stella spanade ut över sin igenvuxna trädgård, men fick ingen vink om hur djuret hade hamnat här, det var helt tomt. Det var bara träden, fåglarna och en fläckig get. Geten bräkte igen men så verkade den tröttna på henne och böjde ner huvudet och började tugga på några grässtrån som kommit upp vid hennes trapp.

"Jaha", sa hon och kliade sig på halsen, pigg efter adrenalinpåslaget. Geten tittade upp när den hörde hennes röst. De små käkarna malde, stannade upp, och började sedan mala igen. Den såg stint på henne men när inget mer intressant verkade hända fortsatte den rycka upp växtlighet utan urskillning – gräs, torra blad och små pastellfärgade blomknoppar.

"Ät inte upp något sällsynt, är du snäll."

Stella lämnade dörren på glänt, gick tillbaka in, eldade i spisen, gjorde te och tog fram resten av brödet som Thor kommit med. Hon tittade ut genom fönstret. Geten var kvar, så hon tog sin mugg och satte sig ute i solen, viftade med tårna och undrade vad hon skulle göra. Geten tittade på henne och sniffade i luften. Den lilla skära nosen ryckte.

"Vill du ha?" frågade hon och höll ut en brödbit. Hon visste inte vad getter tyckte om, utöver hennes trädgård uppenbarligen, men visst åt de typ allt. Eller var det hajar som gjorde det? Hon hade inte varit supernärvarande på biologilektionerna. Geten klev fram på sina smala ben, nosade och nafsade sedan försiktigt i sig brödbiten. Efter ännu en tugga lät den sig nådigt klias på huvudet.

"Var kommer du ifrån?" frågade Stella och pillade den under hakan.

"Määäh", svarade den.

"Såpass."

Medan geten fortsatte tugga i sig av hennes grödor, drack Stella sitt te, vände ansiktet mot solen och funderade på vad hon skulle ägna dagen åt.

Geten lyfte på huvudet och bräkte igen.
"Fast först måste jag göra något åt dig", sa hon.

Det slutade med att Stella promenerade över till Thors gård. Det var lätt att få geten med sig. Hon bara lockade med bröd och då följde den helt sonika efter.

Hon gjorde det för att Solrosgården låg närmast och djuret mest sannolikt var hans, inte för att hon gärna ville se honom igen. Verkligen inte.

Ungefär halvvägs fick hon syn på Frans.

"God morgon", sa hon när de möttes på den lilla grässtigen. Hon var andfådd, solen värmde och trots att hon försökte lägga tyngden framåt sjönk klackarna ner i gräset. Snart skulle hennes dyra skor vara bortom räddning.

Frans bar en keps som skuggade hans fräkniga ansikte, och en t-shirt med ännu ett band som Stella aldrig hört talas om. Den hängde på hans gängliga kropp, lite för stor över axlarna, lite för kort på längden.

När han sträckte ut handen för att klappa djuret, såg Stella att han hade svart nagellack på sina korta naglar.

"Har hon rymt nu igen?"

"Määäh", svarade geten glatt.

"Jag misstänkte att den – eller hon – kom från det här hållet", sa Stella.

"Hon rymmer ofta. Hon längtar efter äventyr."

Stella undrade om Frans med bandtröjan och det icke-normativa nagellacket också längtade efter äventyr. Han var rar. Fortfarande ett barn men helt klart på väg mot vuxenhet. Han hade Thors mörka hår, men ljusare blå ögon. Långa lemmar som skvallrade om att han också skulle bli lång en dag, som sin pappa. Och så den där drömmen i blicken. Hon kunde känna igen känslan. Hoppet om att livet skulle innebära mer än vanlig vardag. Att man var ämnad för något stort och unikt. Stella kände så när hon sydde och skapade. En dröm och en brinnande förväntan om att man skulle få göra det man var ämnad för. Och för henne skulle det kanske äntligen bli så, snart. Hon önskade det så hett att det kändes som att det måste ske. Måste.

Samma år som hon träffade Peder hade hon precis sökt till sin drömskola, en internationell modedesignskola i New York, The New York Institute of Fashion, The NIF. För en utomstående var det svårt att förklara hur betydelsefull den skolan var. "Det är modevärldens Harvard eller Oxford", hade hon beskrivit det för Peder. Den gången hade hon gått vidare till den andra antagningen men låtit livet komma mellan och inte gjort det hon borde. Hon hade inte riktigt förlåtit sig själv för det. I år gällde det. Hon var mer redo och bättre förberedd än någonsin.

"Pappa bad mig gå över och kolla om du vill fika med oss", sa Frans.

Stellas hjärta gjorde ett litet skutt. Dumma lättpåverkade hjärta, tänkte hon strängt. Men hon blev fortfarande snurrig i huvudet när hon tänkte på kramen igår. Hon hade bara haft för avsikt att ge Thor en hejdåkram, men så fort hon klev in i hans famn hade det varit som om hon omslöts av värme och vildhet och kramen hade blivit till något helt annat.

"Vad snällt", sa hon så lugnt och vuxet hon kunde. Alla kanske kramades så där hårt och omtumlande här på landet, inget att bli alldeles matt av. Inget att drömma sexdrömmar om, vilket hon inte gjort. Haha. Verkligen inte.

Frans tog av sig kepsen för att stryka bort hår och tryckte tillbaka den.

"Vi skulle ändå fika. Mormor är här."

Han tittade bort men Stella hann se grimasen.

"Är det inte kul när mormor kommer?" frågade hon försiktigt. Familjekonstellationer var knepiga. Som enda barn till en ensamstående mamma hade hon alltid drömt om en stor, härlig familj. Som barn hade hon fantiserat om syskon, kusiner, fastrar och morbröder. Det var bara det att i verkliga livet verkade de flesta stora familjer så ohärliga.

"Du kommer träffa henne, så du får väl se själv vad du tycker", svarade Frans och lät en handflata flyta över meterhöga gräsvippor.

Så ung och redan så diplomatisk.

Geten, som tydligen ansåg att hon fick för lite uppmärksamhet, kom fram och buffade på Stellas händer.

"Så det är en liten tjej, det här. Heter hon något?"

"Pappa kallar henne för Trubbel", sa Frans.

Stella skrattade till. Det var ett ovanligt passande namn.

"Jag började undra om något hänt", hörde hon en mörk röst bakom sig.

Thor.

Hjärtat ignorerade helt hennes instruktioner om att sansa sig, och slog istället en glädjevolt. Hon ordnade sina anletsdrag.

"Jag fick besök", ropade hon, log vänskapligt, och pekade på geten. Det kunde omöjligt synas på henne hur påverkad hon blev av att se Thor, gratulerade hon sig. Även om hon hunnit se att han var nyrakad, hade en vit, tajt tröja och jeans som hängde på höfterna.

Thor närmade sig. Nessie kom efter. Killingen tittade på vallhunden med stor misstänksamhet.

"Där ser man. Får jag fråga, har du gett henne mat?"

Stella bet sig i läppen när hon kände skrattet bubbla upp inom sig.

"Kanske", medgav hon.

"Jag misstänkte det. Då är hon din för livet."

"Säger du att jag har adopterat en get nu?"

"Japp. Nästa steg i processen blir att bli fullblodslantis. Hur går det? Jag bad Frans hämta dig."

"Bra, men jag blev lite avbruten, vi fick en akut getsituation."

Gemensamt vände de blickarna mot den lilla geten som nu

böjt på huvudet och försökte stånga Nessie med sina obefintliga horn. Vallhunden gav till ett varnande skall och killingen skuttade genast och gömde sig bakom Stella.

"Vi ska i alla fall fika och jag tänkte att du var hungrig", sa Thor.

Det var vardagliga ord, en helt vanlig fråga, hon borde inte läsa in något i den, borde inte reagera, men upprymdhet spred sig inombords. Som en liten sol som började glöda i bröstet.

"Det är en inbjudan som är svår att motstå", sa hon sanningsenligt. För hon var vrålhungrig. Hon måste lösa sin matsituation, insåg hon.

Thor sa inget mer, bara såg ut att vänta på att de skulle komma iväg. Hon blev inte riktigt klok på den där mannen. Var han intresserad av henne? Ibland fick hon den känslan, att han spanade in henne. Eller var hon bara en misslyckad granne han förbarmade sig över? Den känslan fick hon oftare. Hon duckade för en insekt och såg hur han suckade åt henne. Det spelade ingen roll. Hon var hungrig och hon längtade efter sällskap, var inte van vid så mycket tystnad och tid till eftertanke. Och Thor fick det att pirra i henne.

"Såklart jag kommer", sa hon normalt och grannsämjeligt. Inte som en kvinna som ville gnugga sig mot honom. Och som eventuellt just svalt en fluga.

Frans tog täten med killingen glatt skuttande efter. Thor föll in bredvid Stella medan Nessie höll ordning på dem alla.

Thor visade Stella till en solblekt sittgrupp där en äldre kvinna satt ensam vid bordet och väntade. Kvinnans grå hår var uppsatt i en sträng knut, hon bar en blus med långa ärmar och en hög krage.

"Rakel, det här är Stella, en ny granne. Och det här är Rakel, barnens mormor."

"Hej, jag bor i det röda torpet en bit bort", hälsade Stella och sträckte ut handen.

"Där ser man", sa Rakel utan att räcka ut handen tillbaka. Hennes mun var ett smalt streck, ansiktet helt omålat. Det var svårt att gissa hennes ålder. Sextio? Mamma skulle ha varit sextionio om hon fått leva, men Rakel måste vara yngre än så.

Rakel granskade Stella ingående. Hon fick en rynka mellan ögonbrynen.

"Torpet? Är du Wallins barnbarn?"

"Det stämmer."

Det var en märklig känsla att befinna sig i en trakt där hon faktiskt hade ett ursprung. Hon hade inte riktigt bestämt sig för om det kändes bra eller olustigt. Kanske var det en vanesak. I Stockholm visste ju ingen vem hon var.

"Kände du min mormor och morfar?" frågade Stella, när Rakel inte sa något mer. Kvinnan verkade föredra att sitta och se missnöjd ut.

"Kan jag inte säga. Men deras dotter Ingrid, vet jag förstås vem det var."

Hon sa det som om det inte var något bra.

"Min mamma."

"Ingrid Wallin, ja. Pluggade på universitetet i Stockholm minsann, och gjorde sig till", fortsatte Rakel med sammanknipen mun. "Men så dök hon upp med en unge, utan pappa. Gamla människan, hade gått och blivit gravid när hon var över fyrtio. Då blev det minsann tyst om hur bra och lyckad hon var."

"Ja, den ungen var jag det", sa Stella, och lyckades förhålla sig oprovocerad. "Jag har en pappa, för övrigt", kunde hon inte låta bli att tillägga, så helt oemottaglig var hon tydligen inte. "Lite svårt att bli till annars."

Utan ett ord till Stella vände sig Rakel mot Thor. "Jag kom för att träffa mina barnbarn. Men Frans rusar omkring, och din dotter har tydligen viktigare saker för sig. Jag har inte ens sett till henne."

"Jag kan gå och leta efter Juni", erbjöd sig Frans, som just dykt upp, efter att ha lämnat av Trubbel.

"Sitt", beordrade Thor bestämt och pekade på en stol.

Slokande lydde Frans. Han satte sig långt ifrån Rakel.

"Då kanske man äntligen kan få lite kaffe", sa Rakel och såg menande på sin tomma kopp.

"Jadå. Men Stella dricker inte kaffe. Så jag går in och fixar te."

"Är det säkert?" mumlade Stella. "Ska jag hjälpa till?"

"Sätt dig du", sa Thor lugnt. Det där lugnet var berusande. Och upphetsande.

Rakel la händerna i knäet. Hon betraktade Stella. Inte direkt fientligt, men inte heller snällt.

"Te, minsann. Måste vara trevligt att få specialbehandling. Kan inte säga att jag vet hur det känns."

Thor gav Stella en lång blick. Stella log tillbaka mot honom.

"Vi klarar oss fint", sa hon. En liten bitter tant kunde hon hantera. Det var praktiskt taget som att vara tillbaka i boutiquen.

Thor försvann in i huset och Stella slog sig ner vid bordet. Hon tänkte inte bråka, hon var en gäst och hon var väluppfostrad, men hon tänkte inte ta skit heller.

Rakel tittade ut i luften. Hon såg inte arg ut, mer ledsen, kanske resignerad.

Stella inspekterade henne i smyg. Hyn var lite rynkig, men frisk och utan åldersfläckar. Naglar och händer var lena och välvårdade. Bra proportioner, fina linjer. Om hon hade velat skulle hon lätt varit en fräsch kvinna, särskilt med en bättre frisyr och andra kläder. Men Rakel hade förlorat ett barn. Stella kunde inte ens föreställa sig hur det kändes, hur det förändrade en. Rakel måste ha rätt att vara ledsen och tvär.

Och själv hade ju Stella gott om egna bekymmer, Rakels grinighet kom långt ner på den listan.

På något sätt måste hon få in pengar. Dels kunde hon inte gärna komma hit och snylta varenda dag, dels måste hon ha pengar till framtiden. Sin viktiga framtid.

Hon kunde förstås ändå bita ihop om stoltheten och be

Maud om ett lån för Maud skulle mer än gärna hjälpa till. Men blotta tanken bar emot. Stella hade alltid varit självständig. Du gör som du vill, för det gör du ändå, var mammas standardsvar till henne när Stella satte sig på tvären och var envis. Stella var smart nog att veta att ibland måste en människa ta hjälp av andra, men det här var något annat. Hon behövde klara detta på egen hand. Aldrig mer skulle hon göra sig beroende av en annan människa. Innan hon träffade Peder hade hon lagt alla sina pengar på tyger och material, överlevt på nudlar och makaroner och klarat sig alldeles utmärkt. Hon skulle klara det här också, tänkte hon och kollade på de susande träden. Hon måste bara lösa allt det praktiska. Finansiera sin framtid, inte förlora sina tyger och plagg, hitta ett nytt jobb. Vad mer? Just det, leta ledtrådar om sin hemliga pappa, inte svälta ihjäl och sälja sin stuga till traktens godsherre. Puh. Hon log vänt mot Rakel och fick ett extremt smalt leende i gensvar.

När Thor återvände hade han Juni i trumpet släptåg. Från en bricka ställde han fram en krackelerad kanna med mjölk, udda assietter och omaka smörknivar, tillsammans med en tekanna, en kaffetermos och en tillbringare fylld med ljus saft och isbitar som klirrade. Stella njöt av att se hans metodiska rörelser. Han kom på henne med att stirra och hon gav honom ett leende. Han blinkade till.

"Hej mormor", muttrade Juni.

"Så trevligt att du dyker upp", sa Rakel på ett sätt som inte lät vare sig varmt eller mormoderligt.

Juni stånkade ljudligt. Hon dukade fram fat med bullar, skorpor, smör, ost och grönsaker innan hon slängde sig ner vid bordet bredvid Frans. Hon la armarna i kors och blåste underifrån på luggen. Återigen hade hon en alldeles för stor tröja på sig, och hon drog i ärmarna. Hon gav Stella en inte helt välkomnande blick genom smala ögonspringor. Under Junis stol låg Pumba, såg Stella. Valpen var kopplad och såg djupt olycklig ut.

"Var är Nessie?" frågade Stella lågt.

"Nessie är smart. Hon drog så fort hon såg mormor", viskade Frans till svar.

"Vi är inte lika smarta, eller hur Pumba", sa Juni till valpen som gnydde och drog i kopplet.

Thor gav sin dotter en sträng blick medan han hällde upp kaffe åt Rakel i den tunna koppen.

Stella sträckte sig efter tekannan. Barnen hällde upp saft.

"Har du varit i kyrkan?" frågade Thor och bröt tystnaden. Han sjönk ner i en stol med sitt kaffe. Han drack det svart och även om Stella inte gillade att dricka kaffe så hade hon alltid tyckt om doften. Den var så hemtrevlig. Thor räckte fatet med bullar mot Rakel.

Rakel skakade på huvudet. "Inga sötsaker för mig. Och naturligtvis har jag varit i kyrkan. Det är väl söndag? Och värst vad du var hungrig", sa hon när Juni sträckte sig efter en bulle till. "Måste vara den där konstiga dieten du håller på med."

"Det är ingen diet. Jag är vegetarian, mormor. Det är inget konstigt, många människor är det och vill inte äta mördade djur."

Rakel snörpte på munnen.

"Juni, snälla ...", sa Thor lågt.

Juni gjorde en plågad min över bordet mot honom.

Bara en liten stund till, mimade han diskret tillbaka.

Stackars familj.

Stella såg på dem. Hon hade hanterat många ilskna tanter under sin tid som personal i boutiquen. Gnälliga överklasskvinnor med mer pengar än vett. Hon var van vid att försöka vinna över människor, få dem på bra humör. Van vid att bete sig väl, för att liksom representera alla icke-vita. Man blev så när man var annorlunda, såg annorlunda ut, för då var man alltid den som stack ut. Den som alla kollade på om något hände, blev stulet eller bara lät. Men detta var nog något annat än slentrianrasism, hon såg ju det. Hur Rakel och de alla hanterade sorgen på sitt sätt. Sorgen efter en dotter, en mamma, en hustru. Stella såg det, för hon bar den också: den där sorgen som gjorde så olika saker med människor. En del blev arga. Andra överdrivet aktiva. Somliga skuldmedvetna. Det var tungt. Och inget hon behövde mer av i sitt liv. Hon lovade sig själv att inte dras in i detta. Hur het Thor än var.

— 10 —

Thor var helt dränerad efter Rakels besök. Barnen var vana, men själv brukade han behöva hamra eller såga med något en bra stund efter att hans svärmor lämnat dem.

Han böjde sig ner och kopplade loss Pumba.

"Förlåt", sa han när han mötte den olyckliga blicken.

Stella sträckte ut handen mot valpen och snart piskade Pumbas svans av lycka när Stellas långa naglar rev genom hans päls. Det var opraktiska naglar, men precis allt annat i Thors liv var praktiskt och funktionellt, så han beslöt sig för att han gillade dem. Det var länge sedan han haft något som påminde om glamour i tillvaron, om ens någonsin. Hon hade vackra händer. Smala. Bruna. Säkert lena mot huden, och så de där riviga naglarna. Han var tvungen att ta ett långt och djupt andetag. Men så gav Stella honom ett leende och han tappade andan igen.

Nessie dök upp, från var hon nu gömt sig, och Thor drog motvilligt blicken från Stellas generösa mun och glittrande ögon.

Nessie sniffade vaksamt i luften, som för att avgöra om faran var över.

"Hon har gått", sa Juni.

Nessie ruskade på sig och la sig ner en bit bort, som för att kunna ha uppsikt över dem. Hon vilade huvudet på framtassarna med ena ögat halvöppet och det andra stängt.

"Till och med hönsen försvinner när mormor kommer", sa Frans med munnen full av bulle.

Han kastade en smula åt en brun höna som kommit sprättande ut ur buskarna. Hon hade fem pipande kycklingar kring sig. Frans slängde fler smulor och ivrigt pickade hönorna i sig.

Thor ville säga att Rakel gjorde så gott hon kunde, med det liv hon fått. Men han var tillfälligt slut som artist och orkade inte vara förnumstig. Dessutom hade Frans rätt i sak. Vartenda djur var som bortblåst i samma stund som Rakel dök upp. Thor hade aldrig begripit hur det där gick till. Hur djuren kunde känna att hon var på väg. Som om hon var en storm eller jordbävning. Han skulle kunnat svära på att både fåglar och insekter tystnade så fort Rakel klev över tomtgränsen. Hönor, katter och hundar gick upp i rök.

"Finns det en morfar med i bilden?" frågade Stella som inte såg ut att ha blivit skrämd. Hon hade förhållit sig lugn trots att Rakel varit både stingslig och ohövlig. En knapp hade gått upp i hennes blus och han dröjde med blicken vid den gyllene huden som skymtade i urringningen. Brun hud, doften av lilja och värme och så solens strålar som skapade fascinerande skuggor. En man kunde tappa förnuftet för mindre. Om han bara lutade sig fram litegrann skulle han ana en klyfta i vilken stenen i hennes halsband vilade. Och om han inte skärpte sig skulle han snart skämma ut sig. Han lyfte sin kaffekopp.

"Morfar lämnade mormor för länge sedan", berättade Frans. Stella satt nu på huk nere på gräset och försökte locka till sig en av kycklingarna.

"Är det sant?" frågade hon. En av de modigaste fåglarna, bara några dagar gammal och inte mer än en gul tuss, närmade sig vaksamt men nyfiket. Den hoppade upp i luften och snäppte med näbben efter en insekt som flög förbi innan den fortsatte närma sig Stellas lockande bullbit.

Thor tänkte att de inte borde sitta och skvallra om Rakel. Men Rakels sorgliga historia var ingen hemlighet i trakten. Tvärtom. Det var en av skandalerna man gottade sig åt. Precis som man gottade sig åt folk som blivit frireligiösa, hade gruppsex eller misskötte sina djur.

"Alla vet det", sa Juni som ett eko av Thors tankar. Hon pillade på runda pärlsockerkorn på bordet.

"Det är en sorglig historia och tyvärr har hon inte riktigt kommit över den", sa Thor så neutralt han kunde. Han böjde sig fram, lyfte upp den gula kycklingen och placerade den i Stellas hand. Hennes ögon blev stora och Thor log när hon försiktigt smekte den. De andra kycklingarna pickade runt henne och hennes ansikte lyste av lycka, som om det var ett äventyr att sitta med djuren. Men höns var roliga djur. Juni hade matat dem med kokt spaghetti en gång, de hade blivit som tokiga och trott att det var mask, sprungit runt med de vita snörena viftande i näbbarna. Pumba kom också fram till Stella och nosade på kycklingen i hennes hand.

"Määäh", hörde de plötsligt och sedan buffade killingen på Stellas rygg.

"Trubbel har rymt igen", meddelade Frans, helt överflödigt.

Geten viftade på svansen och började sedan tugga på en slinga av Stellas hår som väl såg oemotståndlig ut. Stella tjöt till. Frans fnissade men Juni såg avvaktande ut, som om hon undrade vad som pågick. Var Juni orolig? Thor hade alltid skyddat henne, aldrig berättat om My, till exempel, inte heller om någon av de få andra kvinnor han träffat efter Idas död. Juni mindes sin mamma, han ville inte att hon skulle vara rädd att han skulle ta hem en ersättare.

"Kan vi gå?" frågade Juni, utan att titta på Stella.

Thor nickade. Om Stella märkte att Juni var kort, så sa hon inget.

Båda barnen dukade undan efter sig och försvann till sina rum. Frans med en vinkning till Stella, Juni utan ett ord.

Stella började resa sig upp från marken och automatiskt räckte Thor fram sin hand. Hon tittade på den, sedan upp på honom och deras blickar låstes vid varandra. Hon hade det mest fascinerande ansikte. Sneda mörka ögon, kraftiga ögonbryn, sensuella linjer. Han blev torr i munnen, ville säga något men visste inte vad. Hans hand hängde i luften och för en stund trodde han att hon tänkte ignorera den, att han gått över en gräns, men istället hon la sin lilla varma i hans och tog emot hjälpen, reste sig upp med ett fast grepp och fick hans tid att stå alldeles stilla en sekund eller två.

"Tack", sa hon med låg röst och utan att släppa hans blick. Hennes ögon var nästan svarta, men med bruna guldiga fläckar som liknade inget annat han sett. Uttrycksfulla, glada ögon. Istället för att släppa honom kramade hon hans hand och Thors blod rusade som en vårfors under huden. Han kramade tillbaka. Han kände sig som en åldrig ek som alla trott var död men som plötsligt fått ny energi av våren, av solen, av henne. Stellas nästipp var solbränd och lite röd, och om han lutade sig fram det minsta lilla skulle han kunna kyssa henne. Hon klippte med ögonlocken och han släppte henne. Förstås.

Hon tog ett steg bakåt och vinglade till.

Thors hand sköt ut igen.

"Vad hände?" Han la handen om hennes överarm. Kanske för att ge henne stöd, eller möjligen för att få en ursäkt att röra vid henne igen.

"De här pumpsen är inte gjorda för landet."

De tittade ner på hennes fötter. De högklackade skorna var leriga och hälarna sjönk ner i gräset.

Han släppte hennes arm och försökte skärpa sig.

"Har du inga andra?"

Hon skakade på huvudet. "Det var så rörigt när jag åkte."

"Hur är det nu? Fortfarande rörigt?"

"Det är bättre. Men jag måste handla saker har jag insett. Mat. Toapapper."

"Eller så skickar jag med dig saker härifrån?"

"Du behöver verkligen inte. Och jag måste nog åka in till stan ändå."

"Vad sägs om att du får det du behöver så du klarar dig tills imorgon? Och jag ska ändå till stan imorgon bitti, så du kan åka med mig och fixa resten då."

"I så fall vill jag betala för mig."

Thor började protestera. Han tänkte inte ta emot pengar för toapapper och lite mat. Stella höjde handen. "Det är inte förhandlingsbart."

"Okej", sa han, ytterst motvilligt.

"Och jag åker gärna med till stan. Tack." Deras blickar fastnade i varandra igen. Det var omöjligt att det bara var han som kände det. Vad *det* nu var. Lust? Attraktion?

"Inget att tacka för."

Hon log och han ville dra henne till sig, mot sig. Istället stoppade han händerna i fickorna.

"Berätta mer om barnens morfar. Försvann han bara?" Hon log igen, ett lockande leende som fick det att spritta i hans bröst.

Han nickade uppåt, mot kullarna och hagarna. Han måste gå, promenera, röra på sig. Hon föll in bredvid honom, snuddade vid honom vid varje steg, med sin arm vid hans arm, sin axel vid hans biceps. Han började bli snurrig och mindes inte vad de diskuterat. Just det. Morfar.

"Han lämnade Rakel för en dansbandsdrottning som passerade på sin turné."

Stella snubblade till igen och hennes bröst pressades mot hans arm. Lurade han sig själv eller dröjde hon kvar ett extra andetag?

"Dansbandsdrottning?" frågade hon och hennes röst var lite hes.

"Det var en skandal på den tiden."

Det mesta som föll utanför mallen blev lätt en skandal här, något att förfasas över. När Ida blev gravid med Thor hade det snackats, till exempel. De gjorde ju det rätta och gifte sig, men pratet fanns alltid kvar. När Idas pappa rymde med dansbandsdrottningen från Värmland hade det varit en riktig skräll. Rakel hade börjat gå i kyrkan allt oftare efter det, successivt förändrats. Ida hade inte haft det helt lätt med sin mamma, vilket kanske delvis förklarade varför hon varit så snabb att vilja köpa den fallfärdiga gården och gifta sig med Thor.

"Det går inte att bo hemma", hade hon sagt och så hade de gift sig och flyttat in på gården.

"Kom han aldrig tillbaka?" frågade Stella, fortfarande inne i berättelsen om sveket.

Thor skakade på huvudet. Inte ens när Ida dog. Det hade varit förfärligt på alla sätt. Att begrava sin hustru, sina barns mor, att försöka trösta den sörjande Rakel och så det faktum att Idas pappa inte dök upp ovanpå det. Thor drog med handen över ansiktet. Han var tacksam att han hade så få minnen från de där dagarna. Allt hade varit ett töcken efter Idas död. Han hade haft två tillintetgjorda, gråtande, klängiga barn, djuren och så Rakel att ta hand om. Begravningen var som höljd i en grå dimma.

"Men vad hemskt för Rakel att bli lämnad så där."

Stella gav honom en uppfordrande blick. Det syntes att Stella var team Rakel. Och det hade Thor också varit. I alla fall till en början. I början hade alla tyckt synd om Rakel. Man trodde att folk som lidit stora förluster skulle bli bättre människor, men Rakel hade bara fastnat i självömkan och så småningom bitterhet.

"Träffade hon ingen ny?"

"Nej."

De var tysta. Fåglarna sjöng, hundarna hade skuttat iväg och solen sken.

"Det är som paradiset här." Stella lät andfådd och han saktade ner, hade inte insett hur snabbt han gick. De blev stående och såg ut över kullarna och grönskan.

"Är det ån?" frågade hon och nickade mot glittret.

"Ja."

"Det finns en liten bäck hos mig."

"Det är gränsen mellan våra tomter. Den rinner ut i en liten sjö. Eller tjärn." Det var en av de finaste platserna han visste, det lilla vattendraget.

"Är den också min?"

"Vet inte riktigt." Det var gamla gränser som ingen längre visste var de gick. Han hade alltid sett den lite som sin. Eller som naturens.

De gick vidare. "Det där är mitt lusthus", sa han och pekade. Han hade byggt det högt uppe på en kulle med milsvid utsikt över ängar och åkrar.

"Så fint", sa hon och rörde vid väggarna.

Han tittade på hennes fingrar som tog på huset han byggt.

"Folk tycker alltid att man ska gå vidare", sa hon långsamt. Luften runt dem laddades igen, blev varm och sprakande, fylld med mening och outtalad längtan.

"Ja."

"Har du gått vidare?" Stella såg rakt och öppet på honom. Hennes kinder glödde, hon var varm och huden glänste.

"Jag har dejtat", sa han långsamt, visste inte vad han skulle kalla sina tämligen få relationer efter Ida. Men gått vidare? My hade ju precis gjort slut, så han skulle säga att hans liv stod helt still i det avseendet.

"Är det svårt att dejta på landet?" Stella iakttog honom fortfarande med den där öppna blicken. Hans lungor tömdes långsamt på luft.

"Det beror på vad man är ute efter." I ett litet samhälle var utbudet inte stort. Och det var svårt att vara diskret.

Hon blinkade långsamt, lekte med ett blad hon plockat. "Jag tror att det är bra att vara ensam ett tag."

Han höll med. I sak. Ensamhet kunde vara både en välsignelse och en börda. "Absolut."

"Samtidigt så..." Hon tystnade. Vände sig mot honom. Tittade upp i hans ansikte. Vinden tog tag i hennes hår, lekte med det. Thor lyfte handen mot en hårslinga.

Stella bet sig i läppen.

Thor böjde sig fram. Stannade i luften mellan dem. Halsbandet som vilade så lockande mellan hennes bröst glittrade till. Det var ett vackert halsband, enkelt i guld, med en stor sten.

"Samtidigt så vad?" frågade han lågt.

Stella la en hand om hans nacke och drog honom mot sig. Han hade kysst flera kvinnor, inte många, men flera i alla fall. Ibland kändes det bra, ibland ingen gnista. Med Stella gnistrade det.

Hans mun var mot hennes, de andades varandras luft. Läpparna snuddade vid varandra, inte en kyss, knappt ens en puss, mer en smekning med läppar som lärde känna varandra.

Stella var beständig som ett nyplanterat persikoträd. Minsta köldknäpp eller vindpust och hon skulle vara borta. Hur många persikoträd hade han försökt få att överleva? Rätt många. Han hade lärt sig att det inte var någon idé att hoppas på att få saker som inte hörde hemma i myllan att överleva. Man fick njuta av dem så länge det varade.

"Du är allt en bra granne, Thor", sa hon mot hans mun och han hörde det där leendet i hennes röst igen, ett leende som han ville ha mer av.

Det var första gången hon sa hans namn. När hon sa det lät det spännande och sexigt, som om hon gillade det och det han gjorde. Så han kysste henne igen, långsamt, utan brådska, en kyss utan händer och tunga, utan brådska, bara för att lära känna varje millimeter av hennes mun, av hennes läppar och mungipor. Hon hade en hand om hans nacke och han blundade och njöt av de långa naglarna som raspade i hans hår.

"Pappa! Vad gör du?"

Junis anklagande röst fick Thor och Stella att fullkomligt

flyga isär. När Thor höjde blicken såg han att Juni såg anklagande på dem från andra sidan lusthuset.

Han backade bort från Stella så snabbt att han närapå snubblade. Fan också. Detta var ju precis det han inte ville skulle hända.

"Jag kan förklara", ropade han dumt.

Juni vände och sprang iväg längs stigen utan ett ord. Hennes svartfärgade hår fladdrade. Thor gav Stella en ursäktande min.

"Gå efter henne", sa Stella förstående.

"Tack", sa han och skyndade ikapp sin dotter.

11

"Vad ska du göra i stan?" frågade Stella morgonen därpå när de båda satt i Thors bil på väg till Laholm.

Gårdar med betande hästar och kor, välskötta trädgårdar och hus passerade förbi. Thor hade rakat sig igen, han var slät och väldoftande om hakan och kinderna. Håret var fuktigt på hjässan, som om han duschat precis innan han kom och hämtade henne. Själv hade Stella tvättat sig hjälpligt med uppvärmt vatten ur pumpen och en tvättlapp hon tillverkat av ett par av sina trosor. Sedan hade hon gått på toa bakom en buske i gräset och det var inte något hon uppskattat. Hon hade tvättat sig igen och grävt ner trosorna. Prick klockan åtta hade hon ringt kommunen och fått veta att jovisst, de kunde komma och kolla brunnsvattnet åt henne, de skulle skicka någon efter lunch, hon behövde inte ens vara hemma. Hon hade bestämt sig för att ta kostnaden, hon fixade inte att vara beroende av Thors välvilja och vattendunkar, det gick emot hela hennes väsen. Det räckte att hon tvingades bajsa i naturen, tack så mycket. En citykvinna behövde rinnande varmt vatten, kylskåp och vattenklosett, så var det bara.

Thor växlade och gasade.

"Jag har en del ärenden", sa han som svar på hennes fråga. "Jag måste snacka med en polare, handla och kanske klippa mig."

Hans hår var långt och ovårdat och det klack till i bröstet på henne. Han var fin, på ett rustikt och liksom genuint vis, han hade en blå tisha idag och han skulle försöka hinna klippa sig, mitt i alla sina plikter. Det var rart på något vis. Och han var en bra bilförare, nästan sävlig. I stark kontrast mot intensiteten igår. Hon fläktade sig med handen när hon mindes. Deras hångel hade inte varit superavancerat, men hon kunde fortfarande känna hans händer på sin hud, hans blick som brände, den tunga andhämtningen när deras munnar möttes. Det hade inte varit en regelrätt kyss men hon skulle ändå satsa rätt mycket på att Thor var en formidabel älskare. Hon vred lite på sig i bilsätet. Det mesta av hennes fantasier just nu handlade om lagad mat. Men på andra plats kom definitivt olika kombinationer av solbrända muskler och erotik.

"Mår Juni bra?" frågade hon. Flickan hade inte sett glad ut.

"Hon var lite chockad", medgav han urskuldande.

Stella lät det bero, förstod om det blev upprört när pappa stod och kramades med nya grannen.

Hon hade varit på väg att lägga en makeup imorse. I Chanelen hade hon haft med sig mascara och foundation, lite läppglans och en kajal, men sedan hade hon bestämt sig för att världen fick ta henne som hon var. Hennes uppgift var inte att behaga. Sedan hade hon ändrat sig och ändå lagt på lite läppglans.

Inte för Thors skull, sa hon sig, för sin egen.

Yeah right.

"Vad har du själv för planer?" frågade Thor.

Hon skulle just svara på frågan när hon fick ett mess. Hon ursäktade sig och läste det snabbt.

ERIK: *behöver skjuta mötet till 14.*

Skit också.

STELLA: *Visst.*

Hon la ner telefonen.

"Jag ska handla. Och träffa mannen som är intresserad av att köpa min mark. Nu sköt han fram mötet, så jag får se vad jag hittar på fram till dess."

Thor gasade och bytte fil.

"Vem är det?" frågade han. Det var en naturlig fråga men något i hans röst skvallrade om en inre spänning.

"Han heter Erik Hurtig. Känner du honom?"

Thor var tyst ett tag. "Jo, det gör jag."

"Är han inte schyst?"

"Inte min sak att säga", svarade han korthugget, vilket ju sa allt.

De satt tysta ett tag, sedan frågade Thor: "Är det därför du är här? För att sälja?"

Hon nickade. "Jag behöver pengarna. Och så har jag ju inga kopplingar hit längre." Hon kunde inte se sig själv hålla på och åka till Laholm i tid och otid. Det låg helt off och hon hörde inte hemma här. Visst, det var pittoreskt, möjligen gulligt en kort tid, men sedan då?

"Jag fattar."

"Dessutom hoppas jag hitta något om min pappa", la hon till, för hon måste ta tag i det där, på något sätt.

"Bor han här?"

"Nej, han bor nog i Indien. Men min mamma dog utan att säga något om honom. Det finns ingen att fråga. Det fanns inget om honom bland hennes grejer." Hon hade letat och letat tills hon trodde hon skulle bli knäpp. Och sedan hade hon tvingat Maud att gå genom alla saker också. Men nada. Inget. "Det slog mig att något kanske finns här, att mina morföräldrar kanske visste något, så jag vill kolla innan jag säljer."

"Har du hittat något?"

"Kan jag inte påstå."

Stugan var ju praktiskt taget tom, utsikterna för att hitta någon ledtråd måste vara små till obefintliga. Hon hade den där jäkla vinden kvar förstås, men alltså, hon var rädd för den på riktigt. Stella gjorde en grimas för sig själv. Hon avskydde tjejer som sjåpade sig. Hon skulle kolla genom förrådet och allt annat först, sedan skulle hon utmana sin fåniga rädsla, bestämde hon resolut.

Hon tittade upp mot himlen genom vindrutan. En stor fågel cirklade högt, högt upp i skyn och det var så mäktigt.

"Är det en örn?" frågade hon och pekade.

"En glada förmodligen."

"Nejdå, det är helt säkert en örn", sa hon, som knappt kunde skilja en sparv från en kråka. Men rovfågeln var enorm. Hon undrade hur det skulle vara att kunna flyga. Var det inte det folk fantiserade om mest av allt? Att kunna flyga. Själv drömde hon om att sy och skapa. Det var som ett begär inom henne. Ända sedan hon var liten hade hon älskat det. Syslöjd hade varit hennes favoritämne i skolan, nästan alla hennes dagdrömmar hade handlat om olika mönster och designlösningar. Och så hade det alltid varit. Tyger var hennes passion. Hon kollade snitt och lösningar, drömde konstruktion. Numera var i stort sett alla plagg hon ägde sådana hon sytt själv, och det enda hon ville var att komma in på The NIF. Hon kunde inte fatta att hon offrat den chansen förra gången. Och att det varit för Peders skull. Men Peder kunde vara så övertalande, så charmerande. Och hon hade varit så kär. Inte igen, lovade hon sig själv och spanade upp mot örnen/gladan.

"Vilken superkraft skulle du vilja ha, om du fick välja?" frågade hon medan fågeln försvann högt i skyn.

"Ingen aning. Vilka finns det?"

"Man kan vara osynlig. Superstark. Flyga."

"Jag är nog nöjd med att få vardagen att fungera. Du då?"

"Jag tror jag skulle vilja kunna flyga." Hon tittade ut genom fönstret och log. Det pirrade under huden där hon satt bredvid Thor som kanske hade rakat sig för hennes skull. Man lärde sig uppskatta livet när man måste göra upp en eld om man ville ha varmt vatten och inte visste om man skulle få någon middag. Inte för att hon jämförde sig med folk som hade det svårt på riktigt, som svalt eller var hemlösa, men om hon jämförde med den hon varit för bara någon vecka sedan, så var det mycket hon inte längre tog för givet. Landet var förfärligt på alla vis, påminde hon sig. Hon älskade Stockholm, varmvatten i kran, kemtvätt, etcetera. Men stuglivet var också lite, lite utvecklande. Som en kurs i överlevnad. Hemskt medan det pågick, men användbart.

"Laholm är litet, så det är bäst du inte blinkar, för då kanske du missar det", varnade Thor när han körde in i stadsbebyggelsen.

"Så litet är det inte." Stella tittade på människorna som rörde sig över gator och trottoarer. Hon visste inte vad hon föreställt sig, men folk i Laholm såg helt normala ut. Snacka om fördomar. De närmade sig en parkering på ett torg. Det fanns gott om p-platser mitt i centrum, vilket var det mest exotiska för en stockholmare hittills.

"Det finns ett stoppljus i hela Laholm. Lite annorlunda mot vad du är van vid."

"Kanske det." Men Stella såg en fontän, ett café och affärer och det kändes som civilisationen.

"Mina ärenden tar nog ett tag", sa Thor, medan han låste bilen och kom runt till hennes sida. Medan hon klev ur såg hon att ett par kvinnor kastade blickar på honom. Hon förstod dem. Det var något med Thor som drog uppmärksamheten till sig. Han var inte iögonenfallande snygg, hade ett rätt ordinärt utseende egentligen, om man tog varje drag för sig. Men han hade något. En utstrålning, en självsäker behärskning. Det var oerhört tilldragande. Hon ville glo på de andra kvinnorna, tala om för dem att han var hennes. Var den idén nu kom ifrån. Men de hade nästan-kyssts igår, så lite var han nog ändå hennes. I varje fall för tillfället.

"Jag klarar mig själv", sa hon och parerade vant de ojämna gatstenarna under klackarna. Och bara för att hon kunde, la hon en lätt hand på hans överarm.

Han stannade till. "Stella...", sa han bara.

"Ja?"

"Om inte Juni avbrutit oss igår..."

Han hade sett helt förstörd ut då. Men nu... "Vad skulle du gjort i så fall?" Hon bet sig i läppen. Ostigt, visst, men han verkade gilla det för han stirrade

"Då skulle jag kysst dig ordentligt", sa han dovt.

"Och jag skulle kysst dig. Ordentligt. Pressat mig mot dig."

Hans ögon mörknade och han kom så nära att det började vibrera i luften mellan dem. Stella reste sig lite på tå, tryckte försiktigt brösten mot hans bröstkorg, hörde honom dra efter andan.

Och sedan föll han mot henne.

"Oops", sa hon och snavade till.

Thor rätade upp sig. "Förlåt, gick det bra?"

"Vad hände?"

Thor vände sig om och kollade på barnet som cyklat rakt in i honom, en liten parvel med cykelhjälm, stödhjul och glass runt hela munnen.

"Jag krockade", meddelade parveln glatt och sedan nös han så det for glassguck över Thors byxben.

"Förlåt, hur gick det?" frågade en ung kvinna med barnvagn andfått och hann ikapp.

"Ingen fara", sa Thor. "Vi kolliderade bara lite."

"Jag är ledsen. Han saknar helt koordination. Kom, Kevin", sa mamman och de försvann iväg.

Thor borstade bort en glassfläck från benen. "Var var vi?" flinade han.

"Du ska göra bondegrejer och jag har egna planer", sa Stella. Det var så laddat mellan dem att hennes hårstrån stod i givakt. Men varför inte? Hon var kvinna, Thor var man. Inget hindrade dem från att ha vuxenkul ihop om de önskade.

"Just det", sa han och gav henne ännu en blick som gick rakt till hennes nöjescentral.

"Du är inte så präktig som du försöker låtsas", sa hon.

"Tro mig, nittionio procent av tiden är jag extremt präktig. Eller tråkig."

"Den sista procenten då?"
Han såg länge på henne. "Då är jag med dig", sa han enkelt.

Efter att ha bytt telefonnummer med varandra och gjort upp om när och var de skulle ses, försvann Thor iväg och Stella vände sig i riktning mot vad telefonen visade var stadskärnan. Hon hade en mental lista, en vag plan och sin naturliga nyfikenhet. Detta skulle gå finfint. Hon hade trots allt åkt tunnelbana själv när hon knappt nådde upp till biljettluckan, drällt på gatorna med Maud, tjuvrökt bakom korvkiosker och hånglat med pojkvänner i Stockholms parker. De gånger hon hade rest, så var det uteslutande till storstäder. Lilla Laholm borde hon klara av.

Stella följde Google maps och passerade ett stort torg, caféer, asiatiska restauranger, butiker, små mäklarkontor och kullerstenslagda gränder med gammaldags skyltar om advokater och lokaltidningar. Hon hade siktet inställt på den second hand-butik som Juni berättat om. Efter systembolaget, bankomat och ännu fler gulliga gränder med syrener i stora lila klasar, hittade hon den och gick in.

Hon hälsade på expediten, en ung svarthårig tjej med östasiatiskt utseende – från Kina – om Stella skulle gissa, och började sedan titta runt bland de begagnade sakerna. Det fanns gott om personal med röda skjortor och namnskyltar, de rörde sig bland kunderna, småpratade och städade.

"Ni har fina grejer", sa hon när hon botaniserat i de olika hyllorna och hamnat framför expediten igen. Det var mer som en loppisbutik, med en synnerligen eklektisk blandning av allt från vinylskivor, pussel, kostymer, köksredskap och saker som såg ut som motorer och olika redskap.

På tidningspapper på golvet stod till exempel en rostig röd moped uppställd, som om någon just mekat med den och bara lämnat den en liten stund. Enligt en skabbig plakett hette mopeden Svalan Svalette. Den såg uråldrig ut. Hon hade aldrig hört talas om märket. I övrigt fanns det oväntat många fynd i butiken, en del skräp, förstås, men en hel del riktigt fina saker och priserna var betydligt lägre än i Stockholm.

"Hittade du något du gillar?" frågade expediten. Hon var ung, kanske tjugoett, med en liten näsring i silver. Det bådade gott. Kanske. På hennes namnskylt stod det JinJing.

"Funkar den där?" frågade Stella och pekade på moppen.

"Japp, är du intresserad?"

Det var hon inte, hon bara småpratade. Stella stålsatte sig. Nu gällde det.

"Jo, JinJing, jag undrar om ni kan ta saker i inbyte?" Hon använde sin bästa serviceröst. Självsäker, vänlig och kunnig.

"Egentligen inte. Vad tänkte du dig?"

Stella böjde sig ner, tog av sig skorna och ställde upp dem på disken. Det var svarta Louboutinskor av högsta kvalitet. Hon hade putsat dem imorse och hon hade köpt dem för femtusen kronor. Även nu när hon trampat runt med dem och slitit på de röda sulorna borde de vara värda en del. Hon ville verkligen inte skiljas från dem, men nöden hade ingen lag, och hon var i nöd. Hon kunde inte hålla på att nalla av sina sparpengar. Skulle hon stanna här nere några dagar till så måste hon bli mer oberoende. Hon visste inte riktigt vad det var som gjorde att hon funderade på att stanna. Eller, jo, det gjorde hon. Men hon ville inte utforska det närmare just nu. Hon tänkte ta dagen som den kom. Hon skulle aldrig återvända hit, så nu skulle hon löpa linan ut. Även om hon måste offra något av det käraste hon ägde.

Den unga expediten studerade skorna med glitter i ögonen.

"Vad vill du ha i byte i så fall?" frågade hon.

Stella la upp ett par vita tygskor och ett par gummistövlar hon hittat i sin storlek. Begagnade dojor istället för Louboutins, det gjorde ont. Men hon behövde skor hon faktiskt kunde använda här nere och hon behövde dem nu.

"Om du säljer handväskan kan du få mer saker", sa JinJing

och ögnade lystet Stellas svarta Chanelväska. Uppenbarligen begrep JinJing sig på kvalitet. Och kände igen desperation när hon såg den.

Stella kramade handtagen. Hon hade köpt väskan på en outlet under sin enda New York-resa. Den var hennes favoritväska i alla kategorier. Och ett av de dyraste föremål hon någonsin ägt.

"Aldrig i livet", sa Stella med emfas.

Hon la upp en röd långärmad bomullsskjorta på disken, och ett par rejäla snickarbyxor, kläder som var betydligt mer praktiska än hennes skräddarsydda plagg, tillsammans med ett par raggsockor. Hon plockade även upp udda bestick ur sin kundkorg, fyra olika stora dricksglas med fin dekor, två omoderna men hela muggar, en assiett och två omaka mattallrikar. Inget passade ihop med något och var därför billigt, men varje liten pryl hon valt höll hög kvalitet. "Jag vill ha de här också. Och det här." Hon hämtade en bunt med ljuvliga antika lakan och kökshanddukar med den finaste handgjorda spets och brodyr. Kvaliteten var helt sensationell och priset pinsamt lågt. Och en järngryta, en stekpanna, en kopparkanna och till sist en ateljésydd kjol i superb kvalitet, som hon strängt taget inte hade någon användning för, men som hon inte kunde förmå sig att inte köpa. Den skulle sitta perfekt på henne. Det sista hon la ner var en gammal skräddarring – som en fingerborg fast en ring. Hon kände sig naken utan.

JinJing synade varorna.

Hon sa ja till allt utom kjolen. "Sorry, den är för dyr."

"Skorna är Louboutin", utbrast Stella.

"Och vi gör inga byten egentligen, detta är ett undantag", svarade JinJing benhårt.

Stella prutade till sig ett par träskor åtminstone och packade sedan ner sina fynd, muttrande. Än så länge hade landet visat få försonande drag. Hon satte på sig skräddarringen. Den satt perfekt.

Maud messade samtidigt som Stella lämnade affären.
MAUD: *Är du hemma än?*
STELLA: *Nä. Jag stannar i Laholm ett tag. Jag har just bytt bort mina skor mot snickarbyxor, gummistövlar och begagnat porslin.*
MAUD: *Inte lobbarna väl?*
STELLA: *Jo.*
Aj, det gjorde fortfarande ont. Hennes älskade skor. Telefonen ringde så hastigt och ilsket i Stellas hand att hon nästan tappade den.
"Har du blivit knäpp, på riktigt? De skorna var ju dina bebisar", sa Maud uppbragt när hon svarade.
"Sant. Jag är en dålig mor, för jag sålde just mina barn. Och är det inte du som brukar säga att högklackade skor är patriarkatets sätt att instabilisera kvinnor?"
"Jag är kluven. Det var ändå Louboutins."
"Jag ska köpa smörgåstårta som tröst. Det är svinbilligt här på landet."
Maud var tyst, länge.
"Ska jag komma dit?" sa Maud till sist. "Smörgåstårta? Borde jag göra en intervention? Herregud." Mauds röst sjönk till en viskning: "Stella? Har du gått med i en sekt? Kan du prata fritt?"
Älskade Maud.
"Ingen sekt, jag lovar."
"Jag vet inte om jag tror dig. Du låter konstig. Du gör konstiga saker. Jag fick inte ens låna de där skorna, och nu är de borta?"
"Du fick låna dem. Och spillde rödvin på dem."
"En olycka."
"Jag måste lägga på. Jag ska köpa trosor på Ica."
Stella la på mitt i Mauds protester. Naturligtvis skulle hon inte köpa underkläder på Ica, det fanns gränser för barbariet, men Maud var så lättlurad att hon inte kunde låta bli. Hon

stannade till och tittade i ett skyltfönster med kläder. Provdockor med glansiga blusar, sammetsbrickor med smycken och scarves. Plaggen var välsydda, det syntes, och de hade rea. Hon kanske kunde göra ett fynd.

Det var sjukt dyrt, det såg hon direkt hon kom in.

"Hej", sa kvinnan vid disken. Hon var en superposh kvinna i femtiofem- eller sextioårsåldern, med dramatiska ögon med fransförlängning och högt, blankt hår. Från Mellanöstern, gissade Stella och spanade in ett tjockt, glansigt linne i en korg vid disken. Som storbystad och rund kvinna passade man inte i allt. Hon undvek tajta plagg och stumma tyger, men detta skulle passa henne.

"Kan jag hjälpa dig?"

"Du har jättefina saker, men det är lite utanför min budget", sa Stella beklagande. "Förlåt om jag frågar, men finns det ingen HM eller Lindex?"

"Nej, tyvärr, bara i stan."

"Jag trodde det här var stan?"

"Jag menar Halmstad."

Stella fingrade på linnet. Det var nedsatt med femtio procent och av hög kvalitet. Men hon hade helt enkelt inte råd.

"Du är inte härifrån", sa kvinnan. Hon hade en hes röst, som om hon rökte fyrtio cigg om dagen och sköljde ner dem med whisky.

Stella var van vid att få sitt ursprung analyserat, folk skulle alltid veta var hon kom ifrån egentligen, om hon var adopterad och varför hon pratade så bra svenska, men hon chansade på att kvinnan menade att Stella inte var från Laholm.

"Från Stockholm."

"Är du här på semester?"

"Min mamma var härifrån. Jag är här och ser till hennes stuga. På andra sidan ån."

"Men är det du som bor i torpet? Wallins barnbarn?"

Stella nickade. Det var så märkligt detta, att folk visste vem hon var. Hon, som hela livet känt sig halv, hade rötter här. Var del av en historia. Som folk kände till.

"Då har du träffat Thor Nordström?"

"Ja."

"Snygg va?" sa hon med ett grin.

Stella var inte glad åt att känna att hon rodnade. Men han var snygg. Och sexig. Och fick hennes lady parts att hurra.

"Ja, de där två bröderna alltså. Synd på Klas bara."

"Hur då synd?" Hon fattade inte, anade att det fanns mer här.

Kvinnan ryckte på axlarna men svarade inte på frågan. "Jag heter Nawal och det är min boutique. Vad gör du i Stockholm då?" frågade hon och vek ihop en cardigan.

"Jag jobbade faktiskt i en liknande boutique. Nettans, på Östermalm."

"Där har jag varit", sa Nawal och rättade till en hög med tröjor i olika färger. "Rätt snobbigt, som jag minns det."

Jo, det kunde man säga. Utöver alla överklasskvinnor så hade Stella mött många kändisar där. Finanskvinnan Natalia Hammar, som såg ut som en slank prinsessa men var en hårt arbetande tvåbarnsmor. Artisten Jill Lopez, som var elak mot precis alla, utom just mot Stella.

"Jobbar du inte där längre?" frågade Nawal.

"Jag ska börja plugga", sa hon, för det måste bli så. "På en modedesignutbildning i New York." Stoltheten och längtan fick hennes röst att nästan spricka.

"Imponerande. Då måste du vara duktig."

"Ja. Det är jag", sa Stella ärligt. Hon hade designat kläder som hon sålt privat. Vackra, välsydda plagg: en brudklänning, en festklänning och en brokadkavaj. Hon hade sytt in en etikett i dem. Stella, med snirkliga bokstäver och en broderad stjärna. Varit så stolt.

Dörrklockan pinglade till.

En kund, en kvinna i fyrtioårsåldern, kom direkt fram till Nawal. Kvinnan var välklädd och visste vilka snitt som framhävde henne bäst, noterade Stella automatiskt. Blanka skinnskor, välsydd kappa i ljus textil. Hon la en styv pappkasse på disken.

"Jag skulle behöva lägga upp de här byxorna, Nawal. Jag köpte dem av dig i förra veckan."

"Ja, det kommer jag ihåg. Var det inte dem du skulle ha på en middag? Mörkblå. Snygga."

"De är för långa."

Stella log medkännande, visste precis hur det var. Hon var själv alldeles för kort för de flesta byxor, och eftersom hon var större över rumpa och lår, så måste hon gå upp i storlek. Hon fick alltid lägga upp dem, då modebranschen tydligen ansåg att alla kvinnor som avvek från normen fick klara sig utan välsittande plagg. Det intressanta var att mäns kläder fanns i betydligt fler storlekar. Hon snuddade vid en fransk sidenscarf i ljusa, glada färger. Den var som luft i fingrarna.

"Min sömmerska har brutit armen", hörde hon Nawal säga. "Jag beklagar."

Stella rörde sig mot de båda kvinnorna, intresserad på allvar nu.

"Men vad ska jag göra då?" frågade kunden. Hon lutade sig över disken. "Jag ska ha dem i helgen. Min svägerska kommer." Kunden sänkte rösten. "Hon är väldigt kritisk."

Nawal vred sina händer. En butiksägare som brydde sig om sina kunder, det syntes. "Jag är verkligen ledsen."

Stella harklade sig.

"Jag kan lägga upp dem."

Båda kvinnorna vände sig mot henne och stirrade, som om hon just meddelat att hon rymt från en sluten psykiatrisk avdelning.

"Jag kan göra det", upprepade Stella, med mer kraft i orden. Hon tänkte snabbt.

"Ett par byxor lägger jag upp för tvåhundra. Och jag gör det för hand. Jag är duktig."

Nawal såg på henne. En intresserad glimt syntes i de skarpa ögonen, som om hon fått korn på en enarmad bandit med vinst varje gång.

"Jag har flera beställningar liggande, om du verkligen är så duktig som du säger", sa hon, som om hon testade om Stella ljög, om hon kanske åkte landet runt och lurade folk att ge henne kläder.

"Det är jag", sa Stella självsäkert.

För var det någonting Stella verkligen, verkligen kunde, så var det att lägga upp byxor och kjolar med små, nästan osynliga stygn. Eller göra ändringar på kläder. Hon synade de båda kvinnorna.

"Jag kan ta in och lägga ut också."

Och med det var saken avgjord. Nawal och Stella skakade hand och när Stella bad om pengarna i förskott så fick hon dem utan protest. Med pengarna köpte hon linnet och fick dessutom rabatt. "Självklart", sa Nawal och drog av ytterligare tjugofem procent. Plötsligt hade Stella ett jobb! Med personalrabatt! Och hon fick till och med ett häfte med matkuponger på den lokala lunchrestaurangen.

"Ta dem du, jag använder dem aldrig", sa Nawal och stoppade ner dem i den styva pappkassen tillsammans med det silkespapperinslagna linnet.

"Tack." Stella gillade Nawal mer och mer för varje sekund.

Stella justerade påsarna hon kånkade på.

"Jag kommer in med allt så snart jag kan", sa hon och lämnade butiken, stolt och glad.

Hon var en överlevare!

Landet, bring it on!

– 12 –

"Och hur mår barnen?"
Thor tittade på kvinnan som ställt frågan – Ulla-Karin – i den stora silverspegeln på väggen framför honom.
Ulla-Karin hade fingrarna i hans hår.
"Du hittar inte på något konstigt va?" sa han, vis av tidigare erfarenheter.
Han hade slunkit in för en klippning efter att han varit en snabb vända på banken. Om Stella skulle sälja sin mark, då ville han veta om han kunde vara med i budgivningen, om inte annat så för att slippa ha Erik för nära sig. Han skulle se hur det utvecklade sig. De hade aldrig kommit överens, han och Erik. Inte minst för att Erik legat bakom mobbningen av Klas i skolan. Erik hade fått med sig många killar som ville hålla sig väl med traktens rikaste familj.
Ulla-Karin drog med händerna genom håret, lyfte och inspekterade längder och hårstrån, innan hon mötte hans blick i spegeln igen.
"Är det inte dags för något nytt?" frågade hon övertalande.
Thor drog undan huvudet.
"Jag menar allvar", sa han strängt. "Bara en vanlig klippning. Inget annat."
"Om du är säker så", sa hon utan övertygelse i rösten.
"Helt säker."
"Men Thor..."
Han spände blicken i henne. "Slutdiskuterat."

"Jaja."

Thor drog en suck av lättnad. Som frisörska var Ulla-Karin experimentellt lagd och många laholmare vandrade omkring med "fräna" frisyrer. Thor mindes ett bröllop där bruden, en tidigare klasskamrat till honom, gråtit sig genom hela ceremonin efter att ha låtit Ulla-Karin göra frisyren och "testa en grej jag lärt mig på Youtube".

"Hur går det med festplanerna då?" frågade Ulla-Karin. Hans föräldrar skulle fira sin fyrtioåriga bröllopsdag snart och hade bjudit in bortåt hundra gäster.

"Det går bra. Klas ska komma."

"Jag hörde det. Gillar han fortfarande män?"

"Gör du?"

"Jag älskar män. Jag fattar, det kanske var en dum fråga, förlåt. Hur har du det själv med kärleken då?" Hon plockade med saxar och kammar, produkter och en rakapparat, la ut dem på en frottéhandduk.

Men den fällan gick han inte i. Ett ord till Ulla-Karin och alla skulle veta. Han förblev tyst.

"Jag hörde att du fått en ny granne?" Ulla-Karins röst var skenbart nonchalant.

Som sagt. Det fanns inga hemligheter här.

"I torpet. En tjej."

"Hur är hon då?"

"Hon är väl okej. En nollåtta. Dotterdotter till Wallins. De som hade stugan." Paret Wallin hade ägt stugan och marken i evigheter. Att Stella skulle sälja hade kommit som något av en chock. Hon var i sin fulla rätt. Men till Erik? Inte om han kunde förhindra det.

"Det var någon skandal med hennes mamma, eller hur?"

Han ville inte skvallra om Stellas bakgrund så han höll bara tyst igen.

"Och hur är det med barnen? Hur trivs de i skolan?" frågade Ulla-Karin och höjde saxen.

Thor ryckte på axlarna.
"Det är som det är", sa han.
Ulla-Karin la en hand på hans axel och gav honom en varm blick.
"Det är inte lätt", sa hon. "Och om det är lätt, då gör man fel. Säg till om jag kan göra något. Jag har ändå tre ungar. Inte de bästa, det är jag den första att hålla med om, men ändå."
"Tack."
Han uppskattade erbjudandet, det gjorde han. Men Ulla-Karin var lyckligt och stabilt gift med en kille från trakten vars enda egenhet var att laga all mat i mikron. Han ville inte belasta henne med sitt.
Ulla-Karin höll upp en nackspegel och visade honom.
"Ser bra ut", sa han, mer lättad än han ville låta henne se.
Ulla-Karin borstade hans nacke och tog av honom skynket.
"Ska jag inte spå dig nu när du ändå är här?"
För Ulla-Karin var även ett medium, hävdade hon. Hon skötte de flesta av sina mediala åtaganden via ett betalnummer, men höll enstaka workshops efter stängning i sin salong för folk som ville utforska sina mediala gåvor. Och på sommaren hade hon drop-in några timmar per kväll, då hon spådde mestadels turister med för mycket pengar och fritid. Givetvis fanns det knasigare saker en människa kunde göra, men enligt Thor hamnade detta ändå rätt högt upp på knäpphetslistan. Och om hon mot förmodan verkligen var medial så ville han inte få veta vad som skulle hända i framtiden. Han hade fullt sjå med nuet.
"Du kan få ett vänskapspris. Ge mig din hand", sa hon.
"Helst inte."
"Kom igen nu, ge mig den."
Hon la huvudet på sned och Thor mindes hur han brukat stå utanför hennes hus när han var fjorton och hon var nitton och hoppats få en skymt av henne. Han hade alltid varit lite

svag för henne. Motvilligt räckte han fram näven. Ulla-Karin tog den i båda sina och synade hans valkiga handflata länge.

Thor trodde inte på det övernaturliga, men bara för att man inte trodde på saker så...

"Ser du något?" frågade han och kände ett fladder av oro, som en skugga som for förbi i ögonvrån. Han drog åt sig handen.

Hon log. "Vi får göra om det här."

Eller kanske inte, tänkte han.

– 13 –

"Jag bjuder", sa Thor, för säkert femte gången och höll fram sitt kontokort till kassörskan.
Kön bakom dem i restaurangen blev bara längre och längre.
"*Jag* bjuder", upprepade Stella lika hårdnackat och räckte fram sina lunchkuponger. Kuponger som hon tydligen fått när hon gått och skaffat sig ett jobb.
"Hur kan du ha ett jobb redan?" frågade han och blängde på henne där hon triumferande viftade med de ljusgröna matkupongerna. "Vi var isär ungefär femton sekunder."
Allt gick snabbt med Stella Wallin.
Hon städade ur sitt torp och gjorde det beboeligt, ändrade sitt liv och lärde känna folk på samma tid som det tog honom att brygga en kopp kaffe. Men bara för att han inte hängde med i alla svängar, betydde det inte att han tänkte låta henne betala för deras lunch. Där gick hans gräns.
"Snubbar i storstan kanske låter sig bjudas av kvinnor. Män på landet gör det inte", sa han och höjde rösten. Han skämdes över blotta tanken på att någon skulle tro något annat. Restaurangen var full med folk: polare han gått i skolan med, män han köpt skördetröskor och verktyg av. Det var otänkbart.
"Var inte en mansgris. Jag bjuder", sa Stella omedgörligt. Han hade inte riktigt väntat sig så stentufft motstånd. Inte när han hade rätt och hon totalt fel.
Kön bakom dem fortsatte växa. Kassörskan följde debat-

ten fram och tillbaka. Hon hette Natalie och Thor hade haft engelska ihop med henne i högstadiet. På rasterna hade Natalie tjuvrökt och varit en av de tuffa tjejerna. Med intresserad min lyssnade Natalie på ordväxlingen och bestämde sig sedan. Beslutsamt tog hon kupongerna ur Stellas hand.

"Det är lite omodernt att inte låta kvinnor betala", meddelade hon och slog in deras bägge luncher i kassan.

Stella gav honom ett triumferande flin.

Thor var van vid att få sin vilja igenom, ofta körde han bara sitt eget race när han visste att han hade rätt, det var effektivast så, men han var *inte* en mansgris, så han gav upp just det här slaget. Inte för att kvinnorna gaddat ihop sig mot honom, intalade han sig, utan för att han valde det. Men han gav Natalie en smal blick. Natalie hade hoppat av nian, när hon blev på smällen med en kille från Halmstad. Efter det hade hon hankat sig fram som ensamstående mamma till först en och sedan två flickor. Hennes Cassandra och hans Juni gick i samma klass, och hon var ur-laholmare sedan generationer tillbaka. Kort sagt så borde Natalie vara på hans sida. Men Natalie blinkade bara med sina onaturligt täta ögonfransar och fortsatte slå in luncher.

Restaurangen, Gröna Hästen, var välbesökt och efter betalningen ställde Stella och Thor sig i kö till buffén. När det blev deras tur lassade Stella på av rätterna som om det inte fanns en morgondag.

"Hungrig?" frågade han roat. Kvinnan räckte honom knappt till axeln, men hon hade lagt på mat för ett helt byalag.

"Utsvulten", sa hon med eftertryck. "Jag älskar bufféer."

"Det finns kakor också, så lämna lite plats."

"Jag har alltid plats för kakor", svarade hon och sträckte sig efter skeden till den hemrörda salladsdressingen.

Thor tog grönsaker, fisk, och sås. Längtansfullt såg han på köttfärsbiffarna. Det ångade om dem och de doftade fantastiskt, men Juni skulle mörda honom om han åt kött, särskilt kött från kossor som han inte visste hur de haft det, och han var ju vegetarian påminde han sig. Skulle man äta djur skulle man döda dem själv, var hans filosofi och han hade nästan svimmat första gången han slaktade ett djur så numera åt han inte kött. Hur gott det än doftade. Han tog mer potatissallad och bönröra istället. Stella lyckades få plats med ännu en skopa pastasallad och en hög med rivna morötter på sin överfulla tallrik.

Efter att ha letat upp ett bord vid fönstersidan satte han sig så att Stella skulle få den bästa utsikten ut över vattnet och det böljande gröna landskapet på andra sidan Lagan.

Hon slog sig ner mittemot honom och hans blick drogs till henne. Den gjorde det ofta. Och han reagerade på hennes röst, över alla andra röster, över allt sorl så hörde han henne.

"Det är verkligen vackert här", sa hon och tittade ut genom fönstret.

Elegant skar hon grönsaker och potatis i mindre bitar, la på sås och stoppade i munnen och slöt ögonen. "Gott. Hur gick det med dina möten?" frågade hon och gjorde om proceduren med maten. Hon åt snabbt men med ett fläckfritt bordsskick. Thor böjde sig över sin egen tallrik, ville inte sitta och stirra på henne, ville inte analysera de märkliga känslor han fick när han var med henne. Nu hade han glömt vad de pratade om. Det här var inte ett av hans skarpaste ögonblick.

"Jag träffade en kille om en tjur", mindes han.

Stella frustade till.

"Verkligen? Berätta mer."

Hon hade skratt i ögonen och hennes goda humör smittade. När han var med henne var han gladare. Mindre tyngd.

"Det känns som om du inte tar mina tjuraffärer på det allvar de förtjänar. Jag funderar på att låta en av mina kvigor få kalv nästa år. Då behövs en prima tjur."

"Jag förstår", sa hon, fast med ett fnissigt glitter i ögonen och Thor fastnade i den där blicken. Flirtade hon med honom eller inbillade han sig? Han var inte bra på sådant och han blev inte klok på detta som hände när han smittades av hennes glädje och blev snurrig av hennes doft. Han var inte helt säker på vad han kände för Stella. Han ogillade henne inte, definitivt inte. Men hon var så... så annorlunda mot allt han var van vid. Att han var attraherad av henne, rent fysiskt, det hade han ju märkt. Hans kropp levde sitt eget liv i hennes närhet och hans intelligens sjönk med ungefär tio enheter varje gång han fick en blick ur de där mörka ögonen. Det var en helt ny känsla, detta. Svindlande liksom. Som att sitta i en bil han inte riktigt hade kontroll över.

"Och så har du klippt dig", sa hon och det pirrade under huden när hon vilade med blicken på hans hår. Han vred på sig, visste inte vad han skulle säga.

Stella torkade sig om munnen med pappersservetten. "Vet du? Jag kom till Laholm av en slump. Men nu kanske det blir en sådan där resa där jag upptäcker fascinerande eller mörka hemligheter om mig själv och min familj."

"Vill du det då? Upptäcka mörka saker från det förflutna?"

Själv tyckte han att livet var hårt nog, utan att saker från förr behövde krångla till det. Poängen med förr i tiden var ju att det var över.

"Kanske."

"Och nu har du ett jobb. Hur gick det till om man får fråga?"

Hon berättade om hur hon gått in i en klädaffär, erbjudit sig att laga något och plötsligt haft ett jobb.

"Var det Nawal?"

"Exakt. Vi började prata", sa hon och fortsatte sin berättelse. Han lyssnade på hennes glada röst. Ida, My och andra kvinnor hade klagat på att han var dålig på att prata. De hade säkert rätt, han tyckte det var svårt att formulera smarta tankar kring känslor och relationer, men det betydde ju inte att han inte hade dem. Han bara föredrog att vara handfast och göra saker. Stella däremot hade inga som helst problem med att prata och han lyssnade på hennes berättelse om hur hon, med typisk snabbhet, skaffat sig kläder, husgeråd och arbete. Hon la ifrån sig besticken en sista gång och pustade. Tallriken var renskrapad.

"Det är därför du har blivit kortare", sa han, när han lagt pusslet. Något hade inte stämt med henne men han hade inte kunnat sätta fingret på det. De tittade samtidigt ner på hennes fötter. Hon hade platta, vita tygskor på sig.

"Ah, smart", sa han, men med ett hugg i bröstet. Han hade gillat de där höga klackarna.

"De högklackade var opraktiska. Svåra att gå i. Och omöjliga att springa ifrån kor med."

"Ser du det som en fara?"

"Det kan hända. Och enligt min kompis är högklackade skor antifeministiska." Hon drack av sitt vatten och torkade sig i mungipan. "Hon har inte fel."

Hon gav honom en blick, som om hon utmanade honom att protestera.

Thor var kanske trög ibland, men han var smart nog att inte gå i det bakhållet. Juni hade fostrat honom alldeles för väl. Så han sa inte att han föredrog de höga klackarna som smickrade hennes ben, fick hennes bröst att skjuta ut och hennes ansikte komma närmare hans.

"Om du säger det så", sa han bara och tryckte undan den ojämlika tanken att han skulle sakna de opraktiska men jävligt sexiga skorna.

"Vill du ha te?" frågade han istället, eftersom den här kvinnan ju inte drack kaffe.

Hon nickade med emfas.

"Och en massa kakor. Glöm inte det. Och ta en stor mugg. Kanske bäst jag går med?"

Hon gjorde en ansats att resa sig upp.

"Sitt ner", pekade han, fullt kapabel att hämta kakor och fixa stora muggar.

När han återvände med en bricka med en rykande – stor – temugg, kaffe till sig själv och ett överfullt kakfat belönades han med en uppskattande blick. Det var oroväckande hur mycket han var beredd att göra för att fortsätta få den där blicken, tänkte han. Han ställde ner brickan och Stella sträckte sig efter en havrekaka med chokladrippel.

"Hittills har jag träffat dina barn och deras mormor. Visst har du en bror också? Den lyckade som flyttade? Berätta mer."

Hon smuttade på teet och gav honom en uppmuntrande blick.

Thor korsade armarna.

"Vi är tvillingar, har jag sagt det?"

Hon skakade på huvudet.

"Enäggstvillingar." När de var små hade ingen kunnat se skillnad på dem. Även om de var olika på så många sätt, vilket hade visat sig med åren.

"Vad intressant."

Thor svarade inte. För sanningen var att han och Klas inte alls passade in i den där tvillingmystiken. De var syskon, de bråkade och tvillingskapet hade successivt mest blivit en börda. "Klas har blivit glidare i Stockholm", sa han bara. Klas var advokat på en "fin" firma, hanterade stora mål, festade. Höll sig undan från familjen. Pratade om pengar, bla bla bla. Som sagt. De var inte särskilt lika längre.

"Varför får jag känslan att du inte gillar Stockholm?"

"Storstadsmänniskor tror att de är universums medelpunkt, men de skulle inte överleva en dag på landet."

Han väntade sig att hon skulle explodera.

Hon höll för munnen och rapade diskret i handflatan. "Jag är för mätt för att bli sur. Eller för att känna mig träffad. Du har ju rätt dessutom. Jag skulle förmodligen dött utan dig."

En liten, farlig glimt tändes i hennes blick. Hon hade så oerhört uttrycksfulla ögon. Mörka, som en natt utan måne, varma, som en sommarkväll. Och hennes gyllenbruna hud och mjuka armar, den lilla gropen i hakan. Hon var nästan omöjlig att sluta titta på.

"Min kompis Maud tycker jag ska ha sex här nere", sa hon och bet i en liten sockrig kanelkaka samtidigt som hon inte släppte honom med blicken.

Thor, som just tagit en klunk kaffe, hostade till.

Stella lutade sig belåtet tillbaka i stolen.

"Vad tycker du själv om den idén?" frågade han när han harklat klart. Hon kanske bara försökte roa sig med att provocera fram en reaktion på en galen impuls.

Bara tanken på den där mjuka, doftande kroppen under hans, över hans... Thor blev tvungen att harkla sig igen. Han hade inte blinkat på säkert trettio sekunder.

Stella såg på honom över sin temugg. Långa svarta ögonfransar. Skärskådande ögon som såg ut att veta exakt vad han just tänkt. De glimmade till, ett vuxet, farligt glimmer som gjorde honom torr i munnen.

"Det skulle bara vara sex, i så fall, tänker jag. Inget som leder till något. Bara något som två fria personer känner för att dela med varandra." Hennes finger smekte temuggens kant.

Thor satt blickstilla. "Inga förväntningar på något annat", sa han hest.

Hon nickade, långsamt.

"Gärna hett. Men inget som ska bli något mer."

Hans hjärna befann sig i totalt uppror.

Han hade inte tänkt falla för någon kvinna igen, hade tänkt många gånger att han var klar med den biten när Ida dog. Han hade sin familj, sina barn och sin gård, hade han tänkt när han hade lagt undan vigselringen. Det räckte. Det var nog därför både My och de få kvinnor han träffat och legat med hade ledsnat på honom. Han hade inget mer att ge, det var som om den delen av honom var död eller avstängd. Juni och Frans hade gått igenom så mycket, han kunde inte släppa in någon mer i sin familj, kunde inte komplicera livet så.

Men han gillade sex. Och han ville ligga med någon mer i sitt liv. Denna någon fick väldigt gärna vara Stella.

"Är du säker på det?" frågade han. Hon var skör just nu, det märkte till och med han. Instabil och impulsiv efter en separation han inte visste några detaljer om. Tänk om hon ville gå tillbaka till sin kille? Thor hade ingen lust att inleda något som hon senare skulle se tillbaka på med ånger. "Ditt ex?" kände han sig tvungen att fråga.

Hon rörde vid bordsduken, följde en smula med en lång nagel. "Min kille bedrog mig som fan och det är slut."

Otrohet. Vidrigt. "Jag beklagar", sa han allvarligt. Hon måste ha blivit så sårad.

"Tack. Jag tror det pågick länge. Kanske med flera, vad vet jag. Men jag vet att han har legat med en tjej jag känner. Och jag blev av med mitt jobb också på grund av dem."

"Så det hände helt nyligen?"

"Ja. Så jag är osäker på det mesta just nu. På framtiden. Livet. Ekonomin. Vad jag ska göra med stugan, hur den närmaste tiden kommer se ut." Hon lyfte på huvudet och såg rakt på honom. "Men detta, som vi pratar om, är jag faktiskt helt säker på. Jag vill."

Det där – det gick raka vägen till hans vitala kroppsdelar.

Stella la handen under hakan, vilade ansiktet i den och log ett hemligt leende.

"Får jag berätta en grej?" frågade hon och nu var glittret i hennes blick direkt elektriskt.

Thor nickade.

"Igår kväll, i mörkret, i min soffa, under filten. Då låg jag och tänkte på kramen du gav mig."

"Det var du som kramade mig", påpekade han.

Det var hon som smugit sig in i hans famn, förvirrat honom med sina bröst och sitt hår och sin doftande hud.

Hon fladdrade med ögonfransarna. "Okej då. Jag kramade

dig. Men du pussade mig. Och jag tänkte på oss. När jag låg i soffan."

"Oss?" sa han.

Hennes läppar blänkte och hon nickade, sakta.

"Ja. Det känns som om det finns något mellan oss. Tycker du inte?" Hon drack av sitt te, fångade upp en droppe i mungipan och allt blod i Thors kropp rusade från huvudet och ner till hans skrev. Det gick så snabbt att han blev yr. Men att se hennes tungspets, att höra hennes ord, det var som om en hemlig och het fantasi materialiserat sig mittemot honom. Han lutade sig fram över bordet och det gjorde hon också. När hon böjde sig fram så pressades hennes bröst mot urringningen och han kunde inte låta bli att stjäla en blick av allt det han skymtade. Thor hade alltid tänkt att hans typ var okomplicerade, robusta och blonda småstadstjejer som älskade naturen och saknade choser. Kvinnor som fattade honom, och som han begrep sig på. Men nu satt han här och var mer attraherad än han varit i hela sitt liv av en storstadsälskande kvinna som tyckte att Laholm var landet och som hade långa naglar och var hans fullständiga motsats i allt. Som inte passade in i hans liv men var så sexig att han just nu verkade ha slutat tänka förnuftigt.

"Bara så jag fattat rätt", sa han, ville inte att det skulle bli några missförstånd. "Du vill ha sex." Han var tvungen att andas och harkla sig innan han kunde fortsätta. Hjärtat bankade mot revbenen. "Och du vill ha det med mig?"

Hon bet sig i läppen. "Bara om det är okej."

Thor fick just precis nu behärska sig för att inte rusa upp ur stolen, slänga Stella över axeln och ta med henne till närmaste säng, soffa eller bänk, så han förmodade att det var okej.

Men han tyglade sig, drack en klunk kaffe. Kliade sig på halsen. "Antar det", sa han, överdrivet nonchalant.

Han skulle kunna få en Oscar för den prestationen.

Stellas ögon smalnade farligt.

"Om det är för ansträngande, kan jag säkert hitta någon annan."

Ja, jo, det kunde hon glömma.

"Jag är entusiastisk, tro mig. Och det ska mycket till för att jag ska överanstränga mig", la han till, självsäkert. Hon var i sin fulla rätt att välja vem hon ville. Och han i sin att se till att det blev han. "Hur tänker du att vi ska gå tillväga? Rent praktiskt?"

Om de skulle vara på gården ville han inte ha barnen hemma. Han hade aldrig haft en kvinna där efter Ida. Och soffan i hennes torp var inte direkt sexvänlig. Han tvivlade på att han skulle kunna knyckla ner sig i den, hur tillmötesgående han än var beredd att vara.

"Kanske på hotell?" föreslog hon, som om hon redan tänkt genom saken. "Om det blir av. Borde vi inte testa först?"

"Testa?"

Hans hjärna hängde verkligen inte med alls. Men så hade den inte heller fått blodtillförsel under den senaste kvarten.

"Vi har inte ens kyssts ordentligt", sa hon som om det var det mest uppenbara i världen. "Borde vi inte kolla? Att vi är kompatibla, menar jag."

Hon såg uppmuntrande på honom.

Detta var utan tvekan ett av de mer surrealistiska samtal han haft. Men det hon sa hade en snygg logik. Hon ville väl komma vidare efter sin mupp till före detta pojkvän. Och själv skulle han gärna ha en affär utan komplikationer med en utomsocknes som dykt upp. Något kort. En fling med hett hångel, kyssar och förhoppningsvis lite till, med någon som det aldrig kunde bli allvar med. En kvinna som han inte skulle göra besviken genom att inte ha mer att erbjuda.

Thor såg sig runt om i lunchlokalen.

"Inte här", sa han, innan hon fick för sig att kasta sig över honom eller något annat spontant. Han kände minst hälften av gästerna. De flesta hade förmodligen handlat i hans mammas bokhandel, haft hans pappa som rektor eller hade barn i hans barns klasser. Han tänkte inte hångla upp en kvinna inför publik. För att slippa komplikationer om inte annat. Alla visste allt om alla i Laholm. Det gick inte ens att köpa en kondom utan att hela bygden fick veta det. Men med det sagt, att först kyssa Stella ordentligt och sedan förhoppningsvis hamna i säng med henne, var från och med nu överst på hans priolista. Att hålla barnen vid liv, var förstås allra högst upp, rättade han sig snabbt. Barnen var alltid viktigast, men sedan så...

Hon gav honom ännu ett belåtet leende. Hon såg så nöjd ut, att han sträckte ut handen och la den bredvid hennes på bordet. Kanske för att rubba henne lite. Kanske för att få röra vid henne. Hennes hand var liten bredvid hans. Hon hade slät mörkgyllene hud medan hans var djupt solbränd, ärrad och med hår på knogarna. Hon var mörkare, mer brun, medan hans solbränna såg nästan rödaktig ut bredvid henne. Han rörde med sitt lillfinger vid hennes, försiktigt, diskret och beröringen fick det att bränna till. Han hade aldrig känt kemi på det här viset. En omedelbar och häftig fysisk reaktion, vid minsta kontakt, han hade nog inte trott på att det fanns.

Men det fanns. Det surrade som om han rört vid ett elektriskt stängsel.

"Vill du?" frågade hon och trots leendet såg han sårbarheten i hennes blick.

"Jag vill väldigt gärna kyssa dig", sa han lågt och uppriktigt.
"Och?"
Hennes lillfinger rörde vid hans hand igen.
"Och sedan tar vi det därifrån, hur låter det?" föreslog han.
"Låter som en bra plan."
De tittade på varandra. Om det var en bra plan eller inte, kunde han inte svara på. Men detta var vad han ville. Mer än han velat något i hela sitt liv.

– 14 –

Erik Hurtig gick före och visade vägen till ett kontor. Stella följde efter honom.

"Så, det är här du jobbar?" frågade hon hövligt.

"Nej, nej, vännen. Jag jobbar på mitt gods."

Hon tog ett lugnande andetag, hatade att bli kallad vännen av män hon just mött.

Erik stannade och pekade på en målning av ett stort hus i en guldram. "Jag är fjärde generationen godsägare faktiskt. Min farfars far var den som tog över gården. Under 1800-talet bodde en baron på gården, därför är det ett säteri. Laholms säteri."

"Jag förstår", sa hon, men fattade inte ett dugg. Inte brydde hon sig heller.

"Jag har köttkor och mjölkkor. Största gården i Halland. Men det visste du säkert."

Alltså. Tills för några dagar sedan var hon inte ens säker på om hon skulle ha kunnat identifiera Halland på en karta.

De satte sig i hans rum och han fortsatte peka ut personer på tavlorna som omgav dem. Oljeporträtt i guldramar. Vita män allihop.

Stella nickade och fejkade intresse. Det var inte riktigt hennes grej att vara en man-abler, men eftersom han kanske skulle ge henne en massa pengar så knep hon igen om sina syrliga kommentarer om bristen på kvinnor på väggarna.

Hittills hade han inte ställt en enda fråga om henne, bara

malt på om sig och sitt. Fascinerande ändå att anse sig själv så intressant.

Det knackade och en ung man kom in.

"Det här är Hassan Johansson. Han är jurist", sa Erik.

"Hej." Hassan skakade hennes hand. "Jag är advokat. Går det bra om jag sitter med?"

"Kan du hämta kaffe, Hassan?" sa Erik.

"Vill du ha kaffe?" frågade Hassan och såg vänligt på Stella.

"Nej tack."

"Då så." Hassan gick in och satte sig. Stella log ner i knäet. Erik ignorerade honom.

"Så, din lilla markplätt?" sa han och lutade sig tillbaka i stolen med händerna knäppta över den platta magen. Han bar en blå skjorta och det blonda håret lyste mot ett solbränt ansikte. Han såg inte alls oäven ut. "Vad säger du? Ska vi lösa det här lite smidigt?"

"Ja, jag…"

"Du har kommit helt rätt ska du veta", avbröt han henne. "Jag känner alla i bygden, det är mig man ska komma till." Han blinkade pojkaktigt. "Kommunstyrelsen, lokalpolitikerna, jag sitter i alla viktiga styrelser och känner alla chefer i trakten, rektorn på skolan, tidningens chef. Ja, du hör. Utan att skryta så kan jag säga att jag är en av de stora spelarna i trakten."

Stella korsade benen. "Vad tänker du göra med marken? Om jag säljer den till dig."

Erik höll ut handen och tittade på sina naglar.

"Det vet jag inte. Jag gör ju detta mest för att vara schyst. Den är inte värd något egentligen. Det är dålig mark." Han gjorde en sorgsen min. "Och huset är i dåligt skick. Jag gör dig en tjänst. För att det är sådan jag är."

Stella tittade på ett foto på hans bord, en familjebild med Erik, en leende kvinna och en pojke med snedlugg och likadana ögon som Erik. "Jag kom just. Jag behöver tänka lite", sa hon prövande. Testade honom lite.

"Jaha, och vad behöver du tänka på då? Jag förklarade ju precis att marken är nästan värdelös. Ingen annan kommer vilja ha den. Vad är det som är oklart?"

Han satte sig upp i stolen och hon noterade att han blev lite mindre smidig när han fick motstånd. Erik Hurtig var en man som var van vid att få som han ville. Måste vara alla styrelser han satt i.

"Inget är oklart. Jag behöver tänka. Och känna", kunde hon inte låta bli att lägga till. Han verkade inte vara en person som värderade känslor. Men det var ovidkommande hur han var som person, så länge han inte lurade henne. "Jag behöver prata med min advokat. Jag vill ju att allt ska gå rätt till", la hon till och kastade en blick på Hassan som satt tyst och följde konversationen.

"Ingen vill det mer än jag", sa Erik och nu lät han förbindlig igen. "Den där marken tillhörde godset en gång i tiden. Min farfar sålde den, alldeles för billigt, han var också för snäll för sitt eget bästa." Han nickade åt Hassan, som skrev på ett papper och räckte över det till Stella med ett vänligt leende. Hon studerade summan. Den var inte hög, men det var ändå mycket pengar. De skulle behövas i New York, ge henne lite andrum.

Hon reste sig.

"Jag behöver i alla fall tänka på saken innan jag fattar ett beslut", sa hon.

"Självklart", sa han. "Men tänk inte för länge. Så jag inte ändrar mig", sa han med skratt.

Hon log vänt. "Eller jag."

Hon sa adjö och skakade hand med båda männen innan hon gick.

Det var aldrig bra att fatta snabba beslut.

Hon gjorde det jämt, så hon visste. Men såklart hon skulle sälja till Erik. Allt annat vore idiotiskt.

15

"Men *kan man* promenera?" frågade Stella.
"Jo, men det är långt." Thor såg inte alls nöjd ut. De hade tjafsat ett tag.
Men hon gav sig inte. "Skulle du klara det? Skulle Juni?"
"Jo, men..."
Hon avbröt honom självsäkert.
"Då klarar jag det."
Stella hade bestämt sig för att promenera hem. Nu när hon hade skaffat bra skor ville hon röra på sig, utforska omgivningen och tänka lite.
"Ring om det blir för jobbigt."
"Jadå."
"Du?" sa han.
"Ja."
"Hur gick mötet med Erik?"
Hon förstod varför han frågade. Erik med det smidiga leendet hade nog kapacitet att vara rejält otrevlig.
"Det gick bra. Han är väldigt angelägen om att köpa marken. Vet du varför?"
"Det finns nog olika anledningar. Men om det är så att du vill sälja, så är jag också intresserad."
"Är du?"
"Ja."
Hon skulle hellre sälja till Thor.
"Jag tycker egentligen inte att man ska blanda affärer

och..." Han tystnade och rynkade pannan. Stella log för sig själv och undrade hur han tänkte fortsätta.

Thor tog hennes kassar.

"Man ska inte blanda", sa han bara. "Men sälj inte till Erik utan att ge mig en chans att komma med ett bud. Jag måste åka och hämta Juni, de ringde från skolan och sa att hon inte mår bra. Jag ställer de här utanför dörren."

"Tack."

Hon vinkade av honom och började gå. Efter bara några meter passerade hon dock en skylt som fick henne att tvärstanna. Gynekolog.

Shit.

Det slog ner som en bomb i henne.

Idag var det tio dagar sedan hon hade avslöjat Peders otrohet. Att han legat med beigefärgade Ann. Många gånger, att döma av messen hon sett. Chocken, ilskan, hemlösheten – allt som hänt hade fått hennes hjärna att sluta fungera. Men nu slog insikten henne. Som en fucking atomexplosion.

Borde hon göra en gynundersökning?

Det hade hon inte ens tänkt på, vilket var ovanligt korkat. För tänk om Peder stoppat kuken både här och där under den tid de varit ihop? Han var inte den som krävde skydd, så att säga, det var ett jäkla tjafs innan hon skaffat p-piller. Tänk om Ann hade en otäck könssjukdom? Herpes eller något sådant man aldrig blev av med. AIDS? Nej, inte AIDS, det kunde hon väl inte ha? Men skolans sexualundervisning och alla larmrapporter Stella någonsin hört talade sitt tydliga språk. Folk fick könssjukdomar precis hela tiden. Och om Peder legat med en kvinna kunde han lika gärna legat med fler. Allt hon visste om folk som var otrogna var att de aldrig var det bara en gång. Aldrig. Stella blev tvungen att luta sig mot väggen. Förnuftsmässigt visste hon att risken var liten. Men när hade förnuftet någonsin haft en chans mot ren dödsskräck? Hon

tvekade. Men sedan drog hon upp dörren. Det var lika bra att kolla.
Käre gode Gud, låt mig slippa syfilis-herpes-AIDS.

"Så, Stella, vad kan jag hjälpa dig med?" frågade gynekologen när Stella slagit sig ner inne på ett inbjudande, nästan mysigt, läkarrum. Stella hade fått tid direkt, vilket måste vara motsvarigheten till att hitta en enhörning i skogen. Hon hade lämnat kiss innan hon kom in och även fått ta ett blodprov.

Gynekologen, en blond kvinna i trettiofemårsåldern, hade välmående växter i fönsterkarmen, färgglada akvareller med motiv från Provence och Toscana på väggarna, och ett solbränt ansikte med fräknar och icke-dömande blå ögon. Hela hon såg redig och jordnära ut, fin silhuett hade hon också, i den vita rocken. Stella gillade henne direkt.

"Jag vill kolla att jag inte har fått någon könssjukdom. Min kille, mitt ex, var otrogen." Hon pillade på plåstret i armvecket.

"Jag förstår." Doktorn skrev ner några anteckningar och tittade sedan upp. Samma vänliga, trygga leende. "När hade du mens senast?"

"Förra veckan. Jag har slutat med p-piller."

Hon hade glömt att ta dem, och nu kändes det rätt. Varför skulle hon proppa kroppen full med hormoner?

Gynekologen log empatiskt.

"Vilken könssjukdom är du orolig för?"

Stella la ena benet över det andra. "Alla", sa hon uppriktigt.

"Jag fattar. Du kan klä av dig bakom skärmen, så ska jag undersöka dig."

Stella tittade på det blommiga förhänget och tvekade. "Jag har inte tvättat mig supernoga", sa hon generat. Hon kände sig ofräsch efter att ha tvättat sig med bara kallt vatten och en tvättlapp.

Gynekologen såg vänligt på henne. "Det är ingen fara, du är välkommen precis som du är. Det finns inget som jag inte sett förut, inget som jag tycker är obehagligt, tvärtom, det är det naturligaste som finns, det kan jag lova dig."

Stella nickade och klädde av sig. Undersökningen var ungefär lika rolig som vanligt, men doktorn var mjuk och varsam och lätt på handen när hon grävde runt i hennes underliv.

"Jag ska sluta vaxa muffen, tänkte jag. Gör kvinnorna det här?"

"Vaxar sig? Det är sällan jag ser sådant. Kanske i Halmstad? Men det är inget jag kan rekommendera. Håret sitter ju där för att det behövs." Gynekologen lät sträng, som om hår på fiffi faktiskt var viktigt. Hon la ifrån sig ett instrument, det skramlade till på den lilla brickan.

"Slappna av så mycket du kan", sa hon och började sedan klämma på Stellas mage. "Är du sexuellt aktiv?" frågade hon med en hand på Stellas mage och ett finger inne i henne. Stella försökte andas djupt och normalt genom den obekväma situationen.

"Kan jag inte påstå."

Om inte oanständiga fantasier om grannen räknas, förstås. Det sista sa hon dock inte högt.

"Glöm inte kondom i så fall, det är ju också ett bra skydd mot könssjukdomar. Jag ska ta flera prover för säkerhets skull, men allt ser fint ut än så länge. Du har inga symtom av något slag. Det måste inte betyda något, men det är en bra start."

"Okidoki", sa Stella, lite överväldigad av hur snabbt och effektivt och trevligt allt var.

Hon gillade den här doktorn.

I alla fall tills hon vände på huvudet i stolen och plötsligt fick syn på en selfiebild på Thor, Juni och Frans tillsammans med doktorn på anslagstavlan ovanför skrivbordet.

"Är det obehagligt?" frågade doktorn bekymrat. "Du blev alldeles stel, kan du slappna av lite till?" Hon förde in något smalt och kallt i Stellas underliv, men Stella noterade det knappt, hon bara stirrade på fotot. Det kunde förstås finnas massa anledningar till att Thor och hans barn befann sig tillsammans med den här doktorn. Men hon kom inte på en enda.

"Det där är min granne", sa hon, samtidigt som hon försökte andas och slappna av fastän hon verkligen började varva upp.

"Förlåt?" Gynekologen tittade upp från mellan hennes ben. Hon följde Stellas blick och hennes ansikte mjuknade när det landade på bilden.

"Ja. Vi hade varit på bio där. Vi såg *Moana*. Har du sett den? En underbar film."

"Såg han inte den med sina barn?" sa Stella och hörde att hennes röst var skarp, kanske till och med sårad. Hon visste inte varför hon blev så upprörd över just det, men det hade låtit som om Thor såg den med bara sina ungar. Inte med en snygg doktor också.

"Jo, med mig och barnen, hur visste du det?"

Stella sa inget. Hon såg på bilden igen.

Gynekologen fortsatte att rota runt.

"Aj!" tjöt Stella.

Doktorn hade nypt henne i fittan. Stella reste sig på armbågarna. "Vad gör du?"

"Förlåt, Gud förlåt, men du blev helt stel och då drogs instrumentet ihop och måste ha klämt till dig. Jag ber om ursäkt, det är första gången det händer, jag är så ledsen."

Stella stödde sig på underarmarna och blängde på läkaren.

"Förlåt. Men jag uppfattade inte ditt namn?"

"My Svensson."

"Och du är ihop med honom? Thor Nordström?"

My var nere mellan hennes ben igen. Hennes röst var disträ nu. "Jaa..." Hon tittade upp. "Har ni träffats?"

Jodå, tänkte Stella och mindes pussandet, pillandet, den förtätade stämningen. Den jävla skitstöveln.

"Som hastigast", svarade hon kvävt.

My la alla sina instrument på brickan. "Visst är han fin? En av de bästa män jag mött, faktiskt."

Det var för fan inte sant. Thor hade precis suttit och planerat att ha hett kravlöst sex med henne. Var Thor otrogen? Mot doktor My? Med henne? Det var för fan i helvete inte sant! Det var ju otrogna män vart man än vände sig. Satans jävla skit.

"Kan jag sätta mig upp?" frågade Stella. Hon ville inte ligga här och skreva inför kvinnan som tydligen var ihop med Thor. Världens finaste man. Visst. Om "fin" var detsamma som "otroget svin".

"Jag är klar", sa My, lika vänligt som förut. Hon la en hand på Stellas knä. "Men mår du bra? Du är alldeles blek. Vill du ha vatten?"

Stella reste sig i stolen, hoppade ner, rafsade åt sig sina kläder, klädde på sig och gick så snabbt hon bara kunde mot dörren.

"Vänta!"

Stella kunde knappt förmå sig att vända sig om och se på My.

My öppnade en skrivbordslåda och tog ut en remsa med kondomer. "Här. Man vet aldrig", och så stod Stella ute på gatan med en faktura och en näve kondomer hon fått av Thors flickvän. Hon var så arg att det inte skulle förvåna henne om det bolmade rök ur öronen. Hur kunde han göra så här? Hur? Jo, för att han var man, förstås.

Hon slet upp telefonen. Andades. Sedan ringde hon Erik Hurtig.

"Hej, Det är Stella Wallin."

"Men tjena, gumman. Saknar du mig redan?"

Hon struntade i hans sätt, hon ville bara avsluta det här så fort det gick. Rätt åt Thor om han fick Erik till granne.

"Jag har bestämt mig, jag vill förhandla om priset, men jag kan sälja marken till dig."

Fuck Thor.

Och fuck Laholm.

– 16 –

Helvete vad arg hon var, tänkte Stella för cirka tusende gången där hon puttrade fram på en smällande och bensinluktande moped.

Direkt efter telefonsamtalet med Erik, där de kommit överens om att höras om ett nytt möte, hade hon gått tillbaka till JinJing och loppisaffären, fullständigt kokande av ilska. Där hade hon bytt Chanelväskan mot mopeden, innan hon hann ångra sig. Det smärtade fortfarande, men hon kunde inte vara beroende av att bli skjutsad av Thor en sekund till. Så hon hade lagt upp Chanelen på disken och sagt att hon ville ha moppen.

"Men då får du slänga med en hjälm också. Och kjolen, och den här klänningen", hade Stella krävt och adderat de två plaggen på disken. "Och den här scarfen", kom hon på när hon såg en scarf i glada färger vid kassan. "Och den här radion." Hon såg stridslystet på JinJing.

"Okej", hade JinJing sagt med ett brett leende. Så nu ägde Stella en rostig, röd Svalanmoped från 1961. Och en hjälm. Och en transistorradio som gick på batterier.

Hon smattrade hem, vingligt och högljutt. Folk vände sig om efter henne och oväsendet men det struntade hon i, hon hade fullt sjå med att försöka hitta och körde fel fler gånger än hon trodde var möjligt. Hemma vid torpet parkerade hon och tog av sig hjälmen.

Kassarna stod på trappan, precis som Thor lovat och hon

hatade att han var så pålitlig. Just nu ville hon inte att han skulle ha några försonande drag.

När hon kom in i köket sorterade hon in matvarorna hon handlat i Laholm i sitt skafferi. Hennes tillgångar krympte, tänkte hon medan hon ställde in tepåsar, honung, salt, och fina krossade tomater på den övre hyllan. Kardemummaskorpor, svensk rapsolja och pasta på den undre. Hon hade köpt bröd, som hon virade in i en av kökshanddukarna hon bytt till sig. Thor hade ställt ägg, persilja, rosmarin, jordgubbar och potatis på hennes trapp och hon stoppade in det också. Och ett fat med hemkärnat smör som såg helt gudomligt ut. Hon skulle inte ta ut sin ilska på hans mat, bestämde hon motvilligt. Hon hade även köpt nål, tråd, batterier och tvål. Och en stor bit smörgåstårta på Conditori Cecil. För en kvinna måste leva och trots den enorma lunchen var hon hungrig igen. Efter detta skulle det vara slut på utsvävningar, lovade hon sig.

Metodiskt gjorde hon upp eld i spisen och lyssnade på knastret. Hon hällde upp vatten i kopparkannan som JinJing slängt med när hon idkade sin byteshandel. När hon ställde den uppe på vedspisen fräste det till. De hade haft en gasspis, mamma och hon. Stella hade varit rädd för den, men lärt sig hur den fungerade. Mamma lagade sällan mat, så Stella hade tidigt tvingats koka, steka och baka. Stella mindes en gryta hon gjort till en av mammas middagsbjudningar. Alla gäster hade berömt henne. Mamma hade älskat att vara i centrum och hade slagit på sin humor, charm och utstrålning för fullt den kvällen. "Ingen ger fester som du, Ingrid", sa gästerna, glada och mätta när de gick. Mamma gick och la sig sent, var glad men kände sig lite hängig. En förkylning, hade hon sagt men haft fasansfullt fel.

Nästa dag dog hon. Det hade gått så fort. Stella mindes fortfarande den overkliga känslan av att med ens vara helt ensam i världen. Moderlös. Det fanns inga manualer för hur man betedde sig.

Vattnet kokade, Stella hällde upp det över en tepåse i sin mugg. Hon doppade påsen upp och ner. Telefonen vibrerade och mot bättre vetande hoppades hon att det var Thor så hon fick möjlighet att ignorera honom. Eller skriva något riktigt spydigt om My – hans fucking flickvän.

Men det var Peder. Hennes fucking ex.

Hon skulle sluta svära vilken stund som helst. Hon måste bara få det ur sig.

PEDER: *Vi måste prata. Jag saknar dig.*

Så typiskt honom. Bara för att han saknade henne så måste de plötsligt prata. Helst ville hon be honom fara åt helvete. Men Peder hade fortfarande tillgång till hennes ateljé. Han kunde bli arg när han blev kränkt och han skulle kunna göra något bara för att vara taskig. Hon hyrde den av hans föräldrar, hon betalade en låg hyra och Peder kunde få för sig att slänga ut hennes grejer. Man visste aldrig riktigt med honom. Tänk om han släppte in Ann? Det var en sak att bli bedragen. En helt annan att få plaggen hon sytt och alla älskade tyger oförsiktigt hanterade. Hon behövde dem. Ännu en anledning att aldrig mer göra sig det minsta ekonomiskt beroende av någon. Hon överlade med sig själv. Alltid detta funderande på hur hon skulle hantera Peder, hur hon skulle stryka medhårs och anpassa sig. Helt sjukt. När blev hon den tjejen? Hur kunde hon, som var stark, cool och med no more fucks to give, bli en kvinna som med känselspröten ute navigerade genom en relation med en man?

STELLA: *Vi kan prata när jag kommer hem.*

Hon la bort telefonen. Hon hade fallit hårt för Peder. Allt det som hon var svag för hade han i överflöd. Han var snygg. Lagom lång. Senigt stark av att jogga. Hon hade gillat hur smart han var, hur allmänbildad han verkade. Fast det hade visat sig vara mycket snack om feminism, jämlikhet och om att vara vidsynt, och sedan hade det visat sig att han bara var ett svekfullt kräk.

Hon tog smörgåstårtan, temuggen och gick ut på sin trapp. Hon tog en tugga.

Varför måste Thor ha en flickvän?

Hon hade varit så säker på att hon ville ligga med honom. Han var motsatsen till alla män hon legat med, vilket inte var supermånga, men ganska många, och framförallt motsatsen till Peder. Det gick nästan inte att föreställa sig två mer olika män. Peder var vältalig och smidig. Thor tystlåten och lite kantig. Medan hon tuggade i sig smörgåstårtan (den hjälpte faktiskt lite) funderade hon vidare.

Hon ville ligga med fler. Många gånger hade hon önskat att hon varit bättre på att ligga när hon haft tillfälle. Hon gillade sex, i alla fall bra sex, men man visste ju aldrig innan hur det skulle bli, och ofta hade hon hellre låtit bli än att riskera ett uselt engångsligg. Nu önskade hon att hon tagit för sig mer. Hon hade hela tiden haft känslan att hon ville mer än Peder, rent sexuellt. Ville uppleva mer, testa mer, känna mer. Under deras tid ihop hade hon anpassat sig, insåg hon, sett till att inte ta för mycket plats, låta för mycket, vara för mycket. Hon hade aldrig tänkt på det förut, det hade liksom bara blivit så. Peder gillade när hon gick ner på honom – män gjorde ju gärna det – men han undvek det omvända så mycket han kunde. Möjligen kunde han offra sig när hon var helt nyvaxad, nyduschad och ingen mens var i sikte på flera veckor, vilket borde varit en väckarklocka i sig, antog hon. Men det var lätt att vara efterklok, lätt att ursäkta en partners mindre attraktiva sidor.

Tio dagar hade det gått sedan hon hittade messen mellan honom och Ann. Hur länge sörjde folk en sådan här sak? En vecka? En månad? Hon hade faktiskt ingen aning, hon hade aldrig blivit bedragen på det här viset förut, inte vad hon visste i alla fall, hade själv aldrig varit otrogen heller. Borde det vara självklart att bara gå vidare? *Hade* hon gått vidare? Borde hon ha kommit över Peder? Eller borde hon vara mer förkrossad än hon faktiskt verkade vara?

Hon ställde ifrån sig det tomma fatet och tittade ut över sin ogräsfyllda täppa.

Thor hade inte hört av sig.

Hon gick in, diskade av fatet, fyllde på mer te och satte sig på trappen igen, med en av de gamla veckotidningarna. Hon smuttade på den heta drycken, läste recept på svunna maträtter och kollade igenom mönster på kjolar och barnkläder. Något tickade i bakhuvudet medan hon tittade på bilderna på kvinnor med milda leenden, smala midjor och välstädade hem. Hon vände blad, såg ett mönster på en aftonklänning och försökte få fatt i minnet. Och så, plötsligt, mitt i en beskrivning av hur man lagade något som hette San Diego-sallad (ananas, rödbeta, äpple och majonnäs i salladsblad med vindruvor ovanpå), mindes Stella. Hennes mormor hade haft en symaskin. En gammal Husqvarna som stått i det stora rummet. Nu såg Stella den helt tydligt framför sig, svart och blank med sirliga blomsterslingor i guld och rosa.

Tänk om den fanns kvar? I boden kanske? Det fanns så mycket bråte där, gamla plankor, kartonger och trasor. En gammal symaskin skulle faktiskt kunna gömma sig där, kanske den lämnats kvar. Det gnisslade när Stella drog upp dörren till boden och damm virvlade mot henne. Hon klev över och runt saker och lyfte på en fuktskadad spånskiva. Och där stod den. Under allt bråte, dammig och deppig. Mormors symaskin. Till och med det vackra träbordet som hörde till fanns där, under ännu fler brädor. När hon baxat in allt i torpet, drack hon vatten, pustade ut och började sedan kolla genom symaskinen. Mormor hade suttit vid den här. Stella mindes precis ljudet av nålen, dunket från trampan, det mjuka ljuset från den blommiga oljelampan som hängt ovanför. Hon tittade upp i taket. Jodå, lampkroken fanns kvar.

Hon gillade att sy för hand, kunde sy kanske trettio stygn i minuten, vilket var riktigt snabbt. Men en sådan här trampsymaskin kunde sy trehundra stygn i minuten. När den kom i slutet av 1800-talet hade den varit revolutionerande, det mindes hon från utbildningen på Tillskärarakademin. Nålen verkade vara hel och det satt till och med en dammig svart trådrulle kvar. När Stella drog ut en av de små lådorna i bordet hittade hon en plåtask. I den låg nålar med skimrande knapphuvuden i pärlemor. Det var som en skatt. Hon offrade ett av örngotten hon skaffat, trädde i en ny tråd och började trampa. Först gick det långsamt och osäkert, men ganska snart hade hon fållat och sytt en liten duk.

När telefonen ringde stod det Maud på skärmen. Hon hade inte tänkt på Thor nästan alls.

"Hur mår du?"

"Fortfarande ingen bebis. Jag är så less. Hur mår du? Och vad gör du där nere egentligen?"

"Jag hittade en antik symaskin i mitt skjul idag. Så jag har sytt. Skrubbat mitt skafferi. Låtit muffhåret växa." Blivit bedragen igen. Det sista sa hon inte, för hon skämdes.

"Det låter fruktansvärt. Ska du inte komma hem?"

"Jag har en del saker att ta tag i. Sy om second hand-kläder. Claima landet. Äta det jorden ger mig."

Lång, lång tystnad.

"Sa du inte att det var mest ogräs? Ska du äta ogräs?" Mauds röst var djupt skeptisk.

"Man kan äta ogräs."

"Stella, jag är orolig för dig. Du låter inte som vanligt."

"Det är lite mycket." Hon ville inte berätta om Thor, det var för genant. Inte för att Maud var den dömande typen. Eller jo, det kunde hon vara.

"Har något hänt?"

"Inte direkt." Stella kände att rösten var nära att brytas och hon ville inte oroa Maud. "Täckningen är dålig här. Hälsa bebisen att jag längtar efter den." Hon la på och hoppades att Maud skulle tolka det som att samtalet brutits.

Hon gick ut igen och lät solen smeka ansiktet. Hon sträckte

på ryggen. Saker blommade och bin surrade i hennes ogräsbevuxta täppa. Hon gick tillbaka in, hämtade sin pläd, tvingade undan en okontrollerbar våg av längtan efter... efter något, och la sig istället mitt i gräset, omgiven av doften av gullvivor, förvildade örter och ängsblommor. Hon spanade på molnen och följde fåglar med blicken. Fåglar kvirpade och insekter surrade. En humla landade på en rosa blomma och vinglade sedan vidare. Gräset vajade svagt i vinden. Det var så sövande och skönt. Hon slappnade av i kroppen, lät solen smeka ögonlocken, gled iväg i tankar på brunbrända muskler och kortklippt hår. Solbränd hud och grova händer som la sig om hennes midja. Hårda knän som särade på hennes ben. En muskulös kropp och flinka fingrar som gjorde saker med hennes kropp. Trevliga saker. Snuskiga saker. Händer som smekte och klämde, en tunga som...

Hon måste ha dåsat till för hon vaknade av att något skuggade solen.

"Där är du ju", sa Thor.

Stella reste sig på armbågarna. Och där är du, din otrogna skitstövel, tänkte hon surt.

"Hur är det med Juni?" frågade hon högt.

"Det är bra. Hon vilar hemma. Hon fick..." Han tystnade, harklade sig och började om. "Du vet. Hon fick sin..." Thor gjorde en vag gest i luften.

"Sin mens?" sa Stella syrligt.

Thor nickade men såg obekväm ut. Män och mens, det upphörde aldrig att förvåna henne hur jobbigt killar tyckte det ordet var.

"Jag fattar", sa hon, för det gjorde hon verkligen. Hon mindes den där åldern. Hon hade haft svåra smärtor i tonåren. Menstruation var ett jäkla skit, och Juni hade ingen mamma att söka stöd hos. Thor verkade vara en kompetent och modern pappa på alla vis, det måste hon ge honom, men en del saker var svåra för en man att sätta sig in i.

"Men hon var rätt nöjd med att få komma hem och lägga en varmvattenflaska på magen. Hon ska göra läxor så snart hon mår bättre. Det är ett evigt slit."

"Det är inte lätt att vara tonåring", sa Stella. Hon var inte förtjust i den tiden av sitt liv. Hon hade varit den enda icke-vita i sin klass och även barn på Södermalm kunde vara taskiga. Särskilt i tonåren, när utseende och normer blev extra viktigt.

Thor stod med solen i ryggen och hennes hud reagerade på hans virila uppenbarelse. Hårstråna reste sig som små känselspröt, letade efter honom. Hennes mun blev medveten om hans mun, hennes höfter märkte hans. Det var en stark fysisk reaktion som hon var ovan vid och den störde henne. Hon ville inte vara en kvinna som tände på dåliga män.

Hon blängde på honom. Han rörde sig osäkert.

"Kom du hem ordentligt?" frågade han.

"Ja."

Han synade henne noga. Hon knep ihop munnen. Mentalt knep hon ihop benen också, påminde sig om My och om hans lögner.

"Är allt bra?" frågade han.

"Visst. Finfint."

"Är det säkert?"

"Japp. Hurså?"

"Stella?"

"Ja?"

"Har jag gjort något fel?"

"Jag vet inte. Vad tycker du själv?"

Thor gav ifrån sig en utdragen suck. "Jag var en gift man i många år, jag känner igen alla tecken. Jag har tabbat mig på något sätt. Är det kyssen? Det vi pratade om? Ångrar du dig? Säg vad jag har gjort. Jag ser ju att det är något."

"Du har en flickvän", sa hon kort.

"Har jag?" frågade han dumt.
"Ja."
"Ne-ej. Jag är rätt säker på att jag skulle veta det."
Äh, hon orkade inte spela spel.
"Jag träffade My. Du vet. Din *tjej*."
En mängd känslor for över hans ansikte. Förvåning. Osäkerhet. Och sedan något som såg ut som lättnad. Som om han dechiffrerat en rebus. "Aha. Nej, nej. My och jag är inte ihop. Vi har gått ut tillsammans det har vi, och vi var ihop, men det är slut." Han rynkade pannan och såg uppriktigt förbryllad ut. "Tror du jag skulle ha kysst dig om jag var ihop med någon annan?"
"Ja", sa hon surt, inte alls redo att bara tro på honom rakt upp och ner.
"Om du frågat skulle jag ha sagt sanningen. Att ljuga är inte min grej. Jag borde kanske berättat, men jag tänkte faktiskt inte på det. Vi var ihop, men det tog slut, helt nyligen visserligen, men ändå."
Anspänningen i Stellas kropp sjönk en aning. Hon visste inte vad hon skulle tro. Peder hade ljugit sig blå, hade nekat så länge att hon nästan trott honom, fastän hon sett messen. Thor lät ärlig och han såg ärlig ut. Hon var inte helt övertygad men hon hade i alla fall börjat andas igen.
"Jag menar inte att du och jag dejtar eller något, men om du har en tjej...", började hon.
"Jag har ingen tjej", sa han bestämt.
Det lät som om han talade sanning, det gjorde det faktiskt.
"Fast varför verkar My tycka det då?" frågade hon, för My hade sagt att Thor var hennes pojkvän. Eller? Hon blev osäker. My hade trots allt befunnit sig halvvägs inne i hennes kvinnodelar. Kunde hon ha missuppfattat det? Hon hade inte frågat mer, bara tagit sina grejer och stampat iväg.
Thor stoppade händerna i fickorna. Hans t-shirt hade tajta ärmar och tricepsen svällde av rörelsen. "Vi var ihop. Men

det var hon som avslutade vad det nu var vi höll på med. Jag är helt tjej-lös. Om jag ska vara ärlig så gav jag inte allt till henne och vår relation."

Hon ville så gärna tro honom. Kanske hon hade hört fel, kanske det inte alls var konstigt att My hade ett foto på honom och hans barn på sin mottagning. Han verkade så seriös, så uppriktig. "Lovar du?"

Han la handen över hjärtat. "Jag lovar. Här på landet är vi bara ihop med en person i taget."

Någonting i henne lättade. Han lät ärlig och han såg verkligen ut att mena det han sa.

"Du vet ju att mitt ex var otrogen. Jag vill inte vara med och såra någon så som jag blev sårad. Och jag vill inte bli sårad själv. Inte igen."

"Det förstår jag. Tror du mig?"

Skulle hon våga lita på honom? Hon kände efter. Och sedan bestämde hon sig för att acceptera det han sagt. Hon visade på filten att han skulle slå sig ner.

När Thor satte sig ner kom han åt henne och hans tyngd och närvaro fick luften mellan dem att vibrera.

"Känns det bra?" frågade han.

"Vet inte. Jag blev så arg. Men om du säger att det är sant så tror jag dig väl."

"Det är sant."

"Hm."

"Jag lovar och svär, Stella."

Hon var tyst ett tag.

"Okejdå", sa hon till slut.

"Säkert?"

"Japp. Säkert."

"Vad bra. Vad gör du här ute förresten?" frågade han.

Hon klappade på filten igen och han la sig ner bredvid henne, knäppte händerna bakom huvudet.

Hon drog in doften av honom.

"Tittar på himlen. Tänker", svarade hon.

Hennes röst var lugn men hjärtat och pulsen tickade och pickade under huden nu när de ändå rett ut saker och ting. Hon hade drömt om honom, innan hon väcktes. När hon låg och dåsade i solskenet hade han funnits där, i hennes huvud. Hans muskulösa håriga ben hade slingrat sig kring hennes, han hade kysst henne djupt och hungrigt.

"På vad?" frågade han.

"Inget", sa hon och vände upp ansiktet mot solen.

– 17 –

Det fanns inte en millimeter av Thors hud som inte var medveten om Stellas kropp. Om bröstkorgens hävande när hon andades in och ut. Om hettan från henne, de mjuka höfterna och det långa håret.

Hon hade sovit när han fick syn på henne. Avslappnad och med slutna ögon hade hon legat på hans filt i det höga gräset. Ett leende hade lekt över hennes mun, som om hon drömde om något trevligt. Solen hade spelat över hennes hud, bildat skuggor och fascinerande linjer.

Nu makade Thor på sig. Han vred sig bort med höften, så hon inte skulle se att han började få stånd. Det var pinsamt. Men vad skulle han göra när hans kropp trodde att den var sexton igen? Han hade aldrig i hela sitt vuxna liv varit styrd av lust. Men så länge han var medveten om det, var det ingen fara, sa han sig.

Stella la armarna i kors bakom huvudet och hans blick drogs automatiskt till hennes bröst. De var magnifika. Som stora runda kullar.

"Vad skulle du säga är det bästa med att bo så här?" frågade hon.

Han lyckades slita blicken från henne och blickade upp mot himlen. Det fanns så många bra saker.

"Ljudet av kossor som äter i slutet av dagen är ett av de skönaste ljuden som finns. När man har gett alla mat, städat och klarat av allt. När djuren mår bra." Det var ett hantverk att få djur att trivas, att få dem att lita på en. "När man känner att man är bra på att vara bonde."

"Är du det? Bra på att vara bonde?"

"Ja." Han hade en fallenhet för det, även om han inte hade någon aning om varifrån den kom.

"Vad mer?"

"Så här års är jag så lycklig över att bo som jag bor. Alla djur som föds, kalvar, harpaltar, lamm och kycklingar. Solen och grönskan, att allt man sått spirar och växer. Då känner jag mig rik."

"Du har stora åkrar. Äter ni allt?"

"Jag säljer en hel del överskott. Min gård ingår i en ring där jag säljer ost och ägg och grönsaker. Och jag säljer via Bondens marknad på hösten."

"Det verkar väldigt genuint."

"Jo. Vi lantbrukare ser oss ingå i en helhet. Som att man är del i ett större sammanhang. Det gör en ödmjuk. När man driver jordbruk är hela ens liv styrt av det. När man är ute på åkern till tio, elva på kvällarna och solen vägrar gå ner. Den intensiva skördetiden. Det är ett bra liv för barnen, förstås. Man lär sig uppskatta naturen."

Stella bröt av ett grässtrå, lät det lekfullt smeka hans arm. Det kittlade och han höll andan, var inte van vid alla känslor som skapade kaos inombords.

"Såklart. Naturen är inte så dum. Något annat?"

Hur förklarade man? Han kunde inte tänka sig att bo någon annanstans. Han hörde hemma här, precis som kullarna, träden och marken.

"Att vara riktigt trött av fysiskt arbete. Att gå upp tidiga morgnar, se dimman över ängen." Det var lycka.

"Finns det några nackdelar då?"

Oräkneliga, tänkte han. Marken man alltid oroade sig för. Godsherrar som krånglade. Han tittade på Stella. Nya grannar som vände upp och ner på saker. "Man är alltid beroende av vädret, det är mentalt påfrestande. Är det inte torkan och värmen så är det kyla, frost eller för mycket regn. Gäss som kommer i tusental och äter upp ens frön. Alla pengar går till gården. Man är beroende av bidrag och det är så mycket byråkrati. Jag svär, det är mer papper när det föds en kalv än när det föds en människa. Och när det är tjugo minus ute kanske det inte är riktigt lika underbart."

"Gud nej, det fattar jag."

"Och vi är många här som känner oss oviktiga, som om det bara är folk i Stockholm som räknas." Stockholmare var nog ändå ett släkte för sig, tänkte han. Världsfrånvända människor som gnällde på att bönder badade i EU-bidrag medan de själva knappt kunde gå på toa utan att få en skattereduktion. Inskränkta idioter som menade att man lika gärna kunde köpa kött och spannmål från utlandet. Det var sant, han hade faktiskt hört en tanig nollåttatönt sitta i tv och säga det.

Hon bet sig i underläppen. Hon hade vita tänder, små och vassa. Läpparna var mörka. När hon bet i underläppen mörknade den ytterligare, blev blank.

"Du då? Har du hittat några fördelar med landet än?" Hans röst var raspig, hörde han. Pulsen under huden var hetsig och pockande.

Stella vände sig om på sidan och mötte hans blick. Ansiktet var nära hans. Hon hade en gyllene hy helt utan skavanker.

"Några enstaka fördelar har jag nog börjat upptäcka." Hon rörde vid hans haka. Drog med pekfingret längs med käken. "Jag gillar hur du luktar", sa hon.

Han kunde inte prata, bara nickade. Han trodde han nickade i alla fall.

Deras läppar närmade sig varandra. Han lät henne bestämma takten och sedan hade han den där munnen mot sin och han stönade lågt och långt inne i bröstet. Det var en mjuk kyss, deras läppar rörde sig över varandras. Han smakade på henne, hon flämtade till, öppnade munnen hon också och släppte in honom. Deras tungor möttes och utforskade varandra innan hon drog sig undan, la en handflata om hans kind. Hennes hand var varm och den doftade gräs och tvål och en doft han förknippade med henne, exotisk, farlig, spännande.

"Du är bra på att kyssas", sa hon.
"Du låter förvånad?"
"Nejdå." Hon la sig på rygg igen, drog upp ena benet. "Man får mycket tid att tänka här i stillheten. På vad man vill göra."
"Vad vill du göra då?" frågade han och studerade alla de fascinerande kurvor som var hon. Brösten. De mjuka kinderna. Låren. Men hon var inte bara mjuk och sinnlig, hon hade en styrka också, den syntes i allt hon gjorde, hördes i allt hon sa.
"Jag har bestämt att jag ska sy", sa hon.
"Är du bra på det?" frågade han, men anade svaret. Hon hade flinka fingrar och ett öga för det som var fint, det hade han ju redan märkt. Och Nawal hade anställt henne. Nawal var kritisk mot allt som var undermåligt. Han var fortfarande alldeles ostadig efter kyssen. Han ville kyssas mer. Känna de där läpparna mot sina. Dra in hennes tunga i sin mun. Invadera hennes.

Hon nickade bredvid honom.
"Ja. Design och sömnad är det jag alltid velat jobba med."
"Vad är det du gillar med att sy?"
"Allt, faktiskt. Själva det kreativa skapandet är så härligt. Att man får ett resultat av det man gör. Att gå omkring i ett plagg jag sytt själv. Att luska ut hur jag ska göra en komplicerad detalj, att konstruera och problemlösa. För det är inte bara att klippa ut, man måste klura och fundera och analysera. Tänka ut i vilken ordning saker ska göras." Hon skrattade.
"Ibland blir det inte bra, måste jag erkänna."
"På vilket sätt då?" Det var fascinerande att lyssna på henne. Det märktes att hon brann för detta.
"Om jag har gjort fel tygval till exempel, valt ett för stumt eller tunt tyg. Eller att jag slarvar och tror att det inte kommer

synas men det gör det alltid. Folk inser inte graden av kompetens som krävs för att skapa välsydda plagg. Jag kan tänka på en klänning i veckor. Vilka tyger och material jag ska välja, vilka detaljer jag vill ha. Hittills har jag bara gått enstaka kurser och kollat mycket på Youtube. Men drömmen är att bli proffs."

"Vad har hindrat dig?" Hon kändes som en person som skulle klara av vad hon än företog sig.

"Bra fråga. Först var det pengar. Det är dyrt. Sedan var det att mitt ex och jag gjorde annat. Dumt nog satte jag en utbildning på vänt för hans skull."

"Vad är det för utbildning?"

"En skola i New York, min drömskola. Jag prioriterade lite knasigt."

"Man anpassar sig alltid i en relation", sa han neutralt. Ibland anpassade man sig så mycket att man blev en annan. Han hade känt så ibland med Ida.

"Ja. Man gör ju det."

"Är det helt slut mellan er? Det är så nytt, menar jag. Om han vill försöka igen. Vad vill du?"

Skulle hon ta tillbaka sitt ex i så fall, det var ju det han undrade. Skulle hon vilja gå tillbaka till en man som bedragit henne?

Stella undvek hans blick och svarade inte, och han pressade henne inte, ville kanske inte veta.

Hon lyfte benet och borstade på en gräsfläck på byxorna. Det var nya byxor, noterade han. Hängselbyxor i jeanstyg. Hon hade gjort något med dem, förvandlat ett vanligt arbetsplagg till citychict. Kanske var det scarfen som hon knutit om midjan, kanske något annat, för till och med i de där byxorna, på den här filten lyckades Stella se glamourös och storstadsaktig ut.

De låg tysta bredvid varandra. Fåglar susade ovanför dem. En citronfjäril fladdrade förbi.

"Du?" sa han.

"Mhm."

"När jag högg ved försökte jag imponera på dig", sa han. Han vred ansiktet mot henne.

Stella ändrade ställning så att hon hamnade på sidan istället. Hon lutade huvudet i handflatan och såg intensivt på honom. Hennes långa ögonfransar blinkade långsamt. "Jag vet", sa hon.

"Gör du?"

Hon nickade. Hennes ögon glittrade, som om de hade små stjärnor i sig, eller små fyrverkerier som sprakade varje gång hon log eller skrattade. "Ja. Och du lyckades", la hon till med munterhet dansande i blicken. Sedan sträckte hon ut handen och placerade den ovanpå hans biceps. Stellas lena hand på hans bara hud, det var som en explosion i honom. Hon kramade lätt hans överarm. Han blev ögonblickligen torr i munnen.

"Jag blev väldigt imponerad", fortsatte hon och tryckte med handflatan mot hans hud. "Jag hade ingen aning om att det var så sexigt med en man som hugger ved åt en."

"Tyckte du?" andades han och rörde med tummen över hennes höft.

"Att det var sexigt?"

Han nickade.

"Mycket."

Thor lyfte handen och snuddade vid hennes överarm. Missöden med otaliga sågar, skruvmejslar och andra verktyg, flisor från oräkneliga brädor och annat hårt arbete hade gjort hans händer grova och ärriga, så han smekte Stella så varligt han kunde.

"Då får jag väl komma hit och hugga ved då och då", mumlade han.

"Det låter bra", viskade hon och makade sig ännu närmare. Thor flyttade handen till hennes höft och lät den vila där. Hon la sin hand på hans bröstkorg. Den var varm genom t-shirttyget, brände nästan hål i hans hud. Han var alldeles vimmelkantig nu.

Thor drog henne mot sig tills hennes bröst hamnade mot hans bröstkorg och pressades mot honom. Hon vinklade ansiktet uppåt, men han gjorde inget än, bara slöt armarna om henne och höll henne. Stella förde en hand om hans kind, drog honom till sig och la sin mun mot hans, sökande, läppar mot läppar. Han hörde en inandning från henne, som om kontakten var oväntat intensiv. Det förvånade honom inte, han kände samma sak, la en hand om hennes nacke, kupade den, ökade trycket.

Stella särade på läpparna, rörde med tungspetsen över hans mun. Han öppnade munnen och drog in hennes tunga. Hon svarade direkt. Stella Wallin visste vad hon gjorde. Han stönade mot hennes mun. Hon drog sig undan igen.

"Vad?" frågade han.

"Inget. Men det här är första gången sedan..."

Han mindes själv den märkliga känslan när han för första gången kysste en annan kvinna än Ida.

Han virade en svart silkeslen hårslinga kring sitt finger. Hennes kind låg mot hans och han gned den försiktigt med sin, bara lite, så att han inte skulle riva henne med skäggstubben.

"Jag gillar dig", sa han mot hennes hår.

"Varför då?" frågade hon. Hennes läppar var svullna efter kyssarna de delat. En knapp i hennes skjorta hade gått upp och han skymtade en fenomenal klyfta.

"Vad menar du med varför? Du är snygg", sa han och böjde sig fram och kysste huden ovanför klyftan mellan hennes bröst. Hon gjorde ett mycket uppmuntrande ljud så han fortsatte att kyssa hennes hud.

"Du är rätt snygg också", sa hon.

"Är jag? På vilket sätt då? Du får gärna vara detaljerad." Han pressade in ett knä mellan hennes ben. Hon flämtade till.

"Nu kom jag på varför jag inte gillade dig till en början. Du är självgod."

"Inte då. Alla gillar mig till en början. Innan de lär känna mig, det är först senare jag börjar irritera dem. Berätta nu på vilket sätt jag är snygg."

"Jag ångrar att jag sa något."

"Jag kan börja."

"Gör det." Hon blinkade snabbt, flera gånger, långa svarta ögonfransar fladdrade som sofistikerade nattfjärilar och skuggade hennes kinder.

"Du har den snyggaste stjärt jag sett i hela mitt liv", sa han med all känsla han kände. Han var en stjärtman. Och bröst. Och läppar. Och tydligen var han även en halsgropman. Hela hennes anatomi var extraordinär.

"Nu har jag visserligen bara bott i Laholm, men jag är helt säker på att det är den snyggaste stjärten i hela världen."

"Du tycker inte den är för stor?" Hon vickade lite på kroppen.

"Enligt min mening är den perfekt", sa han. Det var den. Stor och hjärtformad och fulländad.

Stella såg belåten ut, som katten på gården när den fick grädde. "Fortsätt", sa hon.

Han lät ett finger vandra över hennes byxor, över den runda formen som var hennes ena skinka. Han la hela handflatan över, strök och pressade lite. Kanske han stönade. Eller var det hon? Hon hade i alla fall slutat blinka, bara såg på honom, andades med munnen lätt öppen. Hans fingertoppar som vandrade över henne kände varje söm i tyget, pulsen från huden där under.

"Vad?" sa han, mindes inte vad det var han tänkt säga.

"Säg mer", sa hon.

"Om vad?" Han var upptagen med att pilla på hennes kropp, det var komplicerat att koncentrera sig både på hennes kurvor och på en konversation, men han försökte.

"Om hur snygg och perfekt och sexig jag är."

"Så funkar det inte. Nu måste du säga något snällt om mig."

Hon såg ut att fundera. "Inte att du är en besserwisser då, antar jag?"

"Jag är ingen besserwisser, jag råkar bara vara väldigt bra på väldigt många saker."

"Jag gillar ditt hår. Det liksom fladdrar i vinden och ser coolt ut. I alla fall innan du klippte av det."

"Mitt hår?" sa Thor. "Mitt hår? Du har missförstått det här, kvinna."

Stella lyfte på handen och strök bort hår ur hans ansikte.

"Jag gillar när du skrattar."

Han kysste henne.

"Det var lite bättre. Nästa gång får du gärna nämna mina muskulösa överarmar eller min stora... haka."

"Är ditt manliga ego så skört?"

"Är inte alla manliga egon det?"

"Sant."

Han rullade tillbaka på rygg och drog henne med sig. Hon la huvudet på hans bröst.

"Du luktar gott", mumlade hon och snusade mot hans tröja.

"Det gör du med", sa han. Det doftade Stella överallt. Det var en doft som slog alla andra. Hennes fingertoppar utforskade hans ansikte, rörde över hans kindben, raspade till. Ett pekfinger tryckte ner hans underläpp. Hon rörde bröstet över hans.

"Det där jag sa förut?"

"Du får vara mer specifik", sa han hest. "Min hjärna har inte så mycket blod just nu. Och du pratar mycket. Det är omöjligt att minnas allt."

Han kände henne skaka på huvudet, men tydligen tänkte hon låta den kommentaren passera. Det var nästan synd, för han gillade när hon blev uppeldad och stred för sin rätt.

"Om att ha sex", sa hon.

Aha. Ja, det mindes han alldeles tydligt.

"Jaså, det", sa han så nonchalant det gick när ens hjärta imiterade en slagborr mot revbenen.

"När jag sa det, då kände jag mig redo. Och lite vild."
"Och nu?"
"Nu känner jag mig förvirrad. Du är fantastisk på att kyssas, alltså FANTASTISK. Men att ha sex med en man jag just mött, en man som irriterar mig ungefär hälften av tiden. Jag vet inte. Du är pappa. Bonde."

Thor svarade inte direkt. Hans sinnen var behagligt mättade. Ljudet av insekterna och fåglarna i luften, den milda brisen som fick löven att susa. Och så den berusande lukten av Stella som fyllde hans näsborrar. Hon kändes så rätt i hans famn. En mjuk, rolig kvinna, utspridd över hans bröst. Han mindes inte när han mått så bra senast.

"Jag har inget emot sex", sa han, för det var sant till etthundra procent. Stella fick gärna använda honom om han kunde vara till nytta på något sätt. "Men det var inte därför jag kom hit."

"Var det inte?"

"Kanske lite", erkände han. "Men jag har inte bråttom. Jag kanske inte ens heller är redo. Jag har barn. Hundar. Getter."

Hon reste huvudet från hans bröst, slingrade sig loss. Thor gav ifrån sig en protest. Han ville ha Stella där.

Stella korsade istället armarna ovanpå hans bröstkorg och la sin haka där. "Jag insåg inte att husdjur var ett hinder för sex", sa hon och strök med pekfingret över hans överläpp. "Är det så på landet?"

Den fjäderlätta beröringen fick hans puls att rusa vilt. Han ville röra vid henne, stryka längs hennes armar, leta sig innanför hennes kläder, krama hennes stjärt, snudda vid hennes bröst. Täcka hennes kropp med sin. Viska snusk i hennes öron, kyssa henne tills hon kved. Att kyssa Stella hade varit som magi. Han kunde inte beskriva det bättre. Kanske möjligen som att få en smäll i huvudet så man såg stjärnor. Och nu hade han helt tappat tråden ännu en gång.

"Vad pratade vi om?"

"Att du inte kan ha sex på grund av dina husdjur."

"Har jag djur? Det har jag glömt", sa han, samlade upp henne i sin famn och vände ner henne i filten, på rygg.

Hon fnissade.

Det mörka håret låg utspritt under dem, som en svart solfjäder. Han böjde sig ner, smekte hennes överläpp med sin mun, nafsade på hennes underläpp försiktigt med tänderna. Hon log under hans mun, pressade tillbaka, sände vågor av lust, pilar av hetta genom honom.

Hennes händer kom upp på hans rygg. Över tröjan, rörde sig upp och ner, pressade honom hårdare mot sig i en omfamning. Hon var stark. Säker.

Han sänkte munnen mot den frestande klyftan mellan hennes bröst.

"Aj", sa hon och han drog sig undan.

"Aj?"

"Jag har en sten i ryggen", sa hon förklarande och rörde sig åt sidan. "Där var en till", sa hon samtidigt som han sa:

"Oof. Nu har jag en gren under knäet." När han kände efter stack och petade saker in i honom lite här och var.

"Naturen har sina brister", deklarerade hon och reste sig upp. Hon var härligt rufsig. Läpparna var svullna och hon hade den där lystern som man fick när man var upphetsad. Själv kände han sig praktiskt taget självlysande.

"Jag har aldrig haft sex utomhus", sa han och insåg att det var sant. I båthus, uthus och källare, ja. Men inte ute i naturen.

"Det har jag", sa hon och borstade bort gräs från sin tröja. Hon gav honom en blick, höjde på ett av sina magnifika ögonbryn. Såklart att hon var mer erfaren.

"Har du?"

"Japp. Sjukt överskattat."

Han log mot henne.

Hennes ansikte förändrades plötsligt. Hon satte sig upp, som om något hänt. Bekymrat följde Thor hennes blick.

En man stod där. En lång man med tjockt hår som såg ut att vara vårdat med produkter. En kavaj som såg för liten ut på det där fula moderna viset, smala byxor. En dryg min. Skäggstubb som väl skulle föreställa skägg. Thor kände omedelbart att han ogillade den här mannen, och det var redan innan Stella sa:

"Peder? Vad gör du här?"

– 18 –

Stella tänkte att det var som om Peder hade materialiserat sig ur tomma intet. Med sina ängsliga modekläder passade han inte alls in bland ogräs och oironisk landsbygd. Peder stirrade på henne, men blängde då och då på Thor som i sin tur ställt sig upp och nu stod med korsade armar och såg allmänt macho ut. Luften osade av testosteron.

"Vad gör du här?" frågade Stella igen.

Fientligheten mellan de två männen var påtaglig. Hon var nog en dålig, dålig människa som tyckte att det var lite spännande med två män som tuppade sig på grund av henne.

Fast mest av allt var hon förvånad.

"Hur kom du hit?" De hade messat för bara några timmar sedan, hon hade varit säker på att han var i Stockholm. Med Stylist-Ann, älskare av beige och knullare av andras killar.

"Jag ville prata med dig och du svarar ju inte på mina sms. Jag körde hit." Peder såg med olust på hennes trädgård, träd och hus. "Vad är det här för ställe?"

Stella puttade undan hår från axlarna och rätade på ryggen. "Jag svarar visst. Och det här stället var mina morföräldrars hem."

Peder tog ett steg fram. Han stannade till, böjde sig ner och gnuggade på en fläck på sina märkessneakers, innan han reste sig.

"Jag saknar dig. Det var därför jag kom."

Stella korsade armarna framför sig. Peder hade alltid varit bra på att prata. Och hon var svag för det. Män som kunde uttrycka sig. Som var smarta. Inte för att det alltid måste vara samma sak.

"Hur mår min ateljé?"

"Stella. Har vi inte viktigare saker att prata om? Kläder? Är det vad du bryr dig om?"

"Faktiskt", sa hon. Hon älskade sina kläder mer än något annat. Och sina tyger. Det brände till inombords av fysisk längtan. Hennes tyger var hennes barn.

"Jag saknar dig." Peders röst var varm och låg.

Thor fnös till. Högt och ljudligt. Han var uppenbarligen inte imponerad.

"Vad gör han här?" undrade Peder.

"Luften är fri", svarade Thor.

Stella ignorerade Peders fråga.

"Ann då?" frågade hon, för Ann var ju inte helt oviktig i sammanhanget.

Peder närmade sig. Hans ansikte var alldeles mjukt. "Det här handlar om oss, inte om henne."

Men Stella var inte beredd att släppa ämnet så lätt. Peder måste tro att hon var dum. Hon kände Thors trygga bredd i närheten. Han sa inget, bara stod där och var på hennes sida och fnös då och då. Inte ett fan av Peder, så att säga.

"Med tanke på att du låg med henne, så handlar det väl ändå lite om Ann?"

"Du har fått brev från New York", sa Peder och bytte ämne. Det funkade.

"Va? När kom det?"

Han ryckte på axlarna. "Förra veckan?"

Gah. Hon skulle kunna mörda honom. "Vad står det i det?" Hennes hjärta galopperade.

"Det ligger hemma, jag har inte läst det." Peder gav Thor en lång fientlig blick. "Är det något mellan dig och den där..."

"Tog du inte med det?" Stella struntade för tillfället i allt som hade med män och deras snoppmätningar att göra.

"Vad?"

"Mitt brev!" Stellas röst nästan bröts. Hade hon kommit in? Eller var det avslag? Varför hade de inte mejlat?

"Du har väl inte legat med honom?" Peder knyckte med huvudet åt Thors håll. "Det trodde jag inte om dig."

"Men sluta prata om det nu, det är inget."

Hon skickade ett ursäktande ögonkast mot Thor. Hon hörde hur det lät, men det var inte så hon menade, det måste han fatta. Det var bara det att Peder inte hade med det att göra och hon hade fått brev från New York!

"Jag kan inte fatta att du inte tog det med dig", sa hon men insåg i samma stund att han förstås använde det för att manipulera henne, att få som han ville. Det var hans bästa gren. Att få det på sitt sätt.

"Brevet ligger hemma. Allt finns hemma. Det enda som saknas är du. Jag har bilen här. Följ med mig upp så kan vi prata. Vi kan vara hemma före midnatt." Rösten var övertalande.

"Men du har ju kört hela dagen."

"Det går bra. Vi behöver prata. Och du vill läsa brevet."

"Du kunde tagit med det", påpekade Thor.

"Det är okej, Thor. Jag kan inte gömma mig här nere för alltid." Peder hade rätt. De behövde prata, *hon* behövde det.

"Är det vad du gör då? Gömmer dig?" undrade Thor.

Hon försökte tyda hans ansiktsuttryck, men kunde inte.

"Jag vet inte. Det enda jag vet är att jag måste ha det där brevet."

Peder log segervisst.

"Så du åker med honom?" frågade Thor lågt. Nu var det inte svårt att veta vad han kände för han såg modfälld ut. Resignerad. Som om han anat det hela tiden. Att hon skulle åka. "Är du säker på det här?"

"Jag måste." Stella var inte säker på att det var hennes bästa beslut, men hon visste att det var viktigt att hon fixade detta.

"Kan du lita på honom?" Thors ansikte var en studie i oro.

"Ingen aning. Men jag klarar mig. Han är inte farlig."
Peder hade svikit henne på värsta tänkbara vis. Men de hade haft ett liv ihop. Ett hem. Och hon kände ett behov av upprättelse, av avslut. Kanske var detta det hon behövde? Att åka hem med Peder. Oavsett allt annat så måste hon ha det där brevet. Hon skulle kunna mörda Peder för att han inte tagit det med sig.

Thor såg länge på henne.

Hon ville att han skulle grabba tag i henne, kyssa henne, säga vad han kände. Men det gjorde han inte. För detta var vanlig vardag, inte en galen passion eller romans. Han var en pappa, hon var... En kvinna som behövde reda ut saker och ting. Han sa bara: "Ring mig om du behöver mig. När som helst. Jag finns kvar här."

"Tack", sa hon.

Han såg ut att vara på väg att säga något mer men inget kom. Han tittade bort istället.

Tillit.

Så snabbt det gick att förstöra den, tänkte hon.

– 19 –

Dagen därpå jobbade Thor i en av sina mindre planteringar. Han rensade ogräs kring jordgubbarna, jobbade för hand istället för med maskin, körde ner grepen djupt i jorden, plockade upp ogräs och började om. Metodiskt jobbade han på och försökte att inte tänka på att Stella förmodligen tillbringat natten med sitt ex. Vid midnatt hade hon messat att hon var framme. Han hade haft tusen frågor men nöjt sig med ett "Vad bra". Vad fan skulle han säga? Han körde ner grepen igen. Hårt. Han hade inte frågat, men han antog att Stella skulle sova "hemma". Han körde ner grepen så häftigt att han förstörde en planta.

En telefonsignal ljöd. Han torkade svetten ur pannan och fiskade upp telefonen med jordiga fingrar. Han hoppades att det var Stella. Att hon ringde för att säga att hon var i stugan och att han skulle komma dit så de kunde kyssas igen. Men det var inte hon. Båda barnen var i skolan och när Thor såg numret från deras rektor blev han stel av rädsla. Ingen förälder som haft barn längre än två sekunder, kunde andas normalt när det ringde oväntat från skolan. Han hatade detta. Det var så här det hade börjat. För sex år sedan hade Ida ringt, mitt på dagen, medan han jobbade och sagt att hon hade varit hos doktorn inne i Laholm och att han inte fick bli rädd, men att hon hade dåliga nyheter.

Riktigt dåliga.

Än idag klarade han inte av oväntade telefonsamtal utan att

bli illamående. Det var en reflex han inte kunnat lära kroppen att sluta med.

"Ja", svarade han kort. Vad det än var så ville han veta direkt.

"Hej, det är Linus Jönsson. Rektor på Lagaskolan."

"Är barnen okej?" frågade han, ännu kortare. Han visste mycket väl vem Linus var, de hade för fan gått i skola ihop.

"Ja, jo, men det har hänt en grej."

Thor andades ut, marginellt. "Vad?"

"Det bästa vore nog om du kunde komma hit. Juni har hamnat i bråk, och vi behöver prata med dig."

"Men mår min dotter bra?" Fattade inte Linus hur orolig han blev?

"Jodå, det gör hon."

"Jag kommer." Han tryckte bort samtalet utan att vänta på svar.

När Thor kom till skolan skyndade han in på rektorsexpeditionen i jordiga skor. Här hade han varit flera gånger, han hade själv gått i den här skolan, och både han och Klas hade ofta blivit hitsända.

Inne på expeditionen väntade ännu en otrevlig överraskning. Erik och Paula Hurtig satt där i varsin stol och pratade ilsket med rektor Linus Jönsson. De hade alla fyra gått i just den här skolan ihop. De hade inte varit bästisar och inget hade förbättrats. Nu behövdes bara en blick för att se att paret Hurtig var ursinniga. Paula Hurtig, som alltid varit nära till krokodiltårar, var svullen av gråt och kramade en näsduk. Erik var högröd i ansiktet.

Bredvid Erik och Paula satt deras son, Nils, en lång blond kille med muskulös nacke och en mun som alltid såg ut att le i smyg åt ett privat skämt.

Och där satt hans dotter, hans bebis, hans Juni, ensam, på en stol i ett hörn. Han ville bara kasta sig fram och ta henne i famnen. "Hur mår du?" frågade han.

Hon gav honom en uttryckslös blick och ryckte på axlarna. Hon såg ut att vara oskadd, fysiskt i alla fall. Men han vågade inte slappna av.

"Vad har hänt?" frågade Thor skarpt.

"Vad som hänt?" Eriks röst var kvävd av ilska. "Det ska jag tala om för dig. Din dotter gav sig på min son."

"Erik...", började rektorn, men avbröts av Paula som med gäll röst sa: "Vi borde polisanmäla henne."

"Polisanmäla en sextonåring. För vad? Jag har fortfarande inte förstått vad som hänt?" Thor vände sig mot rektorn. "Jag vill höra. Nu."

"Hon gav sig på Nils", sa Erik och reste sig bryskt upp.

"Vi kanske ska...", sa rektorn.

"Det får räcka nu, med de här trakasserierna", avbröt Erik honom.

Thor visste att paret Hurtig och Linus och hans fru spelade tennis ihop och gick på varandras cocktailpartyn. Nu såg Linus klart besvärad ut.

"Om vi skulle prata i lugn och ro", försökte han. De hade gått i samma klass. Redan som barn hade Linus snackat skit om bögar och lismat för Erik. Thors tilltro till honom var noll.

Erik fnös. "Det är lite sent för lugn och ro. Om du inte tar tag i det här så kommer jag anmäla dig och skolan. Det är oacceptabelt."

Nils satt bara och flinade under lugg, som om allt var ett skämt. Juni såg ner i golvet.

"Nu vill jag veta vad som hänt", röt Thor och när Erik öppnade munnen röt han igen: "Håll käften, Erik."

Eriks ilskna svar avbröts av att Paula brast i högljudd gråt och rektorn reste sig. Han viftade med händerna, som om han försökte avvärja ett anfall. Jävla mupp.

"Kan alla lugna ner sig är ni snälla. Om du sätter dig Thor, och du också, Erik, så ska vi prata om det här. Som vuxna människor."

Det tåget hade nog gått, tänkte Thor, men satte sig bredvid Juni.

"Är du okej?" frågade han och tog hennes hand.

Hon suckade och drog åt sig handen.

"Det är så överdrivet. Det var han som började. Det gör han alltid."

"Men slog du honom?"

"Äh, det träffade knappt."

"Men du får inte slåss."

"Du fattar ingenting. Du vet ju inte ens vad han sa."

"Men vad folk än säger till dig får du inte slåss."

"Du slogs när du var liten."

Ja. Och kolla hur bra mitt liv blev, tänkte han.

"Juni...", började Thor, men avbröts av rektorn som försökte ta tillbaka kommandot.

"Som jag förstår det så hamnade Nils och Juni i en ordväxling kring ett projekt."

"Vi skulle forska om män från trakten, och jag vill skriva om kvinnor", sa Juni hetsigt.

"Ja, och det urartade och slutade med att Juni puttade till Nils", fortsatte rektorn.

"Han ramlade när hon attackerade honom!" tjöt Erik.

"Han kunde fått hjärnskakning. Hon är farlig", grät Paula.

Men kom igen. "Tagga ner nu", sa Thor, för detta var löjligt. Juni var hälften så stor som Nils och även om våld aldrig var acceptabelt så var detta helt utan proportioner. "Han ser oskadd ut. Juni, be Nils om ursäkt."

Juni stirrade på honom.

"Skämtar du? Det var han som började. Han borde be mig om ursäkt. Han är en kvinnohatare. Ett äckel."

"Nej, hörrudu, lilla vän", började Erik.

Thor var nära att visa tänderna åt Erik. Om han tog ett enda steg mot hans dotter, så...

"Vi slåss inte i vår familj", sa han snabbt.

"Jävla pack", muttrade Erik.

Thor gav honom en mörk blick, en blick som varnade Erik för att gå över gränsen.

"Juni?" sa han sedan uppfordrande.

"Förlåt för att jag slog dig", muttrade Juni genom sammanbitna tänder.

Nils flinade. Han såg inte särskild skadad ut. Thor väntade på något mer, men inget kom.

"Nu går vi. Jag tar hem henne", sa Thor, ville bara få bort sin dotter från de här människorna.

"Kan du berätta vad som hände, Juni", sa han på vägen till bilen. "Jag vill förstå. Berätta."

"Det är ingen idé. Du fattar inte. Ingen gör det."

"Fast du kan inte hålla på så här."

"Hålla på hur då? Varför tror du på dem?"

"Jag vet inte vad jag ska tro när du inte säger något."

"Det var han som började, sa jag ju!"

"Började med vad? Vad sa han?"

"Lägg av. Kan vi bara åka hem?"

"Snälla, Juni. Du vet väl att du kan lita på mig?"

Hon hånskrattade. "Kan jag?"

"Såklart." Han var chockad. "Du kan berätta allt för mig."

"Om du inte var så upptagen med att dregla efter Stella." Hon vände sig bort från honom, stirrade ut genom fönstret. "Du är fett pinsam."

Thor svalde hårt, hatade den här maktlösheten.

Erik som hade rektorn på sin sida. Juni som bara gled ifrån honom, dag för dag, utan att han kunde göra något. Och Stella som åkt iväg med Peder. Som tillbringat natten med Peder.

Han kramade ratten hårt, kände hur det brände i halsen när han undrade vad Stella gjorde just nu.

Juni hade i alla fall rätt i ett avseende. Han var pinsam.

– 20 –

Det hade varit en lång bilresa till Stockholm, tänkte Stella och gäspade trött. Klockan var elva på förmiddagen, men hon och Peder hade kommit fram vid ett i natt. När Peder hade svängt in på "deras" gata hade det varit mörkt och ruggigt, och det hade liksom fallit sig naturligt att hon följde med honom upp till lägenheten. När hon kom in hade allt sett ut precis som vanligt. Inga spår efter Ann, varken beigefärgade eller andra. Stella hade tagit sitt brev och öppnat det medan Peder stökat runt i badrummet.

"De vill att jag ska skicka in ett prov till", hade hon ropat efter att hon snabbt ögnat igenom det med hjärtat i halsen. Hon hade läst en gång till. The NIF ville att hon, som nästa del i antagningsprocessen, sydde upp ett plagg ur sin kollektion, en blus med långa ärmar, klädda knappar i valfritt material och skickade in senast om en vecka. Hon svor igen över att Peder inte gett henne brevet omedelbart, då skulle hon haft nästan tio dagar på sig, nu måste hon klara det på betydligt färre om hon skulle få iväg det i tid. Det skulle bli tajt, men att inte hinna var inte ett alternativ.

Peder hade bara fortsatt skramla i badrumsskåpet. Han hade stängt skåpet och börjat borsta tänderna utan att svara.

"Jag sover på soffan", hade hon ropat och fått ett kort:

"Jag är helt slut, gör som du vill", till svar. Sedan hade han gurglat sig.

Efter att hon hade lagt sig i soffan i det som en gång var

hennes vardagsrum, hade hon legat vaken och tänkt på Thor tills hon slocknade. Hon hade vaknat tidigt imorse, grusögd men ändå ivrig att sätta igång.

"Jag åker med dig till ateljén", sa Peder nu.

Han stod med bilnycklarna i handen och det var så välbekant alltihop. Som om inget hade hänt. Som om allt var som vanligt. Peder och Stella.

"Visst", sa hon utan att se på honom.

Allt var där såg hon när de kom fram till ateljén. Ögonen tårades av rörelse. Hennes tyger. Hennes grejer.

"Så. Skolan nu igen", sa Peder. "Utbildningen som är viktigare än din relation." Han lutade sig mot dörrkarmen medan hon bläddrade mellan plaggen på ställningen. Alla var där, kom hon lättat fram till. Hon lyfte en rulle med spets. "Utbildningen är viktig för mig, men jag har aldrig sagt att den var viktigare än vårt förhållande." Hon kramade tygrullen, det var fransk vintagespets. "Det var inte jag som var otrogen", kunde hon inte låta bli att lägga till.

Han suckade djupt, som om ämnet var uttjatat.

Hon la ner rullen. "Jag är i alla fall glad att jag kom in, jag har jobbat hårt." Hon hade verkligen slitit de här två åren, testat och utmanat sig själv, utvecklats.

"Ja, du är så jäkla duktig jämt", sa han och lät nästan anklagande.

Hon vek ihop en kavaj hon arbetat med, och la den i en kasse. "Du får det att låta som något dåligt."

"Ibland kan det vara det."

"Vad menar du?" Hon hade inte hört den här rösten förut. Han lät frustrerad.

"Jag vet inte. Ibland har det känts som om du inte behöver mig. En man måste få känna sig behövd."

Det var sant, hon var van vid att klara sig själv. Men det betydde inte att hon inte hade behövt honom. Och det betydde inte att han behövde vara taskig.

Hon la ner sitt syskrin också. "Var det därför du föll för Ann? För att hon är så hjälplös?"

De hade brukat skämta om det, att Ann var så borta och osjälvständig. Där såg man.

"Jag skulle inte säga att jag föll för henne. Inte direkt."

Stella rörde sig mellan hyllorna. Hon undrade om han ljög. När de blev ihop hade Peder gillat hur självständig hon var. Han hade ofta hyllat henne inför andra. Men tydligen fanns det en gräns för hur kapabel hon som kvinna fick vara, så att inte mannen kände sig oviktig. Hon hade sett det hos andra par, men aldrig trott hon själv skulle hamna i samma situation. Aldrig trott att Peder var sådan. Bortsett från att hon vetat det. Långt därinne hade misstanken funnits. Att han missunnade henne framgång, att han inte velat att hon skulle plugga vidare. Att han trivdes med att vara stjärnan i förhållandet, och vara den hyllade kulturmannen som alla såg upp till. Faktiskt hade han en orimligt stor förmåga att ta sig själv och sitt liv på dödligt allvar. Hade Peder varit otrogen för att straffa henne? Skulle inte förvåna henne alls, faktiskt.

"Varför kom du till Laholm, egentligen?" frågade hon.

"Jag saknade dig."

"Är det sant?"

"Ja."

Hon antog att det kunde stämma. Eller snarare att det kunde vara en del av sanningen. Men visst hade hon fantiserat om detta till en början? Att Peder skulle ångra sig och vilja ha tillbaka henne. Berusad på lådvin och självömkan hade hon föreställt sig hur det skulle kännas, alla känslor av triumf, lättnad, lycka som skulle genomfara henne. Stella kände efter. Jo, lite triumf fanns det nog därinne.

"Och vad vill du nu?" frågade hon, för om det var något hon visste om Peder, så var det att alla beslut han fattade handlade om vad han själv ville.

Peder gned sig om hakan.

"Det är så rörigt allting", sa han. Han gav henne en uppskattande blick. "Du är snygg. Du har förändrats."

Det hade hon inte. Eller? Kanske.

"Men *varför* låg du med Ann. Varför bedrog du mig?"

Hade hon gjort något mer fel? Hon behövde veta. Den här känslan av att vara förd bakom ljuset, bortgjord, den var så tärande.

"Det bara hände", sa han och kliade sig i det korta skägget.

"Råkade du bara trilla med kuken före?"

Han gjorde en grimas. "Du behöver inte bli vulgär, Stella."

"Men kan du förklara då?"

"Det var en mängd anledningar."

Jamendåså, då kändes det genast mycket bättre, tänkte hon. Att det fanns mängder med anledningar till att bedra henne.

"Kan du nämna en?"

Peder gjorde en grimas. "Jag trodde du skulle bli glad att jag kom och hämtade dig. Det är inte så länge sedan du ringde och bönade om att jag skulle ta dig tillbaka."

"Tack för den påminnelsen."

Han gav henne en varm blick. "Jag är ledsen för att jag gjorde dig så knäckt."

Fast Stella misstänkte att Peders ego faktiskt hade gillat att hon blivit så förstörd. Att det hade stärkt hans självkänsla att en kvinna blev så förkrossad för hans skull.

"Det är ändå bra att vi sågs igen", sa hon uppriktigt. Hon hatade det han gjort mot henne, men hon hatade inte honom, han var liksom inte värd det.

"Där ser du."

Han fick tro vad han ville. Hon var färdig med honom.

Peder tog ett steg mot henne och sa lågt: "Vad gäller den där utbildningen. Om den är så himla viktig. Jag kan låna dig pengar om du vill."

"Peder, vi..."

Stella avbröts av att dörren smälldes upp.

Ann dök upp i dörröppningen. Ann, helt klädd i beige, med den darrande läppen och ljusa rösten.

"Vad gör ni här?" pep hon.

"Jag trodde du skulle vara hemma hos dig idag", sa Peder irriterat.

Intressant, tänkte Stella. Peder hade tydligen en hel del hemligheter för sin nya flickvän också.

"Var har du varit?" frågade Ann. Hon stirrade på Stella så att det såg ut som om ögonen kunde poppa ut när som helst.

Stella betraktade dem. Rent objektivt passade de två bättre ihop än hon och Peder hade gjort. Vita och ljusa och självviska.

Hon drog handen åt sig. Hon skulle inte gå så långt som att säga att hon var glad att han bedragit henne, men det var skönt att kunna tänka klart igen.

"Jag har fixat med Stellas ateljé. Varför kom du hit?"

"Jag såg att du var här." Ann spärrade upp ögonen ännu mer. "Jag kan se var din Iphone är."

Stella frustade till. Det verkade ju verkligen inte stört eller kontrollerande.

"Alltså. Vi är helt klara här", sa hon och gav sig in i samtalet.

Peder vände sig mot henne. "Jaså. Tänker du att du ska få något bättre nu? Är det så? För det är inte så jävla lätt. Stella, du har helt orealistiska krav."

"Att den man är ihop med inte ska vara ett as, är det verkligen för mycket begärt?"

"Du ska alltid överdriva. Du fick bo hos mig, jag fixade så du fick hyra den här ateljén billigt, jag har bjudit dig på mängder av grejer. Jag betalade den senaste elräkningen, utan att säga ett ord, fastän du borde tagit halva."

Det hade börjat brinna i hennes hjärna. "Du tjänar tre gånger så mycket som jag", sa hon. "Du slängde ut mig. Du såg till att jag fick sparken."

"Det gjorde jag väl inte", sa han, men hon såg sanningen

i hans blick. Hon hade anat det. Att det var han som sett till att hon blev uppsagd, så Ann slapp möta henne i framtiden. "Plus, Peder, du *knullade en annan tjej!*"

Att häva ur sig allt det där, att äntligen se klart och att känna sig färdig med skiten, var som att ta av sig en femton kilo tung tröja. Hon kände sig nästan viktlös. Bubblig och lätt.

Ann såg på dem med sina klotrunda ögon. Väggarna i ateljén var svagt lattefärgade. Om Ann tog ett steg bakåt skulle hon försvinna in i väggfärgen.

Stella stängde locken på lådorna och tog så många kassar hon orkade bära i ena handen och symaskinen i den andra. "Jag älskar dig inte", sa hon och det var verkligen sant. Det hade gått över. Kanske redan innan Peder kom till Laholm. Kanske under bilresan där han bara malt på om sig och sitt.

Oavsett vilket var det över. Hon var klar och det var över.

Stella vände sig till Ann. "Ta honom du. Men du ska veta att till mig sa han att det inte var allvar mellan er. Att du är klängig och att du var ett misstag. Kom ihåg det när han börjar berätta hur mycket han älskar dig. När han försöker få dig att känna något du inte känner, göra saker *han* vill. Kom ihåg hur snål han är. Hur hemsk hans morsa är." Hon var inte säker på varför hon sa det där. Kanske för att till och med den beigefärgade Ann förtjänade bättre.

Ann höjde en blek haka i luften. Hon hade läppstift i samma färg som allt annat hon bar. "Till mig sa han att du var tjock, jobbig och pinsam. Och jag håller med."

Kanske inte ändå.

Stella bar ut allt på gatan, lämnade en tjafsande Peder och Ann bakom sig, tog en taxi hon egentligen inte hade råd med och åkte hem till Maud. Stockholm passerade förbi utanför bilfönstret. Chauffören hade på radio Stockholm och hon njöt av den välbekanta mixen av lokala nyheter, trafikrapporter och kända radioprofiler. Som hon älskade den här staden.

Hon tog fram telefonen och tittade på den och skickade sedan ett mess till Thor.

STELLA: *Allt går bra här uppe. Hur mår du?*

Det kom inget svar. Han hade mycket att göra, förstod hon och rörde vid skärmen och väntade. Just som taxin stannade kom ett svar:

THOR: *Vad bra. Kommer du tillbaka? Till Laholm?*

Stella betalade och taxichauffören öppnade bakluckan och gick ut för att lyfta ut hennes grejer. Hon svarade snabbt:

STELLA: *Måste ta tag i en del saker först. Vi får prata sen!*

THOR: *Det låter bra. Ta hand om dig.*

Hon funderade. Ville skicka ett hjärta. Men vågade inte riktigt, för hon visste inte hur han skulle ta det. Lät han lite kort? Eller? Hon lät det vara för tillfället för hon hade precis brutit med en man som fick henne att anpassa sig, att bli överanalyserande och hon var less på det, tänkte inte gå i den fällan direkt igen. Bestämt stoppade hon undan telefonen. Hon längtade efter Maud så det värkte i kroppen, kände hon, tog sina kassar och symaskin och ringde på porttelefonen.

"Vad gör vi nu?" frågade Maud när Stella kommit in. Hennes vitblonda hår var flätat och virat runt hjässan. Maud bar en stickad klänning med isländskt mönster och örhängen i silver med feministsymbolen. Namnet Maud betydde kraftfull krigare, och det var det hon såg ut som, en modern krigarkvinna. Möjligen bortsett från den enorma gravidmagen.

"Den har växt sedan vi sågs sist. Kan man sova när man är så där gravid?"

"Imorse vaknade jag av att jag kräktes genom näsan", sa Maud. "Men annars är det bra. Jag lever till exempel."

"Man får vara glad för det lilla", tyckte Stella och bockade av ännu en grej hon aldrig ville uppleva, att kräkas genom näsan.

"Rickard råkade säga att det är naturligt att vara gravid, inte ett sjukdomstillstånd."

Rickard Olsen var Mauds man, en lång, lätt böjd revisor som Maud hade mött på en hemmafest. Maud hade hållit en eldig föreläsning om feminism för honom i köket, han hade sagt emot i allt. Sedan hade hon berättat att alla kvinnor hon kände fejkade när de hade penetrationssex, att män inte visste var klitoris fanns och att slidsex var överskattat. Han hade varit tyst och sett anti ut men till allas förvåning hade de gått hem till henne efteråt, och enligt Maud hade de haft helt galet sex och hon hade kommit "oräkneliga" gånger. De hade varit ihop sedan dess. De gjorde slut en gång i månaden, bråkade jämt och deras relation var ett mysterium för Stella. Rickard var norsk, smal, och pratade enstavigt. Maud var isländska, rund och högljudd, och de hade olika åsikter om exakt allt: om politik, feminism och ekonomi.

Maud viftade med handen där hennes vigselring glittrade. Rickard hade velat ge henne en ny i guld, med stora diamanter, hon hade krävt en vintage och bar nu en alliansring i platina med safirer.

"Så jag berättade om alla sätt som kvinnor kan dö på av en graviditet, hur kvinnor världen över dör på grund av detta naturliga tillstånd, tvingade honom att se en förlossningsfilm och sålde hans golfklubbor på Blocket och satte in pengarna till Läkare utan gränser. Jag var så arg att jag trodde jag skulle explodera. Det kan vara hormonerna, antar jag."

Stella visste aldrig om Maud och Rickard höll på att göra slut eller om deras högljudda gräl var normala och sunda. Rickard trodde på individens val, inte på strukturer och Maud blev galen på det och de bråkade om det minst en gång i månaden. Men att sälja hans älskade golfklubbor...

"Han är inte så illa", mumlade Stella, som tyckte att Rickard var helt okej för att vara en vit privilegierad man. Till exempel hade han aldrig sagt något som var det minsta rasistiskt, inte ens på skoj. Och han hade inte legat med en Glosögd Beige Stylist. Det talade definitivt till hans fördel.

"Han borde veta bättre. Jag var tvungen att lugna ner mig på Twitter." När Maud var som argast letade hon slumpmässigt upp en man på Twitter som hon störde sig på, någon misogyn mansgris, och gav sig på honom. "Det har besparat Rickard många utskällningar", brukade hon säga och hittade sedan någon som störde henne extra mycket.

"Nu måste jag pinka. Ungen sparkar på min kissblåsa."

När Maud kom tillbaka satte hon sig och knäppte händerna över magen.

"Jag har tröttnat på att vara gravid."

"Det är många veckor kvar, så det är bara att bita ihop."

"Min sämsta gren."

"Jag vet. Jag gick vidare i antagningen."

"Till The NIF? Men Stella, lägg av! Grattis! Det är ju stort!"

"Jag är stolt. Och nervös."

"Du kommer vara bäst."

Stellas telefon plingade och hon grep efter den girigt, hoppades som vanligt att det var Thor. Maud gav henne en antydande blick, Stella låtsades som ingenting. Det var bara Erik Hurtig som messade. Honom hade hon helt glömt.

ERIK: *Kommer du in, så vi kan skriva ett avtal?*

"Shit", sa hon.

"Vad?"

"Det är godsherren som vill ha min mark. Jag behöver åka ner igen." De där pengarna behövde hon mer än någonsin nu. Hon hade glömt bort att hon mer eller mindre lovat honom marken. Och att hon sedan ångrat sig, när hon och Thor rett ut allt. Inte så himla affärsmässigt av henne, det måste hon säga. Men hon kunde ju inte sälja till honom längre.

"Till hålan?"

"Till mitt hus, Maud. Det är ingen håla. Det är fint. Lugnt och stillsamt. Folk som kände min mamma."

"Jag kände din mamma."

"Jag vet. Men det är något med naturen där nere, jag känner mig mer kreativ än på länge. Det kanske är bra med miljöombytet. Jag blir inspirerad."

Maud tittade länge på henne.

"Vad?"

Maud kliade sig över magen. "Stella, jag hoppas att du förstår att du inte kan stanna där?"

"Det vet jag mycket väl. Jag har inga planer på att bli kvar. Men jag måste ner en vända till."

"När?"

"Nu, helst."

Maud såg ut att tänka. Sedan reste hon sig med ett stånkande igen.

"Okej. Vi tar Volvon."

"Du behöver inte åka med."

"Tro mig. Jag behöver komma härifrån. Och jag vill se den här hålan med egna ögon." Maud gjorde en gest med handen i luften mellan dem. "Men innan vi åker. Stella. Vad är det där för något egentligen?"

Stella tittade ner. "Det är hängselbyxor. Jag gillar dem."

"Kära söta Jesus. Jaja. Jag måste kissa igen. Sedan åker vi."

De stuvade in allt i Mauds stora Volvo och åkte tillbaka till ateljén där Stella snabbt packade ner allt i lådorna de tagit med sig. Hon valde ut ytterligare några tyger hon skulle ta med ner. Hon skulle börja sy i Laholm. Om det inte gick att få igång elen i torpet fick hon väl sy med den trampdrivna och för hand – eller hitta någon annanstans där hon kunde sy. Det skulle gå, på något sätt. Nu var hon så nära, nu skulle inget få stå i vägen.

Maud synade lådorna och kassarna. "Rickard får hämta resten och förvara det hemma hos oss tillsvidare."

"Tack." Hon litade inte på Peder. Och var det slut så var det slut.

Strax efter lunch drog de till Laholm ihop, turades om att köra.

"Men är det verkligen över med Peder? Över-över?" frågade Maud när de stannade för cirka tionde kisspausen.

"Helt och hundra procent."

"Bra. Jag gillade honom aldrig."

"Gjorde du inte?"

Inte för att Maud gillade folk rent generellt, men detta hade Stella faktiskt inte hört.

"Nä. Jag tyckte inte ni passade ihop. Du är alldeles för bra för honom. Och du anpassade dig väldigt mycket i er relation."

"Antar det." Hon satt tyst och tillstod sedan: "Jag skäms över att jag lät mig hunsas så där."

"Stella! Är du en kvinna som skäms?"

"Eh..."

"Det enda svaret på det är: Nej!"

"Okej. Jag är inte en kvinna som skäms. Men ärligt. Jag litar inte på mig ihop med en man. Jag börjar kompromissa så snabbt, ge upp saker. Jag är rädd för att bli beroende igen."

"Det är svårt, jag fattar."

"Eller har jag kanske för höga krav? Kan det vara så?" Peders ord hade bitit sig fast.

"Jag är rätt säker på att den ena parten inte ska knulla någon annan", sa Maud torrt.

Stella log. "Sant. En gång sa Peder att jag är lätt att bli kär i men svår att älska."

"Det finns inga gränser för hans dumhet. Du är svinlätt att älska. Berätta om din lantis nu. Varje gång du nämner hans namn så lyser du upp."

"Han är inte min."

Men Stella berättade ändå om flirtandet, om kyssarna.

"Så du har fått hångla lite. Hur var det?"

"Han är makalöst bra på att kyssas." Hon tystnade och förlorade sig i sina tankar. För den mannen visste hur man kysstes. Hungrigt, hårt. Omtänksamt.

"Vad ska du göra i Laholm då?" frågade Stella och försökte skärpa sig. Det fanns inte supermycket att se, minst sagt.

"Jag måste jobba. Jag har en debattartikel att skriva, och en intervju att förbereda."

"Borde du inte vila?"

Maud svarade inte. Under alla Mauds syrligheter och cynismer brann ett genuint engagemang för utsatta och för jämlikhet. Hon drev ett stort Instagramkonto, höll föreläsningar och tvingades hantera hot och hat som Stella knappt orkade ta in. Medan Stella följde konton om mode, design och modehistoria, följde Maud alla de stora feministerna och kvinnliga politikerna.

"Jag försöker beta av så mycket jag kan, innan ungen kommer", sa Maud. "Om den kommer", la hon mörkt till.

Ibland kändes det helt overkligt att Maud faktiskt skulle få ett barn. En bebis.

"Du då? Hur mår du? Du verkar lite mindre ledsen, faktiskt. Även om du kysser lantisar och har bisarra kläder. Lantluften måste ha chockat dig."

"Jag mår bra", sa Stella och kände att det var sant, konstigt nog. Märkligt att det gick så fort att komma vidare. Men hon var fullt fokuserad på framtiden nu och det gjorde förstås sitt till. På att sy det bästa plagg någon sett. På att bli antagen och visa alla att man kunde jobba med mode även om man hade hennes bakgrund, inte var vit, inte hade kontakter, inte hade vuxit upp i en stor och skapande familj.

"Vet du hur du ska sy?"

Hon hade tänkt oavbrutet på det. Funderat på tyger, färger, detaljer. "Jag börjar få en bild. Här är det", sa hon och pekade. Maud svängde in på den mindre vägen och strax var de framme.

"Det är så skönt att vara här. Hör du inte hur tyst det är?" sa Stella när de klivit ur bilen.

Klockan var snart åtta på kvällen, med alla kisspauser hade resan tagit orimligt lång tid. Men det hade varit kul att prata och umgås med Maud.

Maud gnuggade sig om armarna och såg direkt olycklig ut. "Det är skitläskigt. Det kan inte vara normalt. Vad har du gjort här nere hela dagarna?" Hon lät inte alls som om hon tyckte att naturen var pittoresk.

"Jag har skaffat jobb", mindes Stella och insåg sedan att hon hade dragit iväg till Stockholm, utan att tänka på Nawal. "Jag syr åt en kvinna inne i Laholm." Hon måste höra av sig till Nawal snarast.

Stella låste upp och öppnade dörren och de gick in.

Maud gned sig i pannan.

"Du skojade inte när du sa att det är ett ruckel. Var sover du någonstans?"

Hon sa det som om hon hoppades att det skulle finnas en stor och lyxig flygel någonstans i närheten.

"Det där är min säng", sa Stella och pekade ursäktande på kökssoffan.

Hon hade varit så inne i andra tankar – utbildningen, provplagget, Thor och framtiden – att hon inte tänkt på att hon saknade en säng. Och en fungerande toalett. Kröken var fortfarande full med gräs, hon tvivlade på att det fanns några fungerande rör kvar. Själv gick hon bara utomhus. Gud, det vågade hon inte ens berätta för Maud. Faktum var att hon inte hade en aning om hur de skulle lösa natten. Även om hon gav Maud soffan så var den alldeles för smal och obekväm för en gravid kvinna. Och själv skulle hon i så fall bli tvungen att sova på golvet, och hon ägde bara den enda filten. Det skulle inte gå.

"Maud, jag måste bekänna en sak", började hon skamset.

Maud höll upp handen. "Säg inget, vad det än är du tänker

säga så vill jag inte höra det. Inte när du har den där minen. Jag har en idé." Maud tog upp sin mobiltelefon.

"Du har bara täckning vid fönstret", upplyste Stella hjälpsamt.

Maud gav henne ett ögonkast och vaggade muttrande iväg. Stella hörde henne prata. Sedan kom hon tillbaka. Hon såg sig om i stugan, som om hon undrade om hon hamnat i en filminspelning om umbäranden förr i tiden.

"Chop chop, nu drar vi."

– 21 –

"Klas är på väg", sa Thors mamma i luren dagen därpå. Vivi lät glad. Såklart. Vivi och Gunnar Nordström hade alltid varit noga med att vara rättvisa när Thor och Klas växte upp, men samtidigt visste Thor att de älskade sin högskoleutbildade son på ett särskilt vis. Båda föräldrarna var akademiker. Pappa var utbildad svensklärare och rektor, mamma hade pluggat massa kurser på distans samtidigt som hon drev bokhandeln som var en älskad institution i stan. Föräldrarna bodde i ett välordnat hus med en perfekt skött trädgård där kaos aldrig rådde. De gick på teater, läste klassiker och var bildade. Det var inte konstigt att de var extra glada över hur Klas hade uppfyllt alla deras drömmar. Klas hade läst juridik och blivit advokat. Thor hade med nöd och näppe gått ur gymnasiet innan han gjorde en tjej på smällen.

Thor suckade djupt i luren.

"Kommer han redan nu?" frågade han och hoppades mot bättre vetande att han missuppfattat sin mamma, att hans tvillingbror inte redan var på väg.

"Han sitter på tåget."

Men så jäkla fantastiskt. Precis vad han behövde mest av allt just nu. Att hans självgoda bror dök upp och bara var. Att hela familjen Nordström skulle vara samlad. Att tvillingar skulle jämföras. Han pustade ut.

Hans mamma fortsatte prata:

"Men jag är ensam i bokhandeln idag och pappa är upptagen. Kan du hämta honom?"

Thor såg ut över kullarna, åkrarna och kände hur något började bulta i hans tinning. Han hade fyllt i EU-papper hela morgonen, tills han bara velat banka pannan mot bordet. Sedan hade han försökt få igång en trasig traktor utan att lyckas med något annat än att få maskinolja över hela sig. Trubbel hade rymt igen och fastnat i ett stängsel och Thor hade varit smutsig och sönderriven från topp till tå innan han fick loss henne, varpå hon bet honom i tummen som tack. Och han oroade sig för Juni. Hon hade inte svarat på några frågor om skolan. Bara cyklat iväg.

Han blundade, andades ut.

"Självklart, mamma", sa han, skulle aldrig säga nej till en sådan sak.

"Tack. Hur går det med grannflickan? Wallins barnbarn? Hur är hon?"

"Hon är inget särskilt", sa han avvärjande och avslutade samtalet med en mumlande ursäkt. Sedan lämnade han arbetet och åkte för att hämta Klas. För han hade ju verkligen inget annat att göra, tänkte han medan han klev ur bilen och ställde sig att vänta på stationen.

Klas hade inte kommit hem i julas och mamma hade varit förkrossad. Julen dessförinnan hade han varit här, väl? Thor mindes faktiskt inte. Men visst hade han kommit med sin dåvarande pojkvän, en uttråkad aktiemäklare. Thor visste inte ens om Klas fortfarande var ihop med den killen, mindes inte hans namn heller, vilket förstås var i linje med hur Klas och hans relation sett ut de senaste tjugo åren.

De hade varit så nära varandra som barn och under tonåren, så där nära som alla menade att bara enäggstvillingar kan vara. De hade varit de oskiljaktiga bröderna Nordström, ända tills de inte var det längre. Det fanns så mycket skam där. Känsla av misslyckande. Och en enorm trötthet över att alla alltid skulle berätta hur tvillingar var egentligen. De var syskon. Det var allt. Och det här hålet han kände ibland, den här tomheten. Tja, livet var som det var.

Klas hade kommit ut till familjen när han var tretton, men det hade varit tämligen odramatiskt och avståndet mellan dem berodde inte på det, det var Thor säker på. Deras föräldrar var upplysta och hade varit stöttande och uppmuntrande. Thor hade tänkt och funderat i några dagar och sedan hade han bara vant sig. Han hade alltid anat att Klas inte gillade tjejer på samma sätt som han själv gjorde.

När de växte upp hade folk inte sett skillnad på dem. Deras mamma hade gillat att klä dem i lika kläder, Thor hade inte brytt sig, men Klas hade hatat det. Under åren som de utvecklats åt så olika håll hade de nästan blivit som främlingar för varandra. Numera syntes det tydligt vem som var superjuristen och vem som var lantisbonden. Nu fanns bara skillnader. I blicken och i hållningen.

Tåget stannade med ett gnissel och han kände att Klas var här innan han såg honom. Rakryggad, självgod och välklädd i dyra märkeskläder. Datorväskan blänkte över axeln och den flådiga övernattningsbagen såg helt ny ut. Det var egentligen ofattbart att de var enäggstvillingar, Klas och han kunde lika gärna komma från olika planeter. För första gången undrade Thor om det kunde varit annorlunda mellan dem om de inte tvingats ihop så mycket. Han såg ju det på sina egna ungar. Behovet av att vara unik, en individ.

Klas tittade på sin blänkande stålklocka, fick syn på Thor och stannade.

Thor gick fram, tvekade och sträckte sedan ut handen. Till sin bror. Han kände sig som en idiot.

De skakade hand. Thor kramade och Klas kramade tillbaka, onödigt hårt.

"Jag är här för att ge dig skjuts", sa Thor kort.

"Det hade du inte behövt."

"Mamma bad mig. Ska jag köra dig hem till dem?"

Han hoppades att Klas inte ville bo på gården. Borde han ha erbjudit det?

"Jag ska bo på hotellet. Du hade inte behövt komma", upprepade han.

"Jag är här nu. Ska du med, eller?"

De satte sig i bilen och han körde till stan. Klas sa inte ett ord till honom, satt bakom stålbågade solglasögon med ogenomskinliga glas och pratade i sin telefon om personer som skulle stämmas och tvister som skulle till domstol. Han jobbade med sådant. Väldigt duktig, enligt föräldrarna som älskade att prata om sin juristson.

För sitt liv kunde Thor inte begripa vad hans upptagna brorsa gjorde här så tidigt. Det var långt till festen och för Klas var tid kronor, dollar och euro. Redan som liten hade han älskat pengar. Han hade sparat sin veckopeng, aldrig slösat, bara gnetat. Öppnat sparkonto och pluggat aktiemarknaden.

Thor parkerade på torget. Den nya lilla uteserveringen vid Delihallen fylldes på, folk strövade runt. Det var en vacker dag, rent objektivt. Klas klev ur, sträckte på sig och sa något, men Thor hörde inte.

Stella var här.

Hon stod där. Nyvaken och rufsig och *här*.

Han hade inte hört ifrån henne sedan hon skrev att de fick pratas vid senare. Han hade inte velat jaga henne. Hade undvikit tanken på att hon gått tillbaka till Peder, för den hade nästan drivit honom från vettet. Igår kväll hade han googlat "hur man pratar med kvinnor från Stockholm" vilket var en hemlighet han skulle ta med sig i graven, så genant var det. Men han hade gjort det och inte fått en enda träff, märkligt nog.

Och här stod hon nu.

Stella. Hans Stella.

Hon var rosig och klarögd. Det magnifika håret böljade runt henne, vilt och glänsande i solen. Som om hon nyss vaknat, varm och fluffig i en hotellsäng. Han kunde lätt se det framför sig. Stella i en mjuk säng. Stella, Stella, Stella.

Hon stirrade.

Han hade alldeles glömt.

"Det här är Klas. Min bror", presenterade han, kände spänningen i kroppen. Så mycket spänning, av så många anledningar.

Hon tittade fram och tillbaka. Skakade på huvudet. Som folk alltid gjorde.

"Min tvillingbror." Det sista var strängt talat onödigt. "Och det här är Stella", sa Thor kort, inte helt säker på varför mötet mellan dessa två gjorde honom så illa till mods.

Stella och Klas hälsade artigt på varandra.

Hon sa inget av det som folk brukade säga. *Vad lika ni är. Helt otroligt. Vad kul det måste ha varit.* Inget av det. Av någon anledning gjorde det honom djupt tacksam. Att slippa bli jämförd.

—22—

My God. Det finns två av dem, tänkte Stella och lät blicken fladdra fram och tillbaka mellan de storväxta, mörkhåriga och identiska männen.

Det var nästan för mycket att ta in. Bröderna var lika, absolut. Men samtidigt var de helt olika. I alla fall för henne. Hon drogs till Thor som en hungrig humla till en jättesolros, som en extrastark magnet till en kylskåpsdörr, medan hon kände absolut inget för Klas.

Stella såg på Thor.

Han såg på henne. "Du är här", sa han och rösten var djup av känsla.

Hon nickade.

"Jag sov på hotellet." Hon borde förstås ha messat honom och berättat att hon var tillbaka, men det hade varit lite mycket det senaste dygnet.

Hon hade vaknat tidigt imorse och tänkt att hotell ändå var en himla bra uppfinning. Igår hade Maud, med telefonen i högsta hugg, krävt att de båda skulle ta in på Laholms enda riktiga hotell. Maud hade tagit ett stort rum åt sig själv, betalat ett för Stella och vägrat höra på några som helst protester. Stella måste erkänna att hon inte protesterat superhårt. Hon hade gått på vattenklosett, duschat varmt och sedan tagit ett långt bad med alla produkter hon hittat. Bufféfrukosten hade serverats i ett rum med utsikt över ån och Stella hade suttit och spanat ut över vattnet, vetat att Thor bodde där borta på andra sidan ån, att hans djur betade på de gröna kullarna och att han själv arbetade med jorden.

Maud var kvar på sitt rum, med roomservice och en dator, men Stella hade egna saker att ta tag i. Och så hade hon gått och stött ihop med Thor det allra första hon gjorde. Och med hans tvilling.

"Jag tar och checkar in", sa Klas och nickade avmätt. "Stella. Trevligt att mötas." Snabbt och stelt försvann han in genom hotellentrén. Han var som en stålbågad och slimmad version av Thor. Hennes Thor.

"Fick du gjort det du skulle i Stockholm?" frågade Thor lågt och sökte av hennes ansikte med blicken. Hon ville sträcka ut handen och röra vid honom, vid en skäggstubbig kind.

"Ja", sa hon.

"Fick du ditt brev?"

Hon nickade. Han var så fin. Mindes brevet men snokade inte, bara brydde sig.

"Och Peder?" frågade han genom spända käkar.

Nu kunde hon inte låta bli. Hon strök honom hastigt över kinden. "Det är slut. Så jätteslut."

Hela hans gestalt såg ut att mjukna av lättnad. Han hade oroat sig. Hon borde berättat att han inte hade något att oroa sig för.

"Och du då, hunnit träffa någon ny?" frågade hon.

Han skakade långsamt på huvudet. "Jag önskar jag kunde komma på något smart och flirtigt att säga. Men Stella jag saknade dig. Jag trodde inte du skulle komma tillbaka."

Men åh. Den där ärligheten och sårbarheten. Så jäkla berörande.

"Förlåt. Men jag är här nu."

Han stoppade händerna i byxfickorna, men hans ögon smekte henne oavbrutet. "Ska du till stugan?"

"Jag ska nog stanna på hotellet en natt till. Min bästa kompis Maud är också här. Vi har dusch."

Han skrockade till. Och trots att folk som gick förbi tittade på dem höjde han handen och fångade en hårslinga, gned den mellan fingrarna. Gud, hon skulle nästan kunna komma av detta.

"Varmvatten är rätt trevligt", mumlade han, som om han visste exakt hur han påverkade henne. "Ska ni hitta på något?"

"Hon är gravid i typ hundrade månaden, så jag vet inte."

"Hotellets pub, Pärlan." Han nickade mot den vita hotellbyggnaden. "Deras AW är världsberömd i Laholm."

"Såpass."

"Vill du ses? Ikväll?"

Om hon ville ses med Thor och dricka och prata?

"Gärna", sa hon och kunde tydligen inte sluta le.

Hon tog ett steg mot honom, ville nästla sig nära, sniffa på honom.

"Jag måste åka hem", sa han, men utan att röra sig.

Hon blundade, andades in allt som var han.

"Förlåt att jag bara åkte", sa hon lågt, och kom ännu lite närmare.

"Stella", sa han med skakig röst.

"Jag måste också...göra saker", sa hon.

"Då ses vi ikväll?"

Hon sträckte sig upp, snuddade med munnen vid hans kind och viskade. "Ja."

Det pinglade glatt när Stella öppnade dörren till Nawals boutique.

"Stella. Jag trodde att du hade försvunnit för gott." Nawal lät reserverad.

"Förlåt mig", sa hon skamset. "Jag var tvungen att fixa med en akut grej."

Som en fredsgåva lämnade Stella byxorna hon lagt upp och tagit med från torpet. Nawal verkade vekna lite när hon såg det utmärkta arbetet.

"Vill du ha mer jobb?"

"Hemskt gärna. Och jag lovar att inte sticka igen, utan att säga vart." Stella la en hand över hjärtat, som om hon svor en ed.

"Jaja, jag får väl tro dig. Men inget mer drama."

Nawal försvann iväg och kom tillbaka med en hel kasse med plagg som behövde läggas upp, läggas ut eller få en knapp isydd. "Och sedan undrar jag om du skulle kunna hjälpa en kund med att lägga ut en klänning i midjan", frågade hon medan de plockade upp kläderna och inspekterade dem.

"Låt mig kolla", sa Stella och så förlorade de sig i diskussioner kring det bästa tillvägagångssättet innan Stella mindes sitt andra ärende. "Får jag sitta här och sy? Jag har med mig en symaskin och jag har ett jätteviktigt plagg jag behöver jobba med." Hon hade ju sett hur mycket utrymme det fanns på lagret och ljuset där inne var perfekt. För att inte tala om att där fanns eluttag. Under natten hade hon gett upp tanken på att fixa elen i torpet. Ledningarna var uråldriga. Det skulle bli ett för stort och dyrt projekt för henne. "Säg ifrån", sa hon och hoppades att Nawal inte alls skulle säga ifrån. Hon behövde detta, rätt desperat faktiskt.

"Självklart", sa Nawal nådigt, som en kejsarinna för tillfället på gott humör.

En bra stund senare lämnade Stella butiken och Nawal, lättad och energipåfylld. Det var på gränsen till kort om tid, men hon skulle hinna. Hon tog en annan väg, promenerade över medeltida kullerstenar, doftade på syrener och kikade in på små trädgårdar. Efter en stund gick hon förbi en frisörsalong som hette Salong Silverklockan. Hon saktade in stegen, vände om och gick tillbaka. I skylten granskade hon blekta bilder på hårmodeller, reklam för hål i öronen och mängder med citat i snirkliga bokstäver: Carpe Diem, Den som sår vind skördar storm, Det är i sprickan ljuset kommer in, och liknande. Det var verkligen inte hennes stil, men idag var det som om de uttjatade flosklerna talade till henne. Medan hon stod där kom en kvinna med rasslande örhängen och illrött hår ut på trappen. Kvinnan synade henne ingående.

"Vill du komma in? Jag har tider. Du kan få pensionärsrabatt."

"Jag är inte pensionär."

"Men ändå. Kom."

Två minuter senare satt Stella med en plastponcho över axlarna.

"Du har en stark aura", sa frisörskan, som hette Ulla-Karin. "Jag är medial", la hon till, på tal om ingenting och visade med handen mot en hylla med spåkulor, tarotkort och något som Stella verkligen hoppades inte var en torkad fladdermus.

"Okej", sa hon avvaktande och undrade om hon gjort ett misstag.

"Hur mycket ska jag ta av?"

Den rödhåriga hårfrisörskan rörde med fingrarna i Stellas hår. Hon drog i de svarta lockarna, sköt dem än åt ena sidan, än åt den andra.

"Du har jättefint hår, tjockt och starkt. Ska jag ta lite i topparna? De är knappt ens slitna." Hon lät lite besviken.

Stella tittade på händerna som stökade runt i hennes svall. En riktig kvinna har långt hår, brukade Peder säga. Maud hade hört honom en gång och nästan fått en hjärnblödning. Upprört hade Maud undrat om Peder kunde förklara skillnaden mellan riktiga och oriktiga kvinnor. Men Stella hade ändå låtit sitt hår växa ut, plattat det, packat in det och skött det. Hon mötte sin egen blick i spegeln, såg hårmassorna och visste med ens varför hon kommit in hit. Varför det varit meningen. Hon hade så mörkt hår att även när hon rakade sig under armarna förblev hon mörk där. Hon hade till och med funderat på att bleka anus, för Peders skull. Hur sjukt? Nu satt hon här med hår på benen och utväxt muffhår och kände sig mer som sig själv än på länge.

"Hit", sa hon och visade bestämt med handen.

Ulla-Karins örhängen rasslade bestört när hon ryggade tillbaka och det var som om en kall vind drog genom salongen. Stella trodde inte på andevärlden, men det hindrade inte att hon kände ett par kalla kårar.

"Nej!" sa Ulla-Karin med uppspärrade ögon och skakade på huvudet så att det röda håret skälvde.

"Jo", sa Stella.

"Är du säker?"

"Bombsäker", sa Stella, till hälften rädd, till hälften euforisk. "Klipp", sa hon och stirrade på sin egen spegelbild; svarta ögon, gyllene hy och buskiga ögonbryn. "Bara klipp."

När Stella återvände till hotellet satt Maud och snarkade i en soffa i lobbyn.

"Jag låter henne sova", viskade receptionisten.

"JinJing?" sa Stella förvånat, för det var verkligen JinJing från second hand-affären. "Jobbar du här också?"

JinJing vinkade med smala fingrar åt en gäst. "Jag tar alla extrajobb jag kan få."

"Jag sover inte", sa Maud samtidigt, och yrvaket.

"Du har dregel i mungipan", påpekade Stella. "Ska du inte gå upp och vila på rummet istället?"

Maud torkade sig om munnen med baksidan av handen och klippte med ögonen.

"Här händer det grejer, minsann", sa hon och synade Stellas hår med vid blick.

"Jag har klippt mig", sa Stella, helt överflödigt, och rörde vid de korta, vilda lockarna. Frisyren hade känts längre när håret var blött, måste hon tillstå. Nu var nacken kal och kall. Huvudet kändes lätt, som om frisörskan kapat två kilo.

"Jag ser det", sa Maud torrt.

"Jag är nöjd", sa Stella, med mer övertygelse än hon kände. Hon var fortfarande tagen av att hon gjort det hon gjort.

Maud såg chockad ut, och kanske var Stella själv också chockad. Men samtidigt gillade hon det. Hon såg coolare ut så här. En kvinna som bestämde själv, som tog för sig.

Maud hävde sig upp.

"Jag tycker du är skitsnygg", sa hon bestämt.

JinJing gjorde tummen upp åt Stella.

"Skitsnyggt", sa hon också och nickade. Och sedan la hon till: "Supermodigt", vilket eventuellt förtog komplimangen en aning.

*

Efter att Stella burit över symaskin, syskrin, tyger och allt annat hon skulle behöva till Nawal och suttit och skissat och funderat gick hon tillbaka till hotellet igen, stel i axlarna men otroligt nöjd. Än så länge gick det bra. Hon drog fram en V-ringad top i rött, orange och rosa från Malene Birger. I necessären som hon proppat full och tagit med sig från Stockholm, låg krämer, deo, smink och ett knallrött läppstift. Hon hade packat underkläder, fler ombyten och en kudde. Men hon fick sluta köpa grejer, det skulle bli svårt att få med sig allt hem annars. Medan hon satt i inpackningen hade frisörskan erbjudit sig att fila bort hennes gelnaglar och nu hade hon för första gången på evigheter korta, naturliga naglar. Så stört med långa naglar egentligen, de var ju så handikappande. Hon satte på sig den färgglada toppen, målade läpparna, satte kajal runt ögonen och såg sig i den förgyllda spegeln. Det var en ny Stella som tittade tillbaka. En kvinna som ägde sina färger och sitt utseende. Det hade varit värt kostnaden, sa hon sig. Hon hade lite ågren för hur pengarna rasslade iväg. Men det var mycket billigare än i Stockholm, tröstade hon sig och hon skulle spara in det på nolltid genom att sluta fixa naglarna stup i kvarten.

Hon knackade på Mauds dörr och blev insläppt.

"Det är AW på puben här på hotellet ikväll. Thor kommer. Vill du hänga med?"

Maud svarade ja, så en stund senare satt de vid ett mörklackat bord med varsitt glas vin framför sig.

Stella drack rosé och tittade på menyn.

"Ska vi ta vitlöksbröd, pommes med aioli, eller dela på en pubbräda?" frågade hon, redan lullig efter att ha svept halva glaset på tom mage. Maten på Pärlan tycktes framförallt fokusera på två huvudingredienser: fett och vitlök. Men hon var hungrig och låg flera lagade mål mat back.

"Hej, hej", hörde Stella.

Det var JinJing, igen.

"Hej", sa Stella.

"Jag slutade just."

Stella synade den svartklädda unga kvinnan närmare. "Är det där mina skor?" frågade hon och lät blicken dröja vid välbekanta högklackade svarta Louboutins. "Och min väska?" la hon till när hon såg vad JinJing bar över axeln.

JinJing nickade skuldmedvetet.

"Jag fick lov att köpa dem på avbetalning. Jag måste jobba typ tjugo extra eftermiddagar, men det gör inget. Det är det snyggaste som någonsin passerat den butiken." Hon bytte axel med en vördsam rörelse. "Är du sur?"

Stella viftade med handen.

Hon kände sig storsint. Hon hade alltid varit en happy drunk och det där var bara saker. Om några år skulle det förmodligen inte svida alls.

"Slå dig ner", sa hon.

JinJing hälsade på Maud och beställde en lager av kyparen.

Maud sippade på sitt rödvin och stönade av välbehag. En man stirrade menande på henne. Sedan skakade mannen ännu mer menande på huvudet. Länge. Verkligen subtilt.

"När du ska klämma ut en melon genom en trång passage

i din kropp, då kan du komma med passiv-aggressiva skitblickar", ropade Maud stridslystet.

Mannen vände sig bort med hastigheten hos en blivande nackspärr.

De beställde vitlöksbröd, pommes, burgare och en charkbricka.

"Vad äter du här nere egentligen?" frågade Maud när maten kom på bordet och Stella kastade sig över den.

"Mest frukt och bröd", sa Stella med munnen full med srirachaburgare. "Men jag lagar svingod mat på min järnspis. Allt blir godare. Rostbröd. Stekt ägg."

Maud såg enormt o-imponerad ut.

"Men var går du på toa? Duschar?"

Stella torkade sig om fingrarna, drack vin och doppade en pommes i något som skulle föreställa aioli men mest liknade vit sås. "Det vill du inte veta", sa hon.

"Om jag inte visste bättre skulle jag trott att du fått en knäpp", sa Maud. Stella svepte med blicken över lokalen. Fyra medelålders män, med pärmar över hela bordet, brast ut i gapskratt. Tre tjejer som delade på en flaska rödvin sjöng högt till refrängen: I don't want a lover, I just need a friend som strömmade ut i högtalarna. Den följdes snart av en låt av Tom Jones eller Bruce Springsteen – Stella hade faktiskt inte en susning.

"Visst är det drag", sa JinJing.

Stella älskade att Maud lyckades låta bli att säga något sarkastiskt om maten, puben och musiken. Av någon anledning ville hon inte att Maud skulle hata Laholm.

När Stella tryckt i sig merparten av maten och sköljt ner den med mer vin lutade hon sig mot ryggstödet. "Det behövde jag", sa hon pustande. "Och på tal om toabesök. Jag måste gå."

På vägen till toaletten fick Stella syn på My Svensson. Gynekologen satt ensam, böjd över sin telefon, med ett glas vitt vin på bordet. När hon tittade upp och såg Stella vinkade hon diskret.

"Hej. Snyggt hår."

"Tack."

"Hur mår du?" frågade My och såg artigt bekymrad ut. Eftersom Stella hade rusat ut ur hennes mottagningsrum som en galning sist de sågs, så var det förståeligt.

"Bra", svarade Stella. Men sedan rynkade hon pannan, hade inte hunnit tänka på eventuella könssjukdomar som kanske höll på att ta över hennes kropp. "Eller? Jag mår väl bra?" frågade hon, orolig nu.

"Jadå. Allt såg så fint ut. Jag fick provsvaren precis när jag slutade, jag tänkte ringa imorgon bitti. Du har inget alls att oroa dig för."

"Skönt", sa Stella med eftertryck. Hon var könssjukdomsfri. Halleluja.

Hon synade My. "Thor och jag umgås", sa hon och noterade själv äganderätten i sin röst.

My såg ut att tänka. "Nu inser jag att det kanske lät som att jag sa att han fortfarande var min pojkvän?"

Stella korsade armarna och gjorde sig så lång hon kunde. "Det gjorde det."

"Jaha, ja, det kom ut lite fel i så fall. Vi är inte ihop längre, som du säkert redan vet."

"Thor sa det. Men vad bra att det är utrett." Hon såg stint på My.

My log blekt.

"Är *du* okej?" frågade Stella och tillät sig att bli full av omtanke nu när hon etablerat sig som alfan när det gällde Thor.

"Jadå. Lång dag bara. Tack för att du berättade om dig och Thor, saker sprids så snabbt på byn, skönt att få höra det från dig. Thor är verkligen en bra kille. Bara inget för mig."

Efter att ha klarat av toabesöket slog Stella sig ner hos Maud och JinJing igen. Puben började bli stimmig och Thor borde vara här när som helst.

Samtidigt som Stella drack mer vin, hickade Maud till, knuffade henne i sidan och nickade mot baren. "Är det där möjligen din Thor? Och hans brorsa? Är det dom?"

Stella vände sig om och kände hur hon började fånle. "Japp, det är han. Och Klas." Thor stod med sidan mot henne och beställde i baren. Han hade inte sett henne ännu.

Maud såg betydligt piggare ut. "Hot damn, Stella. Snacka om att du bytt upp dig."

"Lägg av", sa Stella och rodnade.

JinJing halsade öl och följde deras blickar. "Är det de där gamla killarna vid baren?"

"Sluta vara en jobbig ungdom", sa Stella.

"Ja, du har stulit hennes skor och väska, stjäl inte hennes glädje också."

Stella vinkade till Thor, viftade med fingrarna och gav honom en kom-till-mig-blick som fick hans ögon att spärras upp.

"Men han är jättefin ju", sa Maud. "Eller är det mina gravidhormoner som spökar? Skit samma. Be honom komma hit så jag får kolla lite närmare på honom. På båda. Gud så förvirrande."

– 23 –

Thor ställde ner ölglaset på bardisken och lät blicken vila på Stella. Han skulle gå dit. De där blickarna var en direkt uppmaning att skynda sig, tänkte han, men han ville stå här och titta bara lite till. Hon var så fin att det liksom värkte i honom. På ett bra sätt. Faktiskt var han smått golvad av alla dessa känslor hon väckte i honom, hade inte ens vetat att han hade kapaciteten att känna så här.

Bredvid honom muttrade Klas något om vintemperaturer och fel sorts glas. Klas hade beställt ett tjusigt rödvin och var tydligen inte nöjd med hur det serverats. Det var mycket folk på puben ikväll och Klas ansikte var en studie i plågad överlägsenhet.

"Varför hängde du med om du hatar det så?" kunde Thor inte låta bli att fråga.

"Jag hatar det inte", sa Klas och smuttade på vinet.

När de var små hade de kunnat kommunicera helt ordlöst. De hade kunnat titta på varandra och veta exakt vad den andra tänkte och kände. Så han visste när Klas ljög. "Visst."

Under hela ordväxlingen hade Thor fortsatt att stirra på Stella. Med sin färgstarka tröja och glittrande blickar var hon som ett lysande centrum som lockade på honom, en bidrottning som väntade på sin drönare. Ännu mer spektakulär sedan hon återvände från Stockholm. Hon satt bredvid en kvinna med nästan vitt hår och den största gravidmage han sett, det måste vara hennes väninna Maud från Stockholm. Och så en smal ung tjej med rakt svart hår som halsade öl ur flaska och som han vagt kände igen härifrån trakten.

"Jag ska gå och säga hej", mumlade han och lämnade sin bror utan vidare ceremonier. Klas kunde stå och vara förnäm på egen hand, själv hade han bättre saker för sig. Han drogs till Stella genom rummet. Som en fisk i en ström, som en stjälk mot solen, som alla liknelser han någonsin kunnat komma på som handlade om en ostoppbar kraft. Hon såg på honom med sin uttrycksfulla blick och han gick dit. Viljelös eller full av motivation, skillnaden var ointressant.

"Hej", sa han, högt över stimmet och musiken, som för tillfället var en irländsk folksång i elektronisk karaokeversion. Stellas ögon var enorma, svarta och sotiga med de där ögonfransarna som var de längsta han sett. Varje gång Stella såg på honom sög det till i hans mellangärde, det spelade ingen roll om hon såg på honom med skratt i blicken, med allvar, eller som nu med flirt och lust, effekten var lika stark och uppfyllde varje cell i hans kropp. Munnen var röd, blank, med ett korn av salt i mungipan. Och så den där lilla fläcken i ena mungipan, som retsamt lockade hans blick.

Thor lyckades undvika att stirra på klyftan som bildades i den röda toppen. Nästan, i alla fall.

"Hej. Det här är Maud."

Han hälsade på den gravida kvinnan och på den unga tjejen som hette JinJing. "Jag känner igen dig", sa han.

"Jag var juniorfotbollsledare på Frans och Junis skola för några år sedan", sa hon och halsade ur sin öl. Hon hade blivit vuxen. Man vande sig aldrig vid det. Hur barn växte upp. Hur tonårstjejer blev vuxna kvinnor som fick dricka öl lagligt.

Thor vände sig mot Stella. Hon log. Varligt sträckte han ut handen mot henne, fångade en kort svart blank lock. Han drog lite i den för att sedan släppa den. Den studsade tillbaka.

"Du har klippt dig", sa han. Locken var len och doftande och han ville begrava sitt ansikte i den.

"Ja. Hos ett medium."

"Heter hon Ulla-Karin?"

"Ja. Och hon sa något om att jag ska träffa en lång mörk främling. Jag väntar fortfarande."

"Du är snygg", sa han, för det var hon, med sitt nya studsiga hår, sina röda läppar och sotiga ögon. Som vanligt blev han yr i hennes närhet. Det var bara att acceptera.

"Tack", sa hon. "Ska inte din bror joina oss?"

De tittade alla bort mot baren där Klas stod kvar och såg olidligt stel ut. Han märkte att de stirrade, så han ställde ner sitt halvfulla glas på bardisken och trängde sig fram till deras bord.

"Hej", sa han och hälsade på dem med en allomfattande nickning.

Thor kollade på dem, de tre stockholmarna, Stella, Maud och Klas. De var som exotiska besökare, tillfälligt här, men skulle snart försvinna, ut i den stora världen. Han svalde den ovälkomna klumpen i halsen. Han visste ju att Stella skulle dra vidare, det var ingen nyhet, inget att deppa för. Det var som det var. Han skulle ta det han kunde få.

"Bor du här?" frågade Maud och såg på Klas.

"Jag bor på hotellet. Men annars bor jag i Stockholm. Jag är bara här för mina föräldrars bröllopsfest", la han till, som om han måste förklara varför han befann sig i Laholm.

"Slå dig ner", erbjöd Stella.

"Tack, men jag måste gå upp och jobba."

Klas stod tyst en stund. Sedan nickade han kort och gick därifrån. De såg efter honom där han banade väg genom de skrålande pubgästerna.

"Skål för det då", sa JinJing och höjde flaskan.

Thor slog sig ner bredvid Stella. Nära. Hon lutade huvudet mot hans axel, gonade sig mot honom. "Just det. Jag träffade My."

"Gick det bra?"

"Jadå." Hon la sin hand på hans ben, under bordet. Han

tappade andan. "Jag sa att du är min och att jag skulle döda henne om hon tog dig."

"Gjorde du?"

Hon knyckte på nacken. "Jag tänkte det i alla fall. My är okej. Särskilt när du inte är ihop med henne."

Thor sa inget, höjde bara handen och la fingrarna om hennes nacke, smekte den, kände små knottror av gåshud bildas. Hon lutade sig mot honom, snuddade vid hans axel med sin, pressade sidan av sitt ben mot hans och allt Thors blod rusade upp till huden. Han stönade till. Allt runt dem försvann bort, blev till suddiga bilder och dova röster, det var bara han och hon, den här bänken, den här närheten.

"Rickard kommer ner imorgon", sa Maud plötsligt och rätt ut i luften.

Thor försökte skärpa sig. "Din man?"

"Ja. Nu när jag bär på Rickards avkomma så har han utvecklat någon sorts hönsmammainstinkt. Svårt att säga vem som är mest förvånad över detta, jag eller han. Så han kommer hit. Och jag är absolut för att hångla på offentliga platser, så fortsätt ni för all del, men jag är helt slut, så nu ska jag gå och lägga mig och säga åt ungen att den får komma ut snart."

"Inte för snart", sa Stella.

"Jajaja." Maud makade sig ut med stöd av bordet, hävde sig upp och lyfte sitt vinglas. "Skål ropade hon åt mannen som tidigare stirrat på henne. När hon fångat hans uppmärksamhet svepte hon sitt vin med en trotsig gest.

"Jag ska upp tidigt imorgon, så jag ska nog också passa på att gå", sa JinJing och reste sig abrupt.

"Kom JinJing, jag fattar om du inte vill sitta ensam med dem", sa Maud, la armen om hennes axlar och vaggade iväg.

Thor tittade efter de båda kvinnorna. De hade inte fel. Han och Stella var dåligt sällskap. Han kunde inte brytt sig mindre.

"Maud är en av de riktigt bra", sa Stella med ett leende. "Vet du vem som kanske skulle gilla henne?"

"Vem?"

"Din dotter. Maud går hem hos tonårstjejer."

Det kunde han faktiskt föreställa sig, Juni hade läst *Fittstim* som trettonåring och genast deklarerat att hon var feminist och att de alla skulle vara det. Juni och Maud skulle vara en explosiv kombination. Precis vad hans liv behövde. Mer dramatik.

Han såg på Stellas glas, helt oförmögen att tänka på något annat än henne just nu.

"Vill du ha mer att dricka?" frågade han.

Hon såg länge på honom. Hennes handflata brände mot hans lår och hans hals blev torr. Den här kvällen kunde bara sluta på ett sätt. Hoppades han.

– 24 –

Stella följde Thor med blicken när han gick till baren för att beställa mer att dricka. Tröjan smet om axlarna och överarmarna, nacken var solbränd mot det vita tyget och hon var inte den enda kvinnan på puben som såg på honom med lusta, noterade hon. Han kom tillbaka med ett glas rosé åt henne och en öl åt sig själv och hon stirrade på de breda fingrarna med de kortklippta rena naglarna som höll hennes glas. Hon ville ha de där fingrarna på sig, ville smeka dem, sniffa på dem, känna dem i sig. Hon tog emot vinet och tog en sipp, torr i munnen och otålig inombords. Thor visste det inte än, men hon skulle förföra honom. Någonstans mellan all rosé och allt pillande hade Stella bestämt sig.

Thor satte sig och drack av sin öl, torkade sig med baksidan av handen. Vad skulle han säga om hon fångade upp hans hand, slickade upp öldroppen han just avlägsnat? Hon flyttade sig närmare honom. Deras ben snuddade vid varandra igen. Hon kände värmen från honom sprida sig som en liten eld genom huden, genom blodet. Hon andades ut. Och in igen. Hon la sin hand på hans lår.

När han harklade sig spändes benen under hennes handflata. Jösses, vilka muskler. Vilken kropp. Hon ville ha den. Ha honom.

"Så", sa hon.

Han tog hennes hand.

"Så", sa han lågt.

Hon flätade ihop sina fingrar med hans. Överallt där deras hud möttes kom små blixtar. Inte på riktigt, förstås, men det kändes så, som om varenda cell i henne svarade på varenda cell i honom, som om deras puls, deras lungor kommunicerade med varandra, utbytte information och tvinnades samman.

"Jag är rätt förtjust i dig, Thor", sa hon och skrattade lågt åt underdriften. Hon var inte förtjust. Hon var brännande, hettande, besatt. Han hade små ärr på fingrarna, på handryggen. Hon ville kyssa varje skråma, hon ville se var solbrännan slutade, om han hade hår på bröstet, om hans ögon alltid var så där öppna och sårbara.

"Är du?" frågade han hest.

"Mycket."

"Jag är inte helt säker på vad du vill ha av mig", sa han.

Mind-blowing sex var ju det hon var ute efter. Och hon var inte särskilt subtil. Hans byxor såg trånga ut, han andades kort och ryckigt, han var varm, nästan kokande.

"Är du inte?"

Deras blickar låstes. Så intensivt att hon började svettas.

"Vi är överens om att det inte kan bli något långvarigt, eller hur", sa hon.

"Ja", sa han. Han smekte hennes lår nu, förde handen högt upp och hon var inte längre säker på vem som förförde vem.

"För att det passar oss båda. Att inte bli involverade i något allvarligt. Du har din gård. Jag kommer inte bli kvar i Laholm", sa hon och blundade lite, lät sensationen av honom fylla näsborrarna.

"I sak håller jag med", sa han.

Hon slog upp ögonen. "Men...?"

"Det går inte alltid att styra det där."

Han hade förstås rätt. Styrkan i attraktionen oroade henne redan.

"Vi kan väl se vad som händer?" sa hon, för hon kunde inte strunta i det här, det var fysiskt omöjligt att inte vilja ha Thor, att inte vilja fresta honom, här och nu, att tillåta sig att bli snärjd och förtrollad. Att ta det hon kunde få. Det skulle inte finnas tid att utveckla starka känslor, intalade hon sig. Kanske var hon så kåt att hon inte tänkte helt förnuftigt. Kanske hon struntade i förnuft.

"Absolut."

"Vi är ansvariga för våra egna känslor. Jag gillar dig. Jag vill inte såra dig." Hon hade gjort honom illa när hon åkte iväg med Peder. Hon skulle inte göra det igen.

"Jag gillar dig jävligt mycket. Och jag tänker inte såra dig", sa han.

Han tog hennes hand, lyfte den och gav knogarna en långsam kyss. Hon darrade.

Det var fortfarande stimmigt i baren, men happy hour var slut sedan länge, de skrattande tjejerna hade druckit upp och gått hem, männen med pärmar hade tömt sina glas och folk hade börjat droppa av.

Men hon och Thor satt kvar, i sin egen bubbla. När kyparen trött passerade dem beställde Thor mer att dricka.

"När gick du över till rosé?" frågade hon när deras glas kom på bordet.

De skålade. "Det är godare än jag trodde", sa han pragmatiskt.

"Så du är en rosékille nu?"

"Om du vill att jag är en rosékille så är jag det."

Hon lutade ena kinden i handen och såg på honom.

"Jag har ju ett rum här", sa hon, orkade inte vara subtil. "Ska vi fortsätta kvällen där?"

"Och göra vad?"

"Är det verkligen oklart på något vis? Jag vill ha sex med dig."

"Nej", sa han.

"Nej?"

"Ja. Nej."

Hon tog en klunk och funderade på den här vändningen. "Varför?"

"Principiellt har jag inget emot sex på fyllan, verkligen inte. Men, dels är jag trettiosex, inte arton år, så det är nog bra om att jag är nykter om jag vill slippa göra bort mig allt för mycket, dels gillar jag dig. Jag vill imponera på dig, göra det bra. Och då måste jag vara nykter."

Stella suckade djupt och innerligt. "Tråkigt nog fattar jag precis." Det var lite lika för henne. Sex på fyllan blev sällan toppen. Deppigt men sant. Nu önskade hon att de varit nyktra. Men de var sliriga båda två.

Thor tittade på klockan. "Dessutom måste jag hem till barnen. Mamma är där, men det börjar bli sent."

"Men hur kommer du hem?"

Han hade druckit, han kunde knappast köra.

"Laholms enda svarttaxiförare är skyldig mig en tjänst. Fast du ska veta att jag ångrar mig redan", sa han och lekte med hennes hand.

"Men ska vi inte...", försökte hon. Varje gång han rörde vid henne gick det som en stöt genom kroppen. Attraktionen var stark, det var helt galet. Helst skulle hon klistra hela sig som tejp över honom.

"Om jag var yngre. Och saknade ansvar... Men jag är en gammal man med tonvis av plikter."

Han kysste henne mjukt. Ljusen tändes i taket och musiken dog ut. När hon såg sig om var de nästan ensamma kvar. Bartendern såg uppfordrande på dem.

"Värsta partystället", sa Stella och samlade fnissande ihop sina saker.

När hon reste sig, vinglade hon till. Kanske med flit, för Thor la en arm om hennes axlar, precis som hon vetat att han skulle göra.

"Jag följer dig till ditt rum", sa han.

"Det är en trappa upp." Stella pekade på den breda trappan

som ledde upp till hennes våning. "Tror du inte jag klarar mig själv?"

"Det är bäst jag går med", sa han bestämt.

"Och beskyddar mig?"

"Exakt."

Well, inte henne emot. Han fick gärna beskydda henne hela natten. Han följde henne ända till dörren till hennes rum.

"Här bor jag", sa hon och såg honom i ögonen. Hon lät händerna glida om hans midja, hörde hans inandning. Hennes händer följde konturerna av hans mellangärde, bröstkorg, la sig på hans bröst. Han darrade och hon svalde.

Kyss mig, tänkte hon. Hennes händer slöt sig om hans nacke, fingrarna smekte hans hår. Hon drog hans huvud och mun mot sig. Det var inte tillräckligt. Hon ville ha mer. Kyss mig.

"Stella...", mumlade han

"Kyss mig", sa hon, högt den här gången.

Men Thor behövde inga uppmaningar, han var redan på väg och han la armen om hennes midja, drog henne till sig och kysste henne, girigt och hungrigt, tryckte henne bakåt mot dörren, följde efter, vinklade sin mun över hennes. Och ändå räckte det inte, hon ville ha mer. Hon grävde sig djupare i hans hår, drog honom tätare in till sig, stödde sig med ryggen mot dörren, lät sig fångas upp av hans armar och kysste honom häftigt, nästan aggressivt.

Hon kände hans upphetsning mot magen, och det var ändå inte tillräckligt. Mer, hon måste ha mer.

"Kom in", kved hon mellan kyssarna.

Han hade sitt lår mellan hennes ben och hon gned sig mot honom, andades tyngre och hetare för varje sekund.

"Jag borde...något. Jag minns inte, det var nog inget viktigt", sa han och så ramlade de in i hennes rum, utan att släppa varandra.

Stella drog i hans tröja. Hon ville ha honom. Hela honom. Hungern i hans blick. De flinka fingrarna. Hon fyllde händerna med det kroppsvarma vita tyget och drog det över hans axlar och huvud, la händerna på hans nakna bröstkorg. Han kysste henne samtidigt som han drog i hennes kläder, täckte hennes urringning med händerna, lät en handflata smeka över hennes bröst. Hon backade in mot sängen, kände den mot baksidan av låren och lät sig falla. Thor följde efter, överöste henne med kyssar där han kom åt. Han drog upp hennes tröja. Brösten böljade i behån och han stirrade. Det var en snygg behå, mörkröd, stadig men med tunna röda snören som löpte över kullarna och inte fyllde någon annan funktion än att vara sexiga. "Du är så jävla vacker", sa han kvävt och böjde sig fram, kysste glipan, snusade på huden, stönade. Hon var glad att han gillade hennes bröst. Och att hon bar de matchande trosorna. Hennes bröst var stora, riktigt stora och även om hon förlikat sig med dem för länge sedan hade det inte alltid varit lätt. Dels var det svårt med kläder, dels hade de börjat växa tidigt och hon hade blivit retad och tafsad på, fått höra alla taskiga kommentarer som en tidigt och välutvecklad flicka kunde få. Kort sagt, hon var alltid medveten om dem. Thor var dock uppmuntrande entusiastisk. Och som sagt, det var en magisk behå. Han fortsatte kyssa hennes bröst, genom tyget, nafsade och mumlade och sedan fortsatte han nedåt, smekte den mjuka magen.

"Inte magen", bad hon.

"Varför inte?"

Hon vred på sig, generad. Hon ansåg sig vara en självsäker kvinna, hon borde inte ha dålig självkänsla för sin kropp, men just magen var hon missnöjd med. "Den är så stor."

"Det var det dummaste jag hört. Den är perfekt, sluta störa mig, jag måste koncentrera mig."

Hans mörka huvud rörde sig över hennes mage. "Den." Kyss. "Är." Nafsande. "Perfekt." Thor gav ifrån sig ett lågt morrande ljud av tillfredsställelse. Stella slöt ögonen, lyssnade på ljuden av hans kyssande och dyrkande av hennes tydligen perfekta mage.

Han knäppte upp hennes byxor, och gemensamt krånglade de av henne dem tills de låg i en hög på golvet. Stella flämtade när han böjde sig fram och slickade henne över de vinröda trosorna. Hans mörka huvud ovanför hennes ben, de stora sträva händerna, så försiktiga mot hennes hud. Han lät små kyssar regna över hennes trosor och hon stönade. Han drog i tyget, sköt undan det.

"Du måste inte", sa hon samtidigt som han drog in hennes doft.

"Jag vill", sa han och ryckte ner det tunna tyget. "Är det okej?"

Hon nickade och han kupade handen över henne och det korta svarta håret. Han verkade inte ha några problem med hår. Han kysste henne på insidan av låren, lätta ömhetsbevis som fick henne att spinna, innan han särade henne med två fingrar, böjde sig fram och slickade.

Hon stönade dovt och vred sig mot sängkläderna.

"Du är fantastisk", mumlade han och slickade igen, samtidigt som han rörde med ett finger, precis lagom hårt. "Du smakar gott." Han drog in luft. "Och du doftar bättre än perfekt."

Hon drog i hans hår, rörde på benen, gned sig mot hans skäggstubb, mot hans mun.

"Thor", andades hon. "Thor."

Om och om igen. Hon gillade att säga hans namn, gillade hur det hetsade honom. Han var duktig på detta. Alltså riktigt skicklig. Han använde både tungan och fingrarna på henne, letade och tryckte, smekte, kysste, bet tills hon skakade under honom. Om huset runt dem börjat falla samman skulle hon ignorerat det, hon ville bara att han skulle fortsätta, att hans tunga, hans tänder och hans superskickliga fingrar skulle fortsätta arbeta med henne, fortsätta skjuta henne framåt, uppåt. Hon tittade på de mäktiga skuldrorna som flexade och spände sig mellan hennes ben, kände hur det drog ihop sig inombords, hur njutningen pulserade, ökade, koncentrerades. Han tog detta seriöst, det märktes. Han upprepade hur gott hon smakade, hur han njöt, hur han tänkte slicka henne tills hon inte kunde tänka. Lugnt och stadigt fortsatte han, bytte inte takt, utan höll sig till det han märkte fungerade, fick henne att slappna av, ge sig hän.

"Thor!" Hennes fingrar grävde sig ner i hans axlar. Hon flämtade. Skakade. Närmade sig.

Han fortsatte, stadigt, slickande och mumlande och så kom hon mot hans hand och fingrar, mot hans mun. Pressade sina lår mot hans huvud, sitt venusberg mot hans mun, sin klimax mot hans tunga och svankade i sängen.

"Jag dör, så ljuvligt", mumlade hon och andades ut, när hon landat lite, i en lång, tillfredsställd suck.

Han kom upp och la sig bredvid henne, fortfarande fullt påklädd. Hon var rufsig, med tröjan uppe vid halsen, behån nerdragen och resten av kläderna på golvet.

"Skönt?" frågade han och kysste henne. Munnen doftade av henne, hans kinder och haka glänste och han såg oförskämt nöjd ut med sig själv. Det borde han. Det hade varit en episk orgasm.

"Jag ska bara vila pyttelite, sedan kan jag prata", sa hon och lutade sig mot hans axel.

Thor smekte hennes arm. "Du är fantastisk", sa han. Hon gonade in sig mot honom, lealös, benlös, tillfredsställd.

"Du är inte så dålig heller", mumlade hon. Hon lät fingrarna vandra över hans bröst. Han hade hår. Mörkt hår. Små styva bröstvårtor.

Hans arm hårdnade om henne. En stark arm. Hon blundade, gled iväg.

Hon ryckte till när sängen gungade. Hon måste ha somnat.

"Nej", protesterade hon när han reste sig ur sängen.

"Jag måste hem", sa han och kysste henne på håret.

"Det ogillar jag", sa hon. Ögonen ville inte öppna sig. Hen-

nes röst var grötig. Men hon ville att Thor skulle stanna, ligga bredvid henne. "Jag vill ha mer sex", meddelade hon. Sedan gäspade hon stort. Gud så skön den här sängen var.
"Jag också."
"Vänta lite", sa hon dåsigt. Det var något mer hon ville säga. Hon gäspade igen. "Jag ska bara vila så kan vi fortsätta."
"Godnatt, Stella. Sov gott."
"Okejdå", mumlade hon och sov innan dörren gått igen efter honom.

– 25 –

Dagen därpå var Stella hemma igen.
Märkligt hur torpet de senaste dagarna hade gått från att vara ett utdömt kyffe till att ha blivit "hemma" för henne. Men detta var faktiskt det första helt egna boende hon någonsin ägt. När hennes mamma hastigt dog bodde hon först hos Maud, därefter i andra hand och hos enstaka pojkvänner och till sist med Peder i hans lägenhet. Stugan var bara hennes.
"Men ska du verkligen bo här?" frågade Maud som skjutsat henne och nu gick omkring och gav torpet ogillande blickar. "Det är själva definitionen av obeboeligt."
Istället för att svara höjde Stella ena armen och vinkade åt en svartklädd figur som kom cyklande.
Maud skymde ögonen med handflatan. "Vem är det där?"
"Thors dotter. Juni."
Juni stannade med cykeln. Hon gav Stella en sval blick och sa ett kort hej. Inte så konstigt kanske, sist de möttes hade Stella varit sekunder från att hångla upp hennes pappa. Juni vände sig mot Maud och tittade på henne med stora ögon.
"En granne såg dig, så jag var tvungen att komma hit", sa hon och stirrade.
Maud knäppte händerna över magen och log försiktigt till svar. Hon var van vid att bli igenkänd. Både av folk (mest kvinnor) som gillade henne och av folk (nästan bara vita män) som avskydde henne.
"Jag ska snart åka."

"Jag vågade inte tro på att det verkligen var du, men jag kände igen ditt hår", sa Juni med vördnad i rösten. Hon tog fram sin telefon. "Jag följer dig på Insta. Du är bäst."

Så många ord i ett sträck hade Stella aldrig hört flickan yttra.

"Tack", sa Maud. "Vad du är gullig." Hon fiskade också upp sin telefon. "Vad heter du på Insta?" frågade hon och letade därpå snabbt upp Juni och började följa henne.

Juni blinkade häftigt.

"Ska vi ta en selfie ihop?" frågade Maud och ställde sig bredvid Juni och lät sig fotograferas efter att Juni slitit av sig hjälmen.

När Juni bläddrade genom bilderna såg hon ut att vara på väg att börja gråta.

"Tack", mimade Stella åt Maud.

Juni kollade på Stella och såg lite mindre fientligt inställd ut. Instafeminister trumfade tydligen pappahånglare.

"Vi systrar måste hålla ihop", sa Maud allvarligt. "Inte minst i dessa tider."

Juni nickade innan hon drog på sig hjälmen och satte sig på cykeln igen. "Jag måste sticka."

"Trevligt att träffas", sa Maud.

"Du gjorde nog hennes dag, vecka, kanske månad", sa Stella när Juni med rak rygg och glada rörelser cyklade iväg.

Maud viftade lite med handen. "Så. Det är du och torpet nu?"

"Ett litet tag till, i alla fall."

"Och Thor?"

Thor ja. Han hade gått ner på henne i natt, tänkte Stella och förlorade sig för en sekund eller två i det minnet, för det hade varit helt häpnadsväckande.

"Stella?" återförde henne Mauds röst. "Du ser väldigt rosig ut. Är det säkert att inget hände med Thor efter att jag gått och lagt mig?" frågade hon, inte för första gången.

"Inget jag vill prata om just nu", sa Stella. Allt var så nytt och så privat, hon ville behålla det för sig själv en stund till. Sedan, när det var över, då kunde hon dissekera allt med Maud.

"Jag hatar när du har integritet", sa Maud tjurigt. "Jag är gravid, jag behöver lite glädje."

"Skulle inte du åka och hämta din man?"

"Han skänker ingen glädje."

Stella klappade henne på armen. Planen var att Rickard klev av tåget i Laholm och så skulle Maud och han bila tillsammans upp till Göteborg. "Nu när vi ändå är i den här besynnerliga delen av landet", som Maud uttryckt det. De skulle hälsa på goda vänner.

"Jag vet att du klarar dig", sa Maud och krokade arm med Stella, precis som de gjort när de var små. "Men lova att ringa om det är något."

"Jag lovar. Kör försiktigt och ta hand om bebisen."

Stella blev stående ute när hon vinkat av Maud, försjunken i tankar och snuskiga minnen. Tänk att hon hamnat här. Och att hon hade träffat en man vars superkraft var cunnilingus. Hon blinkade mot solen, lyssnade på fågelkvittret. Sedan tog hon fram telefonen och textade Thor:

STELLA: *Tack för igår. Igen. Och igen.*

Han svarade omgående. Som om han väntat på hennes meddelande.

THOR: *Det är jag som ska tacka.*

STELLA: *Så artig.*

THOR: *Ska jag komma över? Så jag kan vara artig igen?*

Stella skrattade rakt ut när hon läste det. Hon kunde se Thor framför sig, hur han satt och knappade på telefonen med sina stora sexiga händer. Hon kände en våg av lust dra genom kroppen bara hon tänkte på honom och hans fingrar och tunga och oväntade supersexighet. Det var ju det här hon behövde. Hett hångel och bekräftande flirtande.

STELLA: *Gärna.*

THOR: *Jag är där om trettio minuter. Gör ingenting utan mig. Särskilt inget artigt.*

Stella skrattade högt igen. Hon skickade en tumme upp, och satte sig till rätta i solen och naturen. Inga spel, inga konstigheter mellan dem. Så jäkla skönt. Telefonen vibrerade till och hon log redan innan hon läste det, övertygad om att det var från Thor.

Men det var från Erik Hurtig.

ERIK: *Ska vi fixa avtalet. Som vi kom överens om. Imorgon?*

Hon måste ta tag i det där, tänkte hon. Hennes vatten höll utmärkt kvalitet enligt kommunen, så hon pumpade en kastrull full, gick in, drog igång vedspisen och ställde sin emaljgryta på spisen. Hon fräste lök, vitlök, tomater mjuka i generöst med olja, la i buljongpulver och hällde på vatten. Hon rörde medan det puttrade och så dök Thor upp, med solen i ryggen och en mjuk bris i håret, storslagen och vardaglig på samma gång. Hela hennes väsen jublade vid åsynen. Hon gick ut på trappen, vinkade till honom, han slöt avståndet mellan dem med bestämda kliv, tog tag om hennes nacke, drog henne till sig och kysste henne, hårt. Hon klamrade sig fast vid honom, som om han var en klippa och hon just räddats ur havet. Sedan, sa hon sig. Sedan skulle hon prata om Erik, om marken och att hon råkat lova bort den. Allt skulle gå att reda ut, det var hon säker på.

"Kom in", sa hon, andlös och bubblig och väldigt glad.

Thor kom såg sig om i hennes lilla hus. Han log åt den prydligt ihopvikta ullplåden i hennes kökssoffa, beundrade symaskinen och hennes olika syprojekt. Han sniffade i luften.

"Jag har lagat mat", sa hon belåtet.

"Det luktar gott."

"Vi kan äta sedan, om du vill."

"Gärna." Han tittade bort mot trappan, en stabilt byggd stegtrappa, som ledde upp till vinden.

"Hur ser det ut däruppe egentligen?" frågade han samtidigt som hans blick ständigt återvände till henne, slukade henne. Men åh. Hon kunde inte tänka en vettig tanke när han stirrade på henne så där, som om hon var en nybakad rulltårta och han var en man besatt av sötsaker.

"Vet inte. Jag har inte vågat mig upp än", sa hon.

Han kom mot henne och det ilade i kroppen, men han passerade henne bara, nära och långsamt visserligen, men tog sedan tag om trappan.

"Den är stabilt byggd", sa han och såg på den med kännarmin. Han skakade de rejäla trappstegen, drog med handen över lent trä.

"Den håller", konstaterade han och Stella tvingade sig att fokusera på samtalet.

"Det gör den säkert, men jag var rädd för den när jag var liten, och det sitter kvar. Så fånigt."

Hon kom fram till honom, rörde vid trappan. Den var byggd av tjocka plankor, tung och massiv, som en kraftig stege eller en lofttrappa.

Han la en hand om hennes midja, drog henne nära och bet henne på halsen.

"Thor", mumlade hon.

"Stella", sa han i sin tur, mellan kyssarna mot hennes hud, mot hennes puls.

"Gud", sa hon andfått medan allt blod omfördelade sig i kroppen, fick hennes bröstvårtor att styvna till små knoppar, fick henne att känna sig vild och varm.

Hon gnuggade sig mot honom och hans händer letade sig innanför hennes tröja.

"Det gick snabbt", sa hon, för han var hård mot hennes kropp.

"Det har varit så här sedan i natt. Du var så sexig när jag slickade dig. När jag hade din fitta i min mun, när du kom."

Hon slingrade sig ännu mer. Vem kunde ha trott att en så tystlåten man som Thor skulle vara så vältalig när det gällde?

Han bet henne i nacken. Hon vände sig om, stödde sig med ena handen mot det lena träet i trappan, medan han omslöt henne med sin kropp, rörde vid henne, kramade henne. Om han fortsatte så här skulle hon kunna komma ganska snart, tänkte hon dimmigt. På egen hand, om hon var i stämning så att säga, kunde det gå för henne på under en minut, med en man brukade det ta tid. Inte med Thor dock. Det här var alla urmoders förspel, tänkte hon medan kroppen skakade under hans smekningar och bett. Hon hade inte upplevt något liknande. Han knäppte upp hennes byxor, letade sig in, strök handen över hennes trosor, varm och pressande. Hon slöt ögonen, rörde sig mot hans handflata och var nära att få en orgasm, bara så där. När han ökade trycket fick hon flämtande ta stöd med båda händerna mot trappan.

"Du är våt", sa han, med raspig röst, tryckte sitt stånd mot hennes rygg.

Hon var mer än våt, hon praktiskt taget skakade av lust.

"Jag vill ha dig", sa hon otåligt över axeln. "Inne i mig."

Han svarade med ett dovt, vilt ljud.

Hon vände sig om och hjälpte honom att dra av tröjan. Hon älskade att han hade en vanlig, normal kropp. Stark och senig av arbete, men inget sexpack, inga muskler omsorgsfullt byggda i gymmet, bara en ständigt arbetande mans vardagsmuskler. Han drog av sig strumporna först och byxorna sedan, och Stella log åt att han visste hur man gjorde.

"Vad?" frågade han när han såg hennes blickar.

"Jag gillar din kropp", sa hon.

Och det gjorde hon. Han var solbränd på armar, hals och händer, men blekare över bröstkorgen, en vuxen man som jobbade utomhus, inte en pojke som skaffade sig solbränna utomlands eller i en soldusch. Benen var kraftiga, höfterna smala och ur det mörka håret reste sig hans kuk, hård och förväntansfull.

"Och jag älskar att du är så kåt", sa hon. För det gjorde hon.

–26–

Thor stod framför Stella. Svettig. Fokuserad.
"Ta av dig kläderna", beordrade han. "Jag vill titta på dig också."
Han ville se henne. Han var endast man nu – inte pappa eller bonde eller son – bara en man som ville ha den här kvinnan.
Stella klädde av sig, långsamt, med ett litet leende men också med skörhet i blicken, som om hon inte var helt van vid detta, men ville göra det ändå. Han hade inte kunnat slita blicken från henne ens om en flock med skenande kor rusat förbi. Stella drog av tröjan och hennes fina gyllenbruna mage blev synlig. Han blev torr i munnen. Behån var grå den här gången, och han bestämde att det var den vackraste färg han sett. Grått blankt tyg som lekte med hennes gyllene hud. Små snören och så allt det där sinnliga hullet. Thors blod dånade i ådrorna. Hon klev ur byxorna, runda feminina lår, sidentrosor och han hade redan slutat tänka. En kvinna som klädde av sig, blev naken inför honom. Helt fri, fokuserad på att få njutning.
Hon ville ha hett och kravlöst sex, och det erbjöd han mer än gärna. Det var bara en tillfällig grej, påminde han sig. Om han skulle råka få känslor så skulle han hantera det.
Hon lät behån falla. Han stirrade.
"Du är så vacker", sa han hest när han återfått talets förmåga. Hon var ett mirakel. Han la handen om hennes höfter, drog henne hårt mot sig och sänkte ansiktet mot hennes bröst. Han kysste den varma skåran mellan dem, snusade på doften,

drog försiktigt ner axelbanden, ett i taget och kysste märkena efter dem i huden. Han knäppte upp behån och drog av den, långsamt, ville njuta av varenda sekund. Han var inte en komplicerad person. Han gillade bröst. Och ben. Och rumpor. Han hade inga preferenser. Eller hade inte haft det förut. Från och med idag var stora, bruna bröst med mörka bröstvårtor hans absoluta favorit. Han böjde sig fram, kysste den varma huden, fångade en mörkbrun bröstvårta med munnen, drog in den, sög, hörde henne flämta till. Efter att ha kysst hennes bröst vände han henne varsamt om. Hon lät honom göra det, lät honom studera hela hennes kropp. Han drog med sträva handflator över hennes rygg och rumpa. Han var bra med händerna, om han fick säga det själv, en fena på att förstå komplicerade mekanismer, få dem att spinna. Den fingerfärdigheten tänkte han använda sig av nu. Han lät händerna fara ner över hennes lår, in mellan dem och sedan upp igen.
"Din stjärt är fan det hetaste jag sett", sa han, mer ärlig än han varit i hela sitt liv.

Hon tog stöd om trappräcket och sköt ut rumpan mot honom. Han drog henne mot sig, hon tryckte sig mot hans kuk och han stönade.

"Ta det lugnt, kvinna, annars kommer jag på en sekund."

"Gör inte det", bad hon artigt.

"Jag ska försöka. Kan du ta ett kliv upp?" frågade han.

Hon gjorde som han bett, lutade sig fram, la tyngden på armarna och händerna. Ett dovt ljud bodde permanent i hans bröst. Hennes lydnad, hennes vilja att göra som han bad, hennes magnifika stjärt försatte honom i ett sinnestillstånd som han tänkte var paradiset.

Han la handen om hennes lår, kramade hullet, bara för att han kunde. Han manade henne att lyfta ena benet till ett steg ännu högre. Hon kved till, men placerade foten där, högt upp. Han böjde sig över henne, kysste henne i nacken. Som djuren gjorde, bet sin partner i nacken.

"Tycker du om när jag kysser dig där?" frågade han.
"Ja, mycket."
Han kysste igen, slickade, medan han gned sig mot henne bakifrån. "Är det skönt?"
"Gud ja", sa hon kvävt.
"Visa vad du gillar", sa han och bet henne igen. "Visa vad du vill ha av mig."
Hon tog hans ena hand och la den om sitt högra bröst. Han kramade lätt.
"Mer", viskade hon och han lydde genast.
Han rev upp en kondom. Stella vände sig om för att se honom rulla på den.
"Jag gillar att se det där", sa hon och såg på när han greppade sin kuk.
Han skakade på huvudet. "Du tar knäcken på mig."
"Inte innan du tagit mig ordentligt, hoppas jag", sa hon och han praktiskt taget kastade sig över henne.
Med ena handen om hennes bröst, den andra om hennes midja trängde han in i henne, inte direkt hårt, men inte särskilt försiktigt heller. Hon stönade och han stannade upp.
"Känns det bra?" frågade han.
"Ja", flämtade hon och eggade på honom. "Mer, ge mig mer", sa hon så han tryckte henne mot trappan, begravde sig i henne, tog henne stående, hårt och svettigt och hon skrek hans namn, högt och han tryckte sig långt in i henne, ryckte och stönade.
Hon flämtade mot trappan, hans händer kramade hennes skinkor och bröst hårt.
"Är du okej?" frågade han med kvävd röst.
"Mer än okej. Och du?"
"Jag tror jag dog och hamnade i himlen", sa han, för det var så det kändes, och inte honom emot. Han skulle dö lycklig.

"Hungrig?" frågade Thor när de klätt på sig hjälpligt och väldigt långsamt, eftersom de stannade upp och rörde vid varandra, pussades och fnissade precis hela tiden.

Hennes ögon lyste upp. "Alltid", svarade hon, la ut en liten duk i kökssoffan, dukade upp med udda porslin och varsin skål med den doftande soppan. Thor plockade upp ost, kakor och jordgubbar han haft med sig och så mumsade de i sig, nyknullade och lyckliga.

"Jag kommer aldrig kunna kolla på den trappan utan att tänka på vad vi gjorde", sa Stella och sträckte sig efter ännu ett bär. Det var den allra första skörden, små söta jordgubbar från växthuset, nästan solvarma fortfarande.

Han böjde sig fram och kysste de röda läpparna, slickade fruksaft från henne.

"Och jag kommer nog få stånd så fort jag ser en vindslucka."
"Det låter opraktiskt."
"Det var det värt. Det var det bästa sex jag haft."
"Var det?"
"Definitivt", sa han och räckte henne en jordgubbe till. Stella fick honom att känna, att leva, att vara glad. Hon var full av liv och hon väckte passion i honom. Om han skulle beskriva det så var det som om han var tändved och hon var gnistan som fick den att brinna. När hon satt mittemot honom och hungrigt proppade i sig av maten så hade hon en närvaro som fick det att glöda i hans bröst.

"Det finns verkligen en stark attraktion mellan oss", sa hon pragmatiskt. "Jag har inte varit med om det förut."

Hennes ord fyllde honom med optimism. Han hoppades de skulle fortsätta utforska den.

De var tysta ett tag. Efter en stund tittade Stella på honom. "Var ser du dig om fem år?" frågade hon och la huvudet på sned.

"Här", svarade han, självklart. "Och du?"
"Ingen aning. New York, kanske?"

Han la handflatorna på hennes lår, böjde sig fram och kysste henne. "Då får vi se till att använda vår tid ihop så effektivt som möjligt", sa han mellan kyssarna.
"Thor?"
"Ja?"
Hon bet honom i örsnibben och viskade sedan: "Det var det bästa sex jag haft också."

En halvtimme senare hade Thor nöjet att smeka Stellas magnifika rumpa igen. Hon stönade så där som han redan lärt sig att hon gjorde när det var skönt, lågt och hest. Hon stannade till i vindstrappan.
"Fortsätt uppåt", sa han strängt.
Hon vände på huvudet, och sa över axeln:
"Sluta tafsa då."
Hon var uppflugen högt ovanför honom och han hade hennes stjärt rakt framför ansiktet, så den uppmaningen var direkt omöjlig att följa.
"Sluta vara så sexig då", sa han men lydde ändå. Han var nyfiken på vad de skulle finna där uppe.
Trappstegen knarrade när hon rörde sig.
"Går det bra?" frågade han.
"Ja. Min rädsla gick över. Det är bara en trappa."
"Rejält invigd dessutom."
"Ja. Jag ska ta patent på sex som botemedel mot trappfobier", sa hon, öppnade luckan med en rejäl knuff och stack upp huvudet genom hålet.
"Ser du något?" frågade han.
Hon nös.
"Det är dammigt. Och nästan tomt. Men det står ett par kartonger här."
"Ska jag gå först?" erbjöd sig Thor, för tredje eller fjärde gången. Fanns det en envisare kvinna? Varför kunde han inte få visa hur stor och stark och modig han var?

"Nej, nej. Ta emot."

Thor lyfte ner de två kartongerna som Stella räckte honom, ställde dem på golvet och gav henne sedan handen och hjälpte henne ner från trappan. Strängt talat behövde hon ingen assistans, det var cirka tjugo centimeter kvar till golvet, men han ville hålla hennes hand. Hon kramade den hårt. Han kramade tillbaka och hon stannade kvar i hans blick.

"Du kan inte se så där på mig", muttrade han, tagen av styrkan i sina egna känslor. Lusta och kåthet, absolut, men något mer, en gryende känsla av samhörighet.

"Hurdå?" frågade hon.

"Försök inte. Jag ser lustan i din blick." Han var inte så dum att han skulle gå och bli förälskad i henne. Bara för att hon var sexig och rolig. Inte ens för att hon var smart och självständig. Han hade alltid gillat självgående kvinnor. Ida hade varit det. My också. Men han hade inte skrattat med någon av dem, så som han skrattade med Stella. Det hade varit fina relationer med kloka kvinnor, relationer byggda på respekt och omtanke. Men inte humor. Inte galen passion heller. Kanske det var skillnad när det var uttalat att det mest handlade om sex?

"Ska vi inte öppna kartongerna?" föreslog han.

"Du har en poäng", sa hon.

"Har jag?"

"Vi öppnar dem först, och så kastar vi oss över varandra efteråt?" sa hon.

"Bra plan", sa han och hoppades att han skulle kunna hålla sig så länge. Hon väckte ett vilddjur i honom, en primitiv och mörk lust att ta henne, ofta.

Innehållet bestod av sådant som väl ingen tyckt varit tillräckligt värdefullt men Stella blev sittande, med blanka tårar i de mörka ögonen och en bunt brev tryckt mot bröstet.

"Vad är det?" Thor sträckte fram handen och strök bort en tår med tummen.

"Brev till mormor och morfar, från min mamma", sa hon och torkade näsan med baksidan av handen. "Jag vet så lite om dem. De bodde i Laholm hela sitt liv, jobbade och levde knapert. De begrep sig nog inte alls på min mamma, ingen gjorde det, tror jag."

Han stod inte ut med att se henne ledsen. Han ville ta henne i famnen, kyssa bort allt. Han skulle fråga sina föräldrar om de visste något mer, något som skulle göra henne glad.

Stella öppnade ett kuvert. Ett litet foto trillade ut.

"Titta. Det är mamma och jag", sa hon och visade bilden på sig själv i röd overall och knubbiga kinder och sin mamma, en lång blond kvinna i ljus kappa och högklackade stövlar. De hade samma höga kindben, såg han. I övrigt såg Stellas mamma kylig ut. Stella läste hastigt.

"Det är nästan som att höra mammas ord", sa hon. Rösten var ostadig av rörelse.

"Vad skriver hon?"

"Inget särskilt egentligen. Hon berättar att jag tappat min första tand, att jag tycker om fröken Agnes på förskolan. Att jag älskar våfflor med socker." Hon öppnade ett till och snabbläste. "Samma i det här. Korta vardagliga saker. Men det står inget om min pappa."

Det syntes att hon var besviken.

"Ingenting?"

"Inte ett ord. Egentligen hade jag kanske inte trott det. Men samtidigt så har det här torpet och Laholm, väckt något i mig. Och kanske jag ändå hade hoppats på en ledtråd till pappa. Men här finns ingenting sådant. Ibland blir jag så arg på mamma." Stella öppnade ett kuvert till. "Envisa kvinna, som inte trodde hon skulle dö så ung."

"Det gör man aldrig", sa Thor och smekte henne över armen.

"Var det så för Ida?" frågade hon.

Thor tog hennes hand och pussade henne på knogarna, en

efter en, bara för att han kunde, för att han var glad att hon var här.

"Ida accepterade att hon skulle dö, tror jag. Vi hann säga adjö, både barnen och jag."

Det var utan tvekan det värsta han varit med om. Att se sina barn säga adjö till sin mamma. Att se Idas panikslagna sorg och ursinne över att hon skulle dö. Att cancer skulle ta hennes liv. Att han skulle få leva.

Stella kramade om hans hand.

"Jag är så ledsen", sa hon och på något sätt strömmade hennes värme genom händerna, in i honom och la sig skyddande runt det såriga. Det gick inte att ta bort sorgen, men det var skönt att dela den med någon annan, att få tanka lite styrka från henne.

"Tack."

Hon såg ut som om hon ville fråga något, men istället öppnade hon ännu ett brev och ögnade igenom det.

– 27 –

Stella låg kvar i soffan medan Thor gick ut i hennes kök och stökade. Han kom tillbaka med en mugg till henne och en termoskopp med kaffe till sig själv.

Stella viftade med ett av breven.

"Samma där?" frågade han.

"Ingenting om pappa. Kanske min mamma verkligen inte mindes hans namn? Kan det vara så?"

"Din pappas namn?"

"Mhm."

"Allt är möjligt, antar jag", sa han och smuttade på kaffet.

"Jag har så svårt att fatta det. Jag har haft tre engångsligg", sa hon fundersamt.

Thor lyfte på ögonbrynen.

Hon gjorde en min. "Vadå? Har man inte engångsligg i Laholm?"

"Jodå. Jag var bara inte beredd på ämnet. Berätta mer."

"Det jag menar är att jag minns precis vad mina tre one-night-stands hette. Det var helt vanliga, svenska killar. Förmodligen finns de på Facebook om jag skulle få för mig att leta. Vilket jag aldrig fått."

Thor lutade sig bakåt och hon blev tillfälligt distraherad av hans nakna hud. Han var så orimligt fin. Hon fick inte såra honom, påminde hon sig igen. Inte genom att sälja marken till Erik. Inte genom att dra in hans barn på något sätt. Inte genom att berätta om New York och The NIF. Hon började få svårt att hålla reda på allt. Vem skulle trott att en tvåbarnspappa som var bonde skulle kunna väcka så här många känslor, så mycket passion? Detta var i särklass det bästa casual sex hon haft. Bästa sex, punkt, hon hade inte ljugit när hon sagt det. Bortsett från att det var så mycket mer än sex. Thor var magisk.

"Alla mina engångsligg bor i Laholm", filosoferade Thor i hennes kökssoffa under tiden. "Och med alla, menar jag båda två. Varav den ena hånglade jag bara med när vi båda var femton. Hon jobbar i kassan på Ica."

"Kort blont hår och piercing i näsan?"

Thor nickade.

"Då har jag träffat henne."

"Såklart du har."

"Jag kan inte fatta att jag inte pressade henne mer. Min mamma alltså."

"Du var väl tonåring. Man har annat i huvudet då. Juni pratar aldrig om sin mamma. Inte för att hon säger så mycket överhuvudtaget nuförtiden."

"Hon kom över och hälsade på Maud förut." Stella var fortfarande lite osäker på hur hon skulle förhålla sig till Thors barn. Å ena sidan ville hon att de skulle gilla henne, vilket Juni inte verkade jättepepp på att göra. Å andra sidan fick hon känslan att Thor föredrog lite distans mellan sina två olika liv: familjepappa och het lantisälskare.

"Gick allt bra?"

"Jadå. Men det är verkligen inte lätt att vara i hennes ålder. Jag minns den så väl. När jag var sexton hade jag gett upp om att få svar om min bakgrund. Jag hängde med Maud och tänkte att jag får ta det sedan."

"Men det blev inget sedan?"

"Hon dog så snabbt. Från en dag till en annan."

"Vad hände? Är det okej att jag frågar?"

"Absolut. Det är inte hemligt, bara så jäkla dumt. Hon

kände sig hängig en kväll, du vet, som om hon höll på att bli förkyld. Men hon gick och jobbade dagen därpå ändå. Jag tror inte att min mamma någonsin var hemma och sjuk. Att stanna hemma för lite halsont och feber fanns inte i hennes värld."

"Vad hände?"

"Vi hade en middag hemma på kvällen. Hon blev sämre efter den, men gick till jobbet på universitetet nästa dag. Där kollapsade hon plötsligt. De skickade efter ambulans men då var det för sent. Hon var inte alls förkyld, utan hade fått blodförgiftning, eller det heter sepsis."

"Herregud."

"Ja. Hon hade en obehandlad urinvägsinfektion som spred sig till njurarna. Det gick så fruktansvärt fort. Hon dog på sjukhuset, trots att de sprutade in antibiotika direkt i blodet. Bara dog. Det var över på några timmar. Jag hann inte ens dit från skolan."

Thor tog hennes hand.

"Efter att hon dog, efter begravningen och allt, kontaktade jag advokatfirman som hade hand om dödsboet för att kolla om de visste vem min pappa är, om mamma lämnat någon information, men de visste ingenting. Min mamma var sjukt privat. Ingen stod henne riktigt nära. Hon hade en enorm integritet."

"Ni låter väldigt olika."

Stella gav honom en blick över muggen.

"Tycker du jag saknar integritet?"

"Det var inte det jag menade. Jag tycker du verkar vara en god vän, och en ovanligt varm person."

"Tack."

Hon viftade med tårna mot trägolvet. Nagellacket var lite avskavt. "Jag har undrat genom åren. Skämdes mamma för mannen som var min pappa? Var han gift? Kriminell? Det gjorde mig vansinnig ibland."

"Det kan jag förstå."

"Hälften av mig kommer från honom, men jag vet inget. Har jag hans ögonform? Hans mun? Mamma var blond och blåögd, så jag vet att min hårfärg och ögonfärg kom från en okänd far. Men resten? Jag försökte till och med låtsas att vi gjorde släktforskningsuppgift i skolan en gång. Jag gick hem och frågade en massa, tyckte jag var så smart. Men mamma sa inte ett pip. Genom åren har jag funderat på att skicka in DNA, kontakta tv." I perioder hade hon varit som besatt. För att sedan ge upp, tillfälligt, och tänka att det inte spelade så stor roll. Tänka att det var bättre att inte veta än att riskera besvikelse.

"Har du gjort det?"

"Nej."

"Varför?"

"Vet inte. Tiden har gått. Eller så kanske jag är rädd för sanningen? Tänk om min pappa visste att jag fanns, men inte ville veta av mig? Han kanske hade föredragit att mamma gjorde abort och mamma kanske skyddade mig från det? Alla konstiga tankar och fantasier jag haft genom åren." Hon ställde ner muggen och började sortera tillbaka breven.

Bilderna behöll hon och la i en prydlig hög. Det var ändå en skatt. Tänk att man kunde älska någon så mycket och samtidigt vara så arg.

"Vilka konstiga fantasier?"

"Jag har nog haft de flesta galna tankar man kan ha. Inte blev det bättre av allt googlande. Tänk om hon stal mig? Om hon blev våldtagen? Man blir knäpp av att inte veta. Men man vänjer sig vid allt. Det blir det normala. Att inte ha en pappa. Att inte våga fråga. Det blir ens vardag. Det är egentligen bara när jag pratar med andra om det som jag inser hur underligt det kan låta."

"Kan det finnas en ledtråd i de här lådorna?" frågade Thor.

"Antar det. Men jag tvivlar. I alla dessa år som jag hoppats att mamma skulle ge mig ett tips från ovan har inget hänt.

Varför skulle det finnas något här?" Hon hade verkligen önskat att mamma skulle ge henne ett tecken. Folk berättade ju om sådant hela tiden, varför hände inte det henne? Hon visste inte hur många gånger hon suttit vid mammas grav, väntat på att något övernaturligt skulle hända.

"Ska du prata med Rakel? Du nämnde att hon känt din mamma?"

"Ja, det kanske jag ska."

Hon skulle bara samla sig lite, tänkte Stella. Rakel var ju inte direkt superlättillgänglig.

"Men jag har inget större hopp, faktiskt. Dels flyttade min mamma härifrån när hon var arton. Hon slutade komma hit när jag var liten och hon bröt med mormor och morfar. Dels var min mamma inte typen som pratade med någon. Visst var hon barnvakt åt Rakel, men jag har svårt att se att hon skulle ha berättat för henne. Nä, mitt hopp om att få veta något mer om pappa är litet."

"Jag önskar jag kunde hjälpa dig", sa Thor och lät frustrerad. Det var så tydligt att han var en man som ville göra saker. Fixa.

"Det kan du", sa Stella och la tillbaka det sista av breven. Hon ställde sig upp. Hans blick släppte inte henne. Det var smickrande med att vara så här bekräftad.

"Med vad?" frågade han och svalde synbart. Han hade en så manlig hals. Solbränd, med kraftiga nackmuskler. Som en dragoxe. En sexslav som var en mästare på cunnilingus.

Hon satte en hand i midjan.

"Vilken fråga. Vad tror du?"

"Vill du ha sex?" frågade han och hans ögon glittrade.

"Hemskt gärna."

Så det hade de. Igen.

Och igen.

— 28 —

Tidigt nästa morgon, skjutsade Thor barnen till skolan.

Juni satt tyst, trumpen och svartklädd i baksätet. Hon hade som ett skyddsfält av avståndstagande runt sig, med små vassa taggar som aktiverades så fort han tittade på henne, som om hon var en rebellbas under attack och han fienden.

Bredvid honom i framsätet satt Frans. När hade sonen blivit så lång, tänkte han. Frans tittade ut, med hörlurar i öronen. Det hördes musik från dem. Då och då skrev han något på telefonen.

"Hur är det i skolan nu?" Thor tittade på Juni i backspegeln.

Juni ryckte på axlarna till svar.

"Men hur är det mellan dig och Nils? Går det bättre? Sämre?"

Han hade inte hört något och han oroade sig konstant. Helst skulle han vilja sitta på en bänk i klassrummet och punktmarkera Nils Hurtig.

Junis mun var ett stramt streck. Hon undvek hans blick i spegeln.

Thor kramade ratten.

Han hade hoppats att bilresan skulle leda till samtal, men han hade hoppats fel. Hans livs historia.

"Juni, du måste prata med mig."

"Om vad?"

Om hur du mår. Vad som händer. Vad jag gör fel.

"Om varför du är så arg hela tiden. Så jag kan hjälpa dig."

"Är du någon sorts relationsexpert eller?"

"Nej, jag bara menar att..."

Juni lutade sig plötsligt fram mellan sätena och avbröt honom. "Är du ihop med Stella?"

"Nej", sa han alldeles för snabbt. "Varför frågar du det?"

"För att jag såg er, för att jag vet att du är ihop med henne."

"Det är jag inte." Inte ihop-ihop i alla fall, tänkte han skuldmedvetet.

"Du ljuger", sa hon bittert. "Du har en massa tjejer. Du var ihop med My, nu är det Stella, alla vet det. Du håller på och är pinsam. Du ljuger, men du vill att jag ska vara ärlig."

Thor var helt chockad, gick hon och bar på allt detta? Och han höll inte på. Fast det gör du nog, sa en liten röst inom honom. "Jag vill vara ärlig, men jag vet inte vad jag ska säga. Jag är inte ihop med Stella, men ja, jag gillar henne, och ja, vi har umgåtts en del. Jag är vuxen, Juni, detta är mitt privatliv. Jag vill inte diskutera det med dig."

"Jaha. Men du vill att jag ska prata om mitt privatliv med dig? Logiskt."

Han förstod henne, det gjorde han verkligen.

"Om du inte kan prata med mig, kanske du kan gå till kuratorn?" föreslog han försiktigt.

"Sluta. Bara sluta."

"Vad händer?" frågade Frans och tog ut hörlurarna. "Varför måste ni bråka hela tiden?"

"Vi bråkar inte", ljög Thor.

"Ni bråkar jämt."

Thor lossade sitt allt mer krampaktiga tag om ratten. Han var verkligen världens sämsta pappa.

"Jag undrade bara hur Juni har det i skolan. Vet du?" frågade han.

Frans skakade på huvudet.

"Där ser du", sa Juni triumferande.

"Jag bryr mig inte. Jag har egna grejer", sa Frans och såg oändligt sorgsen ut.

"Vilka grejer?" frågade Thor. Något bekymrade Frans, det kändes som om han blev lite deppigare för varje dag. Han hade lagt märke till det och snart *måste* han ta tag i det. Också.

"Inget." Frans kastade sig med ryggen mot sätet. "Inget. För du bryr dig bara om henne."

"Jag bryr mig om er båda, berätta nu."

Men de var framme och barnen hoppade ur bilen med snabba hejdå.

När Thor kom hem igen väntade hans föräldrar, Vivi och Gunnar, på honom. Han hade helt glömt att de skulle komma över.

Han drog ett djupt, samlande andetag. Han älskade sin mamma och pappa, inget snack. Men...

"Hej, mamma", sa han.

"Pappa behöver hjälp med datorn, hade du glömt det?" Vivi gav honom den där forskande blicken han brukade få, blicken som ville kolla hur han mådde utan att han skulle märka det, men som han ändå alltid märkte. Det var väl så här Frans och Juni kände, insåg han plågat.

"Hej, pappa", sa Thor. Kaffe. Han måste ha kaffe. Han laddade bryggaren och slog sig sedan ner framför datorn hans pappa lagt upp på köksbordet. Ingen av dem sa något. De hade aldrig varit bra på att småprata. Eller på att samtala överhuvudtaget.

Thor var inte superduktig på datorer, men i jämförelse med sin sextiofemåriga pappa var han ett geni. Alltid kul att känna sig som den smarta i familjen som omväxling.

"Varje gång jag försöker starta den så lyser den bara blått", förklarade Gunnar med en bekymrad rynka mellan ögonbrynen.

"Jag kollar", sa Thor och öppnade locket.

"Jag skulle göra bokföringen åt mamma", sa Gunnar. "Men den bara dog."

Thor stängde av och satte på datorn. Han väntade medan skärmen kom till liv. Han såg direkt att skrivbordet var nedlusat med ikoner och program och genvägar. Det fanns knappt en tom plats. Han började gå igenom de olika ikonerna, rensa och slänga. Han flyttade en del till molnet och sedan startade han om en gång till.

"Så", sa han när datorn lystes upp, betydligt snabbare än tidigare.

"Är du säker?"

"Ja, pappa, jag är säker."

Gunnar muttrade något om modern teknik och tog sin dator.

Thor reste sig, tog kaffe och drack en redig klunk. Hans mamma for fram med disktrasan. "Mamma, du behöver inte", sa han men hon lyssnade inte.

"Hur mår barnen?" frågade Gunnar och kom och tog kaffe han också.

Helst sa Thor så lite han kunde om barnen till sina föräldrar. Han kände sig så påhoppad så snabbt. Han var inte stolt över det, men så var det. Hans pappa hade åsikter om allt. Om mat. Om uppfostran. Om "sådana där datorspel".

"Hur går det?" frågade Vivi som torkat av diskbänken och vattnat hans växter.

Som om han inte klarade av att sköta sitt hushåll själv.

"Thor säger att han har fixat den", sa Gunnar och lät tveksam.

"Jag *har* fixat den. Du hade alldeles för mycket skräp på skrivbordet."

"Jag har hört att du umgås en del med Stella Wallin?" sa Vivi och skärskådade honom. Det var samma blick som hon hade haft när han kom hem med lappar om kvarsittning eller icke-godkända betyg. Oro. Bekymmer.

"Vem är det?" frågade Gunnar.

"Ingrid Wallins dotter. Minns du henne?"

Gunnar nickade. "Jag minns Ingrid. Hon flyttade till Stockholm. Hon var äldre än jag. Jag tror jag var fjorton ungefär när hon flyttade, men hon kom tillbaka genom åren." Han drack av sitt kaffe och såg ut att leta i minnet. "Hon var vacker och gjorde folk olyckliga, det är vad jag minns. Wallins kroknade långsamt. De var gammal arbetarklass, båda var ur-laholmare, gjorde alltid rätt för sig. Med den där dottern de fick förstod de sig inte på."

Vivi vände sig till Thor igen. "Är det verkligen så bra att ni två träffas?"

"Men mamma", sa han trött.

Hur kom det sig att alla visste att han och Stella umgicks och att de var så emot det? Det rörde ingen annan, minst av allt hans föräldrar. Det var ju inget mellan dem.

"Jag menar bara att du ska vara försiktig. Hon är flera år yngre än dig. Och du vet inget om henne."

"Det är inte sant. Jag vet mycket. Vi har pratat." Han lät som om han var tolv år och argumenterade för att han visst fick gå på en fest.

Vivi tog disktrasan och skrubbade på en fläck hon tydligen glömt. Hon rynkade pannan. "Hon är inte härifrån."

"Mamma!" sa han, chockad. Vivi hade aldrig uttryckt sig på det viset, hade alltid varit inkluderande och fördomsfri.

"Jag menar bara att hon är från Stockholm, inget annat. Och hennes mamma hatade Laholm, det vet alla. Hon är kanske likadan. Hon verkar passa bättre i Stockholm."

"Då blir du säkert glad att höra att hon ska återvända till Stockholm så snart hon sålt sin mark."

"Du behöver inte snäsa, Thor."

"Förlåt."

"Så hon ska inte stanna?" Vivi såg lättad ut.

"Nej. Hon vill sälja stugan och marken. Jag har erbjudit mig att köpa."

"Men har du pengar till det? Vill du låna?"

"Mamma, tack, men jag sköter mitt."
"Var försiktig bara."
"Det enda jag är, är försiktig, mamma", sa han tungt. Han behövde ingen som sa det till honom. Han var jämt försiktig.

"Du vet säkert bäst", sa Vivi och ställde in saker i skåp, nöp av blad från växter.

"Det är bara mycket nu."

"Med gården?" frågade hans pappa med rynkad panna.

"Inte mer än vanligt så här års, men ja, det är mycket."

Med gården. Och med precis allt annat. Han hade en tonårsdotter som behövde honom. En son som han oroade sig alltmer för. En ständig känsla av att han svek båda sina ungar. Erik och hans förbannade son. Och så en oemotståndlig granne ovanpå det.

Bra sex var en sjusärdeles uppfinning, det var han den första att framhålla. Sexet med Stella var en upplevelse som gick utanpå allt han varit med om. Men han var nog inte gjord för att bara tumla runt i sänghalmen, utan att det blev mer.

"Säg till om vi kan göra något", sa Gunnar. Han såg bekymrad ut. Som om det var hans ansvar. Att de aldrig insåg att Thor klarade sig.

Hans telefon surrade till. Ett meddelande fladdrade över skärmen.

STELLA: *Saknar dig. Hela dig.*

Han rörde vid skärmen. Tonen var lättsam och flirtig.

Han tittade upp och såg sin mammas oroliga blick. Han tittade bort. Vivi behövde inte oroa sig. Stella skulle lämna Laholm. Oavsett om han hade känslor för henne, eller inte.

– 29 –

Stella satte sig på sin moppe, knäppte hjälmen under hakan och puttrade in till Laholm och sitt morgonmöte med Erik Hurtig. Moppen luktade gott, eller stank, lite beroende på vad man tyckte om den speciella doften av bensin och bränt gummi. Folk vände sig om efter henne och hon kunde inte låta bli att vinka. Hon var så säker på att hon skulle hitta, men lyckades naturligtvis åka vilse och hamna på vägar hon inte kände igen. Det var som om Laholm ville påminna henne om att inget var lätt, tänkte hon och gjorde en olaglig u-sväng. Hon saktade ner, försökte orientera sig och passerade en kyrkogård. Hon drog ner på farten ytterligare och innan hon hunnit ångra sig svängde hon in och steg av.

Hon tog hjälmen under armen och promenerade genom den tysta och prydliga kyrkogården. Som genom ett under hittade hon graven direkt, nästan som om något ledde hennes steg. Hon stannade till, med gåshud på armarna. De låg här. Mormor och morfar. Födda och avlidna för så länge sedan. Hon blev stående vid deras enkla gemensamma gravsten, önskade att hon haft en blomma att pryda den med. Hon la en hand på den skrovliga stenen.

"Hejdå", sa hon till lågt.

Sakta gick hon tillbaka till sitt fordon. Melankolin satt kvar i henne ända tills hon, efter en del trixande och vilseåkande faktiskt var framme. Hon parkerade moppen. Hon hade inget lås, men chansade på att ingen skulle stjäla den rostiga besten.

"Erik är inte här än", hälsade receptionisten henne när hon kom in.

Stella satte sig att vänta i en fåtölj. Fint ändå att hon fått se graven. Hon tog upp telefonen och tryckte fram messen från Thor, ville skaka av sig vemodet och fokusera på de levande. Hon var fortfarande mörbultad, tänkte hon medan hon scrollade och återupplevde gårdagen. Som de hade skrattat tillsammans. Hon mindes inte när sex hade varit så kul senast. Som ett roligt och äventyrligt gemensamt utforskande av lust och gränser. Som om inget var förbjudet att prova eller be om. Kinderna hettade och hon fläktade sig med handen.

Hon gissade att Thor skulle jobba idag. Hon fattade inte hur han hann med allt. Gården. Barnen. Sin familj. Det sista han behövde var mer att hålla reda på. Inte för att han verkade ha något emot att umgås med henne, men ändå.

Thor visste inte att hon skulle träffa Erik idag. Hon hade inte ljugit, hade bara sagt att hon måste in och jobba hos Nawal, och utelämnat att hon 1) skulle träffa Erik 2) skulle sy ett plagg som skulle ta henne till New York. Men hon skulle fixa detta, berätta för Erik Hurtig, som för övrigt var rejält sen nu, att hon ändrat sig och så var det inte mer med det. Och sedan skulle hon erbjuda Thor att köpa marken. Tvinga den envisa rekorderliga mannen att acceptera ett schyst pris. Hon såg redan fram emot den diskussionen. För hon tänkte vinna.

Hon tittade på skärmen. Thor visste fortfarande inte om utbildningen. Det var ett större bekymmer och det var så hemskt. För Stella märkte att hon mer och mer hade börjat tänka att hon kanske inte måste flytta till New York just i år. Och det skrämde henne från vettet. Hur kunde hon ens tänka så? Hon hade offrat precis den här utbildningen för Peders skull. De hade ändå varit ihop. Varit sambo och kära. Men det var inte alls så mellan henne och Thor. De hade känt varandra i en vecka. Hon kunde inte fatta livsavgörande beslut utifrån en sådan relation.

När Erik äntligen dök upp, hade han advokaten Hassan Johansson med sig.

"Tjena, tjena, sitter du här, vännen."

"Du är sen", påpekade hon.

"Bara en minut eller två. Jag är här nu, så du kan vara lugn."

Stella gav honom en irriterad blick och reste sig. Erik travade in på sitt rum. Hassan visade att hon skulle gå före. Hon nickade ett tack.

"Då så. Ska vi ta och avsluta den här lilla affären då?" sa Erik och slog sig ner under oljeporträtten.

Utan att svara drog Stella ut en stol och satte sig, hon också. Att Erik ville göra klart dealen, det syntes tydligt. Han var mer angelägen än han ville ge sken av och Stella kände ännu tydligare att hon inte ville att han skulle få marken. Hennes lilla damm skulle finnas kvar så länge det gick.

En förbjuden tanke fladdrade förbi, väntade och lockade. *Stellaaa. Tänk om du bara skulle behålla marken? Stanna?* Gah. Hon blev tokig på sig själv. Hon kunde ju inte gärna bo här.

Eller?

"Jag tycker vi fixar detta nu. Laholm är ju verkligen inget för dig", sa Erik som om han hört hennes tankar.

Stella observerade honom ingående, denna stöddiga man som skulle ha allt på sitt sätt. Hon hade suttit bredvid män som Erik förut, på middagsbjudningar, på föreläsningar, i restauranger. Män som pratade om sig och sitt, som inte ställde frågor, som var övertygade om att de och deras upplevelser var det mest intressanta i tillvaron.

"Vad menar du med att Laholm inte är för mig?" frågade hon, neutralt.

Det var så svårt att veta om folk var rasistiska. Som icke-vit hade hon utvecklat ett sinne för det, de till synes oskyldiga kommentarerna, blickarna och förbigåendena. Det var först när man tog ett steg tillbaka och gjorde en objektiv analys som strukturerna blev synliga. Att oftare än alla vita vänner bli utvald i tullen för en rutinkoll. Att få blickar av personal i butiker. Gång på gång fick hon höra att hon var överkänslig. Inte minst från privilegierade män som den här godsherren Erik. Lustigt hur män som han, vita män med alla fördelar alltid ansåg att andra var lättkränkta och överkänsliga. Jättelustigt.

Eriks blick smalnade och den jovialiska fernissan krackelerade. "Du verkar tveksam." Han rättade till fotot på familjen. "Har Thor Nordström snackat skit om mig?"

"Nej", sa hon. "Hurså?"

"Jag hör att du tillbringat tid med honom. Du ska inte tro på allt han säger. Om han säger något."

"Fast Erik, jag är fullt kapabel att fatta egna beslut. Jag skulle vilja..."

Erik avbröt henne, tydligen oförmögen att släppa ämnet. "Jag tror dig inte. Något har hänt. Har det här med hans unge att göra?"

Erik lutade sig fram över bordet, som för att dominera samtalet. Han hade en fläck på slipsen. Den störde henne.

Hon lutade sig tillbaka. Hon gillade inte aggressiva män, vilken kvinna gjorde det? Men hon blev inte rädd, hon blev arg. Det hade hennes mamma lärt henne.

"Det här? Vadå *det här*. Och vilken unge? Vad pratar du om?"

"Du ska veta att hans underliga dotter trakasserar min son i skolan. Det är något fel på henne, på hela den där familjen. Bröderna Nordström var svin när vi gick i skolan. Du skulle bara veta hur de höll på. Nu försöker väl Thor förstöra den här affären för mig."

"Jag vet inte var det här kommer ifrån, men jag tror inte att Juni skulle trakassera någon", sa hon kyligt.

"Erik, vi kanske ska hålla oss till saken", sa Hassan lågt.

Erik bara viftade med handen. "Hon är så jobbig med sitt tjafs om jämställdhet i klassrummet, sitt snack om pojkars överläge i skolan. Det är ju hon som försöker skaffa sig förmåner, hon som förstör. Hon är knäpp. Hon slog min son."

Stella tittade på väggarna med alla männen i ramar. "Tänker du att det är fel med jämställdhet?" frågade hon.

Erik fnös. "Det finns ingen som gjort mer för kvinnorna i den här kommunen än jag. Jag älskar kvinnor. Men nuförtiden, det har spårat ur. Det är faktiskt männen som trycks ner. Man vågar ju knappt gå ut. Feminismen var säkert en bra grej från början. Men nu så förstör de bara för alla."

Stella hade hört det där många, många gånger förut. Kvinnor skulle bråka lagom mycket. Gärna lite stillsamt och attraktivt. De skulle inte låta för mycket och hålla sig inom vissa ramar. För det var ju feministerna som var problemet. Inte männen.

Stella tittade på Hassan, som följt med i konversationen och antecknat då och då. Hon undrade om den här Hassan Johansson också tyckte att feminister förstörde tillvaron. Man visste aldrig vem som var en allierad. Erik Hurtig hade fått upp ångan, för han fortsatte, tydligen eggad av hennes tystnad.

"Jag är den första att skriva under på jämställdhet, ingen vill vara mer jämställd än jag, du kan fråga vem som helst." Han korsade armarna framför bröstet och gungade i stolen. "Men måste feminister vara så aggressiva? Om de la fram sina åsikter på ett annat sätt skulle fler lyssna. Och sedan fokuserar de ju på fel saker. Vi lever faktiskt i världens mest jämställda land, de borde kämpa för de viktiga frågorna. Inte genusdagis och hen och sådan skit."

Stella var nära att gäspa. Samma trötta argument. Att han orkade. Hon hade googlat Erik Hurtig. Om hon hade förstått saken rätt så kämpade han för sänkt bensinskatt, fler strandnära tomter och för en asfalterad rondell. På tal om viktiga frågor.

Hon satte sig upp i stolen och log vänt.

"Jag håller med. Jag tycker faktiskt att folk borde sluta kalla sig feminister."

Erik skrockade. "Eller hur?"

"Ja. Jag tycker istället att de som inte identifierar sig som feminister helt enkelt kan kalla sig sexister. För det är ju det de är." Hon log ännu vänare, men visste att hon hade stål i både blicken och ryggen.

Eriks glada uppsyn tvärdog.

Hassan tittade ner i sitt block, men inte snabbare än att Stella hann se att han kvävde ett leende. Kanske en allierad, ändå.

"Äh, nu ska vi inte prata om det här", sa Erik och gjorde en synlig ansträngning att få sitt blodtryck under kontroll. Så mycket drama på en så liten ort. Det skulle bli skönt att komma bort från det här.

Erik sköt fram ett kontrakt.

Stella sköt tillbaka det. "Jag kom egentligen hit för att berätta att jag inte kan skriva på", sa hon.

Hon hade kanske inte väntat sig att han skulle bli glad, men hans ansikte blev mörkrött. Han slog handen i bordet, reste sig på knutna nävar.

"Ska du ha mer pengar eller?"

"Nej tack. Jag vill bara inte sälja till dig."

"Vi hade en muntlig överenskommelse. Du ringde mig. Vad är det här?" Han såg på Hassan. "Du hörde det också."

Hassan sa inget.

"Det är tråkigt om det kommer som en chock", sa Stella. "Men jag har inte skrivit på något och nu har jag ändrat mig."

"Jaha. Och ska du bo där själv då?" Hans blick smalnade och han lutade sig fram. Hon tvingade sig att inte backa. "Ska du sälja till någon annan?" röt han. "Vem? I så fall stämmer jag dig för löftesbrott."

Stella vände sig till Hassan, för första gången oroad på riktigt. "Kan han göra det?" Kunde man stämma folk i Sverige på det viset?

Hassan såg ut att fundera en stund. "Ja, det skulle han nog kunna. Ni hade en muntlig överenskommelse."

Erik pekade på Hassan. "Du är mitt vittne. Du hörde henne."
"Du kan väl inte tvinga mig. Vi har inte skrivit papper."
"Har du pms eller? Eller tycker du att det är roligt att slösa med min tid? Fattar du inte vem jag är?"
Stella samlade ihop sina grejor. Hon gav honom en avmätt blick.
"Jag har sagt det jag kom för att säga. Finns ingen anledning att bli hysterisk."
Hon vände honom ryggen, stegade ut och blinkade mot solen. Han kunde dra åt helvete.
Just som hon satt på sig solglasögonen kom Erik ut efter henne.
"Vem tror du att du är? Du kan inte bara vända mig ryggen så där", sa han argt.
"Fast det kan jag", svarade hon. Hon var inte här för att behaga Erik Hurtig, det skulle han ha klart för sig.
Helt oväntat högg han tag om hennes överarm. Reflexmässigt drog hon den åt sig men då hårdnade hans grepp.
"Aj." Hon kunde inte fatta att han använde råstyrka mot henne. Det var för fan helt rubbat.
"Du ska lyssna på mig", sa han.
"Släpp mig."
"Erik..." Det var Hassan som följt efter sin klient och nu vädjade.
Erik lyssnade inte, utan drog till i Stellas arm, och nu gjorde det faktiskt ordentligt ont. Stella var inte rädd, inte direkt, men det var förödmjukande. Hans grepp blev allt mer smärtsamt.
"Sluta", sa hon och hatade att hon lät rädd.
"Släpp henne", hördes plötsligt en låg brutal röst bakom dem. När Stella vred på huvudet såg hon att det var Thor. Han såg mordisk ut.
Erik släppte inte. "Lägg dig inte i, din jävla loser. Hon lovade mig marken. Det är ändå min mark från början, så det är inte mer än rätt. Vi hade en muntlig överenskommelse."

Sedan ryckte Erik i hennes arm och Stella undrade om mannen möjligen hade en dödsönskan, för blicken i Thors ögon var svart av ursinne, som ett oväder som utlovade total förödelse där det drog fram. Hon hade aldrig sett honom så arg.

Thor tog ett steg mot dem, la en massiv handflata på Eriks bröst. "Släpp. Henne."

Erik blinkade, hans mun rörde sig. Stella vågade inte andas. Det var som om själva Laholm höll andan. Så lossade greppet och Stella drog armen åt sig.

Thor vände sig mot henne, synade henne noga. "Stella?"

Hon gned sig om armen. "Han har rätt i sak. Jag lovade honom marken."

"Jag förstår", sa Thor. "Är du okej?"

"Men jag har ändrat mig", sa hon. Detta hade urartat bortom alla rimliga proportioner. Det var en liten plätt det handlade om, hennes mammas mark. Hon ville inte sälja till Erik.

"Jävla veliga fruntimmer. Precis vad vi inte behöver här nere. Vet du vad jag tycker?"

"Inte ett ord till", dundrade Thor.

"Jag tycker du ska åka hem! Åk dit du hör hemma!"

Hassan la en hand på Eriks axel. "Nu räcker det", sa han bestämt.

Erik skakade av sig handen. Han stirrade på dem. Stella kände hur Thor stod beredd bredvid henne, som en uppretad björn.

Erik visade tänderna, Thor bröstade upp sig och de stirrade ursinnigt på varandra tills Erik vände på klacken och gick iväg utan ytterligare ord.

Stella andades ut.

"Det var kul", sa hon torrt.

Hon hade sagt det för att lätta upp den enormt spända spänningen. Luften kring Thor var nästan svart av ilska. Thor gav Stella en mörk blick, inte alls upplättad. Hon såg att han var sårad. Och arg. På henne.

Hon sträckte ut handen mot honom. "Thor ... Jag ..."

Han backade undan. "Du behöver inte förklara. Du är inte skyldig mig något. Jag bad dig vänta, men du får göra som du vill."

Han såg arg och otillgänglig ut.

"Din mupp. Sluta. Jag är visst skyldig dig en förklaring."

"Jag är på väg till en grej. Jag måste gå." Han backade ytterligare.

"Sluta springa ifrån mig. Stanna."

Han stannade. Körde händerna i fickorna.

"Kan vi prata?" undrade hon.

Han gjorde en grimas.

"Visst. Prata. Min favoritaktivitet."

–30–

Thor var inte alls sugen på att prata.

Hade ingen lust att diskutera att Stella helt klart hade gått bakom hans rygg och haft möten med Erik Hurtig.

Men han stannade när hon ropade, förstås.

Det var inte hennes fel att han var sur. Hon hade rätt att göra som hon ville och han förstod det med förnuftet. Men känslorna, som tydligen tyckte att de hade rätt att blanda sig i, sa något annat. Stella hade affärer ihop med Erik, trots att han bett henne avvakta och det gjorde mer ont än han ville erkänna.

Han hade fått syn på henne just som hon kom ut ur en port och satte på sig solglasögonen. Sedan hade Erik kommit farande efter henne. Han hade börjat gapa och när han grabbat tag om Stellas arm hade Thor kastat sig ur bilen, tillfälligt förblindad av ursinne. Vad i helvete trodde Erik att han höll på med?

Han hade varit sekunder från att kasta sig över mannen och slita honom i småbitar.

Nu försökte han hämta sig från den bittra känslan av förräderi.

"Jag ska inte sälja till honom", sa hon andfått efter honom. "Kan du sluta springa?"

Han hade inte ens insett att han börjat gå, som för att komma undan hur eländig han kände sig.

"Jag springer inte", sa han, men kortade stegen.

"Jag säger ju att jag har ändrat mig", sa hon och kom ikapp.

"Varför trodde han att marken var hans då?" Thor sökte i hennes ansikte, letade efter sanningen. Bara att se henne, att vara nära henne kändes som tusen stormar i bröstet.

Hennes näsvingar fladdrade. "Jag kan ha ringt och lovat honom den", sa hon ursäktande.

"När då?"

Hon såg generad ut. "Efter att jag träffade My."

Thor fattade inte.

Stella korsade armarna framför bröstet.

Hon bar en V-ringad tröja och Thor fick tvinga sig att inte stirra som en kärlekskrank tonåring. Men det var svårt. Nästan omöjligt att inte låta sin längtan sippra ut i varje möte, varje blick. Hon var så jäkla vacker. Och de hade haft så mycket sex igår, han var alldeles disträ.

"Var det fånigt att vilja sälja till honom för jag var arg på dig?" sa hon. "Ja, det får jag väl erkänna att det var."

"Varför var du arg?"

Hon harklade sig. Gjorde en vag gest med handen. "Jag trodde ju att du var ihop med My."

Han synade henne noga. "Var du svartsjuk?" frågade han. Varför hade den tanken inte ens slagit honom?

"Arg, sa jag ju."

"Du var svartsjuk", sa han och kunde inte hindra ett leende från att bryta fram.

"Kan vi fokusera på att jag ändrade mig? För att jag är en trevlig person. Och nu hotar han med att stämma mig, eller något."

Hon strök sig över överarmen, som om hon hade ont och Thor fick svårt att andas. Han la sin hand, mjukt över hennes, strök med tummen. Hon var röd där Eriks hand varit.

"Gjorde han dig illa?" frågade han kvävt.

Thor skulle strypa Erik i så fall. Eller ge honom en rak höger åtminstone. Han hade barn och kunde inte hamna i fängelse.

"Det är ingen fara. Du kom ju och räddade mig. Även om jag är säker på att jag skulle klarat mig, måste jag få tillägga. Vad gör du här förresten?"

Thor parkerade sina mordiska tankar för tillfället. Hon såg oskadd ut, hon log och hennes ögon glittrade, och han ville hellre prata med henne än tänka på Erik. Stella hade varit svartsjuk. Märkligt hur det fick allt annat att blekna bort. Om Stella blev svartsjuk, så måste det ju betyda att hon brydde sig.

"Jag ska träffa Klas och våra föräldrar." Han lyckades säga det nästan utan att grimasera det minsta. Fika med familjen. Inte en av hans topp-fem-sysslor. De skulle prata om bröllopspartyt nästa vecka. I ett ovanligt optimistiskt ögonblick hade han föreslagit att de kunde ha festen på gården, och om han inte tänkte för mycket på det, så ångrade han sig nästan inte alls.

Han började gå igen, och Stella slöt upp bredvid honom. Hennes hår snuddade vid hans axel och hennes doft kom i små slingor genom luften. Hans humör ökade med cirka tusen procent.

"Det är bra att du ändrade dig. Det ryktas att Erik planerar att bygga en enorm gödselfabrik. Han vill helt säkert dika ur den lilla bäcken och sjön. Riva och jämna ut."

"Vad hemskt", sa hon och lät uppriktigt chockad.

"Han kallar det utveckling."

"Vad är utveckling?" frågade Klas som dykt upp och anslutit sig till dem.

"Hej där", sa Stella. "Jag ska tydligen bli stämd. Du är ju advokat?"

"Javisst. Vem stämmer dig?"

"Erik Hurtig."

Klas växlade en blick med Thor. Det behövdes inga ord.

"Erik Hurtig. Laholms stolthet. Där ser man", kommenterade Klas tonlöst.

"Jag visste inte ens att man kunde göra så", sa Stella.

"Om Erik vill tvista om något, så kan jag företräda dig, det lovar jag. Det vore ett nöje."

"Om du har Klas på din sida så är du trygg." För om det var något Thor visste, så var det att hans bror var duktig på sitt jobb.

Han fick en blick från Klas han inte kunde tyda och så var de framme vid bokhandeln. Klockan pinglade när de kom in i den välbekanta affären och doften av böcker slog emot dem. Deras mamma hade drivit den i många år, han hade tillbringat ett otal eftermiddagar här, bläddrat i barnböcker, hjälpt till på lagret och under julruschen. Nu anordnade hon författaraftnar och tog emot skolklasser och visste allt om alla.

Hej", sa Vivi. Hon stannade upp och lät blicken vandra fram och tillbaka mellan dem. Thor såg att hon gav Stella en forskande blick.

"Mamma, det här är Stella Wallin", sa han.

Kvinnorna skakade hand. "Vad fint det är här", sa Stella.

"Tack. Vi gör så gott vi kan."

"Jag letar lite information om min mamma. Thor säger att du kanske kände henne?"

"Hon var åtta år äldre än jag, vi rörde oss inte alls i samma kretsar men de flesta minns nog ändå Ingrid Wallin, hon var något av traktens skönhet. Och skandalmakerska, om du ursäktar att jag säger det. På den tiden pratade alla föräldrar om Ingrid och hennes eskapader."

"Gjorde de?"

"Det är möjligt att min man minns något. Och så har jag hennes bok, förstås."

"Bok?" sa Stella och såg förvånad ut.

Vivi gick bort till en hylla som var markerad med poesi. Hon tog fram en tunn häftad bok och räckte den till Stella.

Thor läste den enkla titeln: *Dikter* och författarnamnet, Ingrid Wallin.

"Visste du inte att din mamma gett ut en bok?" frågade Vivi.

Stella skakade långsamt på huvudet.

Det syntes att hon var överraskad.

"Att min förnuftiga, pragmatiska mamma skrev poesi? Nej, det hade jag ingen aning om."

Stella läste den korta baksidestexten. Thor såg porträttfotot på Stellas mamma. Hon såg rakt in i kameran, utan att le insmickrande. En vacker men sträng kvinna.

"Det är så typiskt min mamma", sa Stella lågt och såg länge på bilden, som om hon letade efter dold information. "När jag var liten var jag lite rädd för mammas raka sätt. Hon sa ifrån när någon betedde sig illa, var inte behagsjuk och inte särskilt angelägen om att hålla alla på gott humör. Idag kan jag beundra det. Att våga ta plats och kräva respekt."

Vivi såg länge på Stella.

"Ingrid var en imponerande kvinna", sa hon långsamt.

"Eller hur?" sa Stella med ett skört leende.

"Hon passade nog bättre i Stockholm, det visste alla i Laholm. En del är inte gjorda för att slå sig till ro, att nöja sig med landet och det lilla livet. Hon ville ha så mycket av världen, saker hon inte kunde få här. Som ingen kan få."

Thor gav sin mamma ett varnande ögonkast. Hon gick för långt.

Vivi låtsades inte om blicken. "Ta boken du", sa hon.

"Är det säkert? Tack."

Vivi nickade och sysselsatte sig med pennorna på disken.

Stella bet sig i läppen, tittade på Thor.

"Jag hörde att du hjälper Nawal medan du är här?" sa Vivi och stannade upp med plockandet.

"Ja. Jag älskar att sy och skapa", svarade Stella.

"Så trevligt. Och ska du åka tillbaka till Stockholm snart?"

"Mamma!"

Vivi log. Hon vände sig bort från Stella, inte ovänligt men definitivt och sa till Thor:

"Jag undrar om du och barnen vill komma hem till oss och äta ikväll. Klas kommer."

Det blev en obekväm tystnad, när det blev tydligt att inbjudan inte omfattade Stella.

Vivi såg allvarligt på honom. Klas sa inget, bara väntade.

"Jag ska nog gå nu. Tack för boken", sa Stella och tittade på dem.

"Ingen orsak. Trevligt att ses."

"Det är olikt dig att vara så otrevlig", sa Thor irriterat när Stella lämnat dem.

"Jag var inte otrevlig, jag var rak."

"Ibland är det samma sak."

"Den flickan är inget för dig. Det måste du se."

"Lägg av", sa han, men inte med kraft. Kanske hans mamma hade rätt.

- 31 -

Några timmar senare slog sig Stella ner i skuggan på en uteservering på ett av Laholms torg. Solen strålade, fontäner porlade och folk åt glass, fikade eller bara satt och gonade sig i den efterlängtade värmen. Hon hade tillbringat tiden hos Nawal i boutiquen, sytt på sin antagningsblus och förlorat sig helt i den processen. Nu var hon vrålhungrig och hade brutit för en sen utelunch. Hon vågade varken äta eller dricka när hon jobbade, var livrädd för fläckar eller smulor. När hon återvände skulle hon skrubba sina händer supernoga. Få saker skrämde en skräddare mer än risken att smutsa ner ett tyg. En gång hade en blivande brud först nyst och sedan börjat blöda näsblod under den sista provningen av sin brudklänning. Stella hade aldrig fått av en kund ett plagg snabbare än då. Men det hade gått bra; hon hade fått bort fläckarna.

Thor och Klas hade ju försvunnit iväg för länge sedan för att fika, eller prata eller bara umgås med varandra.

Utan henne, förstås.

Puh. Hon brydde sig väl inte om det, sa hon till sig själv för ungefär tjugonde gången. Precis som hon struntade i att Thors mamma uppenbarligen inte gillade henne. Även om det var bra märkligt. Mammor brukade gilla henne. Jaja, det hade varit en reality check. Kanske lika bra.

Hon studerade menyn och vägrade kännas vid att hon var låg. Fanns inget att deppa för. Blusen blev skitbra, solen sken och hon skulle äta. Livet var så jävla toppen. Hon hade fått sin slutlön från Nettans idag och hon skulle fira med en lunch, finkaffe och kanske en bulle till. När hon bestämt sig för en grillmacka med mozzarella och pesto fick hon syn på Juni.

"Hej på dig", sa hon och undrade om flickan möjligen skolkade. Hon dömde ingen, hade själv skolkat från allt möjligt.

"Hej", sa Juni trumpet.

"Ingen skola?"

"Vi fick sluta tidigare. Pappa ska skjutsa hem mig. Om en timme eller så."

"Får jag bjuda på fika så länge?" frågade Stella, inte helt säker på hur man hanterade taggiga tonårsflickor. Men sötsaker mindes hon att Juni gillade.

Juni beställde en glass, tog två kulor i bägare, en jordgubb och en choklad, och satte sig vid bordet hos Stella.

"Hur är det?" frågade Stella.

Juni tog en sked rosa glass och ryckte på axeln. Standardsvaret.

De satt tysta. Stella ångrade att hon ropat hit Juni. Vad skulle de prata om? Att Juni sett henne och Thor pussas och kanske blivit traumatiserad av det? Kanske inte.

Juni såg på henne under lugg. Hon tog en sked av glassen.

"Imorse sa pappa att ni är ihop."

Stellas mat kom på bordet. Det doftade basilika och vitlök, grillat bröd och smält ost. Hon la servetten i knäet.

"Sa han?" frågade hon lugnt.

"Japp."

Juni såg noga på Stella, som för att kolla hennes reaktion.

Stella skar en bit av sin macka och log för sig själv. Hon må vara gammal i Junis ögon, men det var inte så länge sedan hon och Maud var vilda tonåringar. Hon kunde de flesta spel och visste precis vad Juni höll på med. Hon fiskade information.

"Jaha", sa hon bara och tuggade med stor njutning. Det var sjukt gott.

"Han var ihop med My. Jag gillar henne." Stella log igen.

"Jag gillar också My", sa hon vänligt. "Hon är schyst. Men hon och din pappa är inte ihop längre, eller hur?"
"Antar det", sa Juni mumlande.
"Har du pratat mer med Maud?" fortsatte hon efter en stund.
"Vi hörs varje dag."
"Hon skriver så smarta saker."
"Hon är jäkligt smart. Vi gick i skolan ihop, hon fick högsta betyg i allt."

Juni såg ut över torget och åt sin glass under tystnad. Hon verkade ha slappnat av. Stella fortsatte arbeta sig genom sin grillmacka.

"Hur är det annars då?" frågade Stella.

Juni hade ätit upp glassen och torkade händerna på en pappersservett. Hon spanade ut över torget där ett gäng tonårskillar stod och hängde vid fontänen. "Ibland kan jag tycka att killar är sådana idioter", sa hon.

"Verkligen", sa Stella med eftertryck.

Juni suckade djupt. Torkade sig om munnen. Sparkade på bordsbenet.

"Är det något särskilt?" frågade Stella.

Juni ryckte på axlarna.

Stella la besticken åt sidan, lutade sig tillbaka och tog sitt vatten. "Berätta", bad hon.

"Äh. Det är så tjafsigt i skolan." Juni kollade på Stella under den svarta luggen. "Har pappa berättat att jag inte ska gå på balen?"

Stella skakade på huvudet. "Varför inte?"

"Om jag berättar får du inte säga något till pappa."

"Okej", sa Stella tveksamt, inte helt säker på om det var ett rimligt löfte att ge.

"Lova. Svär på din mammas grav."

Stella gav med sig och nickade. "Jag svär."

"En kille i skolan är så jäkla svinig."

"På vilket sätt?"

Juni tittade ut i luften. "På alla sätt."

Stella visste inte vad hon skulle tro. Det kunde ju vara vad som helst. Drog killen henne i håret? Tafsade han? Slogs han? Värre?

"Vad gör han då?"

Juni svarade inte.

Stella funderade. "Den här killen, är han möjligen son till Erik Hurtig?"

"Ja. Nils. Hur vet du det?"

"Jag har träffat Erik. Inte särskilt trevlig, om du ursäktar att jag säger det."

"Nils är så taskig." Juni slog ena armen om bröstet, som om hon skyddade sig.

"Det låter jobbigt."

Juni nickade. Hon torkade sig snabbt under ena ögat.

"Jag vet att man inte ska bry sig, men han får med sig de andra."

"Vad säger han?"

"Att jag är pk. Att jag är ful. Att feminister vill utrota alla killar. Sådana saker."

Hon tystnade och Stella anade att det fanns ännu mer. Och med sitt eget bagage, sin egen historia, anade hon vad det kunde handla om. Hon betraktade den bylsiga tröjan, den hukande kroppsställningen. Beskyddarinstinkten kom från ingenstans. Hon ville åka till Junis skola och skrika åt den här killen. Släpa ut honom i öronen och ge honom ett kok stryk.

"Får du någon hjälp i skolan?"

"Han är så bra på att reta mig när ingen märker. Jag blir arg, och när jag ger igen får jag skäll."

"Himla orättvist", sa Stella med emfas.

"Det var lite lättare förut."

"På vilket sätt då?"

"Jag hade Cassandra. Min bästis. Då var det vi mot dom, liksom."

"Har hon flyttat?"

"Nä. Vi pratar inte med varandra."

"Ojdå. Får man fråga varför?"

"Vi var typ BFF. Men vi blev ovänner."

"Om vad?"

"Det var mitt fel. Jag sa en dum sak. Och vi bråkade. Nu pratar vi inte."

"Vad säger dina andra kompisar?"

"Alltså." Juni drog i en tråd från ärmen. "Jag har inte så många kompisar", sa hon tyst, skamset.

Stella svalde klumpen i halsen.

"Jag förstår."

För första gången fick hon en föraning om hur det måste vara att vara förälder. Det var ju skitsvårt.

Flickan var blek och de oformliga svarta kläderna fick henne att se ännu blekare ut. Tonårstiden var verkligen inte rolig för alla. Stellas egen hade varit en pest på många sätt. Det var dels det där med att utvecklas fysiskt tidigt, dels att alla hennes klasskompisar var vita tjejer. Hon hade inte varit mobbad, men hon hade ofta känt sig som ett storbystat, mörkbrunt ufo.

"Så nu har du ingen alls att prata med? Pappa då?"

Juni drog i tröjärmarna på den överdimensionerade tröjan. Den var minst två nummer för stor och Stella hade börjat bilda sig en uppfattning om varför. Det krävdes egentligen bara lite slutledningsförmåga. Men hon visste inte hur hon skulle närma sig ämnet.

"Pappa gör ju så gott han kan, men jag vill helst inte prata med honom om vissa grejer", sa Juni lågt. Hon hade ätit upp glassen och satt och rev servetten i strimlor. "Hur gammal var du när din mamma dog?" frågade hon. Hennes röst var lite mindre sträv, mer sårbar. Hon var en ung kvinna, men hon var också ett barn, en modelrlös tjej.

Stellas hjärta svällde. "Arton, så jag var ändå rätt vuxen. Men jag tänker på henne varje dag."

"Jag tänker inte på mamma så ofta, inte längre. Frans minns henne knappt. Vi är vana vid att det bara är vi och pappa."

Stella visste så lite om fäder. Hon hade aldrig mött en pappa som Thor. Så säker. Så engagerad. Så kapabel. Men det fanns saker man hellre pratade med en livmoderbärare om, oavsett hur gammal man var. Hon ville inte lägga sig i. Men hon ville hjälpa till på något vis.

När Stella hade skilts från Juni gick hon tillbaka till butiken. Hon gillade den mer och mer. Kunderna var trevliga, urvalet var perfekt anpassat för klientelet och Nawal var en fena på mode.

"Hur går det?" frågade Nawal.

"Jag har lite kvar, men sedan ska jag packa ner den och skicka."

"Jag tar med den till Halmstad imorgon, om du vill, de har DHL-ombud där. Skriv bara adressen så ordnar jag det. Så den kommer säkert iväg."

"Tusen tack, gärna."

Stella sydde klart det sista på sin blus. Hon hängde upp den på en klädd galge, beundrade det skira tyget, de välsydda manschetterna, knapparna och knapphålen. Den var perfekt, helt amazing, faktiskt. Skenbart enkel, men med komplicerade detaljer och exceptionell passform. Hon var bra på det här, tänkte hon stolt och lät tankarna löpa iväg till ett annat plagg hon skulle vilja sy. För om hennes teori stämde, så fanns det kanske något hon kunde göra för Juni.

Hon packade ner blusen i lager med silkepapper och sedan i en kartong. Med säker hand skrev hon adressen till The NIF, dubbelkollade, om och om igen. Frakten skulle bli dyr, men det fick det vara värt.

"Är du klar?" frågade Nawal. Stella nickade, fylld av en känsla av att stå inför något riktigt stort.

"Duktigt."

Stella stuvade ner sitt måttband, sina nålar och ett av skissblocken hon fått med sig från Stockholm och lämnade butiken. Hon hade klarat det.

Väl hemma i torpet igen packade Stella upp alla sina påsar från Laholm. Hon hade plagg från Nawal med sig, hon hade sina olika attiraljer för sömnad och hon hade även handlat middag för hon var hungrig igen. Medan hon plockade med sakerna, funderade på sin blus, sina skisser och på sin mat, hittade hon boken som Thors mamma gett henne. Hon hade helt glömt den. Försiktigt öppnade hon pärmarna.
Boken var dedicerad till "Min kära Dev".
Det hade hon inte sett i bokhandeln.
Stella läste dedikationen igen. Det började sticka i skinnet på henne. Dev. Det var nästan samma som hennes andranamn, för hon hette Stella Devi Wallin. Boken var utgiven året innan hon föddes, så den kunde inte gärna vara dedicerad till henne. Mamma måste dock ha varit gravid med henne, eller blivit det i samma veva som boken gavs ut. En misstanke slog rot och växte. Dev. Det var väl indiskt? Ett indiskt mansnamn. Som skådisen Dev Patel. Kunde denna Dev vara en indisk man som mamma hade känt? Kunde det vara...?
Stella hade inte ens insett att hon höll andan. Men det var inte omöjligt, inte ens otänkbart. Dev måste vara hennes pappa. Det kunde inte vara en slump. Mamma hade dedicerat sina kärleksdikter till Dev. Och sedan hade hon gett sin dotter samma namn, fast i feminin form.
Dev var hennes pappa.
Hon kunde knappt svälja, halsen var torr. Hon stirrade på namnet. Hur kunde hennes mamma ha dolt detta för henne? Snabbt bläddrade hon genom den tunna boken, men namnet stod inte på fler ställen.
"Min pappa", viskade hon, och rörde vid bokstäverna. Min pappa heter Dev.

Hon blinkade mot tårarna.

"Jäkla mamma, hur kan du vara död? Jag vill ju veta!"

Hon hämtade hushållspapper, snöt sig och tittade ut. I alla dessa år som hon väntat på någon sorts tecken, hoppats på att hennes mamma älskade henne så mycket att hon skulle höra av sig från andra sidan, och så blev det på det här viset. Frustrerande otillräckligt.

Stella matade vedspisen, rörde snabbt ihop en äggröra, klippte kryddgrönt över och ringde Maud.

"Ska du googla honom?"

"Kan jag göra, men det är en nål i en höstack. Mindre än så. Dev är typ världens vanligaste namn. Kanske det är dags att sluta hoppas."

"Står det inget mer?" frågade Maud.

"Jag har verkligen lusläst. En dikt handlar om en person som gör rörliga bilder. Men det kan lika gärna vara om någon annan."

"Men han skulle kunna ha något med film att göra?"

"Antar det", sa Stella skeptiskt.

"Och du hittar inget i stugan om honom?"

"Inget. Jag har rivit runt överallt."

Hon hade verkligen gått igenom torpet millimeter för millimeter.

"I väggarna?"

"Det mesta är oisolerat. Jag har knackat och kollat. Jag ger upp. Hur mår du?"

"Alltså. Påminn mig om att berätta om Göteborgshumor någon gång, så sjukt kass."

Nästa morgon vaknade Stella till ljudet av regn. Stugan var kall och hennes nästipp var frusen. Golvet var iskallt, och ute var det riktigt ruggigt, så hon drog på sig sockor innan hon stack fötterna i gummistövlarna och gick ut och kissade och hämtade vatten. Sedan tassade hon huttrande ut i köket för att göra en eld i vedspisen.

Hon undrade vad Thor gjorde idag. De hade inte hörts igår. Han var väl upptagen med sin familj. Hade han ju helt rätt till, tänkte hon dystert. Hon tittade ut, men det var tomt. Bara regn och grå moln. Ingen Thor. Inga barn.

Inte ens en get.

Hon satte sig i kökssoffan, slog på den batteridrivna transistorradion hon fyndat hos JinJing, hittade en lokal musikstation och plockade fram byxorna hon lovat lägga upp åt Nawals kunder. När hon gick sömnadsutbildningen på gymnasiet hade kurskamraterna stönat och åt att tvingas sy för hand. "Det finns ju symaskiner, varför måste vi göra sådant här?" hade en tjej, som numera gjorde scenkläder, klagat. Men Stella gillade det pilliga och koncentrationskrävande arbetet. Noggrant nålade hon upp alla byxorna hon fått med sig, och la upp dem med prydliga, nästan osynliga stygn. När hon klippt av den sista tråden beundrade hon sitt arbete. Hon var skitduktig, om hon fick säga det själv. Hon arbetade systematiskt och ignorerade det faktum att Thor ignorerade henne.

Detta var nackdelen med att ha sex utan andra förpliktelser.

Det var inte så enkelt som folk trodde. Eller så var hon bara ruggigt dålig på det.

Jaja.

Det var hon som velat ha det på det här viset, hon kunde inte gärna beklaga sig nu.

Hon kokade mer tevatten och arbetade.

Framåt eftermiddagen plingade hennes telefon äntligen.

MAUD: *Mitt barn föds i Göteborg. Kan du fatta? Det blir en GÖTEBORGARE!!!*

STELLA: *Ofattbart.*

Hon la ifrån sig telefonen.

Det fanns bara en sak att göra.

Hon måste ta sig till Göteborg.

— 32 —

"Har du fått med dig allt?" frågade Thor tålmodigt nästa dag.

Stella svarade inte, hon for omkring i torpet som en flipperkula medan han väntade i dörröppningen på att hon skulle bli klar, så att han kunde köra henne till Göteborg.

Hon stannade till på hallgolvet, strök hår ur pannan, såg ut att tänka intensivt och sprang sedan in i torpet för att hämta ytterligare något.

"Är det verkligen säkert att du kan skjutsa mig?" frågade hon.

"Jag kör dig", sa han, precis som han svarat den senaste halvtimmen när hon frågat en gång i minuten.

Det fanns inget alternativ. Han skulle se till att Stella kom till Göteborg, Maud och bebisen. Ingen diskussion.

"Men är det okej med barnen?" frågade hon och plockade till sig en tunn kofta från en hylla.

"Mina föräldrar bor med dem och har lovat godis, film och pizza. Klas kommer förbi och spelar spel med Frans." Det var faktiskt schyst av Klas, tänkte han. "Alla är glada."

"Men djuren?"

"Det löser sig. Jag har folk som kan hoppa in." Han bad så sällan om hjälp, var van vid att göra allt själv, men faktiskt hade det gått alldeles utmärkt att be några av ungdomarna att ta det ansvaret. De hade bara låtit glada att kunna ställa upp. "Det kommer gå fint", försäkrade han.

Hon stannade upp och såg uppjagat på honom. Hennes ansikte var en studie i oro.

"Jag borde ta tåget istället", sa hon.

"Stella?"

"Ja?"

"Sätt dig i bilen. Nu."

Två timmar senare parkerade Thor utanför entrén till Sahlgrenska sjukhuset i Göteborg. Han stängde av motorn och gick sedan runt bilen för att öppna hennes dörr.

"Du vet att du inte behöver göra så här? Jag kan ta mig ur en bil själv."

Men hon tog hans hand och lät honom stänga dörren efter henne. Hon måste vara ordentligt skakad om hon lät sig passas upp på detta icke-feministiska vis, tänkte han. Han gillade inte att hon var skakad. Men han gillade att röra vid henne. Man fick ta det onda med det goda.

"Ring när du vill bli hämtad", sa han.

Hon nickade och kollade att hon hade alla sina kassar. De hade stannat så hon kunde shoppa en nalle till bebisen och blommor till Maud. "Vad ska du göra under tiden?" frågade hon.

"Tro det eller ej, men jag är fullt kapabel att sysselsätta mig på egen hand. Gå till din bästa vän, Stella, så är jag här när du kommer tillbaka. Oroa dig inte för mig."

Stella försvann in genom entrén och Thor ringde sin mamma.

"Barnen mår bra", sa hon direkt när hon svarade. "Hur går det för dig?"

"Stella är på väg till sin kompis och själv ska jag ta en sväng på stan."

"Så bra då." Hon blev tyst. Hon hade inte sagt något negativt om att han åkte iväg med Stella, men inte heller något positivt.

"Får jag prata med Juni? Är hon där?"
"Juni! Din pappa vill prata med dig", hörde han och snart hade han sin dotter i luren.
"Hej pappa."
"Hur går det?"
Hon stönade. "Men pappa, var det inget särskilt? Det är lugnt."
Han hörde Pumba gläfsa i bakgrunden och sin pappas dova raspiga röst säga något han inte uppfattade. Allt lät vardagligt.
"Hur mår din bror?"
"Bra."
"Har jag sagt att jag älskar hur pratsam du är?"
"Lägg av."
"Var snäll mot farmor och farfar."
"Hejdå, pappa."

Thor la på och tog en promenad genom Haga. I en turistbutik köpte han en tröja till Frans och i en bokhandel en bok till Juni. Han köpte en strut med gammaldags remmar till dem båda och så en stor pappmugg med kaffe åt sig själv. Han hittade en ledig bänk och satte sig. På avstånd hördes spårvagnarnas karakteristiska gnissel. Turister och helglediga göteborgare promenerade förbi. Han kanske skulle kunna göra sådant här i framtiden. Ta lite tid för sig själv. Barnen började bli stora, djuren överlevde några timmar utan honom. Världen gick inte under för att han tog en paus. Det var nyttigt att inse. Han tog en klunk av kaffet, vände näsan mot solen och blundade.
Han var så bra på att leva i nuet.
Han drack mer av kaffet och flyttade lite på sig. Han tittade på klockan. Kroppen skrek efter rörelse och han reste sig. Han hade levt i nuet i flera minuter. Det fick räcka.

– 33 –

"Gjorde det ont?" frågade Stella.

Maud var blek mot landstingskuddarna, bara de blå ögonen lyste. Den största bukett med långa röda rosor som Stella sett, stod på bordet bredvid hennes mindre, blandade blomsterkvast.

Maud gjorde en grimas. "Det var som att pressa en skokartong av metall genom kroppen. Jag visste inte att man kunde ha så ont. Jag sprack där nere och jag kände det inte ens. Kan du fatta att en människa kan gå sönder och inte känna det, för att en annan smärta är värre?"

Stella skakade på huvudet, lätt illamående. Försiktigt tog hon den lilla babyns hand mellan sina fingrar.

"Ett barn. En bebis." Hon var så rörd att rösten stockade sig. Hans fingrar var pyttesmå, med mjuka naglar och skrynklig hud. Det var ofattbart att han till för några timmar sedan legat inne i en annan människa.

"Men du hörde vad jag sa? Jag har alltså tryckt ut hela den här genom snippan. Han väger som en normalstor julskinka."

Maud borrade sig ner i kuddarna. "Jag kommer aldrig tycka att spädbarn är små igen."

Rickard stod och såg med tårfyllda ögon på sin hustru och sitt barn. Hans hår stod på ända, han var orakad och skjortan hängde utanför byxorna. Stella hade aldrig sett den i vanliga fall prydliga, nästan torra, revisorn se så upplöst ut. Rickard torkade sig under ögonen.

"Jag är glad att jag fick komma hit", sa Stella. "Er son är ett mirakel. Har ni bestämt vad han ska heta?"

"Vi är inte riktigt överens", sa Rickard med en snabb blick på sin hustru.

Mauds ögon smalnade till två horisontella streck.

"Jag vill att han ska ha ett isländskt namn, men Rickard här vägrar."

"Jag har inget emot isländska namn per se, men måste vår son ha ett namn som betyder Svan?" Med sina rödsprängda ögon såg Rickard vädjande på Stella, som för att få medhåll.

"Han ska heta Svanur. Det är ett bra och stabilt namn", fastställde Maud. "Stella håller med mig, eller hur?"

Stella tittade in i babyns mörka ögon. Han betraktade henne allvarsamt tillbaka.

"Jag är smart, jag har inga åsikter i ämnet", svarade Stella, helt ointresserad av att hamna i en konflikt mellan makarna. "Vad folk döper sina barn till är helt och hållet deras angelägenhet. Hur länge stannar ni här?"

"Vi åker ikväll. Allt är som det ska, så vi lämnar plats åt andra och åker hem."

Stella rätade på sig i stolen. Det lät helt galet. "Men ska du resa så snart?"

Borde inte folk som fött barn vila i en månad? Maud var stark, men till och med hon såg manglad ut. För att inte tala om Rickard, han såg ut som om han också hade fött barn. Ingen av dem verkade vara i skick att lämna BB.

Maud knyckte stolt på nacken. "Jag är isländska. Vi är starka. Det är bara bra att röra på sig. Vår son är kärnfrisk och kommer sova och amma, eller hur Svan?"

"Maud...", började Rickard men gav sedan upp.

Babyn började skrika, ett ömkligt litet vrål och Rickard tog honom, la honom försiktigt över axeln och buffade honom i rumpan medan Maud ordnade sina kläder.

"Ska jag inte åka med er upp då? Jag kan hjälpa till."

"Jag älskar dig, Stella, det vet du. Men om det är okej med dig så åker jag helst ensam med Rickard och vår lilla Svan-baby." Nu suckade Rickard högt men Maud ignorerade honom och fortsatte. "Jag längtar hem till mina saker och min egen säng. Och om vi inte åker nu, då kommer min mamma hit och den cirkusen orkar jag inte med. Du får hälsa på i Stockholm när du flyttat hem igen. För du kommer väl tillbaka?"

Stella kramade om henne.

"Såklart jag kommer hem."

Maud stönade. "Akta mina tuttar. De värker som fan." Hon gav Rickard en blick. "Nästa gång får du föda barn och amma. Det gör svinont."

"Absolut", sa han.

Maud tog sin baby och spanade ner medan han bökade vid bröstet. "Eller så nöjer vi oss med en. Den här är perfekt. Ingen kan bli lika bra." Maud lyfte på huvudet och blängde anklagande på Stella.

"Men det är ditt fel att mitt barn blev göteborgare, bara så du vet."

"Jag beklagar."

Stella satt kvar medan babyn ammade och somnade och Maud började se såsig ut.

"Jag går nu", sa Stella. "Jag ringer varje dag. Och messar."

Maud gäspade stort.

"Hejdå Rickard, hejdå Svan", sa Stella och lämnade den lilla familjen.

Utanför Sahlgrenska väntade Thor på henne. Han log och hennes tramsiga hjärta hoppade och skuttade vid åsynen. Det var som om Thors leende var direkt anslutet till hennes synapser.

"Var du med när dina barn föddes?" frågade hon medan de promenerade till bilen. De rörde inte vid varandra, men det spelade ingen roll. Mellan deras kroppar surrade det, som sådant där värmeskimmer en sommardag.

"Jag var med när både Juni och Frans föddes. Jag klippte navelsträngarna och jag höll dem direkt som de kom ut."

"Hur var det?" Rickard hade verkligen sett helt färdig ut. Som om han genomgått en extrem form av bootcamp. Men det hade även funnits något annat över honom, något helt nytt, som om att bli pappa verkligen förändrat honom i grunden. Thor hade den utstrålningen också. Eller så kanske hon, den faderlösa, bara romantiserade faderskapet.

"Det var häftigt. En upplevelse jag aldrig glömmer."

"Vill du ha fler barn?"

Han var ju ändå fortfarande ung. En man kunde få barn länge. I teorin skulle Thor kunna skaffa sig ett helt fotbollslag med ungar, om han ville.

"Det är inget jag funderat på. Jag har nog känt mig klar. Småbarn är kul, men jag gillar att ha stora ungar. Du då? Vill du ha barn?"

"Jag har alltid trott det. Nu vet jag inte. Det verkar superläskigt."

Thor skrattade. Han pekade mot parkeringsplatsen där hans bil stod och de satte kurs mot den.

"Det är superläskigt. När vi åkte hem med Juni så kunde jag inte fatta att de släppte iväg oss. Med en nyfödd. Bara så där. Vi visste ingenting."

"Men det gick bra."

"Man lär sig. Barn är bra på att tala om vad de behöver. Och vi hade ju inget val, vi var en familj."

Maud hade också en familj nu, det hade varit så tydligt där i rummet.

De var framme vid bilen och Thor klickade upp låset. Men han öppnade inte dörren genast.

"Jag har en idé. Skulle du vilja åka en annan väg hem?"

"Annan?"

"En längre och krokigare, långsammare också. Men mycket finare. Om du vill se lite mer av västkusten."

Solen sken ovanför dem och himlen var blå som i en turistbroschyr. Fiskmåsar skränade och Stella kunde nästan inte tänka sig något mer lockande än en loj biltur längs med kusten.

"Som en roadtrip menar du?" Hon kände en ilning av förväntan.

"Exakt. En västkust-roadtrip."

"Men är det okej med din familj?" Hon visste ju hur ansvarstagande han var med gården, barnen, djuren och föräldrarna. Mannen var pliktkänsla personifierad.

"Ja, tydligen är jag inte oumbärlig."

"Va?" Hon tog sig för bröstet.

"Jag vet. Jag är i chock. Juni har avkrävt mig löfte att bara ringa om fara hotar, för jag är fett jobbig. Otacksamma familj. Om jag ägde något mer än skulder, skulle jag göra dem arvlösa. Men jag har i alla fall redan kollat med inhopparna och med mina föräldrar. Det går fint."

"I så fall: ja."

Stella var på vippen att klappa händerna av förtjusning. Hon ville hemskt, hemskt gärna åka på en utflykt med Thor. Hon kunde nästan inte tänka sig något roligare faktiskt. Hon hade pratat med Nawal, blusen var ivägskickad och skulle anlända till New York i tid. Nu var det bara att vänta på besked. Detta kunde vara de allra sista dagarna i någon sorts frihet. Sättet Thor såg på henne fick tårna att krulla sig, fick värme att strömma till i magen, gjorde henne medveten om allt – om pulsen i hans halsgrop, om de solbrända underarmarna och de mörkblå ögonen. Hon satte sig i bilen, spände fast säkerhetsbältet, tryckte ner fönsterhissen på sin sida och log för sig själv.

Solsken, en utflykt med Thor och allmän livsglädje.

Det kändes som receptet på en lyckad dag.

− 34 −

Thor mindes inte när han varit så impulsiv sist.

Kanske när han skjutsade en strandsatt citytjej till ett torp. Han såg på Stella där hon satt bredvid honom och såg glad och förväntansfull ut.

Tänk om han lämnat henne på stationen den där kvällen? Skulle livet sett annorlunda ut då? Eller var det meningen att de skulle träffas? Ibland kändes det så.

Han hade tryckt ner sitt fönster också, låtit ena armen hänga ute, njutit av solen och fläktandet.

De hade småpratat ända sedan de lämnade Göteborg, om fika – kvinnan älskade verkligen fika – om svårigheten att köra bil bland spårvagnar och om skillnaden mellan fiskmås och trut. Vid ett tillfälle hade de hållit varandra i handen. Det hade känts helt rätt. Att ha hennes hand i sin.

Nu anade han hennes blick från sidan.

Hon såg cool ut, i sina svarta solglasögon och sitt studsiga hår.

"Hur mår barnen? Har du ringt dem?"

"De mår bra."

"Du är en fin pappa", sa hon med känsla.

"Tack."

Det var svårt att vara pappa. Föräldraskapet var ett evigt chocktillstånd över hur svårt allt var. När Ida dog var det som om luften sögs ur kroppen på honom. Sorgen fyllde lungorna och hjärtat när han såg kistan sänkas i jorden. En gråhet och en tomhet tog över allt. Det hade dröjt innan det började vända. Innan han kunde se mening. Det kunde alltid vara ännu värre hade han tänkt många gånger och konstigt nog hade det hjälpt. Barnen också, förstås. Han var så tacksam för dem. Han mindes när de låg i Idas mage. Ultraljuden. Förlossningarna. Känslan av att vara familj. Ansvaret som han vuxit in i. Glädjen när barnen växte, blev individer, lekte på gården. När de hoppade i hö, matade lamm. Började skolan. Men också känslan av att han fortfarande inte visste hur man var förälder, egentligen. De olika åldrarna. När den ena surade, den andra grät. När han lagade mat nonstop och oroade sig hela tiden, då kunde det kännas som om det var outhärdligt. Man orkade inte. Och sedan var de helt underbara, och han var så jäkla glad för att han fick vara förälder åt just dessa två.

"Juni har problem i skolan", sa han efter en stund. Hade aldrig pratat med någon om detta. "Med Nils Hurtig, Eriks son."

"Hon sa det."

"Gjorde hon?" frågade han förvånat, hade inte vetat att de pratade.

"Ja, vi sågs inne i Laholm. När du och Klas skulle fika med dina föräldrar." Stella bet sig i läppen.

"Förlåt för det där", sa han skamset. Han hade inte hanterat det bra och han hade sårat henne. Det sista han ville.

"Det är så vackert", sa hon när de tog en kurva och ett vidsträckt, mörkblått hav, med skummande vita vågtoppar öppnade sig mot dem. "Har du åkt här ofta?"

"Detta är första gången."

"Är det sant?"

Det var det. Han hade velat göra det många gånger, men något hade alltid kommit emellan.

Ida. Gården. Barnen. Livet.

Han hade alltid älskat kustlandskap. Och västkusten med sina karga klippor och kalla hav var bäst.

"En sak som jag inte riktigt förstår är varför din mamma inte verkar gilla mig?"

"Det handlar nog mer om att mamma märker att jag..."
Han avbröt sig, visste inte hur han skulle gå vidare.
"Vad?"
"Att jag har känslor för dig."
Hon blev tyst ett långt tag och han undrade om han gått för snabbt fram.
"Stella?"
"Har du känslor för mig?" En lock blåste i ansiktet och hon strök bort den, la den bakom örat.
"Såklart. Du är en fantastisk kvinna. Saken är väl den att jag inte riktigt vet vad det här mellan oss är", sa han. De hade lämnat Göteborg och vägen söderut låg framför dem.
Hon vände sig mot honom. Hennes korta hår fladdrade i vinden från den nervevade rutan. Hon drog av sig solglasögonen.
"Jag vet inte heller vad detta är", sa hon.
"För även om vi sa att det bara skulle vara, ja du vet..."
"Sex?"
"Exakt. Sex. Så. Känslor kommer in. Eller har jag fel?" frågade han.
"Det är som du säger. Känslor kommer."
Hon la sin hand lätt på hans ben. Glöd spred sig genom hela honom, rusade genom blodet.
"Jag tycker så himla mycket om dig, Thor", sa hon.
Han harklade sig, och släppte upp gaspedalen som han råkat pressa i golvet.
"Jag känner samma", sa han, fastän det egentligen var en underdrift.
Hennes hand brände fortfarande på hans ben och han ville att den skulle ligga där för alltid.
"Vi kan väl fortsätta att bara ta en dag i taget? Vad tycker du om det?"
"Vi är vuxna och vi har gått in i detta med öppna ögon", höll han med om, kände på sig att det nog inte var så många

dagar kvar som han skulle ha velat. Han kunde inte rå för att han höll på att falla för henne, lika lite som han rådde på årstiderna eller havets ebb och flod.

"Och att vi pratar. Om något känns fel, så snackar vi om det", sa hon.

"Absolut."

De satt tysta.

Länge, medan de färdades genom det öppna landskapet och körde om rader av lastbilar.

"Jag förväntar mig inget av dig", sa Thor efter en stund. "Vi lever olika liv, ser nog inte på samma sätt på framtiden."

"Du har rätt", höll hon med. Hon drog tillbaka sin hand, studerade sina naglar. De var korta numera och det passade henne. Han älskade hennes händer. Han saknade hennes handflata.

"Jag har barnen. Gården. Du har hela ditt liv framför dig, i Stockholm."

"Stockholm ja, eller..."

"Jag vill inte att du ska känna dig pressad på något sätt", avbröt han henne, ville verkligen att hon skulle veta det. "Av mig, menar jag."

Hon blickade ut genom bilrutan. Hon hade dragit ner solglasögonen igen.

"Jag förväntar mig inte något och jag kommer inte stanna i Laholm mycket längre. Vi får ta det dag för dag."

"Dag för dag", höll han med. Han tog hennes hand och la den på sitt ben igen. Hon log och kramade lätt.

"Låt oss stanna här", sa han och pekade på skylten till Varberg, den medeltida bad- och handelsorten. Än hade de tid för varandra.

Det skulle bli ödsligt och tomt när hon försvann, men han kunde hantera det.

Han var nästan helt säker på det.

— 35 —

"Så vackert", sa Stella och tittade ut över horisonten där hav och himmel möttes. Doften av salt, en segelbåt på väg ut – det var som en affisch.

De promenerade, sida vid sida. Då och då råkade de snudda vid varandra, med en axel, med ett finger och varje gång pirrade det till i henne, behagliga små rysningar av förväntan. För den låg i luften, runt om dem, mellan dem. En förmodan om att detta inte var slut än.

Hon nickade bortåt, mot ett hus med tinnar och torn. Det stod långt ute i vattnet, förbands med stranden av en lång bro och såg ut att sväva över havet.

"Är det ett slott?" frågade hon. Det såg ut som en byggnad från en annan tid, eller en saga.

"Det är Kallbadhuset. De har bassänger och bastu. Och det är nakenbad."

"Där ser man."

De promenerade längs vattnet. Det var något speciellt med dessa svenska små orter, hade hon börjat märka. Allt var litet, svalt och rent. Turistsäsongen hade inte startat i Varberg och det var glest med folk.

Efter ett tag slog de sig ner på en liten restaurang. Det var enkelt, utsikten var huvudattraktionen. Thor sträckte ut benen. Stella lutade sig bakåt, åt bröd och spanade ut över havet och hamnen. Hon höll på att bli sig själv igen, tänkte hon. Den hon var före Peder och innan hon tappade bort sig själv. En vild, fri och äventyrlig kvinna. En kvinna som hon trivdes med. En kvinna som kunde nå hur långt som helst. En kvinna som åkte på roadtrip och drack vin vid havet och var väldigt nära att trilla dit på en man med varma ögon och en ljuvligt snuskig fantasi.

"Jag har glömt att fråga. Har du läst din mammas bok? Hur var den?" Thor tittade på henne över menyn och hon la ner sin på bordet. Hon skulle beställa vin och en jätteräkmacka. Livet var gott.

Hon hade tänkt berätta det för honom. "Det stod min pappas namn i den. Jag har fortfarande inte bearbetat det. Men han finns och han har ett namn. Dev. Jag önskar det fanns någon jag kunde fråga."

"Vet du inget mer?"

Kyparen kom till deras bord. Medan Thor beställde vin och räksmörgås åt henne och en dagens fångst åt sig själv iakttog hon honom. Det var som om hon såg på Thor på ett nytt sätt numera, la märke till nya saker med honom. Hur det mörka håret glänste i brunt och guld i solen till exempel. Hur överläppen var smal och alltid skuggad av skäggväxt, hur underläppen var fyllig. Och hon märkte att hon sökte upp honom med blicken hela tiden, letade efter hans långa kropp och blev alldeles varm när hon såg honom. Såklart hon var påverkad. Svårt att inte bli det. Hon hade haft hans händer över hela sin kropp. Hans mun mellan sina lår, hans tunga i sig. Hon hade haft hans mun på varenda ställe på sin kropp, runt sin klitoris, sina bröst.

"Stella?"

"Vad? Nej. Jag vet typ ingenting om honom. Att han är indier. Att de möttes i Stockholm. Och att jag kom nio månader senare."

Mamma hade druckit bubbel en kväll för att fira en avhandling eller något. Mamma blev glad när hon drack. Hon hade spelat musik, lett mot Stella och sagt att hon fått sina vackra ögon från sin pappa, att han hade haft de vackraste ögon hon sett. Morgonen därpå hade hon vägrat prata om det, sagt att Stella hört fel. En annan gång hade mamma råkat undslippa sig att hon aldrig hade velat ha barn, men att när hon blev gravid som fyrtioåring hade valt att behålla det. *Det*. Den informationen hade varit jobbigare att bearbeta.

"Kom din pappa till Laholm någonsin?"

"Det tror jag inte. De måste ha träffats i Stockholm. Någon skulle ha berättat att en indier dök upp i Laholm tillsammans med Ingrid Wallin, i så fall. Men jag har ju ingen aning egentligen. Var de ihop? Var det en natt?" Hon var själv rätt mörk så hennes pappa måste vara mörk, tänkte Stella, så förmodligen från södra Indien.

"Jag kan fråga mamma och pappa för säkerhets skull. Om de inte vet, då har det inte hänt."

"Tack." Hon var inte säker på vad Thors föräldrar skulle tycka om det, men absolut, om han ville fråga. "Jag antar att jag skulle kunna fråga runt lite mer själv", sa hon. "Nawal kanske minns något, till exempel."

Deras dryck kom på bordet och Stella smuttade på rosévinet. Ett enkelt husets, men krispigt och kallt. Thor följde hennes rörelser med intensiv blick.

"Vill du smaka?" frågade hon och fångade upp en droppe i mungipan med tungan. Thor sträckte ut handen, tog glaset, snurrade på det och tog en långsam klunk från samma ställe som hon druckit. Hon kunde inte släppa hans mun med blicken, hade allt fokus på den och på vad hon skulle vilja att den gjorde med henne.

"Visste du att vår Rakel och din Nawal var bästisar en gång i tiden?" frågade Thor. Hans fråga var nog så vardaglig men rösten var hes och Stella tänkte att hon kanske inte dolde sina syndfulla tankar fullt så väl som hon själv trodde, för hans blick på henne var praktiskt taget självlysande.

Hon försökte koncentrera sig på samtalet, men det var

svårt. Hennes kropp tyckte hon skulle strunta i att prata om mamma, Nawal och Rakel och istället kasta sig över Thor, slita av honom kläderna och rida honom svettig. Hon tog en lång klunk. Var sak hade sin tid. Vin och samtal nu. Sex sedan.

"Det är svårt att tänka sig två kvinnor som är mer olika varandra än de två." Rakel med sin asketiska framtoning och dömande blick. Nawal med sin öppna inställning och färgstarka personlighet.

"Det var de. Men de blev ovänner av någon anledning, jag vet inte varför. Men mamma vet nog. Som sagt. Min mamma har koll."

Thors fingrar lekte med glaset och Stella tappade tråden för säkert femte gången. Hon var tvungen att tänka en stund för att komma på rätt spår, hon hade fastnat på Thors handleder. Det var en fascinerande kroppsdel, varför hade hon inte lagt märke till det förut? Brunbrända handleder med mörkt hår och en stålklocka. Så snyggt.

"Ibland tror jag min mamma var knäpp", sa Stella långsamt och vände och vred på tanken. "Man kan inte lita på kvinnor", hade Ingrid sagt en gång. "Inte på män heller", hade hon lagt till. Först långt senare slog det Stella att med den inställningen blev det få kvar att lita på. Lilla mamma. Så svårt hon måste haft det. Hon tog sitt vin, drack och lät blicken vandra vidare. Till Thors hals nu. Han hade en V-ringad t-shirt idag, den var svart och hans nyckelben skymtade. Hon hade alltid tyckt att V-ringat var lite för mycket, gillade rundhalsat på män. Men Thor skulle alltid ha V-ringat, tänkte hon, så man kunde se hans seniga hals, överdelen av hans bröstkorg, ana det mörka håret. Nu stirrade hon visst på hans bröstvårtor. Om hon skärpte blicken syntes de genom det svarta tyget.

"Familjer kan vara speciella", sa han. "Man väljer dem ju inte", la han till och så kom deras mat på bordet. Stora färska västkusträkor till Stella, rykande fisk med pepparrot

och oskalad färskpotatis till Thor. Hon lyckades äta sin mat utan att tänka en enda sextanke.
Nästan.

Efter att de lämnat Varberg bakom sig lutade Stella hakan i handen och lät blicken fastna i fjärran. De körde på en mindre väg och var omgivna av skogar och ängar, åkrar och lantbruk. Det var så grönt att det lyste mot henne. Havet anades långt bort och längs vägen blommade lila violängar. Så vackert att det värkte. De passerade kyrkor och stenrösen. En orangeröd fasantupp pickade på en åker. Som sagt. Vackert.

"Trött?" frågade Thor medan han körde med ena handen på ratten och den andra på hennes ben.

"Jag vill inte att den här dagen ska ta slut", sa hon.

"Samma här", sa han.

"Behöver du komma hem till barnen?"

"Nej, de klarar sig alldeles utmärkt. Deras farbror är fett cool, enligt Frans."

"Hundarna?"

Istället för att svara tog Thor hennes hand, förde den till munnen och pressade läpparna mot den. Och där var det igen. Effekten som fick henne att tappa andan, kontakten och spänningen mellan dem, som ett litet fyrverkeri i luften. Hon kollade på deras händer ihop. Hennes med stänk av guld, hans stor kring hennes mindre, hård kring hennes mjukhet.

De passerade en skylt mot Falkenberg.

Alla dessa namn och orter. Glommen. Björnhult. Skogstorp. Så många platser hon aldrig skulle komma att besöka, byar hon skulle glömma.

"Det finns ett hotell här, som är något extra", sa han och nickade mot ännu en Falkenberg-skylt. Till och med skyltarna var pittoreska, mer snirkliga än andra vägskyltar. Och handmålade upplysningar om målerikurser, gårdscaféer och rum att hyra.

"Jag hjälpte dem att bygga deras nya pub, det är så jag vet. Jag har aldrig bott där."

"Inte med någon?" frågade hon.

"Nej."

"Det skulle bli vår grej. Din och min. En engångsgrej."

Ännu en engångsgrej. Hur många kunde man ha innan man måste börja kalla det något annat? Två? Tre? Tio? Men hon ville ha honom. Nu. Idag. Och hon orkade inte tänka på framtiden, den blev ändå aldrig som man tänkt sig.

Så de stannade i Falkenberg, där det doftade hav och salt vart man än vände sig. De tog in på hotellet som låg på sanddynerna och fick ett rum högt upp med utsikt över havet, från egen balkong. Kristallkrona i taket och lyxiga möbler.

De gick ner till stranden. Solen värmde fortfarande men hade börjat sjunka mot horisonten och allt badade i ett milt ljus.

Det var inte säsong och de var nästan ensamma på den vita stranden. Någon enstaka joggare och seglande fiskmåsar.

"I Stockholm ser man inte solen gå ner över havet, bara upp", reflekterade Stella. Sanden var så mjuk att det var svårt att gå.

Han drog henne mot sig, strök henne över armen.

"Du är så len", sa han och smekte fram gåshud och värme över huden.

Hon lutade huvudet mot hans axel och snusade mot hans hals. "Och du luktar så gott."

"Det är nog bara sköljmedel och vanlig tvål."

Hon snusade igen. "Det är min favoritdoft." Det var tänkt som ett skämt men det var sanningen. Ingen doftade så gott som han.

"Hundra procent av mina drömmar den senaste tiden har handlat om dig."

Hon såg att hans hårstrån stod rätt upp och själv kände hon sin puls slå, i halsen, i handlederna, i knävecken.

"Vad drömmer du då?" frågade han och hans handflata smekte hennes arm.

"Om allt vi har gjort. Allt jag vill göra med dig."
"Vad vill du göra med mig?"
Hon böjde sig ner. Plockade en rosa snäcka, reste sig. "Jag vill kyssa och bita dig överallt. Ta dig i munnen, få dig att skrika." Orden kom helt ofiltrerade och de var sanna. Hon ville komma nära, se honom hudlös och upplöst.

Hon kände att han svalde. Hon var så medveten om sin egen kropp, när hon var med honom. Nu när han visste saker om henne som ingen annan visste, de var i förbindelse nu, de hade ett samband. Man lärde känna varandra genom intimiteten. Hon hade inte upplevt det på samma sätt förut, den ärliga förtroligheten, sexet som gjorde att man kom så nära. Hans arm om henne omslöt henne och hela hennes värld bestod av hans doft och muskler.

"Jag vill göra saker med dig också", sa han, dovt och hon rös, för det där var rösten hos en man som var redo att testa mörka oanständiga gärningar ihop med henne.

Stella andades andfått efter att de nästan rusat upp till rummet. Hon lutade sig mot väggen medan Thor låste upp dörren och så drog han med henne in och mer eller mindre kastade henne på sängen. Hon skrattade och satte sig upp, tog tag i hans byxlinning, drog in honom mellan sina ben. Hon knäppte upp hans byxor, stoppade in handen och höll om honom. Han var stenhård. Redo för henne.

Hon tittade upp. Han iakttog henne med rå hunger i blicken.
"Jag vill ta dig i munnen", sa hon.
"Stella", sa han kvävt. Han smekte henne över kinden, böjde sig ner och kysste henne.
"Du måste inte", sa han men hon hörde vad han ville, mer än något annat, kände hans desperation överallt.
"Jag vill. Klä av dig."
Han drog av tröjan. En man som jobbade hårt fysiskt och vars kropp visade det.

"Kom", sa hon och drog honom mot sig, hjälpte honom av med resten av kläderna tills han var naken. "Kom närmare sa hon. Han ställde sig mellan hennes ben igen och hon tog tag om hans kuk. Den var varm och pulserande, hård och precis lagom stor, inte superlång, men kraftig. Såklart att storleken inte var det viktigaste, men hon klagade inte på att han var rejäl. Hon böjde sig fram, kupade sina händer mjukt om hans pung, slöt handen om honom, rörde den försiktigt, upp och ner, hörde hans tysta flämtningar innan hon böjde sig fram och tog den yttersta delen av honom mjukt i munnen.

"Åh, Gud, Stella", sa han kvävt.

Hon bekantade sig med smaken och känslan, hjälpte till med handen, tog sin tid att hitta en rytm som passade honom. Han smakade gott och rent, lite salt, och så doften av tvål. Hon tog honom djupare, kände hur hans händer begravde sig i hennes hår. Han höll hennes huvud och hon gillade att han visade vad han tyckte om. Hon ökade takten, snabbare och snabbare tills hon kände hur hans lår skakade och hans kropp började dra ihop sig.

"Jag kommer snart", sa han kvävt och försökte dra sig ur. Istället tog hon honom djupt, fortsatte tills han kom med ett utdraget stön i hennes mun. Hon svalde utan att tänka. Det smakade ingenting, tänkte hon häpet, bara lite varmt och salt. Hon hade aldrig gjort så här förut, hade inte alls gillat tanken på det, men med Thor så hade hon bara gjort det. Och det gick ju asbra, om hon fick skryta lite.

När Thor såg Stellas mörka huvud guppa över hans kuk, när han kände hennes varma tunga och mjuka läppar omsluta honom, när han hörde suckarna och de smackande ljuden hon gjorde, då tänkte han att han nog ändå upplevt ungefär allt han hoppats på. Hennes händer vilade mot baksidan av hans lår och hon rev honom, han skulle ha märken där imorgon, tänkte han. Han rörde sig i hennes mun, långsamt och bestämt. Musklerna i magen drog ihop sig, alla hans sinnen skärptes, han hörde allt, såg svettblänket på hennes hud, kände hennes fylliga läppar glida upp och ner längs med honom. "Stella", stönade han och när han kom, när hon höll kvar honom i den varma, våta munnen, när hon tog emot honom. Ja... Han hade inga ord. Det var det mest tillfredsställande han upplevt.

Tydligen hade han dråsat ner i sängen, och försvunnit ett tag, för plötsligt hörde han:

"Hallå, gamle man, ska du somna? Min pussy är fortfarande very otillfredsställd."

Thor reste sig på ena armbågen.

Stella betraktade honom med rufsigt hår och rosiga kinder.

"Du får det att låta som om jag står med ena benet i graven", sa han och sträckte sig efter henne.

"Du är den äldsta älskare jag haft. Jag borde inte ha låtit dig komma."

Han drog ner henne i sängen, vältrade sig över henne och såg ner i hennes glada ansikte.

"Det var fantastiskt. Nu ska jag lära dig att ha respekt för de äldre."

"Jag tror inte att respekt är min starkaste gren", fnissade hon och ålade sig under honom, med allt sitt mjuka doftande hull.

Han tog hennes armar och höll dem ovan hennes huvud.

"Ligg still, kvinna. Låt mig andas. Vad är din starkaste gren?"

"Just nu skulle jag säga att det är att svälja", sa hon med ett grin och pressade sig lystet mot honom, påminde honom om att hon fortfarande var otillfredsställd, vilket var helt emot hans principer.

"Om du kunde ge mig fem minuter", sa han, för han var fortfarande omtöcknad av sitt livs hittills bästa orgasm. Sedan skulle han återgälda.

"Fast jag behöver nog duscha. Jag har sand överallt", sa hon. "Och kanske borsta tänderna."

Han drog upp henne och drog med henne till duschen där han tvålade in henne grundligt.

"Jag är nog ren där nu", påpekade hon när han om och om igen lät fingrarna glida in i henne.

"Är du säker?" mumlade han, sjönk ner framför henne, sköljde henne och slickade henne sedan, vilket inte var så lätt, med vatten och lödder som strömmade överallt.

Sedan slickade han henne i sängen, vilket var betydligt mer tillfredsställande för dem båda. Han arbetade målmedvetet för att ge henne orgasm, ville att hon skulle känna som han, att detta var extraordinärt. Han lyssnade på hennes ljud, kände efter vad som fick henne att skaka, vad som fick henne att vrida sig, vad som fick henne att kvida. Han slöt ögonen och kände hur det närmade sig. "Jag älskar din fitta", sa han. "Älskar hur den smakar. Älskar att den finns." Hon flämtade med öppen mun medan han fortsatte. Hon var som en saftig och mjuk frukt, som en söt bakelse, en varm blomma, tänkte han medan han fortsatte och fortsatte.

"Sluta inte", kved hon.

Knappast. Han slickade i stadig takt, sög, nafsade och strök och när hon kom, våldsamt och skrikande, höll han handen om henne, pressade och tryckte tills det ebbade ut och hon låg slutkörd i sängen. Då pressade han på igen, hela hennes venusberg, tryckte på de små fina nervtrådarna under huden och kände henne komma igen, som en extra bonusorgasm, ett efterskalv som han lyckades locka ur henne.

"Så skönt", sa hon med dåsig röst. Kuddar och överkast och täcken låg i en enda röra.

De beställde roomservice, eftersom ingen av dem hade någon ork kvar i benen, tog allt de gillade från menyn. Stella låg i sängen och dirigerade. Thor gick omkring naken och hämtade vatten och allt hon bad om och kände sig som en kung.

Och efter maten visade han henne att han inte var så gammal att han inte orkade tillfredsställa henne en hel natt.

Det var roligt och hett. Men också hjärtskärande. För som han sagt tidigare under dagen. Känslor kommer. Och det fanns inget han kunde göra åt det.

Inget.

– 36 –

"Visste du att min farbror Klas är gay?" frågade Juni nästa dag.
Stella pekade att Juni skulle räcka henne en knappnål, vilket hon gjorde.
Stella nålade exakt och pedantiskt. "Ja, jag hörde det. Ge mig en till."
Juni gav henne ännu en tunn nål.
Stella höll upp tyget mot ljuset och fortsatte sedan att nåla. Det var en kund i boutiquen som bett henne lägga upp fållen och laga en söm i sin gamla favoritkjol. Hon gillade det här. Att ömsint ta till vara ett välsytt plagg och förlänga dess livslängd. Juni räckte henne ännu en pärlemorprydd knappnål.
Juni hade dykt upp, på cykel efter skolan, kikat in på lagret och Stella hade omgående satt henne i arbete. Hon behövde all hjälp hon kunde få just nu. Ryktet om hennes kunskaper hade spritt sig och hon hade helt sonika flyttat hela sin verksamhet till Nawals lagerrum. Här fanns mer utrymme, bättre ljus och rejäla ställningar. Och så kunde kunderna prova direkt. Dessutom behövde hon en distraktion från sina tankar på Thor.
Fantastiska Super-Thor. Hon var tvungen att böja på huvudet så att inte Juni skulle se hennes belåtna flin. Hon var glad att flickan verkade ha förlåtit henne och ville inte äventyra förtroendet som verkade spira mellan dem.
"Vad tycker du om det?" frågade Juni.
"Om att Klas är gay? Jag tycker inget särskilt."

Stella hade vänner som var lesbiska och bögar och de var precis likadana som alla andra, om nu någon trott något annat. De hade fredagsmys, kollade på Netflix och hatade måndagar. Hon kände två transpersoner och bortsett från att den ena var ett musikaliskt geni och den andra var osunt besatt av pelargoner så var de människor, precis som alla andra. Utom det där med blommorna, möjligen. Pelargoner! Och de hade en orättvis mängd fördomar emot sig. Man lärde sig mycket av personer som inte var som normen och man blev en bättre människa på kuppen, var Stellas uppfattning. Hon tillhörde ju själv inte normen i alla avseenden. Dels var hon kvinna, dels var hon mörkhyad. Livet var så jäkla jobbigt ändå, varför måste människor krångla till det ytterligare genom att ha åsikter om andra? Hon begrep faktiskt inte det. Räckte det inte med cancer och krig? Måste folk vara taskiga mot folk som inte var som de?

Thor, som var vit och man, var kanske mer ovan. Man såg inte på folk vilka värderingar de hade. På ytan schysta killar kunde vara deprimerande grisiga. Herregud, om han hanterade sin brors sexualitet dåligt skulle hon bli fruktansvärt besviken på honom.

"Vad säger din pappa?" frågade hon.

Juni gjorde en grimas. "Pappa och farbror Klas bara tjafsar. Så sjukt dålig stämning hela tiden. Men det handlar nog om något annat. Säga vad man vill om min knäppa familj, men att vara icke-hetero är inget problem. Jag gillar min farbror. Men jag är tonåring, vi har annat att tänka på."

Juni bet sig i läppen och räckte henne en nål till. "Alltså. Jag vet inte. Tycker du att jag kanske ska gå på skolbalen ändå?"

Aha. Stella hade undrat vad flickan ville när hon frågat om hon fick komma in en stund.

Stella slutade arbeta.

Juni undvek hennes blick allt vad det gick, var superkoncentrerad på en stuvbit och hade misstänkt röda kinder. Stella ville bara resa sig upp, krama henne hårt och säga att det skulle bli bättre. Att vara tonåring var så jäkla jobbigt. Hon hade aldrig begripit sig på folk som romantiserade den tiden i livet. Den var ju alltigenom vidrig.

"Vad tycker du själv?" frågade hon, varsamt, som om hon drog i en antik silkestråd som bildat en knut och som hon försökte reda ut. Man fick inte dra för hårt för då gick den sönder.

"Jag vet inte", sa Juni.

"Varför ville du inte gå från början?"

Juni tittade bort.

"Jag lyssnar gärna, om du orkar berätta", lockade Stella. Försiktigt men envist.

"Gick du på din skolbal?" frågade Juni, till sist, efter en evighetslång tystnad.

Stella nickade. "Fast på gymnasiet."

"Var det roligt?"

"Det var faktiskt det. Ett kul minne."

Hon hade sytt sin egen klänning. Mamma hade fortfarande varit frisk och levande. Livet hade varit helt okej under några veckor till. Hon log lite. Hon hade älskat sin mamma så mycket – och varit arg på henne också. Två känslor som man tydligen kunde ha samtidigt. Kärlek och ilska.

"Var det i Stockholm?" frågade Juni.

"Ja. Jag gick med Maud."

Juni lyste upp. "Hur är det med Maud?"

Stella tog fram mobilen och visade en bild på bebisen och en på hela familjen i Stockholm. Juni tittade noga. "Maud hälsade till dig", sa Stella.

"Gjorde hon?"

"Ja."

"Jag tror det är annorlunda här på landet", sa Juni och rynkade ögonbrynen. Hon drog i sin stora tröja igen.

"Det kan det nog vara. Ska Cassandra gå på balen?"

Juni imiterade en mussla igen. Knäppte ihop.

Stella försökte tänka ut något klokt att säga. Det syntes att det här med bästisen tärde på Juni. Så tajt som man var som sextonåring med sin bästa kompis, det fanns ingen intensivare relation, hon mindes det ju mer än väl. Hon och Maud hade svurit varandra evig trohet när de fyllde sexton. Och de hade menat det.

"Äh, skit samma", mumlade Juni, "jag har ändå inget att ha på mig. Jag skulle aldrig vilja ha en sådan där lam balklänning i alla fall."

"Jag fattar. Men tror du att du skulle vilja ha en o-lam klänning?" frågade Stella, för första gången på helt säker och stabil mark.

Juni ryckte på axlarna. Men Stella hade hunnit se det lilla blänket av längtan i flickans ögon.

"För jag råkar vara rätt bra på att sy, om du inte visste det."

"Jag vet inte ens vad jag passar i", sa Juni, truligt, men Stella anade segervittring.

"Det kan vi ta reda på."

Det var ju halva nöjet! Hon hade redan börjat ta mått på Juni i huvudet. Fundera på färger, material och stilar. Varje kvinna var unik, det var det modedesign handlade om i slutändan, inte tillfälliga trender utan om att skapa ett plagg som framhävde det unika, det speciella. Som lyfte personligheten, som smickrade det som var bra och var snäll mot det som behövde mer omsorg. Åh, hennes hjärta klappade nu.

"Vi kan väl kolla i butiken, så jag får en känsla för vad du gillar?" föreslog Stella, redan på väg ut i affären med måttbandet i högsta hugg.

"Är det inte bara tantkläder?" klagade Juni bakom henne.

"Vi måste börja någonstans."

Tillsammans gick de runt i butiken. Stella höll fram kläder som Juni dissade. Men det var som det skulle, annars var det ingen utmaning.

"Den här då", sa Stella och höll fram en djupblå klänning. Men Juni svarade inte. Hon tittade genom det stora fönstret ut mot gatan och hade stelnat till.

"Vem är det?" frågade Stella och följde Junis blick. En ung tjej stod där ute och såg stint in genom fönstret.

"Det är Cassandra", sa Juni lågt.

"Din kompis?" Stella hängde tillbaka klänningen. Juni skulle inte ha blått, det kände hon starkt.

"Före detta kompis."

"Vad sa du som var så hemskt?"

Juni tittade bort. "Jag retade henne för att hon är fattig. Jag menade det inte. Det var så dumt och jag skäms så jag vill dö. Hon blev jätteledsen och sa att hon hatade mig."

Stella tittade ut igen.

"Jag brukar se henne ibland", sa Juni med svag röst.

"Pratar ni aldrig?"

Juni skakade på huvudet. Flickorna stod där och betraktade varandra. "Tycker du jag ska gå ut?" frågade Juni.

Jaaa, ville Stella skrika, men nöjde sig med ett: "Vad tycker du själv?"

Juni svarade inte, men höjde försiktigt handen till en knappt märkbar vinkning. Stella höll andan. Cassandra tittade. Och tittade.

Och sedan, efter en utdragen paus höjde hon också handen till en hälsning.

"Ska ni inte prata med varandra?"

"Jag vet inte om hon vill. Tänk om hon fortfarande hatar mig?"

"Om det bara fanns något sätt att ta reda på det."

Juni himlade med ögonen, men hon la handen på dörrhandtaget och drog upp dörren. "Hej", sa hon.

"Hej", hördes till svar.

Stella väntade. Cassandra närmade sig.

"Jag såg dig där ute", sa Juni trevande.

"Jag såg dig. Vad gör du?" Cassandra fingrade på sin fransiga väska, bet sig i läppen och tittade vaksamt på Stella.

"Hej. Jag heter Stella. Juni hjälper mig. Jag jobbar här."

"Jag vet vem du är." Cassandra kollade på Juni igen. Juni drog i sina ärmar. Cassandra tuggade på underläppen

Spänningen mellan de två tonåringarna var som en plågsam ungdomsfilm.

Juni harklade sig. "Jag är ledsen för det där jag sa."

Cassandra ryckte på axeln.

"Det är okej."

"Det var så dumt."

Stella drog sig undan. Hon mindes hur utlämnad man kunde känna sig i den där åldern. Hur förflugna ord från en bästis kunde såra. Hur det fanns tabubelagda ämnen man aldrig berörde.

"Vi kanske kan ses och kolla på Netflix ihop någon dag", hörde hon Juni säga.

"Visst", sa Cassandra.

Förstulet betraktade Stella flickorna medan de närmade sig varandra, lagade sin relation, jämförde saker på sina telefoner, pratade om grejer på nätet hon själv aldrig hört talas om. Cassandra var ungefär lika lång som Juni, men spädare byggd, rakare också. Hon hade ganska korta ben, små bröst, raka, tunna axlar och ljusa ögon. Det fanns mycket att jobba med där. Stella noterade annat också. För när Stella växte upp hade det funnits tider då de var väldigt fattiga. Mamma, en kulturarbetare med osäker anställning, hade inte alltid haft råd med frukt, med skolsaker, med nya stövlar till hösten och Stella såg de avslöjande tecknen hos Cassandra. Billiga skor. Kläder av låg kvalitet. Hår som inte blev klippt.

Stella gick in på lagret. Hon tog fram en av klänningarna som inte alls hade passat Juni. Den var en XS och Nawal hade den på lagret, för den hade inte gått att sälja ens på rean. Den var helt fel färg för Juni, och krävde dessutom en annan sorts figur. Det var en svår klänning, men på rätt person skulle den vara spektakulär.

"Den här skulle kunna se så bra ut på dig", sa hon när hon återvände till flickorna. "På skolbalen, menar jag." Den skulle behöva tas in här, släppas ut där och läggas upp runt om, men det kunde hon fixa hur lätt som helst.

Cassandras ögon glänste till men hon skakade hastigt på huvudet.

"Jag ska inte gå."

"Men..."

"Jag måste hem nu", sa hon snabbt. "Hejdå."

"Hejdå, Cassie", sa Juni lågt. Cassandra lämnade dem och Juni såg sisådär tusen gånger gladare ut än Stella någonsin sett henne.

"Hur känns det?" frågade Stella.

"Vi ska ses och hänga, bestämde vi."

"Det låter bra."

"Jag måste väl också hem", sa Juni. "Jag har tonvis med läxor."

Stella vinkade adjö när Juni cyklade iväg. Den stora tröjan fladdrade och påminde henne om att de måste ta tag i en sak till. En viktig sak i varje kvinnas liv. Inte minst i en storbystad kvinnas liv. En sextonåring som fått alldeles för stora bröst, alldeles för snabbt och inte hade en mamma att prata med. Stella mindes det där. Hur brösten kommit från en dag till en annan. Blickarna. Obehaget. Killarna. Det där skulle hon se till att lösa innan hon lämnade Laholm, bestämde hon och återvände till sitt nålande ute på lagret, omåttligt nöjd med sig själv. Hon var ju svinchill på det här med tonåringar.

– 37 –

Nästa dag parkerade Thor bilen nere vid Lagan och släppte ut hundarna. Han kopplade valpen men lät Nessie gå lös och gick bort till stället där Klas stod och fiskade. Det var Klas och ett antal äldre män som kastade sina spön i det kalla livliga vattnet. Det fanns gott om fisk i ån, årets turister hade inte anlänt än.

Klas vände sig inte om, men Thor visste att brodern noterat hans ankomst.

Det var så det var mellan dem.

"Stella är på väg hit", sa Klas som hälsning. Han kastade ut linan. "Hon ringde och ville träffas, jag bad henne komma hit för jag vill inte ge upp min plats." Långsamt och metodiskt vevade han in linan. "Det är ett bra läge och gubbarna här är som gamar."

Thor ställde sig bredvid brodern och spanade ut över det virvlande vattnet. "Jag vet. Hon bad mig om ditt nummer. Vad har hänt?"

Thor skulle träffa Stella efteråt, men hon hade envisats med att ta mopeden in.

Klas såg ut att tveka. Han höll hårt på tystnadsplikten.

"Hon har fått brev från den där advokaten, Hassan", sa han till slut när han förmodligen kommit fram till att det knappast kunde vara en hemlighet. "Ett brev med en stämning för löftesbrott, från Erik Hurtig. Du hörde hur Erik höll på. Jag ska titta på det åt henne."

"Erik är ett arsel", sa Thor.
"Det är med sanningen överensstämmande."
Klas kastade ut linan igen. De stirrade på den men inget hände.
"Nappar det?" frågade Thor.
"Nä."
Thor klappade Nessie som kom fram och kollade av läget. Valpen grävde i ett hål. Allt var som vanligt. Och ändå inte. För två dagar sedan hade han och Stella ätit frukost på hotellrummet i Falkenberg. De hade pratat, skrattat och sedan hade de älskat igen, med havet som fond. Halvvägs till Laholm hade de stannat och haft sex mot bilen, bara för att ingen av dem provat det förut. Det var kanske inte det bästa sex han haft, om han skulle vara ärlig. Dels gick han inte alls igång på risken att bli sedd, dels var bilplåten inte superskön för någon av dem utan bara för varm, för kall, för hal. Men Thor älskade att ge Stella orgasm, att lyssna på hennes kropp, att låta henne guida honom och sexet med henne var inte av denna världen. Helgen hade varit som en bubbla de befunnit sig i, han hade struntat i allt, bara velat vara med henne. Fortfarande fanns en del av det skimret kvar, tänkte han och förlorade sig i fantasier om vad de gjort, vad han ville göra mer.

"Vad är det mellan dig och Stella egentligen?" frågade Klas med en nästan kuslig känsla för vad som pågick inom Thor. Men Thor var inte redo att diskutera Stella med sin tvillingbror.

"Inget."

"Hon ska inte stanna i Laholm, det har du väl inte glömt?"

"Jag vet", sa han, störd över att Klas tydligen tyckte att han måste påminna honom om detta.

Klas hade hjälpt till med barnen i helgen och Thor var tacksam, det var han, men nu kom den gamla irritationen tillbaka för visst kändes det som om Klas och föräldrarna diskuterat honom? Han knöt händerna, hatade att känna sig som den i familjen som man måste prata om. Stella kanske visst skulle välja att stanna, konstigare saker hade faktiskt hänt. Ju längre hon var här desto mer verkade hon gilla Laholm. Och hans sällskap, det de hade ihop. Var det så himla otänkbart att hon skulle välja honom?

"Du verkar pressad? Har du mycket att göra?" frågade Klas och kastade ut linan igen.

"Det är alltid mycket", snäste Thor för frågan lät mer som en anklagelse än något annat.

"Hm", sa Klas, oberört. "Pappa sa att du inte ber dem om hjälp. Du är så jävla envis." Han vevade in linan.

Thor hade god lust att putta sin odrägliga bror i vattnet. Komma hit och utdela sina iakttagelser. Klas hade för all del inte fel. Thor var envis. Men det var så det var. En bonde gav inte upp. En bonde kämpade in i det sista.

"Jag klarar mig, jag behöver inte deras hjälp", sa han kort.

"Nä, du måste alltid visa alla att du kan bäst."

"Jag har varit så illa tvungen", kunde han inte låta bli att säga. För det var inte som att Klas någonsin erbjudit sig att hjälpa till. Det sved fortfarande, faktiskt.

"Du hade bara behövt be om det så hade jag ställt upp."

"Jag ville inte störa", sa han småsint. Men han hade lärt sig att bita ihop och klara sig själv, det blev bäst så. Folk sa alltid att bara någon trodde på en så klarade man vad som helst. För Thor hade det varit tvärtom. Ju mindre hans föräldrar, Rakel, hela världen trodde på honom, desto mer ville han visa alla att han minsann kunde.

"Du stör aldrig", sa Klas. "Du är min bror."

Thor fnös för sig själv och såg på sina hundar som viftade med svansarna och åbäkade sig. De där svikarna, de älskade Klas villkorslöst. Pumba gav förvisso sin kärlek till vem som helst i utbyte mot en snäll blick eller en överbliven matbit, men hans förnuftiga Nessie borde veta bättre.

En av gubbarna fick napp och de såg på hur han halade in en glänsande fisk. Klas hade redan bränt sig i solen, noterade

Thor. Han bestämde sig för att inte säga något om det. Klas kunde gott gå omkring med bränd näsa och panna. Han hade sett blek ut när han kom. Han undrade vad som fått Klas att komma till Laholm så långt före festen. Det var faktiskt enormt olikt honom. Hade Klas pratat med föräldrarna om det? Hade de ens frågat? Thor synade sin bror noga. Hade något hänt? Var han sjuk? Arbetslös? Olyckligt kär?

Det här med att fråga sin son om pojkvänner var svårt för Vivi och Gunnar, Thor visste det. När Klas kommit ut hade föräldrarna inte reagerat nämnvärt. De hade kanske inte direkt pratat om det, men familjen hade stöttat och accepterat Klas till hundra procent. Genom åren hade Klas tagit med sig exakt två pojkvänner till Laholm. Men föräldrarna pratade inte om det på samma sätt som de pratade med Thor om kvinnor och flickvänner. Märkte Klas det? Att de hade svårt att fråga på ett naturligt sätt?

"Hur är det annars då? Med allt?"

"Med allt?" frågade Klas, sarkastiskt.

Thor kisade. Klas såg inte sjuk ut. Och han jobbade för mycket för att vara arbetslös. Han borde fråga om kärlek, tänkte han. Men han och Klas pratade så sällan om sådant, han visste inte hur han skulle börja.

"Det är oväder i luften", sa han istället och såg bort över horisonten. Det var varmt, nästan kvavt i luften. Långt bort hade mörka moln börjat bildas.

Klas slog till på halsen. "Jävla insekter."

"Storstan har gjort dig vek."

"Storstan har fått mig att uppskatta saker."

"Ja, hur många pikétröjor äger du nu?"

Klas öppnade munnen men avbröts av att Stella kom puttrande på sin rostiga dödsmaskin till moppe. Hon körde sakta och säkert och hon hade hjälm, men Thor ville ändå gå framför henne. Platta ut marken, ta bort hinder och släta ut.

"Jösses. Vad är det där för något?" frågade Klas och viftade med handen mot avgaserna. De övriga på stranden såg ilsket mot oljudet. Thor kunde förstå dem. Stella måste ha skrämt bort varenda fisk i Lagan.

Stella stannade, tog av sig hjälmen och ruskade ut de svarta lockarna och hans värld tiltade. Hennes nyckelben skymtade i halslinningen på den tunna vita tröjan. Thor hade aldrig tänkt på att den kroppsdelen kunde vara så vacker, aldrig reflekterat över att en mjukt rundad underarm kunde få det att knytas i bröstet på det här viset. Stella tog så mycket plats i hans liv. När han vaknade tänkte han på henne. När djuren gjorde något roligt ville han berätta det, när hon var nära ville han se på henne hela tiden. När hon var borta saknades hon honom. Hans blick vilade på pulsen vid hennes halsgrop och han skulle kunna svära på att deras hjärtan slog i samma takt. Attraktionen fanns överallt, som solenergi och vågrörelser, i varje linje, form, vinkel, såg han henne. Bara henne. Han ville dra henne till sig, in i famnen, hålla hennes mjukhet, älska henne. Långsamt. Snabbt. Länge.

Klas gav honom en lång blick.

"Du är så jävla rökt", sa han, men inte ovänligt.

Stella drog med handen genom håret och Thor bara stirrade. Hennes tröja var djupt ringad och brösten dallrade, stora och runda och gyllenbruna och han slutade tänka, hjärnan stängde bara av. Hon log och hon nickade, men som en vän, inte något mer avslöjande eller intimt. Sedan hälsade hon på Klas och tog fram brevet hon fått. Medan hon klappade hundarna läste Klas det snabbt. Och sedan en gång till.

"Japp. Det är en delgivning."

"Han säger att jag måste sälja till honom och ingen annan."

"Är det så bråttom att få marken såld? Kan du inte bara behålla den?" frågade Thor.

"Advokaten skriver att ett muntligt löfte till Erik kan vara bindande", sa Klas med ögonen i brevet. "Att Erik betraktar marken som sin."

"Jag vill sälja till Thor", sa Stella. "Erik ska bygga gödselfabrik. Thor vill skydda grodorna. Det måste gå."

Hon såg på Klas med vädjan i de svarta ögonen och Thor tänkte att om hon såg så på honom så skulle han ge sig ut i världen och dräpa monster för hennes skull. Ta sig an Erik, advokaten och hela världen.

"Det är inte så vanligt att man stämmer folk i Sverige på det här viset, även om det händer", sa Klas och vek ihop brevet. "Låt mig tänka. Och återkomma."

"Tack, snälla."

Thor noterade att Stella inte svarat på hans fråga. Varför var hon så angelägen om att sälja? Kunde han få henne att ändra sig?

Kunde han få henne att stanna lite till?

– 38 –

Thor och Stella lämnade Klas åt fisket, tog med sig hundarna och promenerade upp till centrum ihop. Thor ledde moppen åt henne, vägrade ha det på annat sätt.

"Jag är glad att Klas hjälper mig", sa hon.

"Ja, han fick all hjärna."

Hon stannade till och satte händerna i midjan. "Gör inte så där."

"Hurdå?"

"Jämför dig med honom och tyck att du är sämre."

"Men du måste hålla med om att han är bättre på... Typ allt."

"Det är inte roligt. Tycker du verkligen det?" Hon synade honom. Menade han allvar? Hon hade aldrig mött en mer kompetent person än Thor Nordström. Hur kunde han ha dålig självkänsla?

"Inte när jag är med dig. Då känner jag mig som en kung."

Hon log, visste vad han menade för hon kände likadant. Med Thor blev hon en bättre variant av sig själv, sitt bästa jag. Hon böjde sig ner, klappade Pumba, för att dölja sitt ansikte och sina känslor. Detta var så farligt. Hon märkte ju hur hon tvekade, hur hon allt oftare fantiserade om att stanna. Hon hade undvikit Thors fråga, men hon visste att han undrade över varför hon hade så bråttom att sälja. Fastän de sagt hela tiden att det inte skulle bli mer, att det var tidsbegränsat, så var han besviken på henne. Hon borde berätta att hon väntade på besked från New York. Hon hade fått bekräftelse på att blusen kommit fram och att hon skulle höra från dem snarast, hon borde berätta. Men hon var rädd för att jinxa något med antagningen. Eller så ljög hon bara för sig själv. Hon reste sig upp.

Varför måste Thor göra det svårare än det redan var? Varför måste hon?

Thor lutade moppen mot en vägg och slog armen om hennes midja.

"Vad gör du?" frågade hon, fastän det var rätt uppenbart. Han drog henne mot sig, pressade hela hennes kropp mot sin och backade in dem båda under en lågt hängande syren. Doften omgav dem när han sänkte munnen mot henne. "Jag har väntat på detta alldeles för länge", sa han och kysste henne hungrigt. Hon grabbade tag om hans tröja och klängde sig fast. Hon hade också väntat, hade tyckt att han borde fokuserat på detta för tio minuter sedan, minst.

"Jag har väntat på att du skulle kyssa mig", sa hon och ålade sig mot hans erektion.

Han stönade och drog hennes armar bakom hennes rygg, tornade upp sig över henne. "Jag har väntat på att *du* skulle kyssa mig", sa han mot hennes mun och bet henne i underläppen.

"Jag gillar när du gör så", sa hon och pressade brösten uppåt och mot honom. Hon hade valt den här urringade tröjan enkom för att hon visste hur han blev när hennes klyfta syntes.

Han släppte hennes händer.

"Jag vet", sa han och la istället sin ena hand på hennes kind, smekte henne med tummen. Han hade så starka och väderbitna fingrar, sträva händer som kunde hugga ved och bära stockar, men rörde sig så ömsint över hennes hud. Han slöt hela handen om hennes nacke, höll henne fast och kysste henne tills hon faktiskt kved. Hon drog i tröjan, ville in under den, känna den varma huden, det korta, mörka håret.

"Stella..."

Det skulle bli skitsvårt att lämna det här, hon visste ju det. Inte blev det bättre av att de höll på så här. Men hon kunde inte sluta än. Behövde honom mer än solljus, vatten och sömn. Bara lite till, tänkte hon dimmigt. Hon skulle gå sönder sedan, inte nu.

Han lutade sin panna mot hennes. Hans andetag kom i korta, häftiga stötar, han var alldeles varm och hans armar om henne var som en buffertzon mot allt som fanns utanför. Även om det just nu mest var syrener, kullerstenar och Laholm. Men hon kände sig trygg med honom. Kände att hon ville stanna med honom. För alltid. Hon vred på sig, med ens illa till mods. Detta var så, så farligt.

Hans telefon surrade till. "Förlåt", sa han och tog fram dem. Hon drog sig loss, låtsades borsta bort löv och fnas medan han läste sms:et. Hon blinkade åt hundarna som såg på henne med nedlagda huvuden. "Husse är fin", viskade hon. Pumba viftade med svansen, Nessie nosade efter ett osynligt doftspår.

"Det är från en av mina anställda, han som kör traktorn. Han har lyckats få motorstopp ännu en gång. Jag antar att jag måste åka hem."

Han kysste henne igen.

"Jag ska göra lite ärenden", sa hon.

"Tar du din dödsmaskin hem?"

"Min älskade moppe gör max trettio kilometer i timmen. Det kommer gå så bra."

"Kör försiktigt, lova det. Jag är halvt från vettet av oro när du far omkring på den där."

Det var rart. Att han oroade sig för henne. Ingen hade någonsin oroat sig för henne. Mamma hade oftast glömt hennes existens, och de pojkvänner hon haft, tja, de hade mest varit fokuserade på sig och sitt. Huvudpersonerna liksom.

"Stella, jag..." Han sa inget mer, men hon anade. Han ville prata om marken. Om framtiden.

"Vi kan väl prata sedan", sa hon och lyckades ge sig själv en frist. Som om det skulle hjälpa.

När Stella kom in i boutiquen fann hon Nawal sortera kavajer och blusar i storleksordning. En kund strosade runt och Stella synade accessoarerna som just kommit in.

"Får jag fråga en grej?" sa hon och höll upp ett silverhalsband med en sjöstjärna. Hon passade bäst i guld men hade alltid tyckt om sjöstjärnor, sett det som "sin" symbol.

Nawal tog ut en felhängd kappa, rätade till den på galgen och hängde den på rätt ställe. "Kan jag hindra dig?"

"Varför är du och Rakel ovänner egentligen?"

Nawal började plocka mer intensivt. Hennes panna var rynkad och munnen ett streck – hela kvinnan signalerade att detta ville hon inte prata om.

"Jag vill veta", sa Stella. Hon hade funderat på det ända sedan Thor nämnde det.

"För att Rakel är outhärdlig", sa Nawal kort, och gick vidare i butiken.

Det förstås. Rakel var ganska svår att uthärda.

"Ni var nära vänner har jag hört", envisades Stella och följde efter henne.

"Ja."

Nawal böjde sig ner och rättade till ett par pumps som stod på en hylla.

"Vad hände?"

"Vi gled isär."

"Hur då?"

Nawal gav henne en plågad blick.

"Måste vi prata om det här?"

"Vi kan prata om att du borde ge mig löneförhöjning istället?"

"Du kanske vet att Rakels man lämnade henne?"

"För en dansbandsdrottning."

"Ja, de bor i Spanien nu. Solar sönder sig båda två. Sist jag såg dem på Facebook var de skrynkliga som wellpapp."

"Sol är inte hälsosamt", sa Stella som mest av allt älskade inomhus.

"Rakel vill inte förstå hur bra det var att hon slapp honom. Han var inte en bra man."

"På vilket sätt?" Hade Rakel blivit slagen, undrade Stella. Det fanns så elaka män. Ingen kvinna förtjänade att bli slagen, ingen.

Men Nawal skakade på huvudet, som om hon läst Stellas tankar.

"Ingen misshandel. Men han låg runt, både här och i Halmstad. Slösade bort pengar på sig och sina intressen. Betedde sig som om solen sken ur hans arsle. Rakel och han var alldeles för olika och han gjorde henne olycklig men hon förstod det inte. Hon blev helt förstörd när han lämnade henne."

"Det kan man väl ändå förstå?" sa Stella.

Nawal kanske aldrig hade blivit bedragen, aldrig hade känt den totala förnedringen som följde.

"Ja, absolut. Jag menar inte så. Men tiden gick och Rakel kom liksom inte över det. Hon blev fast i bitterheten. Sedan blev hennes dotter Ida med barn. Det hjälpte inte, kan jag säga."

"Med Thor?"

"Ja, med din Thor."

"Han är inte min Thor."

Nawal gav henne en blick som tydligt sa, visst, dra den om älgen också, innan hon fortsatte.

"Thor och Ida gifte sig hur som helst. Och Rakel kände sig övergiven igen. En del människor hämtar sig aldrig."

"Eller behöver sörja längre", påpekade Stella.

Nawal såg skeptisk ut. Hon började städa ett bord med accessoarer på rea.

"Du ska veta att jag ringde henne varje dag. Hon var så bitter och klagade hela tiden. Hon var avundsjuk också."
"På vad?"
"På mig och på det jag hade, antar jag. Mitt äktenskap var bra, min affär gick strålande, men vi pratade bara om hur hemskt allt var i hennes liv. Det var så jobbigt att ta emot hennes negativitet, för det tog aldrig slut. En gång – en enda gång – sa jag åt henne. Jag var trött, och jag hade varit sjuk, och jag sa att hon förbrukade all min energi, för det var så det kändes, som om hon var ett enda stort slukhål. Hon tog fruktansvärt illa upp och bara la på."
"Blev det bråk?"
"Nej. Det kanske vi hade behövt. Jag kände mest att jag behövde andas ett tag. Men hon tog det som att jag inte ville ha med henne att göra alls. Att jag också svek henne, precis som alla andra."
"Jag förstår."
Nawal log sorgset. "Vi hade varit bästa vänner sedan vi gick i skolan, pratat med varandra varje dag. Men det var tydligen inte viktigt för Rakel. Jag fick inte begå ett enda misstag, så mycket var vår vänskap värd. Under tolv år bytte vi inte ett ord."
"Tolv?"
Det var en evighet, tänkte Stella. Själv pratade hon med Maud varje dag, flera gånger ibland. Maud visste allt om henne. Bara tanken på att Maud skulle försvinna ur hennes liv och att de inte skulle höras på flera år var otänkbar.
"Vad hände sedan?" frågade Stella. Nawals röst var vass men hon såg ju att detta tärde på Nawal, kanske hade plågat henne i många år.
Nawals ögon fylldes med tårar.
"Ida dog. Det var förfärligt. Barn ska inte dö före sina föräldrar."
Stella kände halsen dras ihop.

"Jag hade inte ens vetat att Ida var så sjuk. Jag ringde till Rakel direkt, jag ville finnas där för henne. Vara hennes vän och stöd i det svåra." Nawal såg pinad ut, som om såret fortfarande var färskt och smärtsamt. "Hon skällde ut mig. Sa att jag inte skulle ringa mer. Till sist gav jag upp. Och det är sex år sedan. Du kan inte förstå hur nära vi var. Men hon är en tjurskalle och kanske är det lika bra. Vi har ändå vuxit ifrån varandra."

"Vad sorgligt."

"Jag antar det. När vi var unga hade vi massor med planer. Vi pratade alltid om att resa ihop. Rakel har aldrig varit utomlands."

"Aldrig?"

"De hade inga pengar när hon växte upp. Och hennes förbaskade man slösade bort det lilla de tjänade. Hennes dröm var att åka Transsibiriska järnvägen." Nawal gjorde en grimas. "Helt orealistiskt."

Dörrklockan pinglade till och Nawal gick för att hjälpa kunden som kommit in.

Stella tog fram en klänning från en reaställning med sjuttio procent. Samtalet hade fått henne att tänka på Rakel, på hennes färger och silhuett och dystra framtoning. Hon hade fått en idé. En briljant idé, om hon fick säga det själv.

Hon höll upp plagget. "Skulle jag kunna ta denna? Istället för pengar?"

"Om du slutar prata om Rakel så får du ta min förstfödda."

"Klänningen räcker. Tack."

När Stella en stund senare noga packade ihop sina grejer på moppen var det varmt och liksom tungt i luften, med mörka moln vid horisonten. Det kändes som om en urladdning var på väg.

"Stella!"

Hon såg sig om för att höra vem som ropat, eller snarare skrikit.

"Stella!"
Det var Cassandra på cykel, alldeles andfådd och svettig.
"Cassandra? Vad har hänt?"
Cassandra tvärnitade.
"Det är Juni. Det har hänt en hemsk grej i skolan. Du måste komma!"

– 39 –

"Vi borde ringa din pappa", sa Stella så moget och vuxet hon kunde.

"Nej! Säg inget till pappa!" Juni var utom sig. De hade hittat henne storgråtande utanför skolan på en bänk.

"Men vad står på? Berätta."

Stella var iskall av oro. Juni såg oskadd ut, men något hemskt hade helt klart skett.

"Får jag säga det?" frågade Cassandra.

"Det är så äckligt. Jag får panik!" Juni andades ryckigt och flämtande.

"Juni", sa Stella mjukt.

"Jag säger det", sa Cassandra. "Hon kan hjälpa dig."

Snörvlande nickade Juni, men hon såg inte på Stella utan begravde ansiktet i händerna som om skammen var för stor, och hulkade hjärtskärande.

"Nils drog upp hennes tröja", sa Cassandra.

Juni ylade ner i handflatorna.

"Sedan slet han i hennes behå och fick ner den och alla hans kompisar såg. Han tafsade och garvade och någon filmade. Nils sa att han ska lägga ut allt på snapchat. Han har gjort det förr." Cassandras röst var närapå hysterisk mot slutet.

Stella beordrade sig själv att bibehålla lugnet men inombords stormade det.

"Alla kommer se! Jag orkar inte!" Junis andetag kom i ytliga stötar.

"Men vi måste prata med honom", sa Stella, tvingade sig att låta lugn. Den jävla lilla skitstöveln.

"Det är ingen idé", grät Juni.

"Men då får vi prata med hans föräldrar. Vi..."

"Nej!" ropade Juni. "Säg inget. Inte till någon!"

"Men Juni..."

"Mitt liv är förstört." Hon brast i ännu häftigare gråt.

Stella såg villrådigt på Cassandra. Sedan reste hon sig och räckte Juni handen.

"Kom, du kan inte sitta här. Ska vi åka hem?"

"Nej, jag måste tillbaka in. Annars ringer de pappa."

"Då går jag med dig."

"Säg inget, det blir bara värre. Lova", bönade Juni igen när hon motvilligt följde med Stella och Cassandra mot ingången.

"Jag lovar", sa Stella, osäker på om hon gjorde rätt i att komma med sådana löften. Hon kände sig helt villrådig.

"Ska jag inte ringa din pappa?" försökte hon. Thor måste ju få veta.

Juni stannade till.

"Nej, gör inte det! Lova! Snälla lova det! Om du ringer honom tar jag livet av mig. Jag skäms ihjäl."

Styrkan i Junis protester var skrämmande.

Vinden blåste runt dem och Stella huttrade till i sin tunna topp. Temperaturen föll i rasande fart.

Juni tvärstannade igen.

"Åh nej", sa Cassandra.

Stella följde flickornas blickar.

"Är det där Nils?"

En storvuxen blond kille stirrade på deras lilla grupp. Hon kände igen honom från fotot på Erik Hurtigs skrivbord. Pojken var flankerad av ytterligare fem, nej sex, garvande killar.

"Ja, det är han", bekräftade Cassandra.

Juni bara kved.

Ju närmare Nils Hurtig kom, desto mer hånfull såg han ut.

"Grinar du, eller?" ropade han åt Juni. "Det skulle jag också göra om jag var så fet och ful."

"Håll käften", ropade Cassandra.

"Men fick lilla fattigapan mål i mun, så gulligt", ropade en av de andra killarna.

"Hon har säkert lika fula pattar som den andra horan."

"Haha. Hora!"

Det liksom brann till i skallen på Stella.

Hon gick fram och ställde sig framför Nils, som helt tydligt var ledaren för kräken. Nils var lång och välbyggd, bredaxlad och muskulös som en hockeyspelare.

Men Stella var rasande och hon struntade i hans fysik.

"Hur kan du göra så mot henne?"

"Det var ganska enkelt. Hon gillade det. Hon gillar uppmärksamhet."

Hade han inte flinat så kanske hon hade sansat sig. Våld löser inget, det var hennes fasta övertygelse. Men när Nils Hurtig hånlog henne rakt i ansiktet och sa: "Hon behöver bara lite kuk, så hon lugnar ner sig", exploderade ursinnet i Stella som om hon var en molotovcocktail.

Utan att tänka tog hon sats från axeln och gav honom en örfil rakt över det hånflinande ansiktet. Smällen var inte särskilt hård, men den träffade perfekt och Nils gav ifrån sig ett förödmjukat ylande.

"Kärringjävel", tjöt han med ena handen för näsan. Han knuffade till henne med den andra handen så hon snubblade baklänges.

"Din jävla fegis", skrek Cassandra och kastade sig fram med nävarna i luften.

Stella skyndade sig fram och in emellan dem. Om Nils slog Cassandra eller Juni, då skulle hon begå mord.

Det blev kaos. Nils svor och skrek. Hans polare skrattade som hyenor medan Juni ropade åt dem att sluta, bara sluta.

Med blodet rinnande från näsan började Nils gasta om att

Stella misshandlat honom, att han skulle anmäla henne. Säga vad man ville om familjen Hurtig – men några problem med att stämma folk verkade de inte ha.

"Shit, det kommer folk", sa en av killarna.

Stella vände sig om. Folk började mycket riktigt strömma till från olika håll, vuxna människor som såg ut som bekymrade lärare. Det var på tiden, tänkte hon och rättade till sina kläder.

"Vad händer?" frågade en kvinna strängt. En lärare van vid lydnad, det syntes. Hon undervisade säkert i gympa. De brukade se ut så där: rakryggade, hurtiga och redo att säga saker som att det finns inget dåligt väder, bara dåliga kläder.

"Den här galningen attackerade mig", sa Nils och höll handen för näsan som, det måste Stella medge, blödde en del. Men ändå: Attackerade? Verkligen?

"Den här unga mannen betedde sig högst olämpligt", sa Stella så högdraget och strängt som det gick.

"Cassandra?" frågade lärarpersonen, och ignorerade Stella helt.

"Alltså. Det var Nils som började."

Nils protesterade högljutt och läraren höll upp handen i luften. Stella skulle inte blivit förvånad om hon blåst i en visselpipa.

"Det räcker. Till rektorn. Allihop."

Stella slog följde med dem. Hon kramade Junis hand men Juni drog den åt sig.

"Var du tvungen att slå honom? Det kommer bara bli värre nu."

"Det kommer säkert gå bra", sa Stella. Situationen var inte optimal, det höll hon med om, men hon hade ju sett vad som hänt, skulle berätta allt och var säker på att det skulle gå att lösa. Hon skulle be Nils om ursäkt, men han måste också stå till svars.

Det kommer gå bra, sa hon sig själv.

"Nej!" sa Juni och tvärstannade samtidigt som en tordönsstämma röt:
"Vad har hänt?"
Det var Thor som dykt upp. Svart i ansiktet av ilska. Bakom honom tornade mörkgråa moln upp sig. Vinden tilltog.
"Inte pappa", kved Juni.
Stella tittade på Thor.
Bakom honom klövs plötsligt himlen av en blixt.
Thor såg inte glad ut.
För att underdriva rejält.

– 40 –

Thor var så upprörd att det liksom flimrade för ögonen. Han försökte djupandas, men det var som om lungorna vägrade fungera som de skulle. Hela kroppen var aktiverad för krig. Hans dotter, hans hjärta, hans lilla Juni var blek och rödgråten och skräcken kramade hans hjärta, pumpade blod ut i musklerna och gjorde hans röst rasande.

"Vad har hänt?" Han spände blicken i Stella. "Och vad gör *du* här?" Rösten var kärv, han hörde ju det, men han var rädd och arg.

"Juni behövde mig."

"Men varför har ingen ringt mig? Vad fan är det som händer?"

"Allt är bra", sa Stella.

Om avsikten var att lugna honom, så fungerade det inte. Han ville ha mer information än så.

Junis mentor hade ringt och sagt att Juni saknades. Thor hade messat henne men inte fått svar och kastat sig in i bilen. Han hade varit så orolig att han nästan krockat på vägen. Och så visade det sig att Stella varit här hela tiden. Varför hade hon inte ringt honom? Fattade hon verkligen inte vilken fasa det var att få höra att ens barn var försvunnet? Hon borde ha ringt honom på direkten. Juni var hans barn, hans ansvar.

"Vad har hänt?" upprepade han.

"Inget, pappa. Du hade inte behövt komma."

Thor tog in Nils blodiga näsa, Junis förgråtna ansikte och

sedan Stellas smutsiga kläder och rufsiga hår. Något var uppenbarligen på tok och om ingen började svara på hans frågor skulle han gå bärsärkargång.

"Vi väntar på Erik och Paula", sa rektorn och i samma stund hördes ilskna röster utanför rektorsrummet.

Erik Hurtig var först in, redan högljutt gapande och orange i ansiktet, tätt följd av Paula som gav upp ett tjut när hon såg Nils blodiga näsa.

"Nils!" Hon rusade fram till honom. "Nils, du är skadad! Du blöder!" hon såg sig om, som en furie. "Vem har gjort detta mot min son?"

Erik krökte på läppen. "Det var Juni Nordström förstås. Som vanligt när vi får komma hit." Jag kräver att skolan tar tag i detta på allvar en gång för alla." Han vände sig mot Juni och hötte med fingret mot henne. "Du borde skämmas!"

Thor tog ett hotfullt steg fram. Hans axlar sköt upp, som en tjur som samlade sig till attack. Ingen skrek så där åt hans dotter. Ingen.

"Nej!" ropade Cassandra gällt. "Det är inte Junis fel. Det är han." Hon pekade på den surmulna Nils. "Han trakasserar henne. Han har gjort det länge."

"Vem är du? Är inte du en av Natalies ungar? Var fick du luft ifrån? Ska inte du ta och kila dit du hör hemma?" sa Erik och gav Cassandra en föraktfull blick innan han vände sig till rektorn igen. "Jag hoppas att du inser vem som är mest trovärdig i den här situationen."

Thor knöt nävarna längs med sidorna, farligt nära att förlora kontrollen.

"Vad är det som händer?"

Det var Cassandras mamma, Natalie, som anslöt sig till dem. Hon hade fortfarande kläderna från lunchserveringen på sig och såg helt förtvivlad ut. Nu var det så trångt inne på rektorns kontor att det inte fanns sittplatser åt alla. Inte för att Thor ville sitta.

Folk pratade och gastade i munnen på varandra.

Stella viskade något till Juni som nickade och tog ett kliv fram.

"Det var Nils som började", sa hon lågt, men ändå bestämt. "Han tog en bild på mig." Hon tog sats. "Han drog i min tröja och, och..." Hon tystnade, såg förtvivlat på Stella. "Jag kan inte", viskade hon.

Thor kunde knappt andas.

"Han tog opassande bilder och filmade", sa Stella skarpt. "Såvitt jag kan bedöma är det fråga om sexuella trakasserier. Och det har pågått ett bra tag. Det är kriminellt."

"Det skulle min son aldrig göra!" flämtade Paula.

"Han kan få vilken tjej som helst, varför skulle han göra så?" la Erik nedlåtande till.

Juni såg vädjande på Thor, som om han också skulle misstro henne. Thor kved inom sig. Han var en usel farsa, om hon kunde tro det om honom.

"Han gjorde det, jag svär. Och pappa, jag bad Cassandra hämta Stella."

"Men varför ringde du inte mig?" frågade han Stella. Snälla, blanda dig inte i mina barn, ville han säga. Hur kunde hon tycka att hon hade rätt att inte ringa honom? Han var Junis *pappa*. Hennes enda förälder. Han skämdes. Han hade misslyckats kapitalt.

"Pappa, jag bad henne låta bli", vädjade Juni.

"Hon borde ha ringt ändå."

"Du har misshandlat min son", sa Erik och pekade på Stella.

Alla tittade på Nils. Blodet hade börjat torka och han såg tämligen återställd ut. Han var dessutom nästan dubbelt så stor som Stella, så tanken på att Stella skulle ha misshandlat honom var lite komisk.

"Han fick en örfil", medgav Stella. "Jag ber om ursäkt för det, det är aldrig rätt med våld. Men Nils, du hotade med att publicera nakenbilder på nätet."

Juni gnydde. Stella kramade hennes hand.

"Det brann till i skallen på mig", sa Stella.

Thor vände sig långsamt och kall av vrede mot Nils. Han klarade knappt av att kontrollera ilskan som vällde upp i honom, kände hur det konsumerade honom, hur pulsen slog som en krigstrumma. Han naglade fast tonåringen med blicken och såg hur Nils krympte ihop. Thor blev sällan arg. Men nu...

"Stämmer det?" sa han långsamt och med iskall betoning på varenda stavelse. "Har du bilder. På min dotter. Avklädd, mot hennes vilja. I din telefon?" Han fick knappt fram orden.

"Alltså, det var bara ett skämt...", stammade Nils.

"Du har tio sekunder på dig att radera allt. Tio. Annars svarar jag inte för konsekvenserna."

"Hör du...", började Erik, men Thor reagerade inte. Han var så ursinnig att det kändes som om det slog ut lågor från honom. Unge Nils hade tydligen tillräckligt med sinnesnärvaro att fatta att Thor menade allvar, för han tog fram telefonen och tryckte några gånger.

"Så, det är borta, är du nöjd?"

"Om jag är nöjd? Frågar du mig om jag är nöjd?" Thors röst dundrade i rummet. Han var inte nöjd, om någon trodde det. "Nu ber du min dotter om ursäkt."

"Förlåt", sa Nils spakt.

"Finns det kopior någonstans?" Fortfarande hade han svårt att kontrollera röstläget, hans ord dånade i det lilla varma rummet.

Nils skakade på huvudet.

"Säkert?"

Nils nickade häftigt.

"Min bror är advokat. En viskning om detta och jag är säker på att han kommer stämma hela er familj tills ni kommer önska att ni inte var födda, förstått?"

"Du kan inte hota oss", började Erik.

Thor körde sitt ansikte i Eriks. "Testa mig, Erik. Testa mig bara."

Rummet höll andan.

Erik backade undan.

"Nu går vi", sa Thor till Juni och förde henne därifrån. Han ville lägga en arm om henne som en superhjältemantel, föra henne i säkerhet men hon var stel och höll sig på avstånd. Stella sprang efter dem.

"Och du", sa Thor över axeln, fortfarande skakig av ilska. "Du ska ge fan i att lägga dig i saker du inte har med att göra."

"Är du arg på mig? På mig?"

"Är det konstigt, tycker du?" Hon hade gått bakom ryggen på honom igen. Vad var hennes problem? Han struntade i hennes ex och hennes mark, men när det gällde hans barn så var det något helt annat. Vad fan var det med henne?

"Ja, det är jävligt konstigt", sa Stella och han hörde att hon var arg.

Det ösregnade nu och de blev stående på trappan med Cassandra och Natalie.

"Ska jag skjutsa er?" frågade Thor kort, kände redan att ilskan höll på att gå över.

"Jag har bilen här", sa Natalie. Hon och Cassandra småsprang genom regnet till en skruttig Toyota och hoppade in.

"Juni, ring eller messa om det är något", sa Stella.

Hon sköt undan vått hår ur ansiktet och vägrade se på Thor.

"Vart ska du?" frågade han, skämdes en aning över hur häftigt han reagerat därinne.

"Jag åker hem", sa hon och stegade iväg, satte sig på sin skruttiga moped och drog igång motorn.

"Du kan inte åka på den", ropade han.

Hon skulle frysa ihjäl.

Till svar gjorde hon en skarp sväng och for iväg, i vinden och regnet på sin högljudda, livsfarliga moped.

"Fan vad du är dum", sa Juni sammanbitet.

"Svär inte."

"Du kan inte vara arg på Stella, hon hjälpte mig. Cassandra hämtade henne."

"Är du och Cassandra vänner igen?" Han startade bilen.

"Ja, tack vare Stella. Som kom till skolan för min skull, för att jag ville det. Och hon ringde inte dig, för jag tvingade henne att lova det. Hon var skitorolig och du var taskig mot henne."

"Jag blev rädd", sa han, och skämdes mer för varje sekund.

"Och hon slog Nils", la han till. Det var ändå inte okej. Inte för att han kände sig mindre skamsen.

"Och sedan slog Nils henne. När hon skyddade mig."

"Slog Nils Stella?"

Världen stod stilla.

Plötsligt ville Thor vända bilen och åka tillbaka och banka skiten ur det lilla aset. Glöm att inte använda våld. Han kramade ratten så hårt att det kändes som om han skulle krossa den.

"Han puttade till henne i alla fall. Men Stella är tuff." Juni drog på munnen. "Jag tror att han blev rädd för Stella. Hon är cool."

När de kom hem till gården var det praktiskt taget storm. Regnet piskade, vinden tjöt och fönstren rasslade. Han måste kolla djuren och grödorna, tänkte han bekymrat. Och han oroade sig för Stella. Det här vädret var inget att leka med.

Juni sprang in i huset. Thor skulle precis springa efter henne när Frans dök upp, genomvåt och med ett förtvivlat ansiktsuttryck.

"Pappa!"

"Vad har hänt?" Han hade glömt att Frans redan var hemma. Fan, fanns det ingen gräns för hur kasst hans föräldraskap var?

"Jag kollade fåren, pappa. De mår bra, men Trubbel är borta. Hon är borta!"

Den svarta himlen klövs av en blixt.

– 41 –

Stella var våt in till underkläderna efter moppefärden genom ovädret.

Huttrande, kall och skitsur försökte hon få igång vedspisen. Det blixtrade och dundrade utanför och hennes torp skakade. Det var rätt lång tid mellan blixtar och åska, så hon antog att själva åskan var långt borta, men shit, vad torpet darrade av vinden, regnet och smällarna.

Till slut fick hon äntligen igång elden. Hon frös så tänderna skallrade. Det brakade till igen och det lät som om det kommit närmare nu.

Okej, hon var officiellt rädd nu, men hon tänkte klara sig genom detta. Hon tänkte inte ringa och be Thor om hjälp. Hon var sur på honom. Men hon var glad också. Att han kommit till skolan och att han och Juni skulle tvingas prata om det som hänt. De där två behövde prata med varandra.

En blixt lyste upp stugan och hon flög nästan ur skinnet när hon hörde ännu en smäll. Hjälp, åskan var precis över henne. Så fort åskdånet bedarrat ven vinden.

Över vindens vinande hörde hon plötsligt ett svagt määäh. Och sedan en enorm knall, som armageddon, ett dån som fick det att ringa i öronen. Stella blev så rädd att hon skrek rätt ut. Blixten måste ha slagit ner alldeles i närheten.

Määäh:et ljöd igen, ett övergivet bräkande som hon med lätthet identifierade. Trubbel var där ute!

Medan hon drog på sig sin dyngsura kofta och stoppade ner

fötterna i stövlarna igen hördes ett märkligt ljud. Ett knakande. Det började vibrera kring henne, som om själva marken som stugan stod på bävade.

Nej, nej, nej!

Eken.

Blixten måste ha slagit ner i eken. Det knakade och brakade.

Marken skälvde.

Stella rusade ut. Vind och regn nästan förblindade henne. Men hon såg att eken var träffad och rörde sig, inte bara i vinden, utan att den höll på att falla. Hon kände lukten av svavel och rök. Trädet föll rakt mot hennes torp.

"Trubbel!" ropade hon och hörde ett litet ynkligt määäh igen.

Hon kunde inte lokalisera det över regnet och vinden och åskan.

"Trubbel!" skrek hon, halvt hysteriskt.

Sedan rusade hon in i stugan. Allt hon ägde var därinne. Allt.

"Määäh!"

Och så föll trädet.

-42-

Thor var ute och letade efter Trubbel när han såg den enorma blixten som träffade trädet. Den var tjock och vit och skrämmande. Flammor slog ut. Sedan såg han Stella störta in i stugan samtidigt som den brända och skadade eken föll rakt över den. Hon var galen. Huset var en dödsfälla.

"Stella!" vrålade han och satte av mot torpet.

Eken föll i ultrarapid som en urtidsjätte. Rötter slets upp, jord vräkte fram, det riste och dånade. Trädkronan brusade medan trädet föll och föll mot Stellas torp. Det gick både ohyggligt snabbt och outhärdligt långsamt. Trots att Thor sprang allt han kunde hade han långt kvar.

Precis när grenarna kraschade in i taket kom hon ut genom dörren igen.

"Stella!" Han kastade sig fram den sista biten och slet henne till sig. De ramlade bakåt, han tog emot med ryggen och rullade bort med henne i famnen, skyddade henne med sin kropp.

"Är du okej", frågade han när brakandet runt dem hade avtagit. Han hade jord och damm i munnen, var täckt av gräs, löv och pinnar. Regnet piskade ilsket mot hans nacke, rygg och ben. En lukt av rök och den skarpa klorliknande lukten av blixten kändes i luften.

Hon svarade kvävt, som om hon hade ont.

"Stella? Är du skadad?"

"Du krossar mig", sa hon och trasslade sig ur hans famn.

Han kollade henne men hon såg inte fysiskt skadad ut. Båda

vände sig mot olycksplatsen och betraktade den. Av torpet var det bara flis kvar. Trädet hade nästan utplånat det. "Jag måste gå och hämta mina grejer", sa hon förvirrat.

"Stella. Du kan inte gå dit. Det förstår du väl?"

Hon blinkade. "Kan jag inte?"

"Det är farligt. Du måste låta det vara. Allt är förstört."

"Allt jag äger är alltså borta", sa hon medan det piskande regnet löste upp brev, tidningar och papper. Delar av hennes soffa syntes mellan löven. Köket fanns inte längre.

"Hur är det?" frågade han osäkert och försökte bedöma hur hon mådde.

Hon var grå i ansiktet, hade smuts överallt, pinnar och skräp i håret.

"Jag är nog lite i chock", sa hon och stirrade på resterna av sitt torp. Hon blinkade. "Mitt ruckel. Det är borta."

"Men du lever." Han var så fruktansvärt lättad. Det kunde ha slutat så illa. "Varför sprang du in? Är du galen?"

"Nej, nej, det är ingen fara med mig", sa hon och brast sedan i gråt.

Thor tog henne i famnen, höll henne nära.

"Trubbel", hulkade hon mot hans bröst. "Jag hörde Trubbel. Jag tror hon är död."

Hon grät och grät. Han kramade henne, pussade henne där han kom åt. Hon klamrade sig fast vid honom, sökte hans mun och så kysstes de desperat medan regnet vräkte ner över dem. Det var som på film. Fast jävligt kallt. Snart skakade Stella av kyla och kanske av chock i hans famn.

"Lilla Trubbel", grät hon. Tårar och regn strömmade ner för hennes ansikte.

Han kramade om henne, la hakan på hennes hjässa. "Stella?" sa han med rynkad panna.

Hon bara hulkade och snörvlade till svar.

Han tog henne om armarna. "Stella. Titta!"

Hon vände sig om.

Killingen stod och såg på dem. Hon tuggade på en lövruska och viftade med svansen.

"Trubbel! Du lever", sa Stella och brast i gråt igen.

"Kom, nu måste vi få dig varm", sa Thor.

Han tog av sig sin regnjacka och la den över henne. Sedan band han sitt skärp om Trubbels hals och så gick de till gården. Ovädret höll redan på att mattas av.

När de kom till Solrosgården och tog av sig sina droppande kläder kramades Stella hårt med Juni. Thor tittade på dem, fortfarande skärrad. Så nära katastrofen varit. Så mycket som hänt på kort tid. Han svalde, uppe i varv av alla känslor. Men de var hemma nu. I trygghet. Hela hans flock.

"Jag hittade Trubbel", sa Thor när Frans kom ner. "Hon står i lagården och har det bra." Hans röst darrade lite så han harklade sig. Allt var bra, påminde han sig.

"Mitt torp klarade inte ovädret", sa Stella. Barnen spärrade upp ögonen.

Hon redogjorde hastigt för händelseförloppet.

"Huvudsaken är att alla lever", sa Thor.

När de var hjälpligt torra och hade samlats i köket sa Stella: "Jag kan baka något."

"Ska du inte ta det lugnt?" frågade Thor.

"Jag behöver något att göra", sa hon och ett par minuter senare stod hon och rörde ihop en äppelsockerkaka. Det kändes rätt att ha henne här. Tänk att han varit nära att förlora henne. Han skulle inte tänka på det igen, bestämde han, då höll han inte ihop.

Thor värmde mjölk på spisen, och medan doften av kanel och äpple från Stellas kakbak spred sig, åt de ostmackor och drack varm choklad.

Ovädret hade ersatts av ett fint regn. Genom köksfönstret kom den aromatiska lukten av regn och natur.

"Pappa, får jag åka hem till Tristan?" frågade Frans efter

en stund. Båda barnen hade tryckt i sig av kakan med god aptit och bordet var täckt med smulor. "Han har fått det där dataspelet vi väntat på. Jag får sova där om jag vill."

"Har du läxor?"

Frans skakade på huvudet så Thor ringde och pratade med föräldrarna. När han lagt på sa han:

"Ni måste sluta spela klockan nio."

"Tack, pappa. Jag lovar", sa Frans och försvann upp på sitt rum för att packa. Hans son verkade gladare, tänkte han och det värmde pappahjärtat.

Efter att även Juni försvunnit satt Stella och Thor kvar i köket. Stella skrapade med skeden i botten av sin mugg. Hennes hår var lockigare än någonsin och hon bar en av hans huvtröjor och nästan drunknade i den.

"Förlåt för mitt utbrott i skolan", sa Thor. Han ville sträcka ut handen mot henne, berätta att inget någonsin känts så rätt som det gjorde nu, när hon satt i hans kök.

Hon ställde undan muggen och såg på honom med sina kloka svarta ögon. "Du var orolig. Jag förstår verkligen det."

"Men det var inte bara oro. Jag skämdes. Och kände mig som en dålig pappa. Ibland är det bara så tufft, och jag har svårt att nå Juni. Kan du berätta vad som hände? Jag vill gärna höra."

Stella berättade att det var Cassandra som larmat, att de hittat Juni förtvivlad och att Nils betett sig som ett svin.

"Det var som om det gick en säkring i skallen på mig och jag lappade till Nils. Jag brukar inte slåss."

"Du skyddade min dotter. Och jag skällde på dig som tack. Kan du förlåta mig?"

"Du är den mest fantastiska pappa jag mött. Och jag förlåter dig. För jag är en god person." Hon log. "Och för att du är så jäkla bra med dina ungar."

Juni kom ner, ombytt och med håret i en hästsvans. Thor drog snabbt till sig handen som varit på väg mot Stella. Juni tog en bit ost, gosade lite med Pumba.

"Pappa, får jag sova över hos Cassandra?" frågade hon trevande. "Vi ska plugga ihop. Hennes mamma kan hämta mig."

"Det går bra", sa Thor, tjock i bröstet av lyckan han kände över att Juni såg så glad ut. "Men Juni?"

"Ja?"

"Är det bra mellan oss?"

"Antar det."

"Kan din pappa få en kram?"

Juni himlade med blicken men hon gav honom en lång kram. Han begravde näsan i hennes hår, drog in doften innan hon drog sig undan.

En halvtimma senare kom både Natalie och Cassandra och hämtade Juni. Flickorna viskade och fnissade i hallen, och hur mycket Thor än kollade verkade ingen av dem ha fått några men av händelsen. Han bytte en frågande blick med Natalie. Hon log tillbaka, en ordlös kommunikation mellan två ensamstående föräldrar som var glada så länge deras ungar mådde bra.

"Kan Frans få skjuts med er också, in till Laholm?" frågade han.

"Självklart", sa Natalie och så vallade hon iväg tre tjattrande tonåringar. Dörren stängdes och huset blev alldeles tyst.

När Thor kom tillbaka till köket satt Stella på golvet och kelade med hundarna. Pumba satt i hennes knä och Nessie lät sig klias på magen. Ibland hade hans djur god smak ändå.

"Hur mår du?" frågade han.

"Jag vet inte. Både chockad och ledsen och lättad på samma gång."

Han förstod precis.

"Men det är bättre. Det var bara saker. Jag lever."

"Du lever", sa han med känsla. Han var så jäkla tacksam för det. "Jag måste gå en runda", sa han.

"Får jag gå med?"

Stella såg på honom med den där blicken igen, den där som

fick det att suga till inom honom, som fick världen att rubbas, som fick honom att känna sig stark och svag på samma gång. Han kände så mycket att han fick svårt att prata. Hon hade slagits för Juni. Hon hade överlevt trädet som kunde dödat henne. Hon fyllde hans kök med kaneldoft och skratt.

"Gärna", sa han och så gick de ut till djuren tillsammans. Kollade att kossor och hönor och får mådde bra.

Trubbel stod inne i ett bås och tuggade nöjt på hö. Thor gav Stella ett äpple att mata killingen med. Hon bet av små bitar och gav till djuret. Trubbel slöt ögonen och lät sig klappas medan hon tuggade på äppelbitarna.

"Hon älskar mig", sa Stella med ett leende.

"Jag behåller henne inne över natten", sa Thor.

Personligen hade han fått nog av killingen för idag.

Stella tvättade händerna i lagården och Thor räckte henne en handduk.

"Tack", sa hon och torkade sig, långsamt, utan att släppa hans blick. Hon hängde tillbaka handduken och rörde vid honom, smekte hans kind.

Thor stod alldeles stilla. Hon reste sig på tå, kysste honom på halsen. Hon gillade hans hals, tänkte han dimmigt, kände hur senor och muskler spändes under hennes beröring, reagerade på hennes närhet.

"Du smakar gott", viskade hon och la en hand om hans biceps och kramade den. Hon nafsade vidare, och när hon bet honom kändes det som om en elstöt passerade från hennes mun till hans hud, genom hans kropp och ut i hans kuk. Thor darrade till.

Hon tryckte sig mot honom, slog armarna om honom. "Tack för att du kom och räddade mig."

"Stella...", sa han kvävt medan hon fortsatte regna kyssar och bett över honom där hon kom åt.

Han älskade hennes mun, han älskade fan allt med henne. Hennes humor. Hennes omtänksamhet och envishet och pann-

ben. Han la armarna om henne också, höll henne hårt och innerligt medan hon pussades och mumlade tramsiga saker.
Han andades in, slöt ögonen.
Han älskade henne.
Thor blev alldeles stilla. Blev tvungen att tänka tanken igen, för att den verkligen skulle sjunka in.
Jag älskar den här kvinnan. Jag älskar Stella Wallin. Jag älskar henne med min kropp, mitt hjärta, med mitt allt.
Han visste inte varför det kom som en överraskning.
Han hade älskat Stella sedan... Sedan den där kvällen han såg henne på stationen, antog han. När hon såg på honom genom solglasögonen och höjde de där ögonbrynen mot honom så hade han varit körd. Hon hade kraschlandat i hans liv och han hade förälskat sig.
Stella såg upp i hans ansikte. De sneda ögonen, den gyllene huden. Munnen och skrattet. Japp, han älskade henne. Han hade älskat Ida, men det hade varit unga, och det hade varit en ung kärlek. Detta var något helt annat. Vuxet. Starkt.
"Vad?" log hon.
"Ska vi gå in?" frågade han bara, måste landa i den här världsomvälvande känslan.
Hon nickade. Thor tog hennes hand och tog med henne tillbaka till huset, till sitt sovrum, till sin säng. Han hade bytt ut den efter Ida, hade hatat att hon varit sjuk i den. Han hade inte haft någon kvinna i den, helt enkelt för att han hade barnen och de få kvinnor han legat med, hade han träffat i deras hem.
Han bäddade rent. La ut vita sängkläder. Drog av henne tröjan. Såg på henne. Drog ner ena behåbandet, kysste axeln, sedan den andra.
Han fångade hennes bröstvårtor med läpparna genom behån, sög på tyget tills det var vått. Hon smekte hans huvud och la sig ner på sängen. Med ett leende förde hon isär benen inför honom. En så enkel gest, men den fyllde honom med

vördnad, att hon särade på sina vackra lår för honom. Vördnad och lust. Definitivt väldigt mycket lust.

Han behövde komma in i henne, nu. Behövde göra anspråk på den här kurviga, sensuella kroppen, göra henne till sin. Älska henne tills hon inte ville lämna honom. Snabbt klädde han av sig, drog på skydd och kom till henne på sängen.

"Du är så skön", sa hon när han trängde in i henne.

Det var inget emot hur hon kändes när hon omslöt honom med sin värme, sin fukt. Långsamt rörde han sig i henne, letade efter den takt som verkade ge henne mest njutning. Han ville behaga henne, ge henne allt hon ville ha och behövde. Han ville vara hennes slav, hennes tjänare samtidigt som han ville vara den som hade hennes njutning i sin makt, vara den ende som kunde ge det hon önskade.

Thor vätte fingrarna, letade med handen mellan fuktiga, varma veck, öppnade henne, särade henne ännu mer och masserade hennes klitoris, tittade på hennes ansikte, rörde sig i henne, inte djupt, bara korta små ytliga stötar samtidigt som han klämde, masserade, pressade.

"Åh Gud", kved hon och hennes fingrar grävde i lakanen, kramade dem.

Han fortsatte tills Stella skakade under honom, tills hon höjde höfterna och han svettades.

"Sluta inte", vädjade hon. Så han grabbade tag om hennes midja och gav henne allt han hade, hårt, hänsynslöst och det syntes att hon älskade det. Hennes fitta grep tag om honom, drog honom djupare. Hon svankade hårt från sängen, lyfte höfterna mot honom. Han kramade hennes bröst, tog henne, om och om igen och kände och såg henne komma. Han såg på hennes ansikte, släppte det inte, medan hon kramade honom, drog in honom i sin varma kropp, skakade kring honom och kom. Hon hade tårar i ögonen.

Han smekte henne över låren, kunde inte sluta röra vid

henne. Han var så hård inne i henne, han skulle kunna stanna kvar här för evigt.

"Vänd dig på mage", viskade han och hon lydde direkt, la sig på mage. "Ligger du bra?"

Hon nickade.

Han strök hennes rumpa, bestämt, ordentligt. Hon gav ifrån sig ett svagt stön.

"Skönt?"

Hon nickade ner i lakanen. "Nästan för skönt." Hon vände på huvudet så att hon kunde titta på honom över axeln. Han fortsatte smeka hennes skinkor. "Hårdare", sa hon. "Men smiska mig inte", la hon till.

Det hade han verkligen inte tänkt, däremot var han glad att lyda hennes uppmaning om att klämma hårdare.

Hon fortsatte se på honom med mörka ögon medan han kramade och smekte hennes stjärt, klämde på hennes lår.

"Sära på benen", sa han och hon gjorde det, drog isär de mjuka låren.

Hon svankade lite och han stönade. Hon sköt upp stjärten mot honom.

Han tog tag om sin kuk med ena handen, lyfte henne lite med den andra och kom in i henne, långsamt och njutningsfullt. Han hade aldrig ansett sig vara en exceptionell älskare. Inte för att någon klagat. Och inte för att han inte var förtjust i allt som hade med sex att göra. Men med Stella... Hon gjorde honom bättre på allt. Bättre på oralsex, bättre på att smekas, bättre bara.

Hon la ner huvudet igen och han fortsatte, rytmiskt, djupt, tills allt runt honom försvann, det var bara hennes kropp som mötte hans och hans kropp som stötte och stötte, och så kom Thor, i en så lång och intensiv orgasm att hans synfält blev suddigt, det ringde i öronen och han ville gapskratta och storböla på samma gång. Han hörde hur någon ropade så det ekade i rummet.

Efteråt låg Stella tung och avspänd i hans famn.

Han strök hennes arm, såg de mörka håren bli gyllene i solen som sken in i rummet. De vita gardinerna fladdrade, dofterna från den rentvättade trädgården, de blommande syrenerna och kryddträdgården kom in till dem. Lakanen under dem var svala och de enda ljud som hördes var fåglar och insekter.

Stella pillade på hans bröst, kysste hans hud. Slickade försiktigt. Thor rös till, överkänslig över precis hela kroppen.

Hon vilade sitt huvud mot hans hjärta, han kände det slå mot hennes kind.

Hon suckade.

"Vad?" frågade han, för något var fel.

"Mitt hus är borta. Vad ska jag göra?"

"Du ska stanna här", sa han.

Hon borde stanna här för alltid, tänkte han och drog henne ännu tätare mot sig. Hon borde stanna i hans säng, i hans hus och i hans liv för alltid.

Stella nickade mot hans bröst.

"Tack", sa hon. Men hon verkade inte glad.

– 43 –

Nästa morgon kunde Stella konstatera att Thor gick upp ungefär mitt i natten, eller i alla fall 4.30. Det var så galet tidigt att hon först trodde att han drev med henne.

"Vad är det som låter", stönade hon och drog kudden över huvudet för att utestänga oväsendet.

"Det är tuppen. Sov du", sa han.

Stella gonade ner sig i sängen och väcktes ett par timmar senare av att Thor kröp ner hos henne, nyduschad, kall och blöt.

Hon skrek till och skrattande kramade han henne, täckte henne med sin stora våta kropp.

"Värm mig", sa han och kysste henne girigt.

"Du kan värma mig", sa hon och reste sig upp. Han lät henne välta ner honom i sängen och så grenslade hon hans lår. Hon rörde sig fram och tillbaka, han släppte henne inte med blicken. Hon var naken och hans händer kom upp till hennes bröst, kramade dem, mjukt och vördnadsfullt. Hon böjde sig fram, placerade händerna på hans bröstkorg, lutade sina bröst i hans händer. "Jag älskar de här", sa han hest.

Och hon älskade att se sig själv och sin kropp genom hans ögon. Att känna sig så åtrådd, att veta att han längtade efter att knulla henne, svettigt och vildsint. Att väcka så starka känslor och att själv känna likadant, det var storslaget. Hon lät sig smekas, känna hans händer mot sin hud, känna hur hennes kropp ville göra saker med hans kropp, och med hans mun, hans kuk. Det var så basalt, så primitivt. Hon gned sig mot honom. "Jag gillar att ligga med dig", sa hon ärligt.

"Jag är inte lika erfaren som du", sa han och hans händer gled ner mot hennes höfter.

"Du är tillräckligt erfaren", sa hon. Hittills gjorde han allt rätt.

"Men du säger till om du vill ha mer?"

Hon böjde sig fram och kysste honom, slickade hans mungipa. "Mer?"

"Du vet. Dildos. Fantasier. Jag ställer upp på allt."

"Jag lovar att säga till om jag vill införa dildos i vårt sexliv." Hon blev tänd av det här, kände hon. Det var något med öppen konversation, utforskande och icke-dömande som var enormt upphetsande. Att inte bli dömd, fanns det något mer befriande? Hon la huvudet på sned. "Har du haft analsex? Gillar du det?"

"Har inte haft", svarade han. "Är det något du vill ha?" Han lät händerna glida över hennes rumpa, klämma lite.

"Inte idag", svarade hon. Det var inte hennes favorit. Kanske ett litet finger, men hon var mer än nöjd med vad han erbjudit hittills. Mannen var en dröm. "Har du skydd här?"

Han visade mot en sänglåda, hon trädde på kondomen och sedan reste hon på sig, förde in honom, hittade rätt och sjönk ner, långsamt utan att titta bort en sekund. Hans ögon mörknade när hon var fylld av hans kuk och sedan började rida honom långsamt, i en takt som stimulerade henne maximalt, mjuka, roterande rörelser. Han rörde sig kontrollerat, följde hennes minsta manöver.

"Jag vill se dig", sa han. "Vill se dig och mig ihop. Och jag vill se när du kommer."

Hon sa inget, bara red honom, först långsamt, sedan hårt och ordentligt, smekte sig själv medan han tittade och kom sedan i en galen orgasm, tätt följd av honom som nästan lyfte ur sängen. Hon föll ihop på hans bröst, svettig, mjuk och tillfredsställd. Hon kysste hans hala, varma bröst. Inte det sämsta sätt att vakna.

Efteråt klädde de på sig, fnissigt och ineffektivt, eftersom de hela tiden stannade upp för att kyssas och smekas. Stella försökte att inte analysera vad Thor sa och gjorde, eller hur han sa det och vad han menade, egentligen. Försökte att inte ge saker och ting betydelse, men det var svårt. De åt frukost ihop i det soldränkta köket. Kaffe, te och färska ägg. Rostmackor med ost och smör från gården. Thor hade en grön t-shirt idag. Hon gillade honom i alla färger. Vitt som fick honom att se extra solbränd ut. Blått som fick hans ögon att lysa. Svart som han såg lite tuff ut i. Eller den här gröna.

Thor tömde sin kaffekopp. "Jag måste ut igen", sa han, kysste henne för säkert tjugonde gången och försvann ut för att fortsätta med sin lantbruksrelaterade dagsrutin.

När Stella tittade på klockan var den inte ens åtta och ändå kändes det som om halva dagen redan hade gått. Hon gäspade så att käkarna knakade, hade aldrig varit en morgonpigg person. Hon drog på sig skorna och promenerade bort till torpet. Vägen dit var idyllisk, fjärilar fladdrade, insekter surrade och den rentvättade luften var aromatisk. Hon stannade till vid den lilla sjön. Fåglar sjöng och vattnet låg klart och friskt med frodig vass och ytan täckt av små gröna växter. Åtminstone hade grodorna och salamandrarna klarat sig från att få ett träd över sig.

Med tungt hjärta betraktade hon förödelsen. Förrådet och trädgården hade klarat sig hyfsat. Men resten... Blixten hade krossat eken, skickat iväg splitter och bränt trä över en stor yta. Merparten av eken låg som en stupad bjässe rakt över huset. Grenar, bark och flis låg runt om, som om trädet exploderat. Breven från mamma hade regnat och blåst sönder. Den antika symaskinen var helt krossad. Hennes få loppisfynd från second hand-butiken hade inte överlevt. Det var bara saker, intalade hon sig med en klump i halsen, men antalet grejer hon ägde hade krympt oroväckande mycket. Hon rotade försiktigt i bråtet. Räddade en sked och en ask med nålar, men fick lämna pläden Thor gett henne eftersom den satt fast under brända trädbitar och skräp från huset.

Medan hon gick där och spanade bland spillrorna hittade hon en plastficka med en gammal Dagens Nyheter, alldeles gulnad. Det var lite underligt, för dels läste folk mest lokala nyheter här, dels hade hon inte sett den innan. Hennes telefon plingade till, så hon stoppade bara ner plastfickan i påsen hon tagit med sig. Skeden och nålarna skramlade där. Men det var också allt hon lyckats rädda.

THOR: *Hur är det?*

Stella tog en bild på förödelsen och skickade den tillsammans med sitt svar:

STELLA: *Men moppen klarade sig.*

THOR: *Jag ska försöka behärska min glädje.*

STELLA: *Du älskar den. Jag åker in till Laholm.*

THOR: *Ska jag skjutsa dig?*

Hon rynkade pannan. Det var snällt av honom att erbjuda sig, men han fattade väl att det inte var hans ansvar? Att hon inte var en av hans många plikter? Hon skickade ett nej tack till svar, tog moppen in till Laholm och parkerade den utanför Nawals butik. Hjälmen hängde hon på handtaget.

Tidigare i veckan hade hon passat på att tvätta kläder hos Nawal, och hon hade ett litet ombyte där, vilket hon nu var djupt tacksam för. Kläderna från Stockholm låg under eken, borta för evigt.

"Mina fina sidentrosor, kom till mamma", viskade hon ömt när hon samlat in sina underkläder, ett par toppar och ett par tunna byxor.

"Hur mår du?" frågade Nawal.

"Jag är nog fortfarande i chock", sa Stella medan hon

inventerade sina syprojekt, så glad att allt var i säkerhet hos Nawal. "Tänk om jag haft allt detta i torpet", sa hon med en rysning. Då skulle alla kundernas kläder blivit förstörda. Hon klarade nästan inte av att tänka på det. Istället satte hon sig vid symaskinen, smekte den kärleksfullt, trädde den och började jobba. Det var skönt att försvinna in i arbetet, att glömma krossade torp och omöjliga känslor som spirade. Snart gjorde hon de allra sista ändringarna, på de allra sista plaggen. När hon sträckte på ryggen var hon nöjd. Men också melankolisk, för det kändes som om hon genom att avsluta saker även gjorde sig redo att försvinna. Hon packade ihop symaskinen, skyddade nålen genom att fälla ner den i en bit tyg, borstade av maskinen och la över skyddet hon själv sytt. Innan hon lämnade boutiquen skickade hon ett gruppmess till Juni och Cassandra och bad dem båda komma in till Nawal imorgon. Flickorna svarade med varsitt "ok".

Nawal kom in med två glas vatten och de skålade tyst. Stella drack och log, men kunde inte skaka av sig känslan att detta var det sista hon gjorde här, att hon från och med nu levde på utmätt tid.

Stella tog en sväng runt stan efter att ha lämnat boutiquen. Hon behövde röra på sig och rensa tankarna som envisades med att handla om Thor, Thor och Thor. Hon kollade i varje skyltfönster, köpte en stor och lyxig te på Conditori Cecil, spanade länge på bakelserna, valde en ostsmörgås istället, och satte sig på en bänk på torget med muggen och mackan. Hon ville tänka, men fick inte riktigt ro av någon anledning. Hon la ifrån sig mackan, halväten, kunde inte sätta fingret på vad det var, men hade en så konstig känsla. Funderande smuttade hon på teet och försökte komma på vad det var som störde henne. Det kändes som om hon var iakttagen, insåg hon. När hon tittade sig omkring såg hon ingenting anmärkningsvärt, men känslan kvarstod. Det var som om hon hade en massa ögon på sig. Hon kollade upp igen, under lugg. Inbillade hon sig eller stod folk därborta och viskade? Tittade på henne? Skakade den där kvinnan just på huvudet åt hennes håll, eller var det bara något hon fick för sig? Det var väl så här det var på landet. Folk hade koll på vem som kom och gick, vem som hade en ny bil. Hon hade ju sett hur det fladdrade bakom gardinerna.

Snabbt drack hon upp teet, lämnade bänken och promenerade bort till Delihallen. Den var stor och fräsch och hon shoppade loss bland delikatesserna. Sedan gick hon tillbaka till moppen, packade ner alla sina grejer och tog precis upp hjälmen när Rakel dök upp.

"Hej Stella. Du har klippt dig."

"Ja", sa Stella avvaktande, inte helt säker på om Rakel var en allierad eller inte.

"Jag hörde om det som hände i skolan", inledde Rakel. Såpass.

"Gjorde du?" sa Stella neutralt.

"Det sprider sig snabbt, vad du gjorde. I Laholms olika grupperingar."

Rakel såg uppfordrande på henne, som om Stella skulle ha något att säga om detta.

"Vad jag gjorde?"

"Du gav dig på Nils Hurtig. Folk vet. Och pratar."

"Och jag som trodde att jag inbillade mig att alla stirrar."

"Nej då. Du är känd nu." Det lät inte som om det var något eftersträvansvärt att vara kändis i Laholm.

"Tack för informationen", sa Stella och kände sig inte tacksam alls.

Rakel snörpte på munnen. "Jag menade faktiskt inget illa, jag ville bara varna dig om att Hurtigs är på väg rakt mot dig." Rakel nickade och mycket riktigt såg Stella hur Erik och Paula kom gående med bestämda steg.

"Ajdå", sa Stella och kände en ovärdig impuls att fly.

Rakel måste ha anat det för skarpt sa hon: "Stå kvar."

Stella såg på paret som höll rak kurs mot henne. Hon rätade på axlarna. Ja, hon hade varit dum och lappat till Nils, det var hon den första att erkänna, men hon hade bett honom om ursäkt, flera gånger.

"Vad tror du att de vill?" frågade Stella ur mungipan.

"De lär vi få veta", svarade Rakel och knäppte händerna framför sig.

Det kändes oväntat tryggt att ha henne vid sin sida.

I ögonvrån såg Stella att folk runt torget liksom hade stannat upp. I hörnet till kondiset. Utanför grillkiosken. Framför Ica.

"Hej. Hur mår Nils?" frågade Stella artigt när Erik och Paula ställde sig framför dem. De var ju ändå alla vuxna människor. Det var inte som att paret Hurtig skulle starta ett upplopp och få folk att jaga henne ur stan med högafflar. Fick man hoppas.

"Min son är inte van vid att bli brutalt attackerad", sa Erik, höjde hakan och satte tonen direkt.

Nä, Nils Hurtig var nog mer typen som attackerade, tänkte Stella, men bestämde sig för att hålla tyst om den åsikten.

"Som sagt, jag ber om ursäkt för det. Igen", sa hon resonligt.

"Hrmph."

"Och Juni mår bra", la Stella till. Det var ändå barn de pratade om, de borde bry sig om Juni också.

Paula log stelt och gav ganska lite sken av att bry sig om hur Juni hade det.

Nu var det Rakel som öppnade munnen. "Jag hörde vad Nils gjort. Trakasserade Juni. Tog elaka bilder."

"Äsch, det där. Det var ju bara ett skämt, jag förstår inte varför det ska bli en sak ens. Pojkar är som de är", sa Paula.

"Jag hoppas verkligen att ni pratar med honom om hur man beter sig mot sina medmänniskor", sa Rakel som tagit ett kliv fram. Hon höll hårt om handväskan och stack näsan i Paulas ansikte. "Och om att ofreda kvinnor. Om respekt."

"Om det är någon som borde lära sig respekt så är det Thors dotter", snäste Erik.

Paula nickade häftigt. "Precis."

"Fast det är mitt barnbarn ni pratar om nu. Och vad jag vet så är Juni både respektfull och vänlig mot folk", sa Rakel. "Hon är en väldigt engagerad ung person. Omtänksam."

Erik gjorde en grimas. "I vår familj tror vi på humanism och på att alla är lika mycket värda. Inte det här andra som håller på att gå helt överstyr och förstöra."

"Precis", sa Paula igen. "Du kanske ska ta och prata lite med ditt barnbarn om det här manshatet hon håller på med istället." Paula såg otroligt nöjd ut med sig själv.

Rakel bara snörpte på munnen. "Du borde sluta upp med att häva ur dig sådana där dumheter, Paula. Det där får dig bara att låta förfärligt obildad. Och du Erik borde veta bättre. Om det är feminism du pratar om, så handlar det bara om jämlikhet, det är allt. Sluta gömma dig bakom floskler."

Det blev knäpptyst ett tag. Paula flackade med blicken. Stella sneglade på människorna som lyssnade på dem, helt öppet nu.

"Fast det är ju ändå så typiskt att familjen Nordström alltid ska bråka." Paula harklade sig och la till med hög röst: "Och att de känner att de måste lägga sina fester exakt samma dag som vi har vårt stora party. Klart de måste göra sig till."

"Det är deras bröllopsdag och det datumet har gällt fyrtio år", sa Rakel beskt. "Sluta nu innan du gjort bort dig helt."

"Jaja, vi har ju inte riktigt samma bekantskapskrets, antar jag", snäste Paula och knep sedan igen.

Men Erik var inte klar. Han vände sig till Stella och hötte med pekfingret. "Du ska inte tro jag glömt det där med marken."

"Alltså, du har ju stämt mig", sa Stella.

"Du bröt ett avtal", röt Erik. "Det ska kosta dig, för ingen lurar mig. Hör du det?"

De blängde på varandra.

"Du är knäpp", meddelade Stella till sist. För han såg faktiskt lite galen ut.

"Vi är klara här. Men det är inte över, ska du veta."

"Precis", sa Paula en tredje gång och så gick paret Hurtig sin väg.

Stella skakade på huvudet. Jösses. "Tack", sa hon sedan till Rakel.

"Ingen orsak. De där två är en riktig prövning. De var hemska redan i skolan, jag minns dem. Tänk att de gifte sig med varandra. Inte bra, om du frågar mig. De tar fram det sämsta hos den andre."

De tittade efter paret som nu stod och pratade och gestikulerade framför en liten grupp storögda åhörare.

"Rakel, jag skulle vilja prata med dig om en sak", sa Stella fundersamt. Ärligt talat så struntade hon i paret Hurtig och deras trams. De var helt oviktiga. Hon kunde inte ens ta stämningen på allvar. Klas teori var att någon i tingsrätten måste varit bakis när hen godkände den. "Den borde ha ogillats direkt", hade han sagt.

"Kan vi ses någonstans och prata ifred?" frågade Stella.

Rakel betraktade henne och sa till sist: "Jag antar att du kan komma hem till mig." Hon suckade menande och la till: "Om det nu ska vara nödvändigt."

"Tack", sa Stella och klappade henne på den gråklädda tunna armen. Som hon såg det så var det supernödvändigt.

Stella puttrade tillbaka till gården. Hon hade bestämt att hon skulle laga mat åt hela familjen och saknade sin vedspis, insåg hon oväntat. Efter att ha plockat upp varorna hon handlat inventerade hon kastruller, redskap och skafferier. Hon kokade tevatten, och satte sig sedan en stund för att ladda och kolla i tidningen hon hittat i torpet. Hon undrade var den kom ifrån. Försiktigt bläddrade hon i de ihopklistrade sidorna, undrade varför någon gjort sig besväret att spara en gammal dagstidning i en plastficka. Och så hittade hon en artikel som var markerad med penna och som förändrade allt.

Det var en artikel om en Dev Kapor. En indisk filmskapare. Stella tittade på fotot av honom. Han såg bra ut med markerade ögonbryn och tjockt hår. När hon läste kände hon hur vartenda hårstrå på kroppen reste sig tills hon var täckt av gåshud.

Hon hade just hittat sin pappa.

För här var han.

Med namn och bild. Betydligt yngre än hennes mamma. Stella räknade i huvudet. Dev Kapor måste ha varit tjugo år och hennes mamma fyrtio när de möttes, snudd på barnarov. Men det var han. Hon var helt säker, för dels hade hon hans ögonbryn, dels var det hennes ögon som mötte henne från fotot. Hennes pappa hette Dev Kapor och han var filmare i Indien. Hon lutade sig bakåt i stolen och bara stirrade rakt ut.

Jösses.

Artikeln var gammal, någon hade sparat den i alla år och när hennes torp krossades hade tidningen fallit ur skrymslet där den gömts undan, vilket betydde att hon hade lyckats till slut.

Det hon kommit hit för, hade hon klarat.

Stella reste sig upp, kunde inte sitta stilla längre.

Hon plockade med kastruller och sina ingredienser medan tankarna malde. Hon lagade en av sina favoriträtter, en vegetarisk gryta med sötpotatis, indiska kryddor och koriander. Till det kokade hon ris i kokosmjölk och gjorde en stor sallad. Hon dukade fint med Thors udda porslin och ställde fram en vas med blommor hon plockat i trädgården. Hon tyckte om att laga mat, brukade gilla det nästan meditativa i processen, men nu var hon så tagen av det hon upptäckt att hon knappt var medveten om vad hon gjorde. Hon behövde smälta detta enorma.

Det ringde på dörren och när hon öppnade stod brevbäraren där.

"Jag hörde att du bor här på Solrosgården nu. Det här kom till dig", sa han och räckte henne ett kuvert.

Hon tog brevet. Det var stämplat i New York. Brevbäraren såg nyfiket på henne. Stella stängde dörren, orkade inte med mer småstadssnokande. Hon öppnade och läste texten snabbt. Hon slog handen för munnen och snyftade till.

Herregud. Hon hade kommit in! Hon var antagen på The NIF.

Hon var tvungen att sätta sig ner.

"Hallå, är det någon hemma?" hörde hon och Juni kom in, tätt följd av Frans.

"Det luktar gott", sa Thor när han också dök upp, sniffande i luften.

Hon bara tittade på honom. Hon måste tacka ja eller nej till platsen omgående.

När de satt ner och åt, tittade hon på Thor. På barnen. De pratade och skrattade och berömde hennes mat.

Hon måste berätta.

Att hon inte kunde stanna. Inget höll henne kvar i Laholm. Hon hade hittat information om sin pappa. Och hon hade blivit antagen till utbildningen.

Tre år i New York. På en utbildning som skulle kräva allt av henne. En utbildning som skulle sluka hennes tid och skicka henne ut i världen.

Stella mötte Thors blick.

Och insåg två saker samtidigt.

Hon älskade Thor Nordström.

Och det här var över.

– 44 –

"Var kan jag ställa allt det här?" frågade Klas nästa dag. Han såg extremt plågad ut medan han lastade vita partytält ur föräldrarnas bil.

"Jag ser att mamma sätter dig i arbete", flinade Thor åt sin svettiga tvillingbrorsa.

"Jag hade inte en chans att komma undan."

Thor räckte Klas ett glas vatten, och brodern drack törstigt. Solen gassade och hans panna blänkte.

"Får du inga sysslor? Hittills idag har jag handlat öl, hämtat klappstolar och nu detta. Det är som om mamma inte inser att jag har ett jobb att sköta."

"Jag upplåter ju gården – jag har nog med den organisationen", sa Thor.

Han skulle ha hela gården full. Bord, stolar och backar med alkohol hade redan börjat anlända. Och i två dagar till, fram till lördag, skulle det fortsätta. De skulle ha ett lokalt liveband och han som gillade att tillverka saker hade bestämt sig för att bygga en upphöjd scen.

Stella kom ut på trappan, satte sig i skuggan och vinkade till dem. "Jag ska mata hönorna", ropade hon och höll upp en påse med smulor.

"Okej", sa Thor, tillfälligt bländad av hennes uppenbarelse. Hon hade en röd scarf om de svarta lockarna, byxbenen var uppvikta och de bruna anklarna fick hans hjärna att förvandlas till snömos. När blev ett par bruna anklar i ett par tygskor det mest erotiska han sett?

"Hon är sådan citytjej", sa Klas.
"Ja", sa Thor.
Men han kunde inte riktigt se henne objektivt längre. Han såg bara de mjuka kurvorna, perfektionen. Hörde bara hennes djupa skratt, kände bara doften av henne. Han ville ha henne så det gjorde ont. Vad hade han att erbjuda denna varelse egentligen? Utöver fantastiskt sex, frisk luft och småstadsdramatik. Hon hade varit så känslosam igår. Hon hade hittat sin pappa. Han kunde inte ens föreställa sig hur det kändes. Att finna en bit som saknats hela livet. Att hitta honom hade varit en anledning för att komma till Laholm, och hur glad han än var för hennes skull så visste han ju också att det innebar att ännu ett band till Laholm hade kapats. Han suckade tyst.

Klas såg fundersamt på honom.
"Vad?"
Klas torkade pannan igen. "Inget."

"Trivs du i Stockholm?" frågade Stella, när Klas lastat av det sista, försett sig med mer vatten och slagit sig ner på bänken bredvid trappan. "Jag menar, du växte upp här. Det är ganska stor skillnad på Laholm och Stockholm."

Thor lyssnade intresserat. Han visste så lite om hur Klas haft det de senaste åren. Gillade brodern sitt flashiga juristjobb? Att stämma folk och röra sig i hetsiga machokretsar. Kände han sig mer fri där?

"Jag trivs", sa Klas med eftertryck. Han borstade bort damm och gräs från byxorna och klunkade i sig mer vatten.

Thor hade sällan funderat på hur Klas uppväxt varit. Klas hade berättat att han blev kär i killar och så hade det inte varit mycket mer med det. Inte klokt egentligen att det skulle bli till en grej. Att vara tvungen att komma ut. Som om någon hade med det att göra. Själv hade Thor ju aldrig behövt fundera. Aldrig behövt oroa sig för att någon skulle missunna honom kärlek, att inte ha rätt till sina känslor.

Stella och Klas diskuterade restauranger i Stockholm som de båda besökt. Klas såg gladare och mer obekymrad ut än på länge. Såklart att Klas valt att flytta så fort det gick. I Stockholm var det säkert friare och gick att andas. Det var inte så mycket en flykt från något, slog det honom med ens, som en flykt till något.

"Går du ut mycket annars? På klubbar och så, menar jag?" frågade Stella. Hon log mot Klas och till sin skam insåg Thor att han blev svartsjuk. På hur lätt de där två gled in i en jargong han själv var främmande för. Han hade nog aldrig varit på en klubb i hela sitt liv.

"Ja, både i Stockholm och utomlands, ju mer storstad desto enklare", sa Klas.

Stella nickade som om hon förstod exakt. Och det gjorde hon nog.

"Det kan inte ha varit lika lätt att träffa killar i Laholm?" sa hon.

Klas drog på munnen. "Inte direkt, nej."

De hade inte pratat om det hemma, insåg Thor. Inte mer än i svepande och generella ordalag. Borde de ha gjort det? Och visste Klas att Thor skulle stå på hans sida oavsett vad som hände? Vem han än dejtade? Han hade inte reflekterat över detta med att folk stirrade, la sig i och hade åsikter om vem man träffade förstås blev tusenfalt intensivare om man var gay. Fan vad jobbigt.

"Jag hörde om ditt hus. Jag beklagar", sa Klas.

"Och så stämningen ovanpå det."

"Det där kommer lösa sig, försök bara stå ut så ska vi fixa det."

"Tack", sa Stella med eftertryck.

"Längtar du aldrig tillbaka? Hit, menar jag?" frågade Thor. Han hade satt sig längst ner på trappan, ville inte stå och röra vid Stella när Klas såg på, men så här kände han henne ändå i hårstråna, i huden.

"Nej. Har man en gång upplevt en storstad är det svårt att komma tillbaka. Man är väl antingen lantis eller storstadsmänniska i själen. Har man vant sig vid det som storstan har att erbjuda så nöjer man sig inte med mindre, eller hur Stella?"

"Antar det", sa hon och rynkade pannan.

"Även om det nog är annorlunda i Laholm nuförtiden", funderade Klas och försvann med blicken i skyn.

Fan alltså. Det fanns så mycket i de orden. Thor mindes samtalen i omklädningsrummen, när de stod i grabbgäng och smygrökte och pratade om tjejer. Machojargongen bland killarna i skolan, på fritiden. Han önskade att han med säkerhet kunde säga att han aldrig sagt något dumt eller sårande. Att han aldrig sagt ett ord om bögar eller fjollor. Att han som ung insett hur rå tonen mellan dem var. Plump och idiotisk. Men han visste att han sagt dumheter. Inte efter att han fått veta, men det var en klen tröst.

Thor kunde begripa att Klas lämnat hembygden så snabbt det gick. Han skulle själv troligen gjort samma sak, han hade haft drömmar om att se världen som ung. Det var en av anledningarna till hans negativa känslor mot Klas. Att Klas haft fler val.

"Jag var rädd att du var sjuk när du dök upp så långt före festen", sa Thor. Det hade hänt att han fick som ett varsel, en känning ett par gånger och hade bara vetat att något var fel med Klas. Men nu oroade han sig för att han missat något. Märkligt det där. Att den där tvillinggrejen ändå fanns i vissa situationer.

"Jag är inte sjuk. Jag skulle berätta i så fall. Tror jag." Klas vände sig till Stella med ett ironiskt leende. "Min kära bror hanterar mina avslöjanden så bra."

"Vad menar du med det?" Thor satte sig upp, kände sig angripen. "Du berättar ju inget, du bara klipper av allt med alla."

"Kan du klandra mig?"

"Jag fattar inte. Jag är ju här, jag bryr mig. Mamma och pappa oroar sig för dig hela tiden. Det är du som bara försvinner utan ett ord."

"Fast riktigt så är det inte."

"Jaha. Hur är det då?" Han hörde själv att han lät som tolv.

Klas såg allvarligt på honom och det knöt sig i Thors bröst.

"Minns du verkligen inte? Jag kom ut och ingen sa något. Är det att bry sig? Jag berättar mitt livs största hemlighet, något som gjort att jag ville ta livet av mig och du säger ingenting?"

Stella såg ogillande på Thor.

"Jag sa visst något", försvarade sig Thor. "Jag sa att det var okej."

Stellas ögon smalnade.

"Tycker du att det är tillräckligt?" Klas såg trött på Thor. "Jag berättar att jag är bög, och du säger okej?"

Stella skakade på huvudet.

"Men det är ju det. Vad mer ville du att jag skulle säga?"

"Men Thor…", sa Stella.

"Om du inte fattar det så är det fan inte min grej att förklara för dig", sa Klas och Thor kände igen alla tecken på att det drog ihop sig till bråk. När de var yngre hade de bråkat så mycket att hans mamma varit rädd att de skulle skada varandra.

"Är det bättre att sura då? Att såra mamma och pappa? Du är deras favorit, du borde tänka på dem."

Klas skrattade till.

"Jag? Skojar du? Du som gett dem barnbarn. Du som stannar och är ansvarstagande. Det är dig de litar på. Du är favoriten."

Stella tittade fram och tillbaka mellan dem.

Det var Thors tur att skratta till, ett bittert skratt. Om det var så Klas såg på deras uppväxt så hade han vanföreställningar.

"Jag skiter i att du struntar i mig, men du har inte brytt dig om mamma och pappa." Eller om dina egna brorsbarn, tänkte han. På många sätt sved det nästan mer. Att Klas inte verkade intresserad av Juni och Frans.

"Jag bryr mig visst om dem. Om dig och barnen också. Om er alla. Jag älskar er ju för fan."

"Du har ett konstigt sätt att visa det på. Men du har alltid haft det så lätt med allt."

Klas hade susat genom skolan, fått varje jobb han sökte, tjusiga arbeten med bra betalt och stora bonusar.

"Lätt? Ursäkta mig. Jag var bög i skolan, i lumpen, på advokatbyrån, vet du hur svårt det är? Hur folk kan bete sig mot en?"

"Är du säker på att folk inte stör sig på att du är dryg och prylfixerad då? Du är så jävla besatt av pengar."

"Alla kan inte vara lika perfekta som du."

"Perfekta?" tjöt Thor.

Stella gnuggade sig i pannan, som om hon började få huvudvärk.

"Som stannat kvar och stöttat. Du är så förbannat självuppoffrande. Och aldrig kan du be om hjälp."

"Skulle jag bett dig om hjälp då?"

"Vet du? Fuck off, om det är så jävla jobbigt att ta emot det jag har. Fuck off!" Klas stampade iväg.

"Bra samtal", ropade Thor efter honom. "Idiot", muttrade han.

Stella gav honom en lång blick.

"Jaha du. Det där skötte du ju jättebra", sa hon med höjda ögonbryn.

Hans plan att visa henne hur seriös han var, vilken bra idé det vore att bli ihop med honom gick väl så där, måste han säga. För han tvivlade på att Stella blev mer säker på honom efter den här barnsliga uppvisningen.

– 45 –

"Kom in", sa Rakel och bjöd in Stella i sin lägenhet. Den var liten och dammfri. Ett kors på väggen över soffan. En bullig byrå med inramade foton på Frans och Juni i olika åldrar och bilder på en kvinna som Stella förstod var Ida. Ett bröllopsfoto på Thor och Ida. Så unga de varit.

Rakel bjöd på bryggkaffe i små koppar med svenska landskapsblommor. Stella sa inget om te. Hon var inte här för att hamna i mer bråk, det räckte med att Thor och Klas gick omkring som två åskmoln borta på gården.

Män, alltså.

"Tack för att du tog mitt parti mot Hurtigs igår", började hon.

Rakel smuttade på kaffet. "Tack för att du försvarade Juni."

De log försiktigt mot varandra.

Stella sköt undan kaffekoppen. "Du kanske har hört att jag syr?" sa hon.

"Jag hörde det."

"Jag ville bara kolla om jag kan göra något för dig?"

Rakel knäppte händerna i knäet.

"Och varför skulle du vilja det?"

"För att det är roligt."

För att jag tror att det var länge sedan någon pysslade om dig. För att du behöver det. För att om du var min mamma, så skulle jag inte vilja att du tappade all lust att leva om jag dog.

"Roligt?" Rakel rörde runt i kaffekoppen. Klink. Klink.

"När känner du dig fin? I vilka kläder?"

Rakel såg ner i knäet. Hennes smala axlar var alldeles stilla, händerna fortfarande knäppta.

"Rakel?"

"Jag har inte tänkt på det förut", sa Rakel lågt. Hon log ett blekt leende. "Jag känner mig nog aldrig fin."

"Men är det sant?"

Det var förfärligt. Men det förklarade också mycket.

"Min man. Jag menar min exmake, Idas pappa, sa att han var trött på att jag var så tråkig och ful. Det fastnade, tror jag."

Så sorgligt.

Att låta andra definiera en. Men Stella kände ju igen det där. Peder som klagade på hennes stora hår, varpå hon såg till att hålla det platt. En klasskamrat i nian som skrattade åt hennes "jättepattar". Hur små stick sårade. Men det gick att komma runt sådant.

"Du har en vacker silhuett, Rakel. Rena färger. En bra hållning och perfekta proportioner."

Rakel stirrade på henne som om hon börjat prata hebreiska baklänges.

"Skulle du vilja känna dig fin?"

Rakel rörde vid kaffekoppen. "Det är för sent. Jag är för gammal."

Men Stella såg att hon var frestad.

"Du är jämngammal med Madonna. Visste du det? Vet du vem det är?"

Rakel gjorde en min. "Jag är inte uråldrig, såklart jag vet. Men jag är inte Madonna."

Sant. Men vem var det?

"Får jag visa något?" frågade Stella och tog fram klänningen hon hittat hos Nawal utan att vänta på svar. "Direkt när jag såg den så visste jag att den skulle passa dig."

Rakel satt blickstilla.

Klänningen lyste i solen i den lilla lägenheten. Den var skenbart enkel, men hantverket var superbt.

"Jag kan väl prova den då", sa Rakel med en överdriven suck. Men blänket i ögonen förrådde henne. När hon kom ut i klänningen log Stella brett. Färgerna var som gjorda för Rakel, de fångade ögonens ljusa blå färg, fick det gråstrimmiga håret att se sofistikerat ut, fick hyn att se nästan pärlemorskimrande ut.

"Den skulle behöva nålas upp lite. Har du en pall du kan stå på?"

"Ska det vara nödvändigt", sa Rakel men gick iväg och hämtade en pall.

"Upp med dig", sa Stella.

Rakel klev upp. Stella drog i linningen.

"Vet du vem Junis kompis Cassandra är?" frågade hon medan hon nålade in midjan en aning.

"Är det inte Natalies dotter? Hon som jobbar på Gröna Hästen?"

"Ja, det stämmer nog. Hon och Juni har blivit vänner igen."

"Var de ovänner?"

"Ja, länge. Båda var olyckliga på grund av det. Väldigt olyckliga."

Rakel var tyst ett tag.

"Varför känns det som att du försöker säga mig något? Säg det rakt ut istället."

"Kan du inte berätta vad som hände med Nawal egentligen?"

Det ryckte i Rakels ansikte.

"Du jobbar ju med henne, har hon inte skvallrat om mig?" frågade hon surt.

"Nej, inte skvallrat", sa Stella uppriktigt. "Berätta. Jag vill verkligen förstå."

"Hon svek mig. Högg mig i ryggen."

"Men ni var så nära, eller hur?"

"Ja, jag trodde det åtminstone. Men hon tröttnade på mig, sa att jag var bitter och outhärdlig."

"Sa hon så?"
"Något i den stilen."
"Det låter väldigt sårande", sa Stella vänligt.
"Jag var helt förkrossad. Först svek min man mig. Sedan min bästa väninna. Jag trodde jag skulle dö."
Hon knöt fingrarna om det lilla guldkorset hon bar i halsgropen.
"Och så bröt hon med dig?" frågade Stella.
"Det var tydligen för jobbigt att umgås med mig, gudbevars. Nawal var upptagen med sin familj."
"Var du avundsjuk?" frågade Stella försiktigt. Avund var en så komplicerad känsla. Hemsk och skamlig. Men så fruktansvärt mänsklig.
"På henne?"
"Ja."
Rakel tittade bort. Hon sa inget på en lång stund.
"Hörde Nawal aldrig av sig mer?" frågade Stella.
"Hon ringde när Ida dog." Rakel fnös lite. Men en del av ilskan verkade ha gått ur henne. "Så dags då", mumlade hon. Rakel gav Stella ett tunt leende. "Du ska inte tro att jag inte uppskattar att du försöker. Du vill väl. Men Nawal och jag kommer aldrig umgås igen. Det Nawal gjorde och sa, det är oförlåtligt."
Stella lät det bero. Hon nålade klart, reste sig och tog ett steg bakåt. Det var till och med bättre än hon trott. Hon hade ett bra öga för det här, om hon fick säga det själv.
"Du har en fin figur, Rakel. Och du är inte gammal än."
"Jag har aldrig haft lust att klä upp mig. Och för vem?"
Den frågan var den lättaste av alla att svara på.
"För dig själv, Rakel."
"Vad ska det tjäna till?"
"Vi har bara ett liv. Det kan ta slut när som helst."
"Tror du inte att jag vet det?" Rakels ögon fylldes med tårar.
"Tror du inte att Ida skulle vilja att du var glad?"

Rakel vred sina händer. "Det är som om jag inte vill något längre", sa hon lågt.

"Vad ville du när du ville något?" frågade Stella.

"Jag ville bara ha min familj", sa Rakel. "Min dotter. Min man."

"Jag har också blivit bedragen", sa Stella mjukt. "Jag jämför mig inte, det du var med om var värre. Men ändå. Jag vet hur det kan kännas. Att bli så förnedrad."

"Det är förfärligt."

"Ja", höll Stella med om. Att bli bedragen lämnade så märkliga sår i en.

"Folk tyckte jag skulle gå vidare, de tog hans sida. Det var som om han tog allt ifrån mig."

"Han var ett svin."

"Ja, det var han faktiskt. Ett svin." Rakel log plötsligt. "Tack. Det var väldigt skönt att säga det högt." Hon la sin tunna hand på Stellas axel. "Jag vill be dig om ursäkt. Jag kan ha uttryckt mig klumpigt och det är jag ledsen för. Du är en bra människa, Stella."

"Tack."

"Och klänningen är inte tokig."

"Den klär dig."

Stella hjälpte henne ner från pallen. När Rakel bytt om igen satte de sig vid köksbordet. "Jag glömde. Vill du ha te istället?"

"Det är bra, tack."

Rakel rörde i sin kopp, strök med handen efter obefintliga smulor på duken. "Din mamma var en speciell människa."

"På vilket sätt?"

"Hon var en intensiv person. Hon satt barnvakt några gånger när jag var liten. Hon var åtta år äldre än jag, och hon var väldigt sträng men också spännande. Du är faktiskt lik henne på många sätt. Bestämd och vet vad du vill."

"Kanske. Kanske inte."

"Nu ska jag ge dig ett råd, fastän du inte bett om det."

Spontant kände Stella att hon rätt ogärna ville ha rådet. Men hon bet ihop. "Var försiktig med Thor. Han är inte så tuff som man kan tro när man ser honom. Det syns att du vill ut i den stora världen. Det är ett äventyr för dig. Jag vet att jag kan verka brysk mot Thor. Men han kommer alltid vara min svärson, mina barnbarns pappa och jag bryr mig mycket om honom. Han är stor och stark, men alla människor har en brytpunkt. Var rädd om honom, är du snäll."

Stella visste inte vad hon skulle säga.

Men det var ju inte som att hon inte tänkt något liknande själv.

*

"Farmor ska bara servera kött på festen, för hon tror alla gamla människor vill ha det", sa Juni surt, några timmar senare.

"Vad skulle du vilja servera då?" frågade Stella. Hon hade begett sig till ateljén för att träffa Juni och Cassandra.

"Vegetariskt, förstås", sa Juni.

"Jamen vilken sorts grönsaker? Vilka rätter?" Stella såg på Cassandra som satt på en kontorsstol och snurrade. "Kan du ge henne den där också", sa Stella och pekade på ännu en behå.

Juni tog emot den och gick in bakom draperiet.

"Quinoasallad. Vegetariska vårrullar, nudelsallad. Det finns ju massor", ropade hon från andra sidan. "Bönsallad, hummus, falafel. Auberginespett. Tofu."

"Men har du pratat med din farmor om det? Eller har du bara suckat, stönat och himlat med ögonen?"

Nawal knackade på och kom in till dem.

"Hur går det?" frågade hon, samtidigt som Juni drog undan draperiet och kom ut, klädd i den krämfärgade behån.

Vant drog Nawal i Junis byst, rättade till banden över axlarna och studerade plagget med kännarmin.

"Helt klart bäst. Den tar vi."

"Jättefin", sa Cassandra. "Jag önskar jag hade större bröst", sa hon och tittade dystert på sin smala överkropp.

"Du har fina bröst", sa Stella. För alla bröst var vackra, punkt.

Behån satt perfekt på Juni. De stabila banden höll upp den tunga bysten, kuporna separerade brösten och den satt stadigt i ryggen och över bröstkorgen.

Stella höll upp plagget hon arbetat med.

"Nu kan du prova den här också."

Noga hade hon gått igenom Nawals överblivna kläder på lagret. Det var en massa ratade storlekar, reakläder och felinköp som hängde där. Hon hade hittat en enkel, söt klänning som hon sytt om och ändrat till Juni. Nawal, som var en ekonomiskt lagd person, hade sålt den till henne.

"Jag kan inte ge bort den, men du får den billigt", hade hon sagt och dragit beloppet från hennes lön.

Försiktigt krånglade Juni på sig den. Det blanka, lite elastiska tyget föll ner runt hennes kropp, smickrande och vänligt.

"Du är ett geni", konstaterade Nawal och försvann ut till butiken när dörrklockan pinglade till.

"Vad tycker du?" frågade Stella.

Juni vände och vred sig framför den lilla spegeln.

"Vad tycker du, Cassandra?"

"Jättefin", sa Cassandra lågt.

"Och den här skulle se fantastisk ut på dig", sa Stella till Cassandra och höll fram ytterligare en klänning. Hon skulle tvinga Nawal att ge henne ännu ett bra pris.

Cassandras ögon glänste av längtan.

"Men jag ska inte gå. Och balen är om en vecka."

"Det hinner jag. Och det kommer inte kosta dig något", sa Stella. "Inte en krona. Det är bara bra för mig, jag syr sällan åt så unga och behöver verkligen öva. Du skulle göra mig en tjänst."

Cassandra såg osäkert på Juni.

"Hon menar allvar", sa Juni. "Och den färgen på dig är helt grym. Du kan väl prova åtminstone?" sa hon övertalande.

"Men jag har inga skor", sa Cassandra och såg djupt olycklig ut. Stella förstod. Det var mycket möjligt att tygkängorna som Cassandra bar var det enda par skor hon ägde. Hade man inte varit fattig så förstod man inte sådant. Att tygskor från en mataffär kunde vara det man hade. Men hon förstod.

"Jag tycker du kan ha de där", sa Stella bestämt. "Ni kan faktiskt ha tygkängor båda två."

När hon var klar skulle båda flickorna ha varsin ungdomlig balklänning med en modern edge. Inget tantigt, utan något som passade unga feminister.

"Ja!" sa Juni.

"Min kompis Maud skulle ha applåderat er. Hon tycker kvinnor ska gå i stabila skor."

"Är det Maud Katladottír? Från Insta? Känner du verkligen henne?" frågade Cassandra storögt.

Stella nickade. "Juni har träffat henne."

"Hon är supercool. Särskilt för att vara en så gammal människa."

Alltså.

Någon dag skulle Stella ta tag i det där med gamla människor. Men inte nu.

Det knackade på dörren. "Får man komma in?" hörde hon Thors röst och allt annat liksom förbleknade. Hon tänkte på honom hela tiden när han inte var med henne. Och när han dök upp blev hon så ultramedveten om sig själv. Visste knappt hur hon skulle bete sig så att det inte syntes vad hon kände. Det var för jäkla jobbigt, faktiskt.

Juni försvann in bakom draperiet för att byta om. Cassandra nickade en obekymrad hälsning

Stellas hjärta pumpade ut blod till hennes kinder. "Kom in", sa hon, andtrutet.

Thor och hon såg på varandra.

"Jag ska hämta min dotter", sa han.
"Hur är det med Klas?" frågade hon. Vardagliga frågor men med underströmmar som handlade om helt andra saker. Jag har saknat dig. Jag vill ha dig.
"Vet inte, vi surar tydligen fortfarande. Du hade rätt. Jag borde ha skött det där bättre." Han log och hon hade inget skydd mot känslorna som vällde upp inom henne. Att inte älska Thor var omöjligt.

– 46 –

"Pappa, kan Cassandra följa med oss hem?"
"Självklart."
Thor log åt Stella. Han älskade att se henne så här, omgiven av tyger och sysaker. Det var så tydligt att hon trivdes, att det var hennes kall.
"Juni", kom Stella på, just som de var på väg ut ur butiken. Juni vände sig om.
"Ja?"
"Prata med din farmor om det där vi talade om. Med ord."
"Okej."
"Vad är det du ska du prata med farmor om?" frågade Thor när de tre satt i bilen.
"Äh, inget."
Men den här gången gav han sig inte.
"Berätta", uppmanade han.
Juni suckade djupt och länge.
"Men alltså. På den här festen. Varför måste det vara så mycket döda djur på menyn? Varför måste farmor servera lik?"
Thor kramade ratten, räknade till tio och tog ett lugnande andetag innan han svarade, i neutral ton:
"Har du något förslag?"
"Kanske. Jo, det har jag."
"Då tycker jag vi pratar med farmor." Han kollade i backspegeln. "Fast du?"

Hans dotters blick mötte hans. "Ja, fader?"

"Vi kan väl försöka använda andra ord än döda djur och lik?"

Hennes blick smalnade, och hon suckade superdjupt igen, som om hon skulle fylla kroppen ner till knävecken med syre.

Men hon exploderade inte.

"Okejdå", sa hon bara och tittade ut genom fönstret.

I backspegeln såg Thor att Cassandra fnissade.

Tonåringar. Så himla mysiga ändå. När de inte tog knäcken på en var de fantastiska varelser.

Medan Stella var kvar hos Nawal stökade Thor runt hemma. Han ville göra huset fint. Han städade i sovrummet, dammsög och torkade. Tänkte på hur de älskat, hur han skulle älska henne i natt. Länge, långsamt, hårdhänt – vad hon än önskade. Han skulle locka henne att berätta sina hemligaste fantasier och sedan skulle han uppfylla dem. Han ville vara hennes slav, hennes älskare, hennes hamn.

Han ville berätta hur han kände, insåg han. Berätta att detta var mer än en tillfällig förbindelse, att han hade känslor, att... Han stannade upp. Medan han röjde runt hade han gått igenom posthögen. Automatiskt hade han öppnat alla brev. Detta hade han trott var från barnens skola. Men det var det inte. Det vita kuvertet var ett antagningsbesked från en skola som hette The New York Institute of Fashion. Han la ifrån sig brevet, långsamt. Stella var antagen till en utbildning på en modeskola som började snart. I en annan världsdel, en annan tidszon. Det kunde lika gärna vara en annan planet.

Han la tillbaka brevet i kuvertet. Han hade känt på sig att det fanns något hon inte berättade och nu visste han vad det var. Snart skulle hon lämna honom, det var han som var dum och hade börjat få andra idéer. Men såklart. Stella hade hela livet framför sig. Att påbörja en karriär inom modebranschen var det hon önskade sig mer än något annat, han visste ju det.

Han försökte ignorera den vita smärtan som sköt genom honom, visste att han borde vara glad för hennes skull.

När Stella kom hem, trött och hungrig sa hon ingenting om skolan, ingenting om brevet, ingenting om huruvida hon tackat ja eller nej till platsen.

De gick och la sig tillsammans. Älskade.

Hon sa fortfarande ingenting.

Så då gjorde han det inte heller. Bara kände hur slutet närmade sig.

Obevekligt.

– 47 –

Nyduschad och ombytt kom Stella ner i köket två dagar senare. Det var lördag och hela morgonen och förmiddagen hade hon hjälpt till med förberedelserna inför bröllopsfesten som skulle hållas här på Solrosgården. Hon hade arrangerat blommor och ställt fram stolar, dirigerat ungdomarna som skulle hjälpa till, samtidigt som hon försökte låta bli att snava över de upphetsade hundarna. Nu hade hon kramat fram stora blanka lockar i håret, och lagt en festlig makeup med det smink hon fortfarande hade kvar. På fötterna hade hon sandaler hon fyndat i second hand-butiken. De hade varit löjligt billiga och rätt slitna, men de passade henne perfekt och hon hade förälskat sig i de kulörta pärlorna och långa läderremmarna man knöt runt anklarna. Stora färgglada örhängen dinglade från örsnibbarna och stenen i det älskade halsbandet glänste i solen. Med det mot huden kändes det som om mamma ändå var lite här. Hon rättade till den somriga klänningen. Den var ännu ett reafynd från Nawals butik. Färgerna var starka och den hade både volanger och nedhasade axlar. Faktiskt kände hon sig aningen osäker, för klänningen var inte bara lite väl urringad utan även väldigt högt slitsad. Kort sagt visade hon en mängd hud. Eventuella tvivel försvann dock när Thor kom in i köket och fick syn på henne. Han stannade på fläcken och stirrade som om hon var en biblisk uppenbarelse.

"Hur ser jag ut?" frågade hon, väl medveten om att hon

fiskade efter komplimanger. Men det var så uppenbart att han gillade det han såg och hon var kvinna nog att älska att sola sig i en snygg mans beundran. Hon hade målat tånaglarna i rött, sotat ögonen och dragit på rejält med läppstift. Sammantaget var hon väl eventuellt på fel sida om lantlig kitsch, lite för mycket av allt, men det fick vara så en dag som denna. Hennes plan var att suga ut allt ur den här upplevelsen – en äkta fest på landet med grillbuffé, liveband och mängder av alkohol. Hon skulle äta tills magen stod i fyra hörn, dansa under sommarhimlen, skratta, dricka bubbel och vara med Thor varenda sekund.

Barnen dök upp direkt efter Thor, så han svarade bara med ett nedtonat: "Du är jättefin", men hon såg ju hans blickar, kände dem ända in i sitt DNA. Thor såg ut som om han ville kasta sig över henne. Han var också ombytt och satan i gatan vad läcker han var. Stella åt honom med blicken. Nyrakad och väldoftande. Bredaxlad i en tajt mörkblå kortärmad skjorta och finbyxor som hängde på de raka höfterna.

"Du är också jättefin", grinade hon brett. Hans ögon mörknade farligt. Gud, om de fortsatte så här skulle de väl ha sex på golvet snart. Världens mest ovälkomna tanke kom farande från ingenstans. En annan framtid väntade henne. En framtid utan den här mannen. Det kändes helt overkligt.

Men hon måste åka.

Väl?

Ah. Det var så förrädiska tankar och känslor som gjorde sig hörda, vid de mest olämpliga tillfällen. Som när Thor såg på henne som om han ville uppfylla varenda sexdröm hon någonsin haft. Som om han ville älska henne tills hon inte orkade mer. Då fick hon lust att stanna. Men hon kunde inte lita på känslor som var två veckor gamla. Eller hur?

"Pappa, mina kompisar kommer nu, kan jag gå till dem?" frågade Frans.

"Har du gjort allt du skulle?"

Frans nickade.

"Men stöka inte för mycket, tänk på att det är farmors och farfars fest."

"Jag lovar", sa Frans och rusade ut.

"Cassandra är här", sa Juni och lyfte ansiktet från sin telefon. "Och jag har också gjort det jag skulle."

"Och ni hjälper till med städningen sedan, eller hur?"

"Såklart. Vi får betalt av farmor och farfar, till skillnad från vissa andra slavdrivare", sa hon och försvann med stuns i stegen.

"Otacksamma ungar", sa Thor, samlade upp Stella i en björnkram och kysste henne hårt. Efter att ha hånglat mot diskbänken som om det inte fanns en morgondag la Stella om sitt läppstift och så gick de ut tillsammans.

Gården var nästan larvigt idyllisk idag, som tagen ur vilken nordisk folksaga eller valfri Astrid Lindgren-roman som helst. Stella fick syn på Rakel som var bland de första gästerna. Hon var så fin i klänningen Stella fixat åt henne. Rakel vinkade, men kom inte fram utan stod och såg belåten ut där hon pratade med en silverhårig man.

"Min svärmor ser annorlunda ut", sa Thor.

"Det är klänningen", sa Stella. Rakel såg ut som en helt annan person. Medan de vandrade vidare berättade hon om mötet med Rakel.

"Du är så omtänksam", sa han. "Du bryr dig så mycket om människor."

Hon visste inte vad hon skulle svara. Hon snuddade vid hans fingrar, han kramade dem tillbaka. Medan Thor stannade till och småpratade med en jämnårig man om något som verkade handla om sådd eller skörd, hon var osäker på vilket, funderade hon på om hon skulle kunna leva här. På landet? I en så liten stad som Laholm? De flesta hade varit snälla mot henne, men inte alla, tänkte hon och mindes blickar hon fått. Det var tillräckligt svårt att vara icke-vit i Stockholm. I en småstad blev det än mer tydligt att hon inte hörde till normen. Och alla de drömmar om framtiden hon hade, de gick inte att förverkliga i Laholm. För att inte tala om vintern, herregud, den långa osexiga vintern. Då var det nog inte särskilt muntert här. Mer Barnen-från-Frostmofjället.

Och på tal om barn.

Juni hade börjat fästa sig vid henne, det var tydligt. Även Frans såg på henne med allt mer öppen blick. De barnen hade haft tillräckligt med förluster. De behövde stabilitet.

Om hon skulle stapla för och emot, så blev emot-kolumnen enorm, tänkte hon och kände en del av feststämningen försvinna. Medan Thor ursäktande lämnade hennes sida för att snabbt visa något som hade med traktorer att göra, följde Stella honom med blicken, sliten mellan två helt oförenliga önskningar. För hon måste välja. Och hon måste välja rätt. Det hade varit en sommarflirt hon aldrig skulle glömma och definitivt det bästa sex hon haft. Sex på en helt ny nivå. Men det var så mycket mer förstås. Det var spirande känslor som fullständigt översvämmade varenda sinne hon ägde. Det var förälskelse, lust och glädje.

Men det var inte framtiden.

Eller?

Hon blev tokig. Att man kunde ha så motstridiga känslor, det gjorde fan nästan sönder henne.

Gårdsplanen och gräsmattorna fylldes snabbt med festklädda gäster. Det var öppet hus från två och tanken var att det skulle pågå hela dagen och kvällen. Flera av gästerna bar Stellas kreationer, färgglada, fina kläder som Stella ändrat och fixat. Det var roligt att se glädjen det skänkte.

Thor var fortfarande försvunnen. Han var så värd en seriös kvinna, tänkte hon. Hela hans lilla familj förtjänade det. Någon som skulle stanna och som kunde trivas på landet. Någon som inte drömde om internationella karriärer och New York-liv. Visst hade Klas pratat om att det inte gick att bo i en småstad när man vant sig vid det som storstaden hade att erbjuda? Var det en varning till henne? Eller bara ett faktum?

"Hej, hur är det?" frågade Ulla-Karin och kom fram till henne.

"Bara bra", svarade Stella och försökte tränga undan melankolin som hela tiden låg och lurade. Dumma melankoli. Hon ville vara glad. Juni och Cassandra fladdrade förbi, fnittrande och obekymrade. Frans stod en bit bort med kompisar och såg ut att spela luftgitarr. Hon ville leva här och nu och känna partystämning.

"Trivs du med håret?" frågade Ulla-Karin. Hon drack rödvin och bar bland annat cerise turban och matchande cowboystövlar, en outfit som Stella kanske inte skulle ha trott kunde fungera ... perfekt. Dessutom hade Ulla-Karin anlänt i en chockrosa Cadillac från femtiotalet. Hon gick verkligen all in.

"Mycket", svarade Stella och kramade försiktigt en lock.

Ulla-Karin synade henne med alldeles för skarp blick. "Är allt bra? Du ser bekymrad ut? Är det torpet ditt? Jag hörde att det blev krossat. Och alla dina saker."

"Ja, det var hemskt. Men det är bara prylar. Nej, det är framtiden som bekymrar mig. Jag vet inte hur jag ska göra."

"Jag kan spå dig?"

"Nej tack", sa hon snabbt. Riktigt så desperat var hon inte. Än i alla fall. "Får jag fråga. Har du alltid bott här?"

"Ja."

"Har du aldrig längtat bort?"

"Ärligt?"

Stella nickade.

"Jag längtar ofta härifrån."

Stella suckade. Det här hjälpte ju inte alls.

Ulla-Karin tömde halva glaset, torkade sig om munnen och sträckte ut handen för att fixa till något med Stellas frisyr. "Du måste nog bestämma själv", sa hon sedan med snäll blick. "Du

kan inte låta oljudet från andra människor dränka din inre
röst." Hon drack upp det sista av vinet. "Nu har jag en dejt
med en bag-in-box." Hon nickade adjö och lullade iväg. Stella
hoppades att hon inte planerade att köra hem. I teorin hade
Ulla-Karin rätt, tänkte Stella. Problemet var bara att hennes
inre röst verkade ha få fnatt.

Thor kom fram till henne och räckte henne ett immigt glas
rosa bubbel.

"Hallå där snygging", sa han och smekte henne med blicken.
Stella sippade på bubblet och tänkte att hon hade så många
känslor för den här mannen. Hon kände lust och glädje över
deras fysiska samvaro såklart, för det var som att ha vunnit
storvinst i sexuell kompabilitet. Hon ville vara naken och
svettig med honom mest hela tiden, absolut. Men det var så
mycket mer. Hon ville sitta i Thors kök medan kvällen föll och
prata om dagen som varit, hålla hand och skratta tillsammans.

"Hej på er", sa Vivi. Hon vände sig till Thor: "Jag lovade
att du kunde hämta Nawal?"

"Självklart", sa han, lika ansvarstagande som vanligt och
Stella försökte att inte känna det som om Vivi försökte hålla
dem isär. "Jag åker direkt."

Medan Thor gick iväg rörde sig Stella och Vivi över gräset
och bort mot ett porträtt av brudparet. Det hängde på ett
staffli, dekorerat med murgröna och vilda blommor.

"Vi gifte oss 1979", sa Vivi och såg kärleksfullt på fotot.
Bilden visade en ung Gunnar med polisonger, iklädd en kostym med utsvängda byxor. Till det en skjorta med enorma
skjortsnibbar. Vivi bar en vit sommarklänning, med stora
volanger och puffärmar som brud. "Vi träffades på en logdans
här i trakten. Man hade logdanser, trots att det var 70-tal och
många var hippies. Vi blev kära direkt, Gunnar och jag."

"Så fint det låter", sa Stella. Hon hade förälskat sig i Thor
lika snabbt. Var det ett tecken?

"Vi gifte oss i Laholms kyrka, sparade till vårt hus och köpte det. Man kunde göra så på den tiden. Och jag blev så glad när tvillingarna kom. Det tog tid för mig att bli gravid."

"Ni ser helt underbara ut", sa Stella. Även om bilden var daterad och kläderna minst sagt omoderna, så syntes kärleken och glädjen i bilden. "Och fyrtio år. Det är länge."

Vivi strök sig lite om kinden och rättade till sin tunna scarf. Flera av Vivis väninnor var bland dem som Stella hjälpt med festkläder, men Vivi hade inte bett henne om något alls.

Vivi harklade sig. "Vet du. Jag träffade dig när du var liten, du måste varit ungefär sju år och du var här med din mamma. Mina pojkar var tonåringar då."

"Det har jag inget minne av."

"Du är ju så mycket yngre än Thor." Hon log, men utan att leendet nådde hela vägen till ögonen.

"Inte mycket yngre", sa Stella. Åtta år var inte *så* mycket. Väl?

"Du var jätteliten i alla fall. Och alldeles bedårande förstås."

Vivi promenerade över gräset och Stella slog följe.

"Thor blev pappa tidigt", fortsatte Vivi. "Jag hade hoppats på mer för honom, måste jag erkänna, än att få barn så ung och köpa den där fallfärdiga gården av Erik Hurtigs pappa." Hon skakade på huvudet, som om minnet fortfarande var plågsamt. "Som han slet. Både han och Ida förstås, men Thor jobbade omänskligt hårt. Han ville väl visa att han visste vad han gjorde."

"Men de var lyckliga?" kunde Stella inte låta bli att fråga. Hon borde inte skvallra, men hon kunde inte låta bli.

Vivi suckade nästan omärkligt. "Jag var förtjust i Ida, det var jag, men jag tyckte aldrig att hon och Thor passade ihop. Och Rakel och jag har förstås aldrig riktigt kommit överens. Vi gick i samma klass, men hade inget alls gemensamt. Sedan, när Ida dog blev allt ännu svårare. På alla sätt."

"Jag förstår verkligen det." Stella hade fått en klump i halsen som hon inte riktigt blev av med.

Vivi la sin hand på hennes arm. "Det jag försöker säga är att Thor har haft sin beskärda del av tragedier. Han behöver inte fler. Gunnar och jag har hållit ihop för att vi är lika och vill samma sak i livet. Sådant är viktigt, särskilt om det finns barn med i bilden."

Stella nickade medhåll men klumpen i halsen växte. Vivi menade väl, men hon fick Stella att känna sig som en känslokall lockerska som lekte med Thors känslor. Rakel hade också varnat henne. Var det ingen som trodde på att hon var något för Thor? Trodde hon det ens själv?

"Det är superfint ordnat", sa Stella hastigt och såg ut över festen för att dölja att hon blivit sårad. De stora grillarna var tända och dofterna spred sig. Barn och hundar rusade omkring och någonstans ifrån kom det musik. Hon försökte fokusera på här och nu. Vivi sa ju bara självklarheter, egentligen. De stannade till vid buffébordet.

"Juni och jag pratade om maten", sa Vivi. "Hon övertygade mig om att satsa på mer sådan där vegetarisk mat. Vi har asiatiska grönsaksspett, tofutapas och massa olika bönröror och sallader med quinoa och Gud vet vad. Det är inte alls dumt. Det känns lagom modernt." Hon tystnade och vred på sin vigselring innan hon sa: "Men det finns gränser för hur mycket förändringar folk klarar av."

Höll hon på att bli paranoid, eller lät varenda ord som Vivi sa som en varning?

Lätt panikslagen letade Stella efter Thor med blicken. Istället anslöt sig Gunnar till dem. Thor var lik sin pappa, tänkte Stella och skakade hand med den äldre mannen. Samma ögon och väderbitna ansikte.

"Stort grattis på er dag", sa hon artigt.

"Tack, kära du. Så glad jag är över att få träffa dig till slut." Han såg på mängderna med mat. "Thor nämnde att du undrade om jag mindes något om din mamma."

"Ja?"

"Jag träffade faktiskt Ingrid några gånger. Hon var en komplex kvinna. Längtade alltid bort härifrån, minns jag tydligt. Jag hoppas hon blev lycklig i Stockholm. Här var hon det aldrig. Vissa trivs inte på landet, helt enkelt. De tynar bort." Han log vänligt mot henne.

Vivi klappade honom på handen, som om han skött sig väl. "Om du ursäktar oss, Stella, så måste vi gå och hälsa på fler gäster." Hon tog sin man under armen och de gick därifrån.

Stella tömde sitt bubbelglas. Efter det här behövde hon mer alkohol, kände hon och fick syn på Thor som just återvänt. Hon tittade på honom där han stod, stadig som urberget. Ekobonden i tajt skjorta, svarta byxor och med sin gård och sin mark som fond bakom sig.

Strunt samma vad Rakel, Vivi, Gunnar och hela världen sa. Hon älskade Thor så att det gjorde ont.

– 48 –

Thor ögnade överdådet av mat på buffén. Bland grillat kött, korvar och burgare fanns stora skålar och fat med färggrann vegomat. Han kunde inte låta bli att le. Juni hade argumenterat länge för sina alternativ, hans mamma hade varit svårövertalad innan hon slutligen gett med sig och låtit Juni bestämma en delvis ny meny. Thor hoppades att gästerna skulle vara lika nöjda som han var. Eller så struntade han i det. Han var stolt över sin dotter.

"Det blev enorma mängder mat, det kommer bli mycket över", sa Vivi när hon och Gunnar kom för att ta för sig av maten.

"Jag vet att ni tycker jag curlar barnen", sa Thor. Stella hade försvunnit med en gäst som ville prata om siden eller sammet eller något och han längtade redan efter henne.

Hans pappa såg misstänksamt på ett grillspett med marinerad tofu. "Ja…", började Gunnar.

"Och jag vet att jag kunde gjort mycket annorlunda", avbröt Thor. "Att jag gjort och gör fel. Och att jag borde ta tag i en massa grejer." Alla dessa oräkneliga saker han visste att de störde sig på. För mycket tv-spel. För lite aktiviteter. För mycket skjutsande, för få gränser. Allt det som han fått höra genom åren.

Vivi bytte en rådvill blick med Gunnar.

"Thor, vi…", började hon.

"Och jag vet att ni är emot det här med att vara vegetarian", sa Thor "men Juni får i sig all näring, och jag tycker hon är så duktig."

"Thor!" Hans mamma ställde ner sin tallrik med en duns.

Thor tystnade. Han hade inte menat att orsaka en scen, det var deras fest, deras dag.

"Förlåt, mamma", sa han.

"Vi tycker inte att du curlar barnen!" utbrast hon.

"Du är en storartad pappa", inflikade hans pappa. "Mycket bättre än jag någonsin var. Jag ... vi – mamma och jag – vi beundrar dig."

Thor stirrade på föräldrarna. "Gör ni?"

Hans pappa såg stadigt på honom.

"Jag säger det inte tillräckligt ofta. Kanske inte alls. Men du är en förebild för mig. Jag önskar att jag curlat mina barn mer. Att jag gjort som du, fokuserat på din och Klas relation, hjälpt er. Då kanske allt varit annorlunda mellan er, inte så mycket bråk. Du ser dina barns behov." Hans pappas röst bröts en aning.

"Thor, vi är så stolta över dig. Vi trodde du visste det", sa Vivi och kramade hans arm hårt och med tårar i ögonen.

"Maten är underbar, jag har bara hört lovord", fortsatte hon. "Och du har gjort så fint. Tänk att du lånade ut din vackra gård. Vi är tacksamma och vi är stolta. Både över dig och dina barn."

Gunnar nickade med emfas.

"Tack", sa Thor, omtumlad. Han hade inte haft en aning.

Han tvekade, men så kramade han om sin pappa, för första gången på mycket länge. Hans pappa som doftade kaffe och billigt rakvatten. "Tack", upprepade han och kände hur något trasigt inom honom började läka.

"Hej igen", sa Stella en liten stund senare när de stötte ihop vid en isbalja med proseccoflaskor. Hon gav Thor ett tusenwattsleende och han kände det i varenda cell i kroppen. I hjärtat och i huvudet. Hennes hår blänkte och doftade, munnen var dramatiskt röd och det räckte för att en man skulle förlora allt logiskt tänkande.

"Hej", sa han, nästan groggy av alla känslor som vällde upp helt okontrollerat. Vartenda sinne uppmanade honom att göra henne till sin, att inte låta henne komma undan, att få henne vilja det han ville. Han räckte henne ett glas bubbel. Hon tog emot det, lutade huvudet som hastigast mot hans axel, som en snabb kärleksbetygelse.

"Stella!"

"Stellaaaa!"

Det var Juni och Cassandra som kom farande under fniss och viskningar.

"Kom, vi måste prata med dig. Om en grej."

Stella gav honom ett ursäktande ögonkast, mimade: Jag kommer snart, och lät sig dras iväg av tonåringarna. Doften av henne dröjde sig kvar vid hans tröja och bröst och han drog in den, såg längtande efter hennes ryggtavla och mötte sin brors blick över gästernas vimmel.

Klas höjde på ögonbrynet och stoppade handen i byxfickan. "Det ser ut att vara allvar?" sa han när de möttes på gräset.

"Det är inte något seriöst mellan oss, det är vad vi sagt." Orden lät ihåliga, till och med i Thors egna öron.

"Fast man kan inte styra sina känslor", sa Klas vänligt, nästan medlidsamt. "Man väljer inte vem man blir kär i."

Thor drog med handen över ansiktet. "Tror du inte att jag vet det? Men det spelar ingen roll vad jag känner. Hon ska inte stanna." Thor svalde, kände nederlagets bitterhet. "Och jag har ju barnen."

Klas krökte på överläppen. "Ja, Gud förbjude att du skulle göra något för din egen skull."

"Vad ska *det* betyda?"

"Du vet."

"Eh, nej."

Klas nickade att de skulle gå mot bordet med dricka. "Thor. Du gör bara saker för andra", sa han trött. Han höjde rösten, för det var stimmigt. "Det är enormt irriterande", la han till och drog undan ett välskräddat byxben precis innan en liten flicka täckt i jordgubbssylt fick fatt i det.

Thors blick smalnade. Hade han hört rätt nu? "Är det dåligt att jag bryr mig om folk, menar du?" Det var ju alldeles bakvänt. "Att jag inte är egoistisk?"

"Det kan vara ett problem", sa Klas lugnt och med en axelryckning. Han gav Thor samma blick som när han utmanade honom att våga hoppa från högsta trampolinen i simhallen.

"Du har så jävla fel."

"Eller så har jag rätt."

"Idiot."

"Mupp."

Men ingen av dem la kraft i skällsorden. De stannade till vid ett långbord med zinkkar fyllda med krossad is. I isen stod vin-, öl- och läskflaskor och burkar av olika slag. Thor fiskade upp en öl till sig och en till Klas. De skålade i luften.

"Du, jag vill be om ursäkt", sa Thor efter en stunds eftertänksamt drickande.

"För vad?"

"För att jag inte har varit den bror jag borde ha varit, antar jag."

Klas nickade som om han höll med. "Du har varit enerverande emellanåt."

Thor fnös.

"Men du har inte gjort något fel", fortsatte Klas och torkade bort ölskum från överläppen. "Och jag ber också om ursäkt. Det tog mig några vändor i terapi att reda ut allt."

"Terapi?"

"Det tog slut med en lång relation i vintras, och jag var helt under isen." Klas tog ännu en klunk ur ölflaskan. "Jag var så nere. Till slut ville min chef skicka mig till någon att prata med. Jag slog bakut först. Blotta tanken på att prata med en psykolog. Jag skämdes som en hund. Kände mig misslyckad. Svag. Men sedan gick jag ändå."

"Hur var det?" frågade Thor.

"Bra, faktiskt."

Thor hade gått i krissamtal efter Idas död. Han mindes inte mycket av de mötena. Men de hade varit som livbojar. En plats där han fick bryta ihop utan att någon såg ut att vilja dö av olust eller egen smärta.

"Är det bättre nu?"

"Mhm. Men jag kom hit tidigare för att ännu en kille gjorde slut med mig. Tydligen är jag inte så bra på relationer."

"Det är hans förlust", sa Thor och menade det helhjärtat.

"Tack. Och du ska veta att jag önskar att jag varit här mer för dina barn. Och för dig. Förlåt."

"Jag trodde jag gjort något." Han trodde det fortfarande, om han skulle vara ärlig.

"Nej, inte egentligen. Men det är tufft att gilla killar i en liten stad. Och jag kände att jag behövde miljöombytet, att komma härifrån. Och hela den här tvillinggrejen. Tyckte inte du det var jobbigt?"

Thor nickade. Han hade inte vågat säga det högt, men det hade varit en boja. Att alltid jämföras. Att vara en del av ett set. Att tvingas göra allt ihop. Och Klas hade alltid haft ett starkt behov att vara en egen individ.

Jag behövde hitta mig själv, om du ursäktar klyschan", sa Klas.

"Men du bara försvann." Det hade gjort så ont.

"Jag vet. Jag hade tänkt höra av mig, men tiden bara gick och det var sådan frihet att vara solo. Och sedan var jag med om en del dåliga erfarenheter och då ville jag klara det själv." Han log. "Vi är kanske lika där, när jag tänker efter. Jag tänkte hela tiden att jag skulle ringa men ju längre tid som gick desto svårare blev det. Och så dog Ida och jag var inte där och inte till något stöd och jag skämdes så. Jag kände mig som en skitstövel. Jag var det."

"Du är ingen skit. Tvärtom. Du var ju alltid den perfekta sonen."

"Men inte den perfekta brodern." Klas rynkade pannan. "Inte sonen heller, jag fattar inte var du fått det ifrån. Det är ju du som orkar allt. Du är så jävla kapabel och pålitlig. Så irriterande. Och så dina skjortor..."

Thor stirrade klentroget på Klas. "Mina skjortor?"

Klas svepte med ölhanden i luften. "Jamen hela den där machogrejen. Överlevnadsgrejen. Bygga och hamra och sätta mat på bordet. Vara pappa och husägare. Du är så kompetent. Det är ytterst knäckande. Störande."

Där såg man.

Medan han själv kände sig som den dumme av dem, så hade Klas en helt annan bild av deras dynamik. Kanske inte den största upptäckten i världshistorien, att två syskon kunde se olika på sin uppväxt, men Thor var ändå skakad. Hade allt detta stått emellan dem? År av tystnad och missförstånd. Så jävla omoget. Han la en hand på Klas ena axel.

"Jag vill att du ska veta att jag är här för dig. Till hundra procent. Uppfattat? Om jag gör fel eller säger något dumt så hoppas jag att du säger ifrån. Jag menar det, ingen mer tid som bara går."

"Detsamma gäller för dig. Och så vill jag säga att du har fina ungar. Det har du gjort bra. Jag vill vara en del av deras liv. Om de vill ha mig som farbror."

"De kommer bli glada", sa han med känsla och drog in sin bror i famnen.

De kramade om varandra. Hårt och länge. Ingen ryggdunkande halvkram, utan en varm och innerlig omfamning mellan två bröder som älskade varandra.

När folk var proppmätta, samt en del var rejält påstrukna, dukade de inhyrda ungdomarna snabbt undan matrester och disk, fyllde sopsäckar och började bära fram kaffet.

Thor drog med Stella till ett långbord i ett av tälten där det dukades med kaffe och dessert. "Nu släpper jag dig inte", sa han och fyllde en tallrik med hallongrottor, chokladrutor, vaniljbullar och allt annat hon pekade på. "Du är lätt att hålla på bra humör", sa han.

"Tårta också", beordrade hon.

"Det har hänt saker idag, har jag sett", sa hon senare, med munnen full med jordgubbstårta. "Du pratade med din bror?"

"Ja. Och med mina föräldrar. Vi fick många bra saker sagda."

Hon sträckte sig efter en chokladboll som hon njutningsfullt ploppade in i munnen.

"Ska jag hämta mer?"

"Jag önskar jag orkade mer, men det gör jag inte."

"Då vill jag dansa med min kvinna."

"Dansa? Jag tänkte snarare ligga ner och vila. Jag är så mätt", stönade hon.

"Det är lokal svensk country, det måste upplevas."

"Jag har nog aldrig dansat pardans någon endaste gång, inte oironiskt i alla fall", sa Stella, la sin hand i hans och lät sig föras till det tillfälliga dansgolvet – den plattaste av hans gräsmattor som tjänstgjorde som golv. Ett band spelade svenska dansbandscovers, med tonvikt på countrymusik och det var fullt med gäster som rörde sig med varierande skicklighet. Thor tog henne i sin famn.

"Hassan, hej", hörde han henne säga. Hon vinkade glatt.

När Thor vände sig om såg han att den unga advokaten dansade för fullt med Natalie.

"Jag visste inte att du kände mina föräldrar", sa han till Hassan.

"Jag dansar bugg tillsammans med Vivi och Gunnar",

förklarade han andfått medan han skickligt svängde runt Natalie. "Vi går på samma kvällskurs." De försvann iväg i en koordinerad virvlande rörelse.

Thor drog Stella till sig, höll hennes kropp hårt mot sin, pressade hennes bröst mot sitt bröst, sina höfter mot hennes. Hon snusade i hans halsgrop och hans armar om henne vilade kvar. Han ville aldrig släppa henne.

Framåt aftonen började de äldsta gästerna troppa av, men partyt ville inte ta slut, och grupper av småpratande människor satt vid bord eller ställde samman stolar i grupper. Merparten av barnen försvann in i huset med skålar med chips för att kolla på film.

"Kom", sa Thor och la en tunn fleecejacka över hennes axlar.

"Vart ska vi?"

"Jag vill visa dig något." Han fattade hennes hand och de promenerade bort genom grönskan tills musiken och sorlet försvann. Kvällen var varm och skimrande, snart skulle det vara ljust dygnet runt. Det doftade av grönska och örter, syrener och gullvivor när han tog med henne till det lilla, gömda vattenfallet. Han hade tänkt visa henne det flera gånger. Kanske för att hon skulle förstå vad hon kunde få, varför hon borde stanna. Kanske bara för att ha henne helt för sig själv.

När de var nästan framme stannade Thor. Han la händerna om hennes kinder, fingrarna om hennes nacke och la alla sina känslor i en kyss. Stella klängde sig fast vid honom, som en vildkaprifol kring en trädstam. Han älskade när hon slog sina armar om hans nacke, när hennes naglar grävde ner sig i hans överarmar. Han ville att hon skulle lämna märken på honom, ville att hon skulle riva och bita, visa att han var hennes.

Hon drog sig loss, med vilda ögon och kyssvullen mun. "Vad är det som låter?"

Han tog hennes hand igen och visade vägen mot det forsande fallet. Med turistmått mätt var det inte särskilt stort, men det brusade och dånade och så här dags var de helt ensamma.

"Wow", sa hon och blev stående med blicken på de framrusande vattenmassorna. "Det är magiskt här."

"Ja, om det finns magi någonstans, då är det här." Han älskade den här platsen. Han slog armarna om henne och hon lutade sig bakåt mot honom, vilade så.

"Skulle du kunna tänka dig att flytta härifrån? Till en storstad?"

"Nej, aldrig", sa han med hakan mot hennes huvud. Svaret kom automatiskt och det var först en sekund för sent som han insåg vad han sagt. Men han ville så gärna att Stella skulle se allt den här platsen hade att erbjuda, att hon skulle känna det han kände, att de hörde ihop. Istället vände hon sig om och såg allvarligt på honom.

"Thor, jag har något jag måste prata med dig om."

Han ville inte veta, ville inte höra.

"Okej", sa han med blytungt hjärta.

Lämna mig inte, ekade det inombords. Lämna mig inte.

– 49 –

Det här var så svårt, tänkte Stella. Men det måste sägas. Hon tog sats. "Jag har kommit in på en utbildning som jag sökt. En lång modeutbildning. I New York. Den börjar snart."

Han såg länge på henne. Dånet av vattnet fyllde luften. "Hur känns det?" frågade han till slut och kramade hennes hand.

"Jag har tackat ja. Det är en dröm jag haft länge, kanske hela mitt liv."

"Jag förstår." Han kysste ett finger. "När måste du åka?" viskade han mot hennes hud.

"Snart", sa hon och lutade pannan mot hans.

"Du vill inte stanna då, antar jag?" Orden var lättsamma men tonen var det inte. "Jag ingår i det paketet."

Hon såg länge på honom, strök honom över pannan, pussade den, kysste den. "Jag kan inte anpassa mitt liv efter någon annan", sa hon så mjukt hon kunde, insåg att varje ord hon yttrade sårade honom. Hon vilade huvudet mot hans bröstkorg. Kanske de bara kunde stå så här tills naturen täckte dem. Hon kunde lyssna på hans starka hjärta och han kunde stryka henne över ryggen.

"Om jag ber dig att stanna?" sa han lågt.

Hon slöt ögonen. "Det går inte", sa hon och la en handflata på hans bröst.

Thor sa inget, drog bara ett ostadigt andetag.

"Jag kan inte kompromissa med min dröm, inte igen", fortsatte hon, för hon ville att han skulle förstå.

"Igen?" Han drog sig undan och såg forskande på henne. "Du menar att du gjorde det för Peder?"

"Ja. Och jag har ångrat mig varje dag sedan dess."

"Jag förstår", sa han, men det syntes att han var ledsen.

"Kan vi inte bara ha det bra den stund vi har kvar", sa hon, reste sig på tå och kysste honom. Hans tunga mötte hennes och lusten som alltid fanns mellan dem tände till, kanske påeldad av känslan av att tiden var utmätt. Hon grabbade tag i hans skjorta, han drog ner hennes klänning, kramade hennes bröst, kysste dem. De slet i varandras kläder, lät dem falla i gräset. Hon lutade sig mot ett träd, han lyfte hennes ena ben, la det om sin midja och med det forsande vattnet och naturen som enda vittnen trängde han in i henne. Hon drog efter andan när Thor fyllde henne. Det kändes så rätt.

"Skönt?" frågade han.

Stella nickade flämtande, kunde inte prata. Han rörde sig mjukt i henne, höll ett tag om hennes ena lår, lutade sig med handflatan mot trädet med den andra och trängde ännu djupare in. "Smek dig", sa han.

Hon la vänstra handen på hans axel och förde ner den högra och smekte sig själv samtidigt som han höll henne. Under hans intensiva blick kom hon, skakande mot trädet och hans kropp och han rörde sig allt häftigare ända tills han andfått drog sig ur henne.

"Jag vill att du sprutar på mig", sa hon, fortfarande innestängd mellan honom och trädet. Han tog tag om kuken och med några få kraftiga tag kom han på hennes mage. Det blev varmt och sedan snabbt kallt. Hon älskade att vara märkt av honom, tänkte hon, medan han hjälpte henne ner med benet och att återfå balansen.

Han räckte henne fleecen och de letade efter sina skor och kläder när Thors telefon plötsligt plingade till av ett mess. Stella knöt sina sandaler medan Thor läste. Han fick ett allvarligt uttryck i ansiktet och hon kände en ond aning krypa utefter huden. Gud, hon hoppades att det inte var barnen.

"Vad är det?" frågade hon.

Thor tittade upp. "Det är Klas. Något händer på gården, verkar det som. Vi måste tillbaka."

– 50 –

Oväsen kom från gården. Thor hörde höga rop. Sedan ljud från tjutande bildäck. Någon tutade om och om igen. En motor rusade. Thors oro ökade. Något stod inte rätt till. Vem var det som vansinneskörde?

Han ökade takten. Bredvid honom småsprang Stella tills de nådde gårdsplanen. Där var fullt med folk. Musiken och skratten hade tystnat. Feststämningen var som bortblåst. Det var inte svårt att se vad som stört ordningen.

"Erik Hurtig är här", konstaterade Thor bistert samtidigt som bilen som kört runt och tutat som en mistlur tvärbromsade. Bildörren slogs upp och Erik klev ur, skrikande.

"Jävla idioter! Vad glor ni på?"

Han var rödflammig i ansiktet, vinglade och sluddrade, uppenbart alkoholpåverkad. Men det var inte det värsta, tänkte Thor. Inte heller att han vrålade otidigheter åt gästerna.

Erik stod, berusad och arg, och viftade med ett jaktgevär.

"Herregud, är det där laddat, tror du?" frågade Stella.

"Hoppas inte det."

Men Thor var verkligen inte säker. Det var problemet med Erik. Man visste aldrig med honom.

Thor såg sig om, för att lokalisera sin familj.

Klas mötte hans blick. Barnen är inne, mimade han.

Skönt det åtminstone. Thor ville inte ha sina eller någon annans ungar här nu. Det räckte med en massa skärrade vuxna och ett gäng skällande hundar.

Vivi och Gunnar stod längst fram, förstås, och försökte lugna Erik. Hans föräldrar tog ansvar för allt.

Thor fångade sin mammas blick. "Gå in", sa han högt. "Jag kan ta hand om det här." Men Vivi skakade bara på huvudet.

"Vad har hänt, Erik?" frågade Thor så lugnt han kunde.

Han ställde sig framför Stella, hörde henne protestera. Klas hade också tagit ett kliv fram, gjort sig bred framför Vivi och Gunnar. De behövde inte säga något, de kommunicerade ordlöst. Runt omkring såg han samma subtila rörelser. Män som steg fram för att utgöra en skyddslinje.

"Jag har fått nog!" skrek Erik och viftade med geväret på ett sätt som fick det att vända sig i Thors mage.

"Inte för att jag vill låta hysterisk, men detta ser farligt ut", muttrade Stella och gled upp bredvid honom.

"Men Stella, snälla, kan du stå bakom mig?"

"Mm. Det kommer inte hända", sa hon och stod envist kvar bredvid honom. "Vad vill han, tror du?"

Thor hade ingen jävla aning. "Erik, vad gör du här?"

Erik svepte med geväret och det gick som ett sus genom folkhopen.

Thor höll andan.

"Jävla galning", muttrade Stella.

Erik stirrade på Thor med rödsprängda ögon.

"Allt det här är min mark. Du tog den!"

Inte detta nu igen. "Men Erik ...", sa han vädjande.

"Du stal min mark! Den enda mark som ger något. Du lurade min pappa. Han var en god man. Alldeles för snäll för den här världen."

Det var inte riktigt så Thor mindes det. Erik senior var ett av de största svin Thor någonsin mött. Det var allmänt känt att han slog sin son under uppväxten, men aldrig blev anmäld. Han bråkade med alla och var ogenerad rasist och kvinnohatare.

"När Ida och jag köpte den här marken av din pappa", sa Thor, "var han glad att bli av med den och att ta emot pengarna. Alla vet att det bara var sten och dålig jord då. Det är vi som har odlat upp den. Allt gick helt schyst till."

De hade tagit dyra banklån och betalat av på dem länge. Det fanns inget att anmärka på. Herregud, de hade varit alldeles för unga för att ens kunna tänka tanken att lura någon. Det här var Eriks egen frustration det handlade om.

"Den är mycket bättre än min, ni måste ha gjort något."

"Vi jobbade väldigt hårt", sa Thor.

Sanningen var att Erik var en usel jordbrukare. Han hade ingen känsla för vare sig att så eller skörda, inte för djurhållning, han missade höstplöjningen, misskötte sina djur, vårdade inte sina maskiner och hade trots flera år av dåliga skördar höjt arrendena för sina bönder, som om han var en man från förr, inte en modern jordägare. Han var inte gjord för ett lantbruksliv, det var förklaringen.

Thor älskade marken och djuren, tog hand om sin maskinpark, latade sig aldrig, hade känslan och var villig att slita i sitt anletes svett.

"Du ljuger!"

Hassan tog ett steg fram. Klas klev också fram, samtidigt. De bytte en blick med varandra, två advokater som kunde lagen.

"Erik, Thor har otvivelaktig rätt till marken", sa Hassan.

Klas nickade medhåll. "Ja, jag har kollat på de där dokumenten, flera gånger. Jag kan göra det igen, men allt gick helt rätt till, det kan jag intyga. Det var ett skäligt pris, inget snack om saken."

Han såg på Hassan, som nickade bekräftande.

"Det är ett standardavtal, Erik, och din pappa hade två advokater närvarande."

"Ingen har lurat någon." Klas talade med hög röst så att alla skulle höra. Mumlande nickade åskådarna bifall.

"Din jävla bögadvokat!"

"Ja, Erik, jag är både bög och advokat. Men det är dags för dig att släppa det här."

"Snälla, Erik", vädjade Hassan.
"En bög och en blatte, varför ska jag tro på er?"
"Nu får du ta och lugna ner dig, Erik", ropade Ulla-Karin, flankerad av sin make, en storvuxen man med tatuerade underarmar.
"Ja, sluta tjafsa", hojtade en fyrabarnspappa som brukade spela innebandy med Thor och somna efter en stor stark.
"Gå hem och ta hand om ditt eget. Kom inte hit och gapa", sa mannen som Thor nyss pratat traktorer med.
Instämmande mummel hördes från folkhopen. En efter en slöt trakten upp kring Thor, Klas och Hassan.
"Du har bara dig själv att skylla", sa en bilmekaniker och korsade armarna över bröstet.
Erik svor en lång harang.
Plötsligt sladdade ännu en bil in på gårdsplanen. Den rev upp damm och grus innan den tvärbromsade. Dörren flög upp och Paula kom ut ur förarsätet, rufsig och med svullna ögon.
"Erik!"
"Paula!" ylade Erik.
Och sedan vevade han med vapnet i vädret igen. Det var som om Paulas ankomst tycktes öka pressen på honom. Som om han verkligen ansåg att han försvarade deras heder.
"Ta det lugnt nu", sa Thor och närmade sig honom långsamt.
"Var försiktig", andades Stella.
Thor nickade, absolut, han hade ingen lust att dö här. Men han måste göra något. Detta verkade vara på väg att urarta.
Han bytte en blick med Klas.
Är den laddad?
Ingen aning?
"Allt är ditt fel! Att jag blivit förnedrad, gjord till åtlöje", skrek Erik, och Thor tvärstannade för nu siktade Erik rakt mot honom.
Stella flämtade till.

Thor höjde sina händer i luften, visade handflatorna och stoppade undan all sin irritation, rädsla och frustration.

"Jag vet inte vad du pratar om. Lägg ner geväret så kan vi väl prata. Reda ut allt?"

"Prata! Man kan inte prata om allt", skrek Paula i falsett.

"Ni ska ha respekt för mig, fattar du det? Respekt", vrålade Erik samtidigt.

"Du skrämmer folk, Erik. Har inte ni två en egen fest att vara på?"

"Den tog slut. Folk fick tydligen *förhinder*", sa han och gjorde citattecken i luften. "Men jag ser att flera av dessa så kallade vänner kom hit istället."

Erik såg anklagande på gruppen framför sig innan han spände blicken i Thor igen.

Paula nickade. Hon torkade sig om munnen och mumlade för sig själv. Var hon också full? Om situationen inte varit så farlig så vore detta komiskt på ett bisarrt vis. Thor tittade upp mot sitt hus. Det stod åskådare i fönstren, mest barn. Magen knöt sig.

"Pappa!" hördes Frans röst. Thor skakade lätt på huvudet, vågade inte svara, var rädd att flytta fokus till barnen och förlora kontroll över situationen.

Han gjorde rösten lugn och empatisk, trängde undan rädslan som vecklade ut sig i bröstet, fick det att sticka i fingrarna. Kära gode Gud, låt detta sluta väl, bad han.

"Erik. Paula. Det är väl inte hela världen. Stanna och prata med oss, ni är välkomna", ljög han.

Eller gå härifrån, ville han säga. Snälla, så ingen blir skadad.

"Gå hem!" ropade någon aggressivt.

"Hem?" Erik skrattade tonlöst. "Det finns inget kvar. Jag har inget."

"Vad pratar du om? Du har ju allt."

"Men fattar du trögt. Jag har inget. Allt är belånat till taknocken. Vi har ingenting."

Paula började gråta.

"Vi kommer gå i konkurs", jämrade sig Erik.

Folk mumlade. Paula snyftade ännu högre.

"Och det är ditt jävla fel, du har alltid försökt komma åt mig."

Erik tog ett steg närmare. Plötsligt stod Nessie intill Thor. Hon morrade dovt.

Erik riktade geväret mot henne. "Håll käften, din byracka."

Bakom Thor började Pumba skälla upprört. Thor kände hur han började tappa greppet om situationen.

Erik blev allt rödare i ansiktet. Det rann svett om honom. Paula omväxlande skrek och grät.

"Stick hem, Erik!" hördes det från folksamlingen.

"Du gör bara bort dig!"

Även om Thor sympatiserade med sina gäster och inte ville något hellre än att Erik och Paula skulle försvinna, så var detta inte riktigt det bästa sättet att lugna ner förloppet.

Erik kramade sitt vapen.

"Loser!" ropade någon från bakre raden.

"Försvinn härifrån!" skrek någon annan. Mumlet, ropen och den fientliga stämningen tilltog.

"Kan alla ta ett djupt andetag", ropade Thor.

"Din jävel! Allt är ditt fel!" spottade Erik ur sig.

Nessie skällde igen. Erik la geväret mot axeln och riktade pipan direkt mot Nessie.

"Jag är så jävla trött på den här jävla skithunden."

"Nej!" ropade Stella.

"Nessie!" skrek Juni som sprungit ut ur huset.

"Pappa!" ropade Frans förtvivlat, i hasorna på Juni.

Thor blev iskall. Inte barnen. Inte här ute.

Nessie hukade sig.

Paula stirrade med blanka ögon. Juni och Frans grät.

"Pappa!" ropade Frans förtvivlat.

Erik flinade. Han krökte fingret och ett skott gick av.

– 51 –

Skottet rungade och ekade i luften.
Stella trodde inte det var sant. Hon var inte ens säker på att hon hört ett gevärsskott förut. Skulle folk dö nu? För en kränkt galnings skull? Det var helt sinnessjukt, tänkte hon samtidigt som hon kastade sig fram för att täcka Juni och Frans. Med sin kropp tvingade hon ner dem på huk.
Det var så mycket skrik och uppståndelse runt dem att hon inte vågade röra sig.
"Nej", skrek Juni förtvivlat. "Nessie!"
Nej, nej, nej!
Nessie hade fallit ihop på gårdsplanen och blödde ymnigt från ena sidan. Hon reste sig upp, med fradga från munnen. Än en gång siktade Erik.
Stella vrålade: "Nej!" Barnen skrek: "Sluta!"
Den modiga hunden hann fram precis innan Erik tryckte av en andra gång och hon kastade sig över honom. Erik tappade geväret som studsade mot marken, upp i luften och sedan gick av med ännu en jätteknall. Ett blodisande skrik hördes. Gårdsplanen såg nu ut som en brottsplats. Nessie låg orörlig i en blodpöl på marken. Blod forsade från Eriks ansikte.
Paula bara skrek oartikulerat rakt ut i luften. Flera gäster omringade Erik, som blödande och skrikande hade segnat ner till marken. Geväret låg också på marken och Klas tog upp det, bröt pipan och ropade: "Ring polisen!"
"Har någon ringt en ambulans?" Det var Vivi.

Plötsligt rörde sig Nessie.

"Vi behöver en veterinär!" tjöt Stella. Hon tog barnen i varsin hand och rusade till Nessie.

När polisen kom gick Thor och Klas dem till mötes. De blå ljusen blinkade i kvällen. Thor berättade kort vad som hänt. Övriga gäster fyllde på. En polis hukade vid Erik, som fortfarande låg blödande på marken. En annan polis gick fram till Paula.

"Vi blev attackerade, arrestera dem, de är galna!" skrek hon.

"Du måste lugna ner dig", sa polisen, en ung mörkhyad man.

Paula stirrade fientligt på honom. "Jag vill ha en svensk polis, hör du det. Inte en utlänning. Var kommer du ifrån egentligen? Jag vill träffa en svensk, fattar du?"

"Vad är det som har hänt?" frågade polismannen, opåverkad av hennes förolämpningar.

Paula sträckte på sig. "Otacksamma människor, det är vad som har hänt. Vi har gjort allt för den här bygden. Folk fattar inte. De vill bara ha mer och mer. Och nu är min stackars Erik skadad." Paula höjde blicken och tittade ut över gårdsplanen. "Allt är ert fel. Ni är idioter!" skrek hon.

Folk bara tittade på henne.

Det var flera som skakade på huvudet. Stella undrade om nyktra Paula imorgon skulle ångra vad fulla Paula sa idag. Hon brände många broar just nu.

Polismannen la en hand på Paulas axel, som för att lugna ner henne.

Paula svepte runt och smällde till honom med handflatan över ansiktet.

Han tog sig om ansiktet. "Nu räcker det", sa han trött, fiskade fram handbojor och handfängslade utan vidare ceremonier den svärande och fräsande Paula.

"Hjälp, polisbrutalitet", skrek hon medan de stuvade in henne, våldsamt sprattlande i en av polisbilarna.

"Var är deras son?" frågade Vivi och betraktade spektaklet. Stella undrade samma sak.

"Vet inte", sa Klas. "Polisen får sköta det där."

I samma stund kom ambulansen. Ambulanspersonalen undersökte vant Erik, satte dropp, bar in honom på en bår, slängde igen dörrarna och körde iväg med blåljusen på, men utan sirener. Det hela hade tagit högst tre minuter.

Folk stod kvar i klungor och pratade på gårdsplanen. Detta skulle bli skandalen som alla talade om den närmaste tiden, det stod klart.

"Veterinären är på väg", sa Thor bekymrat.

Han behövde inte säga mer, det syntes att det inte stod bra till med Nessie.

Thor la armarna om Frans och Juni, båda barnen var rödgråtna. De satte sig ner tillsammans bredvid vallhunden. Klappade henne. Viskade tröstande ord.

Stella försökte att inte gråta. Nessies svartvita päls var täckt med blod och damm. Hunden orkade inte hålla huvudet uppe utan låg bara helt stilla.

Feststämningen var oåterkalleligt över. Folk sa adjö och åkte hem. Gården tömdes snabbt, tills det bara var familjen, hundarna och Stella kvar. Pumba låg bredvid Nessie och gnydde.

"Är du okej?" frågade Thor.

Stella nickade. "Lever hon?"

"Det ser inte bra ut", sa han lågt.

Veterinären, en robust kvinna i fyrtioårsåldern, med gröna gummistövlar, lugn blick och stadiga rörelser anlände en kort stund senare.

"Hej lilla vän, hur mår du?" sa hon till Nessie.

"Hon blev skjuten", sa Stella.

"Det var ju inte bra." Veterinären undersökte henne försiktigt medan Pumba skällde ilsket och beskyddande. "Kulan verkar ha passerat rakt igenom. Hon behöver vila", konstaterade veterinären efter att ha gett Nessie en spruta, klappat Pumba och sedan sytt fem stygn, direkt på plats. Nessie fick en plasttratt om huvudet och såg sårat på Thor innan hon la ner huvudet och stängde ögonen.

"Hon ska helst inte gå", sa veterinären, så Thor lyfte upp henne och bar in henne i huset.

"Hon kommer må bättre redan imorgon", sa veterinären och skrev ut recept på salva och tabletter. "Se till att hålla rent såret och ge henne smärtstillande." Hon klappade Pumba igen. Valpen hade lagt sig tätt intill Nessies rygg i bädden de gjort i ordning.

Veterinären tackade nej till kaffe. "Jag måste tillbaka till Laholm. Vill någon ha skjuts?"

Klas, Vivi och Gunnar tackade ja. "Men städningen", sa Vivi bekymrat.

"Snälla, mamma, tänk inte på det."

"Pappa, kommer Nessie klara sig?" frågade Frans, när de andra åkt och de samlades i köket.

"Ja", sa Thor.

Stella var inte säker på att han hade rätt, men han såg så övertygad ut att hon vågade hoppas. De hjälptes åt att ställa fram tepåsar, honung och mjölk på bordet. Barnen drack varsin kopp, men började snart gäspa när allt som hänt plus den sena timmen tog ut sin rätt. Stella såg på Thor, visste att han tänkte samma sak som hon: det kunde slutat så illa ikväll.

"Måste vi borsta tänderna?" frågade Frans mellan två gäspningar.

Thor nickade med emfas och Stella log. Han var en sådan pappa. En bra pappa. En bra man. Med ett stort och manglat hjärta. Hon älskade honom så.

Barnen sa godnatt, och när Thor kom tillbaka efter att ha tittat till dem tio minuter senare, sa han:

"De sover som stockar."

"Hur mår du?" frågade Stella. Han hade varit så lugn genom allt som hänt, men hon såg att hans hand darrade när han doppade sin tepåse. Inte mycket, men ändå.

"Någon kunde ha dött." Han såg på henne. "Vem som helst kunde ha blivit träffad."

"Jag vet." Hon hade tänkt detsamma, om och om igen.

Hon la sin hand på hans. Han tittade på stället där deras hud möttes. Hon var förvånad att inte små gnistor syntes i luften mellan dem.

"Du har fina händer", sa han och vände upp sin hand och flätade ihop fingrarna med hennes. Det var en så intim gest, att hålla hand med någon, hon hade alltid tyckt om det. Hon försökte att inte tänka på att det snart inte skulle bli fler tillfällen.

Thor drog henne till sig, placerade hennes hand mot sitt bröst och mot sitt hjärta, och sin andra arm om henne, täckte hennes mun med sin. Hon älskade hans mun på sin, den hörde hemma där. Hon särade på läpparna, lät tungan glida in, tog in smaken och doften av honom, hörde honom dra efter andan och sluka hennes luft. Hungriga läppar täckte hennes, varsamma tänder nafsade och sände trådar av upphetsning ner i magen, ut i låren, brösten. Så snabbt det gick med honom. Hon var alltid redo, alltid beredd. Ville alltid ha mer.

"Stanna hos mig", sa han och bet henne i örsnibben, drog in den och sög.

"Jag är ju här", sa hon dimmigt.

"Du vet vad jag menar. Stanna. Här. Med mig."

Han drog henne till sig ännu hårdare. Hans mäktiga armar var som ett järnband runt henne och hon kunde nästan inte andas, och ändå ville hon bara komma närmare.

"Stanna", upprepade han, om och om igen, mot hennes hud, lockande som en djävul som erbjöd allt i utbyte mot hennes själ. Och det var så frestande, för hon visste ju vad han menade.

"Stanna", sa han och fångade en bröstvårta mellan fingrarna, drog försiktigt, samtidigt som han andades mot hennes axel.

Med viss möda drog Stella sig undan. Den fulla innebörden i Thors ord började tränga genom.

"Du förstår inte", sa hon frustrerad och sorgsen på samma gång.

Hur skulle hon få honom att fatta hur viktigt detta var? För henne?

"Jag förstår visst. Jag är den mest förstående människan som finns." Han hade lyckats knäppa upp hennes behå och begravde nu ansiktet mellan hennes bröst. Han tog tag om hennes halsband, höll i det samtidigt som han översållade henne med kyssar. Hon skälvde, försökte minnas vad det var hon måste få sagt. Hon drog i hans hår, inte hårt men inte direkt milt heller.

Han stönade.

"Du vill ju bara att jag ska stanna här och leva på ditt sätt", sa hon.

Han pressade henne intill sig igen.

"Vad är det för fel på mitt sätt? Du trivs här."

Han bet henne försiktigt i bröstvårtan och det var som om hennes hjärna tappade andan.

"Fast det är inte en kompromiss alls", sa hon. Det var omöjligt att hålla en röd tråd i samtalet. Hon slöt ögonen och drogs med en stund. Mycket av det han sa lät så väldigt övertygande. Och en allt större del av henne ville bli övertalad och frestad. Särskilt när han hade hennes bröst i sin mun.

"Jag måste vara vuxen", sa Thor mellan kyssarna.

Hon analyserade hans ord, drog i hans hår igen. "Är jag inte vuxen, menar du?"

Han smekte hennes hals, rörde fingrarna ner mot klyftan mellan hennes bröst. "Du är väldigt, väldigt vuxen. Ingen uppskattar din vuxenhet mer än jag."

Han kysste henne tills hon kved.

"Men du har inte barn, det är stor skillnad", sa han och gned sin erektion mot henne. Han ville ha henne. Hon ville ha honom mer. Ha hans kuk inne i sig och glömma det hon måste göra, förtränga vetskapen som var som ett sår inom henne. Nu ville hon bara ta emot och ge.

Kanske Thor hade rätt, tänkte hon medan hon tryckte sig mot hans mun. Kanske hon var oresonlig. Kanske hon begärde för mycket av livet? Att stanna här, att få allt detta – var det inte mer än någon människa kunde kräva?

Han reste sig upp med henne i famnen och hon hann inte ens flämta till innan han satte ner henne på bordet och kom in mellan hennes ben.

"Det skulle aldrig bli mer än detta mellan oss", sa hon medan hennes händer levde ett eget liv, smekte där de kom åt.

Det var så de hade bestämt. Bara en fysisk relation mellan två vuxna som befann sig på olika platser i livet.

Så enkelt i teorin.

"Men det blev mer", sa han.

Han krånglade av sig byxorna, drog av henne klänningen över huvudet, hjälpte henne av med trosorna, la handflatorna på hennes lår, manade isär dem igen.

"Ja", andades hon och slog benen om honom.

Han la ett finger under hennes haka och vände upp hennes ansikte mot sig.

"Är du inte orolig att barnen ska vakna?" frågade hon utan att släppa honom med blicken. De där ögonen såg på henne med så mycket känslor.

"Lite", sa han och kysste henne, djupt. "Vi kan vara snabba?" sa han hoppfullt.

Hon log. "Ja, ta mig snabbt", höll hon med om och gned sina lår mot hans ben. Hennes mjuka mot hans hårda håriga. Fanns det en bättre kombination? Ta mig snabbt, tänkte hon, långsamt, hårt – bara ta mig, kom in i mig.

"Rör dig inte", sa han. Hon väntade medan han rotade fram skydd och snabbt drog på sig det.

"Det är första gången jag ligger med någon som förvarar kondomer i köksskåpet."

"Det är första gången jag har sex i köket", sa han.

"Håller bordet?" frågade hon, hade verkligen ingen lust att få det att braka ihop. Att få möbler att krascha under ens vikt var ingen tung kvinnas dröm.

"Det håller", sa han självsäkert, tog tag om hennes ben och drog henne mot sig. Oh, hon gled på den lena bordsskivan tills hon stötte emot hans höfter. Hans ögon glimmade av hunger.

Hon lutade sig bakåt på armbågarna. Han tog tag om sin kuk, höll den och smekte henne med bara toppen.

"Du är våt", sa han.

Våt. Kåt. Hon var allt det. Men också emotionell och alldeles hudlös av styrkan i det hon kände. Kanske var det nattens våldsamheter som gav henne den ödesmättade känslan, kanske var det allt det andra. Hon ville ha honom. Nu.

Han kom in i henne, långsamt, omsorgsfullt och ända in till roten, drog ut, kom in igen. Hon var så ljuvligt full, tänkte hon. Från ingenstans kom tårar i ögonen.

"Är allt bra?" frågade han.

Hon nickade. Han hade en hand om hennes höft, en om hennes bröst, han höll henne och han tog henne.

"Du är så varm", sa han med en röst som stockade sig av känslor. "Så våt. Är det för mig? Är du våt för mig, Stella?"

"För dig", sa hon skakigt. *Bara för dig.*

Han rörde sig långt inne i henne, darrade och skälvde. Hon älskade hur sex var naturligt för honom, att han gillade svett och kroppsvätskor, att han testade saker, att han var okomplicerad.

"Smek dig själv", befallde han med hes röst. "Jag älskar att se det."

Han drog sig ur. Kom in i henne igen. Hon blundade, tog emot sensationerna.

"Stella. Gör det som är skönt. För dig." Han pressade sig ännu längre in. "Visa mig, Stella. Smek din fitta."

Orden var grova men tonen var innerlig. Hon lät en hand glida över magen, ner mot venusberget, smekte sig, lät våta fingrar glida runt, gnugga, medan Thor fortsatte ta henne rytmiskt mot bordet. Hetta rörde sig inne i henne, het och tung och hon pressade ihop låren, förlängde och förstärkte den inre sensationen, drog ihop sina muskler. Hon skulle komma snabbt – hon hann inte mer än tänka tanken förrän orgasmen fick hennes höfter att skaka, hennes muskler att dra ihop sig. Hon kramade honom, lät huvudet falla tillbaka och lät vågorna ta över, lät sig svepas med av njutningen, av hans svettiga kropp i och över henne. Thor kom djupt in i henne, hans armar skakade mot bordet, och när hon slog upp ögonen såg han på henne med så mycket känslor att det sved till i halsen.

Thor väntade tills Stellas orgasm hade ebbat ur, tills hon låg uthälld och tillfredsställd på hans köksbord.

Själv var han fortfarande hård och skakad av närheten och intimiteten. Han ville ha mer, han ville hålla på länge, ville ta henne, om och om igen, tills hon var hans och bara hans, men kanske någon annanstans än just här, där de skulle kunna bli upptäckta.

Motvilligt drog han på sig kalsonger och byxor, vred på sig för att försöka få det någorlunda bekvämt i de alldeles för trånga plaggen.

"Du kom inte", konstaterade hon, medan hon reste sig upp på armbågarna. Hennes röst var tjock och varm. Det svarta håret rufsigt, läpparna svullna av hans bett och kyssar.

Han räckte henne trosor och klänning och kysste henne, dröjde kvar vid hennes läppar.

"Jag måste gå och ta hand om djuren", sa han och drog snabbt på sig tröjan. "Stanna här", befallde han.

"Jag väntar på dig däruppe", nickade hon.

När Thor kom tillbaka, låg hon i hans säng. Han duschade och kom sedan till henne, fortfarande fuktig men så varm att han ångade.

Han brann. För henne.

Stella drog ner honom till sig. Han slog armarna om henne, blundade och drog in doften av henne i hans säng, smakade hennes hud, sältan och parfymen som var hon.

"Vänta med skydd, jag vill ta dig i munnen", sa hon lågt.

Han la sig ner bredvid henne men hon krånglade runt i sängen tills hon låg med ansiktet vid hans kuk och han hade hennes lår, hennes fitta framför sitt. Han la sig till rätta, kände hur hennes läppar och mun drog in honom. Han särade på hennes våta veck, letade sig in med fingrar och tunga och slickade samtidigt som hon sög honom. Han försökte hålla emot, ville så desperat fördröja all denna sinnlighet.

"Stella, jag kommer snart", sa han och drog sig ur hennes mun. Han ändrade ställning, ville se hennes ögon, ville komma in i henne.

Hon höll fram handen, han gav henne kondomen och hon trädde på den.

Hon särade på benen och han försökte vara långsam, kontrollerad men lyckades inte utan plöjde sig in i henne, tog den varma, mjuka välkomnande kroppen och begravde sig i den, höll henne hårt, så hårt och när de älskade gav han henne allt han hade att ge. Han visade med händerna och med kroppen, med munnen och fingrarna vad han kände, vad han skulle ge henne om hon bara valde honom.

Han ville vara med henne alltid.

"Jag älskar dig", sa han.

Hon såg länge på honom, slog armarna om honom medan han rörde sig inne i henne. Hon behövde inte säga det tillbaka, tänkte han. Det räckte att han fick säga det. Och att hon såg på honom så där.

"Jag älskar dig", upprepade han och han kände att hon

hade ändrat sig, att hon skulle stanna. De skulle få detta att fungera. Han skulle kompromissa, ge henne allt hon önskade.
"Jag älskar dig", sa han igen.

— 52 —

Stella låg stilla i sängen och lyssnade på fåglarnas kvitter, på trädens susande. Hon väntade på att Thor skulle somna bredvid henne. När hon varsamt strök honom över pannan rörde han sig inte. Dagen hade tagit ut sin rätt. Han hade älskat henne ordentligt och rejält, gett henne flera orgasmer och han sov nu den rättfärdige älskarens sömn. Hon skulle vara så öm efter detta. Hon log. Ett minne att bära med sig: då Thor och hon älskade tills de båda var ledbrutna, sönderkyssta och tillfredsställda. Då de visat så mycket av sig själva, varit så nära att hon visste att hon aldrig skulle uppleva något liknande igen.

När hon var säker på att han sov djupt, smög hon upp och letade reda på sina kläder. Hastigt klädde hon på sig trosor och behå till morgonsol och fågelkvitter. Hon drog på sig en topp och byxor, och sedan en hoodie över. Hon stannade till och kastade en allra sista blick på honom där han låg, stor och brunbränd, på mage i sängen. Han hade letat sig in i en plats i hennes hjärta där ingen annan varit, och nu ville hjärtat att hon skulle krypa ner igen. Slå armarna om honom och stanna för alltid.

Istället gick hon ner till köket, innan hon hann ångra sig.

Hon hängde upp galgarna med Junis och Cassandras balklänningar över varsin dörrkarm.

De hade blivit så otroligt lyckade.

Hon satte sig ner och skrev en lapp och så lämnade hon

ägandebeviset till sin mark till Thor väl synligt på köksbordet. Han var en naturbegåvning med jorden, han skulle se till att grödor och grodor och mark blev omhändertagna. Hon hade pratat med Klas, bett om hjälp och de hade gemensamt räknat fram ett rimligt pris. Thor hade tagit hand om marken under alla dessa år och det ville hon dra av från summan som Erik erbjudit. Och så visste hon att Thor skulle se till att trädet som rasat fraktades bort, att han skulle ordna med att det blev röjt. Hon visste det för att det var sådan Thor Nordström var. Helst skulle hon bara gett honom marken. Men dels trodde hon inte han skulle ta emot den, dels behövde hon faktiskt varenda krona hon kunde skrapa ihop. Så hon hade sänkt priset med hälften och bett Klas organisera allt det praktiska. Hon önskade att hon hade haft något mer att lämna, något som visade vad Thor betytt för henne, men sanningen var att hon var i stort sett barskrapad. Pengarna för marken skulle inte räcka länge. Hon lämnade även en pin till Frans, en metallpin hon hittat hos JinJing med ett av de där banden som Frans gillade så mycket. Hon hoppades att han skulle förstå att gåvan kom från hjärtat. Sedan packade hon det lilla hon ägde i en plastpåse, hon hade inte ens en väska längre. Hon lade ner kläder, smink och plastfickan med tidningen som handlade om hennes pappa och kramade om sitt halsband. Allt annat hade hon förlorat.

Hon lyssnade men det var fortfarande tyst i huset så hon smög in till Nessie.

"Du ser piggare ut", viskade hon och fick en svag svansviftning till svar. Hon böjde sig fram och kramade Pumba som fortfarande vakade bredvid Nessie. Valpen slickade hennes näsa och ögonlock, ivrig som vanligt.

Stella drog igen dörren om hundarna, tog sin påse och promenerade bort till lagården. Rester efter festen låg fortfarande i gräset. En rävunge slickade på ett fat, men sprang iväg när den fick syn på Stella.

Killingen bräkte ett glatt määäh till hälsning.

"Hejdå, Trubbel", sa hon till geten som genast började tugga på snöret till hennes huva.

Stella lirkade loss snöret, torkade tårarna som envisades med att rinna och matade Trubbel med en äppelklyfta hon hittat i kylen. Sedan gick hon bort till sin moped. Hon satte på sig hjälmen, rullade mopeden en bit innan hon startade den och med en sista blick över axeln lämnade Solrosgården bakom sig.

När hon kom ut på stora vägen gasade hon och snart hade hon även lämnat Laholm i backspegeln.

Hon kramade styret medan landskapet susade förbi, hade kapat alla band, rätt av. Hon skulle åka först till Stockholm och sedan vidare till New York.

Precis som Ingrid hade gjort före henne så lämnade hon landet för storstaden.

Lämnade Laholm eftersom hennes framtid inte fanns där, trots att hennes hjärta tydligen var kvar hos Thor, för det var alldeles tomt i bröstet.

Hon parkerade och hängde hjälmen på styret en sista gång. Moppen saknade fortfarande lås och hon undrade vad som skulle hända med den. Skulle någon stjäla den, eller skulle den bli stående för all framtid?

Som i en dimma gick hon ut på perrongen, hörde tåget på avstånd.

Sömngångaraktigt klev hon på tåget som skulle ta henne bort från Laholm. Bort från Thor.

Det skulle kännas bättre när hon var tillbaka där hon hörde hemma, intalade hon sig.

Det skulle kännas rätt.

Men just nu gjorde det bara ont.

Så jävla ont.

– 53 –

"Din mamma skulle varit så stolt", sa Thor tio dagar senare och harklade sig sedan generat. Han ville inte gråta inför sin dotter, inte när det här skulle vara ett glatt tillfälle, hennes livs första bal. Men att Juni inte fick ha sin mamma här, att barnen under viktiga händelser i livet för alltid berövats sin mor, det var nästan outhärdligt.

"Du är superfin", sa Frans glatt medan han tuggade på en bit morot. Han var inne i en period då han åt hela tiden, frukt, grönsaker, mackor och rester.

Juni snurrade ännu ett varv på köksgolvet. Balklänningen svängde runt benen. "Jag hoppas att mamma ser mig från himlen i alla fall." Hon blåste undan lugg och var tyst en stund. "Men jag är inte så ledsen för mamma", sa hon, försiktigt, som för att testa sig fram. "Jag var det då, förstås. När hon dog."

Frans hade slutat tugga. Båda barnen såg på honom.

Thor sa inget, anade att de stod inför ett skifte av något slag.

"Det var väldigt sorgligt", sa Thor prövande, hade ingen aning om huruvida han förvärrade eller bara gjorde fel.

"Jag minns knappt", sa Frans.

Thor var tyst, väntade.

"Jag är mer orolig för din skull", mumlade Juni efter en stund.

Frans nickade medhåll. "Jag med", sa han med eftertryck.

"Va? Varför det?" frågade Thor.

Juni gav ifrån sig en av sina monstersuckar. "För att du verkar ledsen, pappa. Som om du inte orkar att någon pratar om henne. Det är sorgligt att hon dog, fast helt ärligt är det ännu jobbigare hur du hanterar det. Alla tror att jag går runt och deppar för min mamma." Juni kliade sig frustrerat på armen. "Men det är mer livet jag deppar för. Visst, min mamma är död. Men det är inte det hela min vardag och mitt liv handlar om, inte längre."

"Är det inte?"

"Näe. Jag kan prata om henne om du vill. Jag blir inte nere."

"Inte jag heller", sa Frans och tog ett äpple.

"Men ni gör ju aldrig det", sa Thor. För barnen pratade inte om Ida. Det hade oroat honom. Han var rädd att de skulle glömma henne. Kanske för att han själv höll på att glömma, hennes ansikte, hennes röst. Det hände allt oftare och han skämdes.

"Vi är rädda att du ska bli ledsen", sa Frans mellan tuggorna.

Juni, som böjt sig ner för att knyta snörena på sina kängor, nickade med emfas. Emellanåt mindes han vad Stella sagt om bekväma skor och var glad att inte heller hans dotter lät sig instabiliseras av patriarkatet.

"Men jag är så orolig för att ni är ledsna", sa han och stängde till dörren om tankarna på Stella, snabbt, innan smärtan fällde honom.

"Vi veeet. Du är rädd för det jämt. Men det är inte farligt att vara ledsen, pappa. Det hör till när man är tonåring. Du är väldigt beskyddande och har svårt att se oss ledsna. Det kan vara kämpigt för oss."

"Så har jag aldrig tänkt på det", sa han. Hon hade ju rätt. Båda hade rätt. När fick han så här smarta barn?

"Det är svårt att vara ung idag", fortsatte Juni. "Miljön. Trump. Världen. Omöjligt att få jobb. Ingen framtid. Det är astungt. Men vi är tacksamma att vi har dig som pappa. Det finns så många elaka och dåliga föräldrar."

Thor kunde inte prata nu, hade så trångt i halsen. Var de tacksamma? För honom?

"Förut var vi rädda att du också skulle dö", sa Frans allvarligt. Juni nickade. "Att vi var för jobbiga, att du inte skulle orka", la hon till.

Hans älskade barn.

Hade de burit på allt detta?

"Är ni fortfarande oroliga?" frågade han.

Frans bet sig i läppen men nickade. Var det därför han var så låg? Thor visste inte om han skulle vara lättad eller förskräckt. Han var nära att ställa sig upp, förklara hur det var att vara vuxen, att de inte skulle oroa sig, att försöka ta bort all deras oro, men han lyckades hålla tillbaka den impulsen. Ibland var det läge att bara lyssna. Låta dem ha sina känslor. Faktum var att han hade varit helt slutkörd när Ida dog. Han vakade vid dödsbädden, höll barnen hela och rena, ville att de inte skulle sakna något. Han hade varit som en motor utan drivmedel, som en bil som gick på fälgarna. Den där skräcken som förälder att inte räcka till, att man kanske inte skulle orka, att man bara ville slippa. Och han hade varit så rädd för att dö ifrån barnen han också, för vem skulle ta hand om dem då? Han hade försökt dölja det. Men såklart att de hade oroat sig. Och såklart att de inte hade sagt något.

Världens bästa ungar.

Nu såg de uppfordrande på honom.

"Jag fattar", sa han, för att hålla sig till det väsentliga.

För det gjorde han verkligen. De behövde honom. Att han var stark, att han var ärlig och att han var här. Lätt och svårt på samma gång.

"Vi var rädda när Erik sköt", sa Juni och Frans nickade med eftertryck.

"Jag med", sa Thor. Fortfarande blev han matt av rädsla när han tänkte på den där kvällen. "Men vi klarade oss, det är det viktiga. Och jag är väldigt frisk. Och väldigt pigg."

De såg faktiskt lättade ut. Han hade inte haft en aning om att detta tyngde dem. "Jag har nog velat skydda och kompensera er för att ni saknar en förälder."

De kollade på varandra och skrattade till. "Ja, pappa. Du gör allt", sa Juni. "

"Men vi vill hjälpa till", sa Frans.

"Är det sant?"

Båda nickade. "Jag vill laga mat", sa Juni. "Frans kan hjälpa till mer med djuren, det kan vi båda. Och jag vill börja jobba."

"Okej", sa Thor.

"Pappa?" frågade Frans och tog en banan.

"Ja."

"Vad saknar du mest med mamma?"

Thor log mot honom. Det var en enkel fråga att svara på. "Att dela er med henne. Hon älskade er så mycket."

"Jag saknar hennes pannkakor", sa Frans mellan tuggorna. "Dom minns jag."

"Vad säger ni om att vi bestämmer att vi sitter ner tillsammans och äter middag varje fredagkväll? Och kanske att ni lagar middag en dag i veckan var?"

"Absolut", sa Juni.

"Sweet", sa Frans och Thor var tvungen att luta sig fram och rufsa till honom i håret. Hans långa fina son.

"Jag saknar hur mamma luktade", sa Juni. "Men vi har ju dig, pappa. Och vi har varandra. Och farmor och farfar. De är faktiskt inte så gamla. Och farbror Klas. Mormor också, även om hon är sjukt jobbig för det mesta. Vi har en massa folk."

Och det var sant. Thor hade inte sett det, hade varit så upptagen med att ha skuldkänslor för allt de berövats. De hade inte pratat om saknaden efter Ida på länge, kanske aldrig på det här viset.

"Är du fortfarande deppig för att Stella åkt iväg?" frågade Juni under lugg. Hon var så sensitiv hans dotter. Luften sögs ur hans lungor. Han drabbades av en overklighetskänsla som var så stark att han blev tvungen att ta tag om bordsskivan. Frans slutade mumsa och såg fram och tillbaka mellan dem.

Thor försökte samla sig. Han hade varit så arg, så totalt förkrossad efter den där morgonen då Stella lämnat honom utan ett ord. Han hade vaknat och hon hade varit borta, bara en lapp med några korta ord om att hon måste resa hade legat på bordet.

I två dagar hade han bitit ihop, arbetat och försökt stå ut med den svarta smärtan i bröstet. Sedan hade han gått ut i skogen och vrålat sig hes.

Men han måste förstås släppa henne, hade vetat det hela tiden.

Och han förstod verkligen vad Stella hade menat när hon sa att han inte var villig att kompromissa. Han kunde inte. Inte när hans beslut påverkade så många andra. Kunde inte sätta sina egna behov främst.

"Det är okej", sa han och tittade ut genom fönstret för att samla sig något. Det måste vara det. Men det hindrade inte att det var som ett mörkt hål inombords. Med Stella hade han känt sig utmanad och levande fullt ut. Hade njutit av att vara med henne, pyssla om henne men även att få bli omhändertagen, bli bekräftad i sitt föräldraskap och ha det bästa sexet. Men han var okej.

Trubbel hade rymt igen, noterade han när han kollade ut genom fönstret. Hon stod och tuggade på rosorna i rabatten utanför. Thor hade inte hjärta att jaga iväg henne. Geten hade deppat sedan Stella försvann.

Det hade de väl alla, antog han.

Nessie, som var på god väg att bli helt återställd, sniffade runt utomhus. Pumba sov i solen. Svansen piskade mot golvet då och då, som om han drömde om något. Livet på gården fortsatte.

"Hur känns det för er?" frågade han försiktigt. Hans barn hade också fäst sig vid Stella.

"Det är synd att hon är borta", sa Juni.

"Hon var cool", sa Frans och så började de prata om något annat.

Thor lyssnade på dem och lät tankarna vandra. Han skulle inte säga att han hade förändrats de här dagarna, sedan Stella försvann. Eller så hade han det. Han var inte ett stort fan av stora förändringar, måste han säga. Han hade varit och kollat till resterna av torpet och bokat en tid med en skogshuggare som skulle se till att trädet togs bort på ett säkert sätt. Han hade letat genom bråten, slängt det han hittat, det fanns inget som var värt att sparas. Det var vad han sagt i alla fall, men för sig själv hade han sparat en trasig mugg och en söndersliten liten duk som påminde honom om henne. Resten fick vara. Naturen skulle återta marken så småningom, insekter och smådjur hade redan börjat leta sig dit och livet skulle fortsätta. Först hade han vägrat acceptera priset som Stella begärt. Det var löjligt lågt, han ville inte ha några jävla allmosor. Men Klas hade argumenterat, övertalat och skällt på honom och till slut hade han gett upp och satt in den alltför låga summan åt Klas att förmedla till Stella. Kvinnan var envis. Men det visste han ju sedan tidigare. Hon hade lämnat kvar moppen nere vid stationen. De första dagarna åkte han dit varje kväll för att kolla om den stod kvar, hoppades förstås att hon kanske återvänt. Men till slut gav han upp och tog hem den, stod inte ut med tanken att den skulle stå där ensam och övergiven. Det var som om han levt i en dimma hela sitt liv, och nu hade den skingrats med henne. Han hade varit sig själv med Stella. På ett sätt han inte varit med någon kvinna, inte med Ida, inte med My. Vissa ord skulle alltid få honom att tänka på henne, vissa ljud, vissa dofter, smaker och syner. Någon dag eller vecka skulle han kunna förlika sig med att hon var borta, kanske till och med vänja sig. Vem visste? En vacker dag kanske han skulle vakna på morgonen och inte tänka på Stella det första, andra och tredje han gjorde.

Det var förstås inte bara han som fått anpassa sig till nya omständigheter den senaste tiden. Erik Hurtig var satt på fri fot, efter att ha suttit häktad. Godset var ute till försäljning sedan ett par dagar och det ryktades, enligt Ulla-Karin, att en rik stockholmare redan hade visat intresse.

Erik bodde ensam i en lägenhet, i samma hus som Natalie, och det kom rapporter även därifrån. Paula Hurtig hade, enligt samma källa, redan ätit middag i Halmstad med en gråhårig man. "Han såg ut som en filmskurk", hade Natalie meddelat.

"Vad gör Nils, vet du det?" frågade Thor sin dotter.

"Han fick åka iväg och göra volontärarbete i Rumänien. Han ska vara där hela sommaren."

Thor visste inte om det stämde, och inte heller om det var rätt mot rumänerna i så fall. "Vad vill ni göra i sommar?" frågade han istället.

"Jag vill gå på en death metal-festival i Halmstad. Farbror Klas lovade gå med mig."

"Jag och Cassandra ska bada så mycket vi kan."

"Pappa? Om Klas får barn, får vi kusiner då?" frågade Frans med huvudet i kylskåpet. "Kan två killar få barn? Eller har de en fru?"

"Men sluta", muttrade Juni.

"De kan adoptera", sa Thor. Han var faktiskt inte helt säker på om Klas ville bilda familj. Han skulle fråga, bestämde han.

"Kusiner vore rätt kul", sa Juni motvilligt. "Du då, pappa?" frågade hon efter en stund.

"Vad?"

"Vi gillade Stella", sa Juni och gav Thor en lång blick.

Han andades in och väntade ut smärtan innan han svarade så balanserat han kunde. "Det gjorde jag också. Mycket. Men inget kan ersätta er mamma", lovade han.

Juni och Frans tittade på varandra. Han såg hur de utbytte tyst information, som om de redan hade pratat om detta.

"Fast vi har klasskompisar som fått nya mammor, det är ju inte så att en ny mamma puttar bort den gamla", sa Frans allvarligt.

Juni nickade medhåll. "Precis."

Men jösses, vilka kloka barn jag gått och fått, tänkte Thor. Tydligen hade han gjort något rätt. Det var ju sant. Ida kunde inte ersättas. Hon skulle alltid vara deras mamma.

"Alltså, pappa, vi tycker det är okej om du blir ihop med Stella", sa Frans och bredde smör på en knäckemacka.

"Ja. Och vi har ju ett stort hus", sa Juni med en axelryckning. "Hon får plats."

Thor log blekt. Tänk ändå om livet varit så enkelt.

Han skjutsade Juni hem till Cassandra, där Natalie tog över. Hon skulle hjälpa flickorna med håret, vad det nu betydde, och sedan skjutsa dem till skolbalen.

Thor la händerna på Junis axlar. "Jag är hemma, messa om något händer. Direkt. Jag kommer som en blixt."

"Hejdå, pappa."

"Lova att du messar."

Hon nickade med en plågad min. "Åk nu."

Frans hade stuckit iväg för att spela Fifa med kompisar och Thor var ensam på gården.

Han tog hundarna med sig och promenerade upp till kullen, lät tankarna löpa, kom fram till att han skulle ta med barnen till Idas grav snart. Det var länge sedan de gick dit tillsammans, det kändes viktigt. Han saktade in stegen och rynkade pannan. Det var något som var förändrat men han kunde inte riktigt säga vad. Långsamt såg han sig om.

Blicken stannade på magnolian.

Magnoliabusken som Ida hade planterat för så många år sedan, som inte blommat en enda gång, som bara sett bedrövad och klen ut – den stod i blom.

Och som den gjorde det.

Det var inte ens säsong, men över en natt var busken fullkomligt översållad med lysande vita blommor.

Stjärnformade blommor.

Han gick närmare, tagen. Det var overkligt vackert. Han rörde vid en vit blomma och en mjuk doft nådde hans näsborrar. Och mindes med ens att just den här magnolian med sina flikiga skira blommor hette *Magnolia stellata*. Stjärnmagnolia.

Stella.

Kanske var det ett tecken. Idas sätt att säga att det var dags för honom att gå vidare. Eller kanske inte. Han släppte blomman. För han behövde inga tecken. Hade ju sett hur Stellas ögon sken varje gång hon pratade om att sy och vara kreativ. Han måste låta Stella välja att vara fri.

Även om det krossade honom.

–54–

Ungefär två månader senare

Pulsen i New York var inte av denna världen. Uteställen, upplevelser och intryck. Det tog aldrig slut. Livet pågick oavbrutet. Stella hade aldrig varit på så många klubbar, barer och restauranger någonsin. Huvudet surrade av upplevelserna och den ständiga malströmmen av aktiviteter, dygnet runt.

Skolan, The NIF, var AMAZING. Faktiskt så var The NIF allt hon hade drömt om, och så mycket mer ändå. Lärarna kom från modeindustrin, från modehusen och från andra områden i branschen och de var både krävande och inspirerande. Hon hade lärt sig mer om att sy, designa och konstruera på de här månaderna i New York än under hela sitt liv, kändes det som. Hennes mentor var en sistaårsstudent som pratade nonstop och Stellas största idol, en innovativ och berömd designer hon drömt om att träffa ända sedan hon fick veta att han skulle gästföreläsa, var cool, gränslös och högljudd och *så* häftig att lyssna på. Även om han kommit för sent till sina båda föreläsningar. Och var rätt tröttsam med sitt oberäkneliga temperament. Genialitet ursäktade inte normalt folkvett, tyckte Stella rent krasst.

Hon bodde i en pytteliten lägenhet som hon delade med två andra studenter: en ryska som var en rullstolsburen före detta fotomodell och en snaggad australiensiska som var besatt av att tillverka plagg i papper. Lägenheten låg inte i ett särskilt bra område, men definitivt inte i det värsta heller. Boende i New York var rent generellt inte fräscht på samma sätt som i

Sverige, det var bara att acceptera. Och hettan var helvetisk. Stella svettades kopiöst och drack isvatten, iste och läsk från morgon till kväll.

Men skolan hade AC, och hon fick äntligen göra det hon drömt om i nästan hela sitt liv.

Inskrivningen och uppropet hade varit som en amerikansk film, unga, hippa människor i extrema kläder som rörde sig med självklarhet, redo att ta över världen. Hon hade älskat varje sekund. Att hitta en hyreslägenhet, fylla i alla papper, vänja sig vid tempot, språket, ljuden, allt hade varit hisnande och läskigt och helt galet. Men hon hade klarat alla prövningar och betat av utmaningarna en efter en. Och nu studerade hon vid en av världens mest prestigefyllda modeskolor och skulle vara i New York i tre år. Det lät overkligt, till och med i hennes egna öron.

Studietakten var intensiv på ett sätt hon aldrig upplevt. Det var som om svensk utbildning var korpfotboll och amerikansk var världsmästerskapen. De var tvåhundra studenter i hennes klass, de läste allt från modevetenskap och modehistoria till formgivning och materiallära. Folk var på hugget, svarade på frågor, diskuterade och argumenterade. De gick på små visningar i Brooklyn, föreläsningar på campus och gjorde studiebesök på olika ställen runtom Manhattan.

På kvällarna sydde hon och ritade skisser till långt in på nätterna. Lärde sig saker. Utvecklades.

Ibland gick hon ut. Hängde på barer med andra kreativa människor.

Det var underbart.

Väl?

"Det är verkligen en fantastisk erfarenhet. Och jag har redan lärt mig så mycket", sa hon i telefon.

"Men?" frågade Maud från andra sidan Atlanten.

Klockan var åtta på morgonen i New York och två på eftermiddagen i Stockholm. Maud satt och ammade och de brukade höras vid den här tiden. Stella la ena benet över det andra i sin smala knöliga säng. Första lektionen började klockan tio och femton idag, tunnelbanan tog tjugo minuter, så hon hade lite tid över.

"Jag vet inte. Hur kan man inte trivas i New York? Verkar inte klokt, eller hur?"

Hon skämdes för att erkänna det, men hon blev mer och mer eländig för varje dag. Så. Nu var det sagt. Eller i alla fall tänkt.

"Jag kanske behöver acklimatisera mig", fortsatte hon tveksamt när Maud var tyst. "Hallå? Har du somnat?"

"Vänta, jag måste byta bröst. Så. Du har varit där i fem veckor."

"Två månader."

Hon hade missat svensk midsommar, men firat 4:e juli på amerikanskt vis med ljus öl, barbeque i en liten park och fyrverkerier.

"Du brukar inte ha svårt att vänja dig, Stella", sa Maud.

"Nä." Hon hade alltid varit en fena på att anpassa sig. Hon hade vuxit upp med en krävande och egocentrisk mor och lärt sig att vara smidig. Nu störde hon sig på allt. På det aggressiva tutandet, på de livsfarliga cyklisterna, alla som glodde i sina telefoner, män med fel färg på håret.

Hon kände sig rådvill. Borde inte livet vara mer roligt än så här? Skänka mer tillfredsställelse? Såklart så fanns det de som aldrig kunde välja. Som inte hade den lyxen. Som måste slåss för att få mat och överleva. Men så var det inte för henne. Hon tillhörde det fåtal människor i världen som fötts med turen att kunna välja. Och sanningen var att hon som kanske enda svensk i hela världen vantrivdes i New York.

"Du måste inte vara en kliché", sa Maud med osviklig känsla för vad som bekymrade Stella. "Och du måste faktiskt inte bo i New York om du hatar det. Du har alltid gått din egen väg, aldrig varit ängslig. Låt andra blogga eller podda eller förverkliga sig själva i New York. Fuck em all."

"Men jag har betalat så mycket pengar", klagade hon. Trots pengarna hon fått för marken hade det inte räckt till alla utgifter. Så hon hade gått med sitt älskade halsband till en juvelerare, fått det värderat och nästan svimmat när hon fick höra att det var värt uppåt hundratusen kronor. "Det är en indisk diamant, på en karat", hade juveleraren sagt och den informationen hade träffat henne som ett slag i solar plexus. Indisk. Holy crap, hade hon tänkt, helt chockad. Men trots att halsbandet förmodligen kom från hennes pappa, den enda länk till honom hon hade så hade hon sålt det – storbölat och sörjt förlusten av sitt enda arvegods så mycket att hon söp sig full – för att komma till New York. Som hon nu alltså längtade bort från.

"Jag tror jag gillade Laholm", sa Stella och hennes röst nästan bröts. När hon tänkte på veckorna där, blev det tungt att andas. Så mycket av hennes energi gick åt till att *inte* tänka på den tiden.

"Gud hjälpe mig, men jag vet. Jag fattar inte varför, men jag vet att du gillade den där hålan", sa Maud.

Stella hade trivts i Laholm. När hon fixade balklänningarna åt Juni och Cassandra. När hon hjälpte Rakel att bli fin. När hon fick förtroende att vårda laholmarnas klädesplagg. Då hade hon mått bättre än nu, när hon pluggade mode i en av världens coolaste städer.

Aldrig hade hon varit så glad som då, när hon tog fram det vackra i alla människor. När hon hjälpte Nawals kunder, sydde saker som kom till praktisk och omedelbar användning, som gjorde folk glada och som dessutom var miljövänligt.

Hon hade älskat det, insåg hon, inte helt väntat. Hade känt sig levande. Uppfylld.

Lycklig.

Och när hon var med Thor, förstås.

Och med det var fördämningen bruten igen.

Stella lät minnena skölja över sig. Alla känslor. Glädjen. Lyckan.

Så glad som hon varit med Thor, det var en ynnest att få vara med om. Det liknade inget annat hon upplevt. Hur kunde hon ha trott att det var något övergående? Tvärtom. Varje dag, varje timme så fördjupades de känslorna, slukade allt annat. Så som hon saknade Thor, så hade hon aldrig saknat Peder. Det gick inte ens att jämföra.

"Jag längtar efter barnen", sa hon och det var sant. Junis sällsynta leenden och fina hand med hundarna. Hennes starka övertygelser. Frans mjuka blick och längtan ut i världen.

"Saknar du någon annans barn? Herregud. Jag älskar min egen unge, men andras, nä."

Stella hummade till svar. Tankarna for omkring därinne i henne. Hon hade behövt komma hit, det var hon ändå säker på. Efter mammas död hade hon flutit omkring utan ankare. En fin utbildning hade blivit hennes mål. Efter Peders otrohet hade hon tappat fotfästet igen, en kort stund. Och det i sin tur hade utlöst en radda händelser som påverkat henne i grunden.

"Jag tror att jag har förändrats", sa hon.

"På vilket sätt då?"

Det var svårt att sätta fingret på. Men det kändes som om hon varit sig själv med Thor, men inte var det här, kom hon på.

"Tänk om jag har fel om vad som är viktigt? Är jag fortfarande samma person om mina prioriteringar förändras? Jag har velat detta så himla länge." Men något hade hänt med henne. "Det låter så flummigt, men det känns som om jag hittade en stor del av mig själv när jag var i Laholm." Stella tystnade, det var inte tillräckligt exakt. Hon försökte igen, att sätta ord på upplevelsen.

"Jag kände mig... hemma." Precis så. Det hade känts som att komma hem. Så ytterst märkligt. Men det var inte lika mycket platsen som det var Thor. Med Thor hade hon känt en trygghet, ett lugn hon inte känt förut. Och när hon var trygg, då steg plötsligt annat fram i förgrunden. Som om hon vågade utforska vissa saker först när andra behov var tillgodosedda. Hon hade saknat en pappa hela sitt liv, men hon hade försökt trycka undan de känslorna.

"Jag trodde att det skulle räcka med att få veta något litet om vem min pappa var."

"Men?"

"Jag vill veta mer." Pappalösheten hade påverkat alla relationer hon haft. "Det är som om jag växte upp utan att veta hur män fungerar i en relation", funderade hon högt medan Maud lyssnade från andra sidan världen. "Jag var alltid beroende av mamma. Det var inte bara dåligt. Jag blev kompetent och självständig. Duktig, som om jag måste se till att jag aldrig behövde en man. Och det gör jag inte."

"Det har du bevisat många gånger, Stella." Mauds röst var mjuk.

"Ja. Men jag vill försöka hitta honom nu, när jag hittat mig själv." Hon hade behövt åka till New York. Visa att hon klarade det också. Problemet var att hon visserligen klarade det alldeles utmärkt, men att hon insett att hon inte hörde hemma här. Det borde kännas som ett jättelikt misslyckande. Men det gjorde det inte. Det kändes rätt.

Och så fort hon tillät sig att ha känslor för Thor, när hon erkände dem, då vällde de över henne, som en explosion av lust och glädje. En känsla av att han var den rätte. Hon älskade honom ju, såklart hon gjorde. Hon kunde inte släppa honom.

"Jag tror jag älskar Thor", sa hon olyckligt. Hur kunde hon vara så dum att hon hade valt bort det?

"Åh, finaste Stella. Såklart du älskar honom."

"Visste du det redan?"

Svan gnydde.

"Jag tror att alla som sett er två ihop vet det. En blind skulle se det."

Efter att de sagt adjö packade Stella sin skolväska. Hon tog fram en yoghurt. Hade färdigmat alltid smakat så artificiellt? Hon öppnade skåpet under bänken och pustade. Sophinken var full igen. Det var så mycket sopor, hade det verkligen alltid varit så? Det var så miljö-ovänligt. Och de vackra parkerna hon passerade, de kändes bara överdrivna och fel. Till och med folks hundar var fel. Det var knäppt, men hon letade hela tiden efter en tjock valp och en slank vallhund, insåg hon medan hon gick ner i tunnelbanan.

Åtta timmar senare lämnade Stella skolan, efter ännu en intensiv dag. Hjärnan surrade. De hade pratat om hur man skulle tänka när man byggde upp en kollektion hela dagen. Hon borde älska det, och på ett sätt gjorde hon väl det. Men såg de andra på utbildningen verkligen inte hur de faktiskt bidrog till ökad konsumtion, till mer slit och släng?

Var hon verkligen en person som ville skapa efterfrågan genom mode, så att folk skulle köpa mer.

Nej, hon var nog inte det.

Stella promenerade förbi en vägg med färgstark graffiti. *Den bästa tiden av ditt liv har du ännu inte levt* läste hon och blev stående länge framför den. Den heta New York-luften dallrade runt henne. Hon hade bevisat att hon kunde nå sina drömmar genom hårt arbete. Att det fanns en plats för henne, om hon ville ha den. Att hon skulle kunna ha en framtid här.

Det var bara det att hon inte ville längre.

Hon saknade frisk luft. Tystnad som sänkte sig över ett landskap på kvällen. Ägg som var knallgula och färsk mjölk.

Hon saknade svensk fika.

Och hon saknade Thor. Gud som hon längtade efter honom. Varje andetag, varje sekund. Och barnen. Djuren. Saknade dem så fruktansvärt.

Även om hon och Thor inte hördes så hade hon kontakt med Juni och Frans via snapchat.

Hon skickade dem länkar, de sände bilder på djuren. Bilder som fick henne att både fnissa och gråta av längtan.

Pumba växte.

Trubbel rymde.

Livet pågick som vanligt på andra sidan Atlanten, och det enda hon kände, tjugofyra timmar om dygnet, var att hon borde vara där.

Prata med Juni om mens, systerskap och världen. Fråga ut Frans om skillnaden mellan olika metalband och kolla att han åt ordentligt och lyssna på när han berättade om tv-spel och Youtubeklipp. Samtala om hur man blev en bra och modern man, lyssna på hans problem och känslor. Och Thor. Allt det hon ville göra med Thor... Hon kunde inte tänka på deras dagar och nätter ihop utan att fyllas med sådan längtan att den slog undan benen på henne.

Hon hade lämnat allt, gett upp något hon misstänkte var äkta kärlek, för att åka till New York och bo i en trång lägenhet.

Så dumt.

Eller, kanske inte dumt direkt, förmodligen hade det varit nödvändigt. Den gamla City-Stella hade behövt detta.

Men nu hade hon bevisat det hon behövt bevisa.

Stella grät när hon öppnade de fem låsen och knuffade upp dörren till lägenheten.

Hon visste inte om det var av glädje över det hon insett, eller av sorg över det hon mist.

– 55 –

"Du borde ringa henne", sa Klas och såg stint på Thor.
De hade haft den här diskussionen många, många, många gånger.
"Och säga vad?" frågade Thor trött. Han *var* trött. För han kämpade med sig själv, varje kväll. Kämpade mot lusten, vecka efter vecka, att ringa Stella, att böna och be. Klas gjorde det inte lättare.
"Att du älskar henne?"
Thor tittade bort och tänkte, inte för första gången, att kärlek sög så jävla hårt.
Regnet smattrade mot vindrutorna. En ändlös räcka bilar mötte dem. Grå, grå bilar. En knallrosa amerikanare som fick honom att titta extra och sedan fler grå. Hela världen var grå. Utom möjligen Klas, som hade fått mycket mer färg den senaste tiden. Dock var han precis lika irriterande som vanligt.
"Det spelar ingen roll. Jag sa att jag älskar henne", erkände Thor till sist. "Flera gånger. Och hon åkte ändå. Och jag vill att hon ska göra det som gör henne lycklig." Det stämde, han ville att hon skulle göra det hon behövde, på andra sidan jorden. Även om det sakta bröt ner honom. Även om han tillåtit sig att komma henne nära. Tillåtit sig, kanske för första gången någonsin, att vara helt och hållet lycklig som man. Inte bara som pappa, make, son, bror. Utan som en varmblodig man.
Han undrade hur hon mådde. Om hon redan hade gått vidare.

Det var inte som om den tanken inte hade slagit honom.
Ungefär hundra gånger per dag.

"Du får skaffa en bil om du ska fortsätta komma hit i tid och otid", sa Thor surt när han svängde in på vägen till stationen som han gjort många gånger de senaste veckorna. Klas dejtade Hassan, och var i Laholm ofta numera. Väldigt ofta.

"Inte då. Jag gillar när du skjutsar mig", sa Klas. "Så vi får umgås."

Thor parkerade och stängde av motorn. Hassan hade varken bil eller körkort, så Thor skjutsade, förstås.

"Umgås är överskattat", sa han, men la ingen kraft i orden. Han var glad för sin brors skull, det var han.

"Hejdå, brorsan." Klas tog sin bag och skyndade genom regnet till tåget som var på väg in. Han gick ombord, och sedan väntade Thor medan tåget lämnade stationen och åkte iväg, fastän han egentligen inte behövde det.

Det kom några människor, hukande mot regnet och satte sig i bilar och körde iväg.

Han väntade lite till.

Det kom ingen mer. Ingen Stella dök upp. Han visste inte vad han väntat sig. Varför han lurade sig själv på det här viset. Detta var ingen rom com. Stella var i New York och levde det liv hon var ämnad att leva. Hon hade lämnat honom och han måste hitta ett sätt att skärpa sig. Att gå vidare. Att finna färg i tillvaron.

Kanske han borde skaffa en hobby.

Med en känsla av totalt misslyckande vred Thor om startnyckeln.

Inget hände.

Vind och regn slog mot rutorna.

Det var ingen idé att bli irriterad. Han försökte igen, lugnt och metodiskt. Tryckte ner gasen och kopplingen, vred om nyckeln. Men bilen startade inte, den var helt död. Thor försökte en tredje gång, men visste att det var lönlöst.

Och han hade ingen som kunde hämta honom, förstås. Alla jobbade och han ville inte störa. Inte för att det spelade någon roll, hans gamla telefon var urladdad, så han kunde inte ringa efter hjälp. Han kramade ratten och böjde på nacken.

Han ville ändå inte ringa efter hjälp. Han ville vara ensam och eländig ifred.

Thor lutade pannan mot ratten. Regnet hamrade mot biltaket. Rutorna immade igen och bilen hade gett upp. Det var bara att kliva ur. Klara sig själv, som han alltid gjorde.

Han var genomvåt innan han ens hunnit stänga och låsa bildörren. Regnet piskade ner mot marken, och sedan upp på honom, vilket innebar att det nu regnade från två håll. Underbart.

Han höll upp kragen, böjde ner huvudet och försökte se genom vattenmassorna medan han började gå.

Någon enstaka bil passerade, men han tittade inte upp, ville bara vara bedrövad och ensam och dyblöt.

"Hallå där", hörde han med ens en dämpad röst säga bakom honom.

Han saktade på stegen. Han måste väl ändå ha hört i syne?

"Thor!"

Han stannade. Vände sig om. Sakta. Såg en knallrosa Cadillac som körde upp bredvid honom. Den bromsade in och föraren böjde sig över sätet och vevade ner rutan.

Genom fönsteröppningen såg han en bred leende mun som sken som en sol därinne, mitt i det grå och regniga. Han blinkade mot regnet.

"Hej", sa Stella inifrån bilen.

"Hej", sa Thor medan blodet började dunka i hans ådror. Dunk-dunk. Stella-Stella. Värme spred sig inombords, slog ut som en pion, röd och intensiv. Allt det grå runt honom fick färg. Dofter återvände och fåglar kvittrade.

Han började gå igen, långsamt och baklänges.
Han kände inget regn, ingen väta, bara ett lyckligt bubbel i bröstet.
Stella, Stella, Stella.
Hon körde bredvid honom, i krypfart, i vägrenen. Bilar passerade, vatten stänkte.
"Det regnar", sa hon.
"Gör det?"
Hans mun verkade inte kunna sluta le.
Hon styrde bilen med ena handen och hon såg cool ut, med lockar i håret och röda läppar. Bilen passade henne. Naturligtvis. Allt passade henne.
"Du är på landet, vet du inte om att du måste ordna skjuts från tågstationen?" sa hon med viktig ton i rösten men med ett leende i mungiporna. Han ville vara hennes mungipa, ville alltid vara nära hennes leende.
Lycka växte i hjärttrakten, sköt ut genom kroppen, han mindes inte när han känt sig så lätt senast.
Att Stella var här. Det måste betyda något.
"Vad gör du här i Laholm?" frågade han.
"Jag hade ett möte i stan."
"Med vem?"
"Nawal. Ulla-Karin lånade mig bilen. Jag berättar allt sedan."
"Kom du hit bara för mötet?" frågade han.
Men han vågade hoppas att hon var här för hans skull också. Han vågade hoppas för han såg hur hon tittade på honom.
Stella bromsade. "Hoppa in."
Thor öppnade bildörren och böjde sig in. Hennes doft slog emot honom, nästan golvade honom. Han satte sig bredvid henne i framsätet. De tittade på varandra. Hur kunde hon lukta så gott? Hans kropp hade saknat henne, den var redan hård och vibrerande. Deras relation var så mycket mer än sex, men ändå. Han ville ha henne. Under sig, över sig. Nära sig.

Stellas mungipa rörde sig, hon var påverkad av honom, han såg det i blänket, i pulsen, i den lätta rodnaden i halsgropen.

"Jag kan inte fatta att du är här", sa han och rörde vid hennes hår.

"Jag har tänkt på dig varje dag."

"Jag med. Varje sekund. Jag älskar dig", sa han och lutade sig mot henne, sökte hennes mun med sin och kysste henne.

Han var beredd att göra vad som helst för henne. Han hade insett det för länge sedan. Sälja gården. Flytta utomlands. Rycka upp barnen. Sanningen var att han inte kunde leva utan henne. Hade hon inte kommit hit skulle han åkt till henne. På vinst och förlust.

Hon drog ett djupt andetag. Log.

"Det är därför jag är här. För att jag älskar dig, Thor." Hon växlade ner. "Jag ville komma hit och säga det direkt, ansikte mot ansikte. Det kändes fel att ta det över telefon."

"Jag är så glad", sa han och orden stockade sig. Glad var inte riktigt rätt. Jublande lycklig, snarare.

Hon svängde. "Jag saknar dig. Och barnen. Och hundarna." Han kunde fortfarande inte sluta le.

Han tog hennes hand och lycka spred sig. Handen kändes som hemma. Stella var hans hemma. Hans mittpunkt, hans ankare. Om hon tillät det så skulle han ägna resten av sitt liv åt att göra henne lycklig. Han flätade ihop sina fingrar med hennes. Kyssa henne. Älska henne.

"Trubbel har deppat sedan du for."

"Åh." Hon kramade hans hand hårt.

Thor tittade upp. Först nu noterade han att de bara åkte runt och runt, inne i rondellen.

Han tittade ut genom bilrutan. Såg avtagsvägarna passera förbi. Igen. Och igen.

"Stella?"

"Ja?"

"Vart är vi på väg egentligen?"

"Jag vet inte. Jag har så svårt att hitta i den här trakten, det är fortfarande så förvirrande. Jag åkte fel flera gånger när jag skulle till stationen från Nawal."

"Men det finns bara en väg."

Hon kliade sig på kinden. "Alltså. Det finns hur många vägar som helst."

Thor tog tillbaka hennes hand igen, la den på sitt knä. För honom fanns det bara en väg. Den som Stella var på.

"Kolla. Nu delar vägen sig igen", sa hon harmset, drog till sig handen, la ut blinkers och la tillbaka den på hans ben. Där den skulle vara.

Hon åkte åt fel håll, givetvis, men Thor sa inget om det. De skulle ju komma fram förr eller senare.

"Jag fattar inte den här stan. Är det långt kvar?" frågade hon.

Han tittade ut genom vindrutan. Det hade slutat regna.

"Thor?"

Han log, tog hennes hand och kysste den. "Bara lite till", sa han.

EPILOG

Ungefär ett år senare

"Vigselförrättaren ringde", sa Thor och kom fram till Stella med en bekymrad rynka mellan ögonbrynen. "Hon blir sen."

"Vi har tid", sa Stella, så lugnande hon kunde. Men de var båda nervösa.

Stella hade lite svårt att slita blicken från Thor. Han var så jäkla het i kostym. Det mörkblå tyget satt som gjutet över hans axlar, fick hans kärva utseende att se lite mer sofistikerat ut, lekte med skuldror och bröstkorg, smickrade hans snygga linjer. Hon älskade det där tyget. Nästan lika mycket som hon älskade honom.

"Vad?" frågade han med ett vargleende.

"Du är snygg", sa hon. Och du är min, tänkte hon. Bara min.

Han förde en lock bakom hennes öra, böjde sig fram och kysste henne hastigt. "Inte lika snygg som du."

För all del, hon hade en bra dag, tänkte hon och kramade halsbandet Thor gett henne. Ett långt halsband med en sjöstjärna som vilade i klyftan mellan brösten. Hon hade fäst små glimmande Laholmspärlor i håret och bar en skenbart enkel klänning som föll som vatten och luft kring hennes kropp. Den hade tagit henne månader att få perfekt. Och höga klackar till det. För en dag och en klänning som denna krävde dyra höga klackar och det fanns gränser för hur mycket en citytjej kunde förändras. Thors blick blänkte farligt. Stella la en hand om hans nyklippta nacke och smög närmare, som alltid redo att kasta sig över honom.

"Men åh, kan ni två sluta", sa Juni och himlade med ögonen.

Stella drog sig undan, för de var inte direkt ensamma, tvärtom, gräsmattan myllrade av folk, av släkt, vänner och en mängd extremt snofsiga stockholmare.

Juni var förstås klädd i svart från topp till tå. Inte ens ett bröllop i familjen Nordström kunde ändra på det.

Pumba kom fram till dem och nosade värdigt. Labradorvalpen hade förvånat dem alla genom att som vuxen bli en slank och väluppfostrad hund.

"Kom, Pumba", sa Juni och travade bort till Frans. Stella följde ungdomarna med blicken.

"De har blivit så stora", sa hon, vande sig aldrig vid hur snabbt det gick med barn. Hur fort allt förändrades. Med både dem och med livet.

Själv hade hon tagit över Nawals butik förra hösten. Det var det mötet hon varit på väg från, för ett år sedan, när hon plockade upp Thor vid stationen. Nawal hade velat sälja och hon hade velat köpa. Det hade varit ett arbetsamt år, men hon hade aldrig ångrat beslutet att bli sin egen, att satsa på att skapa nya plagg av vintagekläder och framförallt specialisera sig på brudklänningar.

Juni jobbade extra i butiken, på helgerna. Frans kom in ibland också, packade upp varor och dammade hyllor. När han inte var upptagen med skolan, datorn eller musiken.

"Ska han verkligen ha den där tröjan?" sa Thor och gav sin sons svarta t-shirt med dödskallar och blod på, en uppgiven blick.

"Låt honom ha den", sa Stella, som för länge sedan lärt sig att välja sina strider. Det var inte ett superstrikt bröllop. Och de var inte en superstrikt familj.

"Det är verkligen de mest otroliga solrosor jag någonsin har sett", meddelade Rakel som kom gående med ett glas vin i ena handen samtidigt som hon spanade ut över det gula överflödet som böljade omkring dem.

Stella kunde bara hålla med. Solrosorna hade fullständigt exploderat och folk från hela trakten kom för att titta på dem.

"Synd på vädret bara", sa Stella. Det hade varit soligt i två veckor i sträck men nu var det mulet och regnet hängde i luften.

"Vi kan inte styra vädret", sa Rakel filosofiskt. Hon hade lagt sig till med en carpe diem-attityd det senaste året som var både ovan och sjukt störig. Rakel var solbränd efter sin resa med Nawal. De hade tågluffat ner till Champagne och Bordeaux och druckit vin i två veckor.

"Hur går det?" frågade Nawal, som kom fram till dem även hon med ett glas vin i handen och en stor solhatt på huvudet. Hon skålade med Rakel. De såg båda tämligen marinerade ut.

"Vigselförrättaren är sen", meddelade Stella och försökte se kolugn ut.

"Folk har ingen hyfs", sa Nawal.

"På tal om ohyfsat folk. Jag hörde att Erik Hurtig ska vara med i Lyxfällan i höst", sa Rakel. "Lite för många sms-lån", la hon till och lät lite mer skadeglad och lite mindre carpe diem-aktig.

Efter att Erik Hurtig hade flyttat hade Paula och Nils lämnat Laholm. Det ryktades att de bodde i Malmö. Eller kanske i Lund.

"Ni hörde att godset äntligen är sålt?"

En nyrik stockholmare hade köpt det skuldtyngda godset, satt stängsel om det och vägrade konsekvent att umgås med ortsborna.

Som sagt. Det hade varit många förändringar det senaste året, både stora och små. Nessie hade fått ungar, till exempel. Tio svartvita valpar som vuxit och nu terroriserade gården. Det skulle bli skönt när de flyttade till sina nya hem. Inte minst Nessie, som varit en exemplarisk mor, verkade nu hjärtligt trött på sina avkommor.

Trubbel var också vuxen, men rymde fortfarande så fort tillfälle gavs. Senast igår hade Thor fått hämta henne nere vid dammen där hon glatt tuggat i sig allt hon kom åt medan änderna och svanarna skrek åt henne.

"Vigselförrättaren är här!" ropade Juni.

Pris ske Gud. Stella hade faktiskt börjat bli pyttelite orolig. Det var visserligen inte hon som var dagens huvudperson, men hon hade varit så delaktig i alla förberedelser att hon var på helspänn ändå. Stella hade sytt till flera av de kvinnliga gästerna och hennes kreationer syntes i vimlet, välsydda, unika plagg. Hon hade blivit modigare det senaste året, tog ut svängarna mer. Stella nickade åt en lång, storbystad kvinna som bar en skir grön klänning som Stella designat och sytt. Den hade varit komplicerad, med mängder med detaljer och den hade blivit svindyr, men kvinnan hade betalat fakturan utan att blinka.

Bröllopsgästerna satte sig på de vitklädda stolarna med blå band om stolsryggarna. En båge av gröna växter och enstaka blå blommor stod uppställd med Lagan som fond.

Den vitklädda prästen torkade svett ur pannan, rättade till sina kläder och nickade åt musikanterna, två killar med gitarr, som började spela och sjunga Take me to church så att håren reste sig på Stellas armar.

Gästerna reste sig när paret kom gående, hand i hand, över gräset.

"De är så fina pojkar", sa Vivi som redan grät och snöt sig ljudligt.

Stella blinkade mot tårarna hon också. Klas och hans blivande man, Hassan, var så uppenbart förälskade att det stod som ett skimmer kring dem. Den mäktiga musiken ekade över kullarna och hon rös åt texten. Thor la en arm om henne.

"Det är så fint", sa Stella.

"Och de är så stiliga", viskade Maud bredvid henne. Mauds man, Rickard, hade visat sig vara en vän till Klas och därför var de båda här, medan Svan fått stanna hemma i Stockholm.

Båda brudgummarna var oerhört eleganta i sina kostymer, Klas i sobert, tredelat grått, med brunt bälte och bruna skor, och Hassan i dovt röd kostym. De bar matchande slipsar och en varsin liten grön kvist fastnålad på bröstet.

Musiken ebbade ut. Prästen höjde sina händer och välkomnade dem.

"Inför Guds ansikte och inför naturen är vi idag samlade till vigsel mellan er två, Klas Nordström och Hassan Johansson. Vi är här för att be om Guds välsignelse över er och för att dela er glädje."

Stella snörvlade.

"Att ingå äktenskap är att säga ja till varandra, till kärleken som gåva och uppgift, och att tillsammans bidra till ett gott samhälle. Att leva som makar är att leva i tillit och ömsesidig respekt i ljusa och mörka dagar", fortsatte prästen ceremonin.

Nu var de flera som snyftade öppet. Hassans mamma kramade en näsduk, hans syster torkade tårarna. Thor svepte hastigt med fingret under ögonen.

Det var så vackert, så stort. Stellas hjärta svällde. Så många förändringar det senaste året. Thor och barnen, Laholm, butiken.

Och just det.

Stella hade fått en pappa.

Hon vände sig om och log över axeln mot den långa, mörka mannen, med silverstråk i håret och likadana kindben som hon, som satt några rader bort. Dev hade rest hela vägen från Indien för att träffa sin dotter. När Klas och Hassan fick veta att han väntades hade de sagt att han självklart var välkommen till bröllopet. Så nu var han här. Hennes pappa. Så märkligt ändå.

Klas och Hassan växlade ringar.

"Jag förklarar er nu för äkta makar", sa prästen och precis då bröt solen genom de mörka molnen och sken rakt ner över dem. Effekten var så dramatisk att folk ropade till. Det mesta av solskenet hamnade på de nyaste äkta makarna, men en liten solstråle som hoppade fram och glittrade än här och än där glänste till i Stellas ring. Hon hade själv valt ut den när Thor och hon förlovade sig på hennes födelsedag och nu blixtrade den till när strålen sken rakt ner i den. Hon fick gåshud, för det var nästan som ett budskap, som om själva solen pockade på hennes uppmärksamhet och Stella kunde inte låta bli att titta upp mot himlen. Fastän hon verkligen inte trodde att Ingrid Wallin satt där uppe och tittade ner, så spanade hon upp mot molnen och solstrålarna.

"Hej, lilla mamma", viskade hon, men tyst, så ingen skulle höra. Ringen glittrade till igen, och sedan försvann solstrålen.

"Är allt bra?" frågade Thor.

Stella nickade och lutade sig mot hans axel. De skulle festa och dansa och skratta hela dagen och kvällen, fira kärleken.

Allt var bra och hon var precis där hon skulle vara. Hon tittade upp mot himlen igen och blinkade.

Hon var hemma.

Efterord

Hösten 2016 besökte jag Laholm för första gången någonsin. Jag var inbjuden att prata i bokhandeln. Jag ska ärligt säga att jag aldrig hade hört talas om staden. Den var förtjusande. Jag gick runt i de gamla delarna, på kullerstenarna och vid vattnet, tog mängder med bilder med min telefon och tänkte att om jag ska skriva en bok om en liten stad ska jag förlägga handlingen hit. När jag några år senare fick idén om en cool storstadstjej som oplanerat hamnar i en småstad så var Laholm det självklara valet.

Personerna i den här berättelsen är helt och hållet påhittade. En del platser, som till exempel bokhandeln, Ica och Delihallen är samma som de i verkligheten, men befolkas av fiktiva karaktärer. Ingenstans har jag använt någon person jag mött.

Vänligheten hos laholmarna och den besynnerliga placeringen av tågstationen mitt ute i ingenstans är dock hundra procent äkta. Det glittrande vattnet, de brusande fontänerna och det paradisiska landskapet är helt och hållet på riktigt. Och att bakelserna på Conditori Cecil är väl värda ett besök, det garanterar jag.

Simona Ahrnstedt
Stockholm
Oktober 2019